谯华平 著

立大梁

LI DA LIANG

石油工业出版社

图书在版编目（CIP）数据

立大梁 / 谯华平著.—北京：石油工业出版社，2023.8

ISBN 978-7-5183-6044-4

Ⅰ.①立… Ⅱ.①谯… Ⅲ.①长篇历史小说—中国—当代 Ⅳ.①I247.5

中国国家版本馆CIP数据核字（2023）第099413号

立大梁

谯华平　著

出版发行：石油工业出版社
　　　　　（北京安定门外安华里2区1号楼100011）
网　　址：www.petropub.com
编 辑 部：（010）64523616　64523689
图书营销中心：（010）64523731　64523633
经　　销：全国新华书店
印　　刷：北京中石油彩色印刷有限责任公司

2023年8月第1版　2023年8月第1次印刷
710毫米×1000毫米　开本：1/16　印张：25
字数：300千字

定价：69.00元
（如出现印装质量问题，我社图书营销中心负责调换）

版权所有，翻印必究

总序

"分久必合，合久必分"，这是中国历史的常态。其实这很好理解，世界总是处在不断运动之中。天下熙熙，皆为利趋；天下攘攘，皆为利往。每次大统一后，经过一段时间的发展，就会出现中央与地方或其他错综复杂的矛盾，从而造成分裂；分裂久了，矛盾解决了，社会又会整合到一起。

我们中国人比较熟悉的朝代是，秦、汉、隋、唐、宋、元、明、清，各种史实、教学研究，万千小说、满屏戏剧，真可谓著述巨万，汗牛充栋。这也很好理解，统一王朝时有史官详尽地记述资料，再加上野史的补缺，历史脉络就清晰可见，后世作者创作时就可以一气呵成，读者也能够轻松理解，长此以往，人们就以为神州只有这些统一的朝代了。

在中国历史上，虽然"合"是大势所趋、人心所向，但时间上毕竟分多合少。总体来看，华夏大地经历了三次大分裂、四次大统一、四次局部统一的时期。大众所不太熟悉的历史，除遥远的夏、商、周外，就是分裂时代。那时虽英雄辈出，但朝堂动荡、战火蔓延、哀鸿遍野，一来史官所记有限，二来故事眼花缭乱，更兼正朔之争、华夷之辨，加上书籍被毁，史料不存，随着时间长河滚滚而逝，久远的历史故事就在大众的记忆中所剩无几了！

历史是最好的教科书，以史为镜、以史明志，可一品再品，常读常新。分裂时代有更多的英雄，更重的担当，更大的抱负，但也有更熊的战火，更苦的人民，更苛的政令；因而有更跌宕的场面，更华丽的人生，更精彩的故事，更起伏的计谋。我们犯过的错误，都能在那里寻找到"相同的河流"；我们见过的阴谋，都会在那里发现蛛丝与马迹。大一统的历史我们要熟悉，大分裂的脉络我们更要读懂。

自秦始皇一统神州以来，秦汉间有短暂分裂；汉末又出现了一个近四百年的较长分裂时期，统称三国两晋南北朝。分裂初期的魏、蜀、吴三国因《三国演义》而家喻户晓，对于之后的两晋南北朝三百多年的历史，大众还相对陌生。这就是一套关于该时期的系列历史演义小说，讲述了从西晋末期八王之乱到周、齐、陈三国归隋的波澜壮阔的历史，共十二册，包括《共天下》上下册（东晋），《五胡乱》上下册，《女皇记》上下册（北魏），《下江流》（刘宋），《立大梁》（南齐），《斩明月》（东魏），《哀江南》（南梁），《三国杀》上下册（后三国），时间从300年到三国归隋的581年。主旨是让大家以最轻松的心情，熟悉那段朦胧而久远的历史。

本系列小说以《资治通鉴》为主要叙事蓝本，参考了同时代的一系列史书，同时参阅了大量的学界研究成果，在此一并隆重致谢！

是为序。

序

《立大梁》主要讲述梁武帝萧衍如何在很短的时间内（一年多），从刺史任上夺取南齐江山，建立南梁成为开国皇帝的故事。

魏晋南北朝时期最著名的特点就是战争多，平均每五年中就有四年在打仗。战争中最苦的是老百姓，那时真是千里白骨，饿殍遍地，绝大多数老百姓都在等死，个别的老百姓选择揭竿而起。太多的起义也是魏晋南北朝大分裂时期的第二个显著特点。据统计，三百多年间，神州大地上的农民起义居然有五百多次。其实高高在上的皇帝是不怕这些起义的，那时连年战争，国家机器中最强大的就是军队，用武装到牙齿的铁血战士去对付手无寸铁的起义百姓，那真是不费吹灰之力。就连手摇笔杆子的史官，对农民起义也不屑一顾，常常是一笔带过，计算战争的次数也不包括这些农民起义。

大分裂时期的战争，主要体现为南北对峙。南边相继出现了东吴、东晋、刘宋、南齐、南梁、南陈等六个朝代。其中萧道成建立的南齐国祚最短，纵观《资治通鉴》中关于南齐的历史和《南齐书》等，充满短短二十三年史书的，就是"造反"。其农民起义频繁，有二十次之多，平均每年一次，比较大型的有唐寓之、桓天生、益州大度獠等起义，其中唐寓之聚众起兵，先后占领新城、桐庐、富阳等八县一郡，声势浩大，并在钱塘登基称帝。不过,南齐的统治者毫不费力地就把这些起义迅速扑灭了。

堡垒最容易从内部攻破,除了南北对峙和农民起义外,南齐的第三个显著特点就是频繁地有重量级的人物造反,先后有十数次之多,最后一次正是萧衍造反。通过前边的铺垫,萧衍的造反顺风顺水,仅一年的工夫,就势如破竹地攻下建康,推翻南齐,从而建立了南梁帝国。

萧衍(464年—549年),字叔达,南兰陵中都里(今江苏常州市西北)人,南北朝时期梁朝的开国君主。《梁书·本纪第一》记载,"帝及长,博学多通,好筹略,有文武才干,时流名辈咸推许焉"。梁武帝萧衍不仅拥有卓越的天资,而且出身名门,为兰陵萧氏的世家子弟,"汉相国萧何之后也",其父萧顺之为齐高帝族弟。良好的出身为梁武帝在当时的历史环境下快速登上政治舞台提供了坚实的基础。齐武帝永明元年(483年),萧衍年方弱冠,入为卫将军王俭东祭酒。永明五年(487年),萧衍入竟陵王萧子良门下,为"竟陵八友"之一。齐明帝建武四年(497年),北魏攻齐,直逼雍州,萧衍奉命驰援。来年与魏战,形势于齐军不利,主帅崔慧景欲引退,但萧衍独率众抵抗,全师而归,遂行雍州府事。永泰元年(498年)七月,萧衍任雍州刺史。从此,萧衍以此为根据地,潜造器械,密为舟装之备。齐东昏侯永元二年(500年)十一月,萧衍于雍州起兵。天监元年(502年)四月丙寅,萧衍代齐建梁,开始了四十八年的帝王生涯。

梁武帝萧衍文韬武略,在南朝诸帝中堪称翘楚,但他在近半个世纪的统治中前后判若两人,前期勤于政务、崇尚儒学、任人唯贤、虚怀若谷,后期荒废朝政、佞信佛教、任人唯亲、刚愎自用,终致"侯景之乱",被

幽禁而终，可谓江山"自我得之，自我失之"。他传奇的一生，特别是作为领导者的成功与失误，为后人留下了颇为丰富的经验与教训。

本书就是以南齐二十三年间的十个"造反者"为视角，从不同角度展示南齐建立直到被推翻的过程，也就是南梁建立的过程。

《立大梁》是南北朝系列历史演义小说的第八册，第九册《斩明月》和第十册《哀江南》已出版，其余正在努力创作中，敬请期待。

是为序。

目录

第一卷　豫章王反了

第一章　心太苦 …………………………………… 3

第二章　跟太紧 …………………………………… 20

第三章　走太急 …………………………………… 28

第四章　梦太真 …………………………………… 36

同期声　萧衍：初出茅庐 …………………………………… 45

第二卷　巴东王反了

第一章　管太紧 …………………………………… 51

第二章　逼太甚 …………………………………… 63

第三章　疑太重 …………………………………… 72

同期声　萧衍：竟陵八友 …………………………………… 79

第三卷　竟陵王反了

第一章　太子薨了 …………………………………… 93

第二章　南北大战 ……………………………………107

第三章	皇帝崩了	115
第四章	虚晃一枪	124
同期声	萧衍：急转直上	131

第四卷　西昌侯反了

第一章	掌权先结盟	137
第二章	毁人先毁名	144
第三章	上位先换人	150
第四章	杀人先流泪	161
同期声	萧衍：担当重任	167

第五卷　曹都督反了

第一章	讨伐谋逆	177
第二章	南北再战	183
第三章	文明太后	194
第四章	全面汉化	206
同期声	萧衍：征战沙场	218

第六卷　大司马反了

第一章	大义灭亲	227

第二章	南北三战	236
第三章	王大司马	244
同期声	萧衍：再战沙场	254

第七卷　始安王反了

第一章	顾命六大臣	263
第二章	可怜三兄弟	274
第三章	巅峰五昼夜	279
同期声	萧衍：蓄势待发	284

第八卷　鄱阳公反了

第一章	独眼一将军	295
第二章	正反两皇帝	299
第三章	沙场三十天	306
同期声	萧衍：研究案例	312

第九卷　江夏王反了

第一章	反贼裴叔业	320
第二章	功臣崔慧景	329
第三章	废立萧宝卷	334

同期声　萧衍：冷眼乱局 …………………………………………… 341

第十卷　萧刺史反了

第一章　为家族伸张 …………………………………………… 348

第二章　为天地立心 …………………………………………… 353

第三章　为进京铺路 …………………………………………… 359

第四章　为生民立命 …………………………………………… 366

第五章　为万世开太平 ………………………………………… 372

后期声　萧子显：为往圣继绝学 ……………………………… 382

魏晋南北朝时期的政权变迁示意图

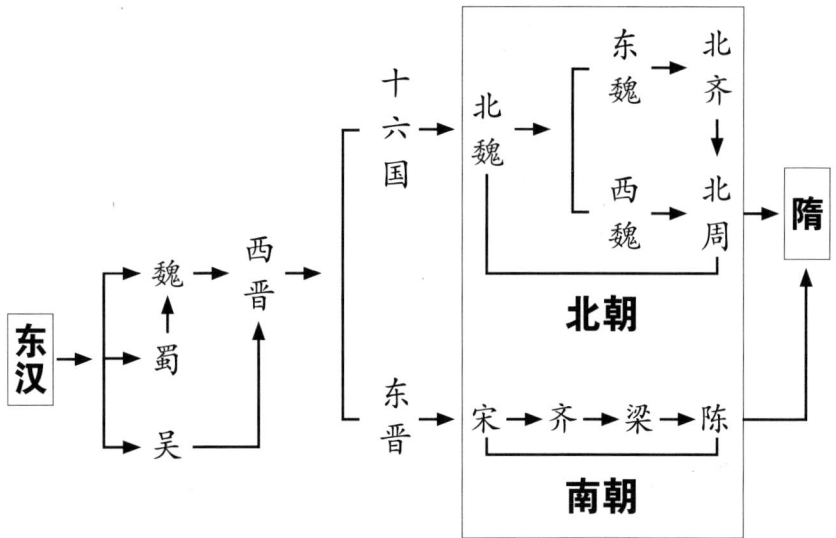

东汉 → 魏 / 蜀 / 吴；魏 ← 蜀，吴 → 西晋；魏 → 西晋 → 十六国 → 北魏 → 东魏 → 北齐；北魏 → 西魏 → 北周；西晋 → 东晋 → 宋 → 齐 → 梁 → 陈 → 隋

北朝：北魏 → {东魏 → 北齐；西魏 → 北周} → 隋

南朝：宋 → 齐 → 梁 → 陈 → 隋

魏晋南北朝演进图

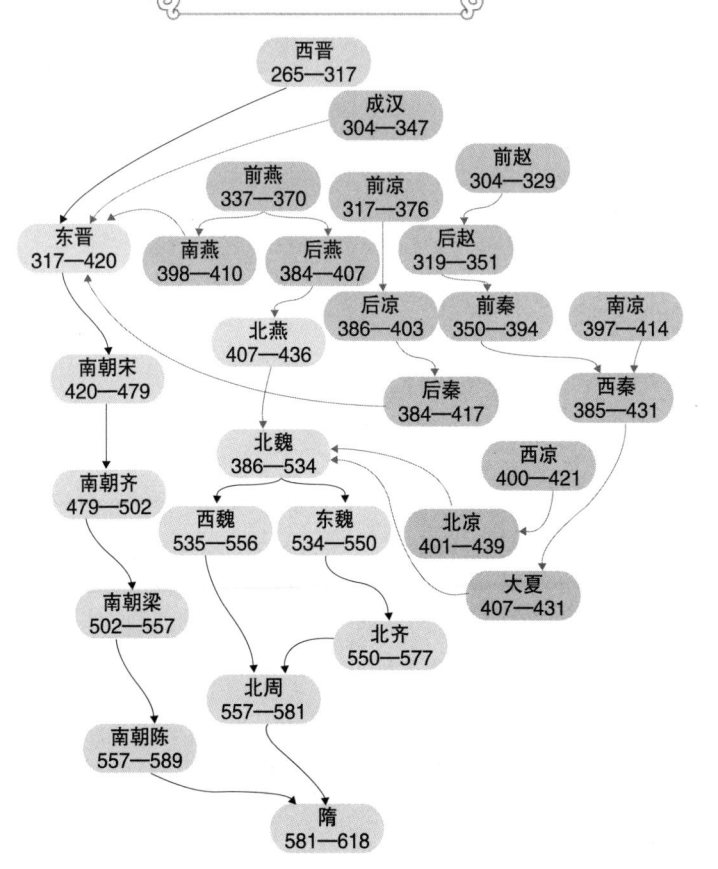

- 西晋 265—317
- 成汉 304—347
- 前燕 337—370
- 前凉 317—376
- 前赵 304—329
- 东晋 317—420
- 南燕 398—410
- 后燕 384—407
- 后赵 319—351
- 北燕 407—436
- 后凉 386—403
- 前秦 350—394
- 南凉 397—414
- 南朝宋 420—479
- 后秦 384—417
- 西秦 385—431
- 南朝齐 479—502
- 北魏 386—534
- 西凉 400—421
- 西魏 535—556
- 东魏 534—550
- 北凉 401—439
- 大夏 407—431
- 南朝梁 502—557
- 北齐 550—577
- 北周 557—581
- 南朝陈 557—589
- 隋 581—618

萧齐皇室关系图

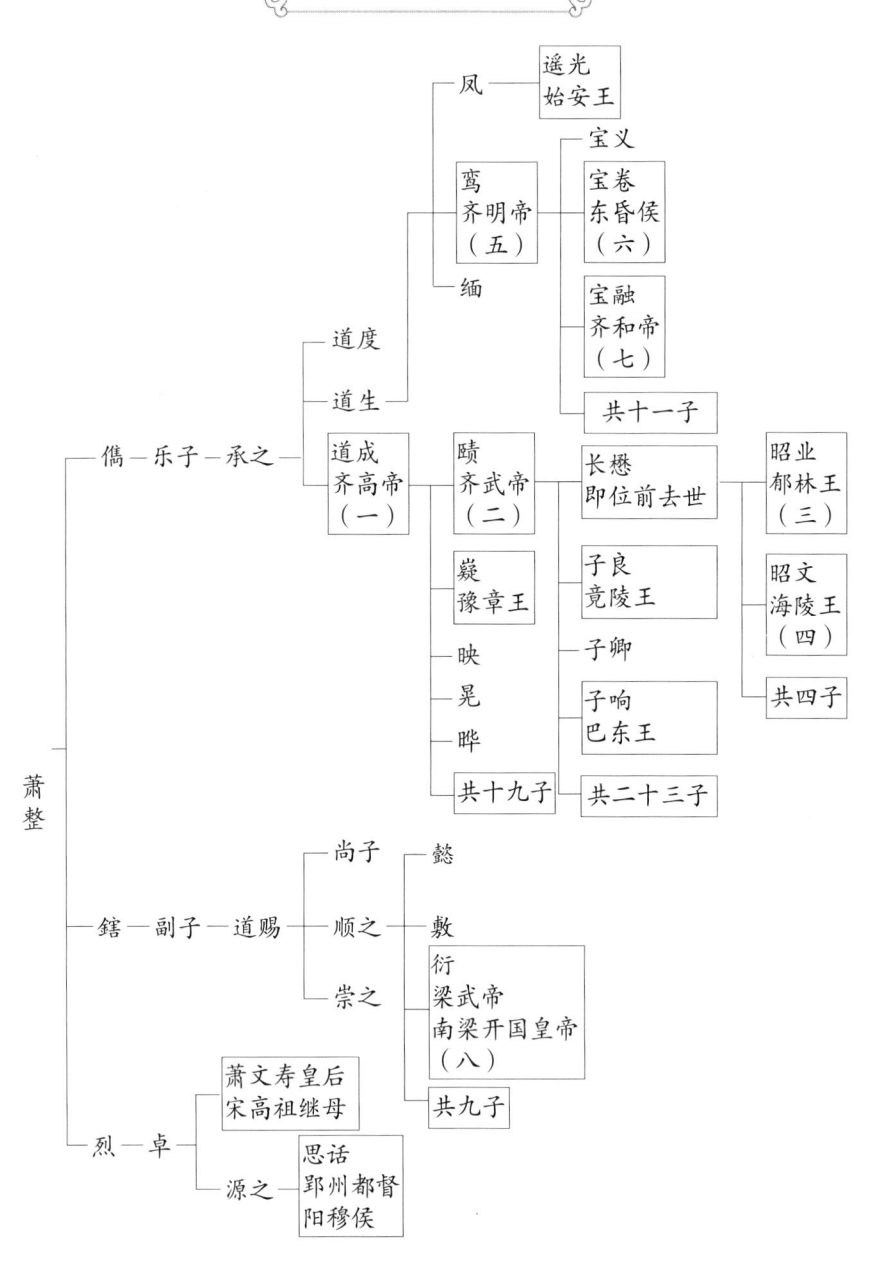

```
                                    ┌─ 凤 ─── 遥光 始安王
                                    │
                                    │                    ┌─ 宝义
                                    │                    │
                                    ├─ 鸾              ├─ 宝卷
                                    │  齐明帝          │  东昏侯
                                    │  （五）          │  （六）
                                    │                    │
                                    │                    └─ 宝融
                                    │                       齐和帝
                                    ├─ 缅                   （七）
                                    │
                                    │                       共十一子
           ┌─ 道度
           │
           ├─ 道生
           │                                              ┌─ 昭业
           │                 ┌─ 长懋                       │  郁林王
           │                 │  即位前去世                 │  （三）
           ├─ 道成 ── 赜 ──┤
           │  齐高帝   齐武帝 │                             ├─ 昭文
  僖─乐子─承之 （一）  （二） ├─ 子良                       │  海陵王
           │                 │  竟陵王                     │  （四）
           │                 │                             │
           │                 ├─ 子卿                       └─ 共四子
           │                 │
           ├─ 嶷             ├─ 子响
           │  豫章王          │  巴东王
           │
           ├─ 映             共二十三子
           │
           ├─ 晃
           │
           ├─ 晔
           │
           └─ 共十九子

萧整
           ┌─ 尚子 ─── 懿
           │
           ├─ 顺之 ─── 敷
  鎋─副子─道赐│
           │          ┌─ 衍
           │          │  梁武帝
           └─ 崇之    │  南梁开国皇帝
                      │  （八）
                      │
                      └─ 共九子

           ┌─ 萧文寿皇后
           │  宋高祖继母
  烈─卓 ──┤
           │          ┌─ 思话
           └─ 源之 ──┤  郢州都督
                      └─ 阳穆侯
```

皇帝登基次序：（一）齐高帝萧道成；（二）齐武帝萧赜；（三）郁林王萧昭业；（四）海陵王萧昭文；（五）齐明帝萧鸾；（六）东昏侯萧宝卷；（七）齐和帝萧宝融；（八）梁武帝萧衍。

第一卷

豫章王反了

483年四月，坐在南齐龙椅上的是萧赜。他的老爹，南齐开国皇帝萧道成于去年三月初八去世，萧赜坐上龙椅已经一年了，稳稳当当，天下太平，反正也没什么事做，那就开始历朝皇帝都必须做的事——镇压谋逆者。

南齐的建立本就是从造反开始的，经过三年的攻伐，萧道成推翻了建国五十九年的刘宋王朝，在建康建立了崭新的大齐王朝。为了万世基业之不朽，为了防止出现萧道成第二，王朝摆在第一位的事务当然是消灭谋逆者，尤其是那些位高权重的谋逆者。可惜萧道成在位时间短，自被迫接受宋顺帝的禅位后，一时间改弦更张、减租养民、重儒选才、筑城固防，忙得不亦乐乎，还没来得及开始镇压谋逆者，在位不到三年就去世了，如今这一重任就落在齐武帝萧赜的头上。

醉眼蒙眬的齐武帝坐在宽大的龙椅上，想都不用想便知，如今最可能起事的谋逆者是谁——当然是二弟豫章王萧嶷了！这豫章王的档案已经摆在龙案上有些时日了。

大齐干部履历表

姓名：萧嶷，字宣俨

出生年份：444年

出身：兰陵萧氏齐梁房，齐高帝萧道成次子，齐武帝萧赜弟弟，文学家萧子显、萧子云之父

任职经历：萧嶷宽仁弘雅，有大成之量。刘宋时期，起家太学博士、长城令，迁左民郎中、钱塘令。迁通直散骑侍郎，平定桂阳刘休范之乱，迁中书郎、武陵内史、中领军、江荆二州刺史。南齐建立后，受封豫章郡王。齐高帝即位，历任尚书令、扬湘三州刺史、司空等职。

第一章　心太苦

要说天下最苦的人，莫过于我萧嶷了！

其实也不是官途苦。人人都为升官忙，官途不畅何彷徨！我这豫章王的帽子是大齐开国皇帝、我老爹齐高帝亲自封赏的，是当时仅次于太子的最大的官帽。目前我还任尚书令、扬湘三州刺史，可谓位高权重。在大齐的朝堂上，大家都认为我是一人之下、万人之上；凡是我上的奏折，连皇帝在内，自然只有赞扬，从未有过反对。但自我老爹仙逝后，没有了呵护，权位早已不是我追求的目标了。

当然也不是生活苦。生活就是苦行僧，劫难无边去修行。苦海那是说给草民听的，皇子皇孙自然例外。我的雄伟的豫章王府，紧邻皇宫，单说那高挑的金檐斗拱，就力压京城里的一众王爷权臣，草民自然也只有带着崇敬万分的眼神望上一望。目前我王府里是财富无边，奴仆成群，要什么有什么，不缺吃不愁穿，早已脱离了为衣食而奔波的草民之苦。

显然更不是执念苦。释慧约大师曾给我说，一念起一念灭，一念仙一念魔，一念生一念死，一念天堂一念地狱，人生最苦的是执念，一念放下方得自在。如今我早已没了追求，没了执念，帝国的任何大事都已引不起我的兴趣，我站在朝堂上显眼的位置，每天呆若木鸡，不着一语，实在要表态，也只唯唯诺诺。现在我只想着放下一切，出家更好。

我仔细梳理了一下，我的苦并非来自外在，而源自内心。主要是以前的功太显、名太盛、爱太隆，如今时移世易，我每天战战兢兢地站立于朝堂之上，看着众大臣富有深意的怀疑的目光，看着以前的大哥现在的皇上那游移不定的目光，心里五味杂陈，六神不安，七上八下，久久不能平静。现在，我闻到了更加强烈的死亡气味，我别无他途，只好再次写辞职奏折了！

（一）贬我官吧

我坐在宽大的几案前，费尽心思地咬文嚼字，为的是能写出一本诚挚动人的奏折，好让皇帝撤销我尚书令和扬湘三州刺史的职务。

武帝登基一年来，我已经给他上过十多本奏折了，内容都是寻求贬官的。记得当时舆论汹汹，我在一本奏折里说："与武帝前往萧顺之处，我按常规随车在皇帝后面，监司竟诬其车'逼突黄屋麾旄，如欲相中'。"那帮狗奴才，竟然也敢随意诬陷我了，谁给了他们这胆子！

去年年关京都加强宫禁保卫时，外界又吵得沸沸扬扬，说那是往华林园抓捕豫章王！我只好又上书陈情，并感叹"风尘易至，和会实难"，希望兄弟之间"无生间缝"。竟然说皇帝要来抓捕我了，如果不是武帝对我猜忌很深，又时有暗示，谁敢如此胡说八道！

还记得我大哥刚登基时，"车驾数游幸，唯嶷陪从，上出新林苑，同辇夜归。至宫门，嶷下辇辞出，上曰：'今夜行，无使为尉司所呵也。'

嶷对曰：'京辇之内，皆属臣州，愿陛下不重过虑。'"武帝这一番多疑的试探，实则是对我兼任扬州刺史的戒备。

如今诡异的朝堂上，以及民间的舆论，众口铄金，人人都说我要谋反，我真是百口莫辩；以前做过我幕僚的位高权重的大臣如荀伯玉、垣崇祖等都明里暗里地提示过我，表达对我的无限支持。但在我心里，当然没有任何谋反的心思，甚至觉得有这种想法都是罪过。前朝的刘宋皇室，就是在内部相互残杀中灭亡的，我家好不容易夺取大好江山，时间也才几年，肯定经不起任何折腾；而要做到江山永固，万世不朽，就一定要尊崇我老爹弥留之际，遗诏顾命大臣褚渊、王俭、张敬儿、李安民、王敬则"当令太子敦穆亲戚"的嘱咐。

我当真不会谋反，哪怕朝臣不信、臣民不信，但只要皇帝相信，那就够了。可是，皇帝会相信吗？头顶着四月初满天的乌云，我再次怀揣奏折站立在朝堂上，情真意切地等着找一个最佳时机向皇上启奏。

这天，皇上要决断的事情很多。首先，齐武帝颁诏：由于边境安宁，应当普遍恢复各州县官员的田地俸禄。其实这一建议我以前也向老爹齐高帝启奏过。第三次南北大战时，南宋第三任皇帝刘义隆在位，因军用浩繁，国库不够开支，故而下令文武百官减少俸禄。466年，第五次南北大战爆发，中央及地方官员，俸禄完全断绝。拖家带口的一众官员，只好各施计策来养家糊口，导致贪腐不断、法令不行，现在百废俱兴，安居乐业，也是时候让文武百官更加体面地生活了。

接着武帝颁布第二诏：从今以后，地方官员一概以三年一任为期限。刘宋末年，因州郡县官每任六年，时间太长，便改成三年一任，称作"小满"。然而，官吏升官改任，来来去去，还是不能够依照三年一任的制度办事。现在再次强调，作为大齐的制度推行。

接着天官启奏，认为这几年天体运行异象频见于记载，请求禳除灾害。齐武帝说："顺应天象，在于实际，而不在于虚文。我克制自己的欲望，谋求为政清明，希望使仁爱政治发扬光大。如果灾难是由我造成的，祭祷祈福又有什么用处！"齐武帝就是不信这个邪，算是驳回了天官的建议。

接下来是最重要的人事任命。说来确实很奇怪，我是尚书令，按说重大的人事任命都是我出具方案，再启奏武帝批准，可近期皇上并没有召见我商议任何人事任免的事项。看来，乌云之后，雷霆将至！

第一项人事任命是给死者的。齐武帝颁诏说："虽然袁粲、刘秉和沈攸之没有保持晚节，但他们最初的忠诚实在是可取的。"于是命令将三人一律按照礼法另行安葬。这三人都曾是我们萧家上位的绊脚石，分属于界限分明的敌我阵营，皇上现在予以豁免，显示了宽广的胸怀和高度的政治远见。

接下来是对萧家和大臣的封赏。齐武帝立皇弟萧锐为南平王，萧铿为宜都王，皇子萧子明为武昌王，萧子罕为南海王；任命征虏将军杨炅为沙州刺史，封阴平王；任命宕昌王梁弥机为河、凉二州刺史，任命邓至王像舒彭为西凉州刺史。

很意外的是，我的辞官奏折还未来得及递上去，就听到左右宦官让我跪下接旨：齐武帝又升我官了，任命我为太尉，兼任太子太傅。在这个朝堂上我有很久没有下跪了——以前老爹当皇帝时我经常跪，我大哥即位后，就格外开恩让我从此只站不跪，遇到时间较长的讲习和论辩，还给我设有专座——现在突然听到宦官让我跪下接旨，我竟有点茫

然失措、无所适从。这两个官位都是帝国最崇高的，向来不轻易封人，一人兼任两职就更少了。还好这都是虚职，只享受待遇，从此可以在王府里躺平喝茶了，那尚书令、扬湘三州刺史的职务总算是免除了！我感激涕零地谢主隆恩。

（二）又立功了

看着端坐龙椅上的主人无动于衷，面无表情，我深知大事不妙。其实细细梳理源头，让皇帝如此不快的，确是我立功太多。

立功多有时真不是一个优点，反而是你上刑场的催化剂。你立功多，那就说明你能力强，而刚登基的皇帝，当然要向天下展示，他才是能力最强的，如果不小心有山头超过了他，那只能削其山头。立功多说明你业绩显，这些业绩都已发生，有些还记入了史册，如果不小心比打江山的皇帝功劳更大，而皇帝又不能也不想让位给你，那你的处境就凶险无比了。立功多说明你手下的人才多，你们万众一心同仇敌忾地杀向敌营，攻下一个又一个堡垒。在皇帝眼里，你手下的能人是另一个山头，都是不稳定的苗头，收买他们的人心显然是十分困难的事，唯一可行的办法就是留住他们的精神，消灭他们的肉体！

我的缺点就是打江山时功劳太多，为大齐的建立立下了"不世之功勋"，这些功勋都是日夜跟随我老爹左右，和他一起南征北战立下的。那时，我大哥萧赜在外独镇一方，虽然也配合我老爸东奔西走，但父子关系并不亲近。老爹萧道成当然更喜欢一直跟在他身边的我，可以说萧齐创业的历次重大事件，我都全程参与并立下汗马功劳。当时史官就记录说：

（嶷）宽仁弘雅，有大成之量；协赞皇基，经纶霸始，功业高显，太祖特钟爱焉。

这也使得我比大哥萧赜更早封爵,且爵位是老爹请来的,而大哥的爵位是一年后自己挣来的,甚至封王的时间都是我比大哥早。

太祖(萧道成)破薛索儿,改封西阳,以先爵赐(嶷)为晋寿县侯。

后来,沈攸之自荆州举兵,我受命出镇东府,事平之后,"以定策功,改封永安县公,千五百户"。无论是封侯,还是封公,我均早于大哥萧赜。这就意味着在因功授爵的萧齐创业时期,我的军功和地位都在大哥之上。

后来老爹让我一直担任中央军官,直到大哥回到中枢,才让我立即外镇,先是接替大哥的江州刺史,后来又转任荆州。这也颇值得揣摩。

上流平后,世祖(萧赜)自寻阳还,嶷出为使持节、都督江州豫州之新蔡晋熙二郡军事、左将军、江州刺史,常侍如故。给鼓吹一部。……徙都督荆湘、雍、益、梁、宁、南、北秦八州诸军事,镇西将军,荆州刺史,持节,常侍如故。

任中央军官期间,我参与了平定沈攸之、袁粲之乱,陪在老爹左右出谋划策,与萧齐政权的武力支柱——青齐豪族和雍州上游豪族的文武大臣们聚在一起,组成了夺权的核心力量,我们一起出谋划策,一起聚会研讨,一起推演战事,一起上场杀伐,一起品诗吟唱,如荀伯玉、垣崇祖、张敬儿、江谧等一大帮不世之才聚集在了我老爹和我周围。等形单影只的大哥回到中枢,自然觉得孤傲,觉得冷落,觉得光阴的逝去。

后来老爹将宋顺帝挤下龙椅,对我更有盛宠!即征时任荆州刺史的我为尚书令、开府仪同三司、扬州刺史,以宰相镇东府,可谓盛宠空前。由于北魏大举南侵,我未能赴任,同年九月老爹欲以我经略西北,遂令

我持节都督八州诸军事、加南蛮校尉、荆湘二州刺史，领二府二州（骠骑大将军府、南蛮校尉府，荆、湘二州），近代莫比。480年十二月，再迁我为司空、侍中、中书监、都督扬南徐州诸军事、扬州刺史，我因病至481年六月前后方入都。老爹对我的盛宠，使得我在朝中聚集了太大的声望以及政治、军事实力。

我生病的事也能体现来自老爹的那份特别的宠爱。我从江陵出发时患了病，六月二十三日到达京师仍未痊愈，高帝深为忧虑，特意在我到达建康的第二天宣布大赦：

六月壬子，大赦。逋租宿债，除减有差。

赦令一下，不仅令天下之人得知我深得皇帝宠爱，也让百姓切身感受到了我带来的恩惠。此外，老爹还特意征召当时的天下名医，远在吴郡太守任上的褚澄入都为我医治。疾愈后又亲幸我所镇之东府设金石乐，并让我以后可以乘舆至宫六门。

（三）易储风波

立功太显是表象，宠爱太盛也是表象，这些都是为了我们萧齐，想来大哥都能理解。直刺内心的是我两次被动卷入"易储风波"，这让站在权力巅峰的大哥看到了一个潜在的对手。对此，任何解释都是无力的。

一次是大哥的"失旨事件"。我刚回建康不久，我哥就兴冲冲地率部分东宫文武僚佐、禁卫兵杖，浩浩荡荡出城至南徐州的武进拜陵。武进是我们兰陵萧氏的侨居之所。七月初一，我还病恹恹地躺在床上，感觉到建康城显示出不寻常的气氛，天气特别闷热，焦黄的味道笼罩在京师上空。一到中午，天竟然黑了下来，原来是发生了令人心惊胆战的日蚀！

日乃君王之象，日蚀自古以来就是重大灾异。

日明则道正，不明则政乱，故常戒以自救厉。日蚀皆象君之进退为盈缩。

而日蚀频繁，在我们南北朝甚至被视作"失君之象"，直接影响到皇权合法性的构建，在朝代更替之时更显得敏感非常。晋宋、宋齐禅代之时太史令所陈诸天文历算中，有相当一部分是关于日蚀的记载和解释。这天整个建康城也惶恐不安，人心躁动，指指点点，议论纷纷；我老爹更是深感忧虑，心神不宁。这时，就有大臣上了奏本，密启太子及其宫臣张景真违制。

其实天下最难当的官就是"太子"。在太子达到可以接班的年龄后，皇帝的长寿就是对太子利益的损害，储权与皇权的矛盾不可避免地在皇帝和太子内心形成一种微妙的心理影响，这就是始皇以来七百年间，接班人没几个有好下场的原因。尤其我老爹是在一系列阴谋阳谋中登上皇位的，他不但具有普通人所不具备的铁腕、果断，更具有寻常政治家所没有的对阴谋的敏感，在这样的人面前当太子，没有特殊的天分可能会翻船。

皇帝刚登基时，太子也经常拜见名臣王俭，请教太子的立身之道。博览群书、门楣高贵的尚书左仆射总结说：储权是世界上最不稳的权力。一个明智的太子应当主动把自己当成老皇帝意志的囚徒，不应沾染任何可能危及皇权的事，不结交外臣，不干预国政，没有任何引人注目或令人窃窃私语的举动。要以极度小心、谨慎、谦虚甚至一定程度的装聋作哑作为和皇帝之间的润滑，才能使朝堂上的权力冲突不至于损伤到自己。

我大哥也隐忍了一些时候，奈何忍耐恰好不是他的长处，人过留名

雁过留声才是他的追求，隐忍的时间一长，他就恢复如初了。如今要寻找他的缺点，那还真是一抓一大把。当然，我们每个人都有许多缺点，把你推到火辣辣的太阳底下仔细检视，你的肠肠肚肚都丑陋无比，简直不忍直视。作为普通人还好，你有许多上级领导，有许多家人同事，有许多条条框框，一直监督着你、管束着你、套牢着你，你想犯错误也没那个条件，何况你资源有限、资金有限、姿色有限，加上恰好你是一个自制力挺强的人，相对来说你就是一个好人，一个没什么瑕疵的人，一个能够勉强经得起检验的人。可太子不一样，他是天下权力第二大的人，虽然明面上有皇帝管着，可皇帝天天有各种事务，日日有堆积如山的公文，夜夜有成千上万的美女，他哪有时间去监督自己的亲生儿子？这下好了，有无边的权力，有无穷的资源，有无尽的诱惑，又没人监督，又年轻力强，上边有老子顶着，在事业上自己既不能也不敢太努力，那就只好去风月无边，去寻求感官刺激。这当然就背离了伦理，违背了道德，那些大儒们要来寻找毛病，简直就是大海岸边找沙子，随时随地一抓一大把。这不，马上就有大臣利用日蚀，趁他刚好不在京城之机，弹劾我大哥"违制"！

其实我老爹不满意太子很久了，最烦的是他私斩高门王导之后——黄门郎王瞻。

（王）玄谟子瞻，宋明帝世，为黄门郎，素轻世祖。世祖时在大床寝，瞻谓豫章王曰："帐中物亦复随人寝兴。"世祖衔之，未尝形色。建元元年，为冠军将军、永嘉太守，诣阙跪拜不如仪，为守寺所列。有司以启世祖，世祖召瞻入东宫，仍送付廷尉杀之。遣左右口启上曰："父辱子死，王瞻傲慢朝廷，臣辄以收治。"太祖曰："语郎，此何足计！"既闻瞻已死，乃默无言。

王瞻虽"诣阙跪拜不如仪",跪拜稍微不符合礼仪,但罪不至死,故我老爹有"语郎,此何足计"之语。其实我大哥借故诛杀王瞻,一方面是因为王瞻以前确实不小心得罪了他,大哥当然要秋后算账。还在前朝刘宋时期,我哥跟我关系一直很亲近,有天晚上大哥喝多了,倒头就在我的床上睡了,碰巧被王瞻看见,王瞻一直处处维护着我,看到"鸠占鹊巢",就生气地说:"真不是个东西。"结果被大哥听了个正着。另一方面乃是因为王瞻一直与我关系密切,大哥欲以此剪除我之羽翼。其实我要羽翼作甚?我之羽翼也是萧齐之羽翼,更是太子即将来皇帝的羽翼,我这大公无私的心境怎么就时时被误读?当然,大哥不请示皇帝即以私愤诛杀朝廷方伯,我老爹对于太子这一"专制"之举,显然怀有深深的不满,先前只是隐忍未发。类似的情况,应该还有不少。萧赜如此"专断朝事,多不闻启",以至于他的蕃府旧僚、东宫亲信王晏都自感危机临近,"虑及罪,称疾自疏",因而赶紧辞职了。

"专断"之外,太子还有意拉拢朝臣、培植自己的势力。太子培植私人势力,历来为皇帝所不容,犯了皇家之大忌。太子是什么?皇帝的接班人啊,皇帝的江山都是你的,当然他的事业就是你的事业,他的人就是你的人。看看江对面的北魏,他们来自草原蛮族,以前皇帝驾崩后,他的一切都会被继承,皇帝的女人也成了你的女人。那你培植私人势力的目的是什么?当然只有一个,就是对付眼前的皇帝啊!所以自秦始皇以来,历朝皇帝对太子最大的忌讳,就是太子培植自己的势力。无知的大哥刚到建康时,就曾笼络开国元勋、时任尚书令的褚渊,投其"善弹琵琶"之好,"赐渊金镂柄银柱琵琶",又曾在东宫宴会朝臣的场合亲自

为褚渊解难。此外，在北方"虏动"、战事吃紧之际，大哥竟然在东宫宴请众多朝臣并试图笼络，这种举动当然会引起老爹的强烈不满。

对太子来说还有一件最忌讳的事，就是不讲"礼"。皇家是规矩最多的地方，是最讲礼仪的地方，堂堂皇宫最高权力机关，只有六个最高行政部门，其中排在第一的就是"礼部"。王瞻"诣阙跪拜不如仪"都会被马上斩首，正是因不合"礼"而获罪。可太子恰恰也经常不讲礼，尤其是这次在拜陵期间，他竟然命曲乐队和逗乐队在寝宫演出，并命时任南徐州刺史的我四弟长沙王萧晃御马军，萧道成"闻之，又不悦"。

有那么多的"不悦"之事垫底，"违制"当然就有可能成为最后一根稻草。弹劾的奏折上说，太子萧赜权力欲膨胀，做事越来越出格。比如，他是太子，可所有的仪仗用的都是只有皇帝才能使用的规制；不经皇帝审批，擅自调动军队。这些行为足以让他人头落地，安个"违制"的罪名实在太小。

其实我哥的宠臣张景真更是因宠而奸，胡作非为，坏了我哥的大事。看看史官都记载了些什么：

任左右张景真，使领东宫主衣食官谷帛，赏赐什物，皆御所服用。景真于南涧寺舍身斋，有元徽紫皮裤褶，余物称是。于乐游设会，伎人皆着御衣。又度丝锦与昆仑舶营货，辄使传令防送过南州津。

大哥是太子，嘚瑟点也还情有可原，但围绕在东宫的群小也有样学样，一个个不知天高地厚。最放肆的就是张景真，他居然敢在东宫使用御用服饰。更有甚者，这次大哥拜祭祖陵，张景真不仅身着太子的服饰，而且端坐在太子的画舫上，弄得两岸百姓都以为张景真就是太子本人，纷纷跪拜谢恩。

我老爹为此龙颜大怒，这么不争气的太子！违制恰好与日蚀的征应相契合，指向的当然是"自以年长，与高帝同创大业，朝事大小悉皆专断，多违制度"的太子萧赜。于是老爹暗暗动了易储的心思，声色俱厉地连下两道圣旨：

一是立即由宦官带队"检校东宫"：到太子住所认真搜查，看看都有些什么"违制"的证据。而气呼呼的皇帝"停门籥待之，二更尽，方入宫"，心急火燎地等着亲自检视那些搜查得来的罪证。

二是遣长懋、子良宣敕，以景真罪状示之，并"称太子令，收景真杀之"：让钦差大臣去杀了那个狗奴才，先消下气再说。

这惊心动魄的大棋一步步走下来，看得我眼花缭乱。此时老爹叫钦差大臣去宣敕，这就是要摊牌了，关键时刻我必须表明态度。其实看看两位钦差大臣的身份就知道了，长懋和子良是皇帝的孙子，就是我哥的大儿子和二儿子，由两个儿子奉旨去责备老子，皇帝的回护之意其实再明显不过。

父皇不太中意太子，但很是看重圣孙。在初创霸业时，他便有意栽培，让萧长懋跟随他在王府东斋居住，接待文武宾客。而且萧长懋在建元元年就被封为南郡王，这是破天荒的大事，有极强的象征意义。自东晋以来没有直接封皇孙为王的先例，可见我老爹对这个孙子寄予的厚望，从某种意义上说，老爹对大哥的处处容忍，正是得益于这个"好圣孙"。由"好圣孙"亲自去宣旨，这时候任何落井下石都是自取灭亡。我赶紧悄悄地派心腹快马加鞭赶去武进，把京城里的惊天变故向大哥如实汇报，并请求太子即刻还都。其日，萧赜已"还至方山，日暮将泊"，接到我的报信之后连夜还都，至夜方归。之后太子忧愁恐惧，在东宫内称病不起，

闭门谢客，等待审判结果的到来。

当然，没有什么嫌隙不是一次酒宴可以解决的，如果不能，那就两次。老爹在东宫没有搜查到"忍无可忍"的罪证；废长立次有违礼制，朝中潜在的反对声音肯定也较多；前朝刘宋皇室手足相残的教训，更给老爹留下了深刻印象，一旦废黜了太子，其他儿子们就会生觊觎之心，也许又会滑向刘宋皇室自相残杀的绝路；借此事敲打、警示一向"专制"的太子的目的已经达到，再加上时间是一切问题的溶解剂，亲情是一切矛盾的消解剂，是时候喝个酒解个气握手言和了。

一个多月后，太子派出了一位重量级的人物，这可以说是最合适的中间人——萧齐开国功臣、老爹的心腹大将、寻阳郡公王敬则闪亮登场。这一天，老爹正在宫里睡午觉，王敬则进宫来了。这伙计也不讲个规矩，直接就把皇帝摇醒了。老萧迷迷瞪瞪地看着王敬则，没明白这大胆臣子是啥意思。王敬则倒也干脆，扑通往地上一跪，向高帝启奏说："陛下拥有天下，时间还短，太子无故遭受责备，大臣惊骇无比，人们担惊受怕，希望陛下前往东宫，消除太子的顾虑。"

老爹还没反应过来，王敬则就扭头对旁边的近侍大声宣布："陛下有诏，起驾东宫！"这可是当着皇帝的面矫诏，老爹登时就清醒了，大怒道："王敬则你想干什么？"

这会儿王敬则也不管不顾了，吩咐左右抬来一乘小轿，要来皇上的衣服披在高帝的身上，连推带拉地把高帝塞进了轿子，抬往东宫。一路上就听老爹在轿子里大骂王敬则："你要造反吗！你给老子等着！"轿子飞快地抬到东宫的花园，皇帝骂骂咧咧地从轿子里钻出来，抬头一看愣住了，除了太子外，在京的诸位皇子也都来了，当然也有我。

老爹还没明白怎么回事儿呢，王敬则又来了，半拉半架地把他拖到主位上一摁，随即宣布，家宴开始。

这是一次团结的家宴、一次胜利的家宴。太子和我及犯粗的王敬则，膝行着给老爹上菜，不断地举杯敬酒；老三萧映拿把鸡毛扇子给老爹扇风；老四萧晃给老爹撑起了遮阳伞；俩孙子萧长懋和萧子良一边站一个，给爷爷倒酒。老爹平时比较忙，也没有多少时间跟家人一起享受天伦之乐，眼前儿孙满堂的情景，一下子就击中了皇帝内心最柔软的部位。大家一起回味亲情，回忆战场上的生死片段，回想萧齐江山得来之不易，直到天色擦黑的时候，大家都喝醉了，这才各自回去，而这一篇波澜壮阔的惊险画卷总算是翻过去了。从此，老爹绝口不提易储之事；我侍奉太子更加谨慎，更加小心翼翼，更加如履薄冰；太子对我的友爱之情似乎也并没有衰减，不管你信不信，反正我信了。

（四）赐死江谧

家宴之后总算没有再出什么幺蛾子，随着老爹撒手人寰，大哥顺利登上皇位，我的一颗时刻悬着的心总算安稳地放了下来。可那看似温柔平静的朝堂，却是时刻暗流涌动，哪里会有一刻的安静？

482年三月初六，病危的老爹旨令司徒褚渊和尚书左仆射王俭接受遗诏，辅佐太子；之后又加上张敬儿、李安民、王敬则；三月初八又手指着散骑常侍荀伯玉，把太子托付给他，随着手指的滑落，老爹也就驾崩了。这六名位高权重的大臣算是托孤重臣了。

这年头什么是大臣最大的荣耀？那当然是当托孤大臣了！能当上的一般要满足三个条件：一是你得老皇帝特别信任，他的所思所想你全部

明白，才能让施政纲领继续贯彻，才能确保江山不变色。二是你得新主子认可，否则就是制造矛盾，就会隐藏着变故。三是你得是重臣，说话才有分量。刚好朝堂上就有人认为自己完全满足这三个条件，对自己没有被指定为"托孤大臣"，十分义愤填膺！

这个人就是江谧，大齐的吏部尚书。吏部历来都是朝堂中最有实权的部门，掌管着大齐家的乌纱帽，左右着官员们的升与贬。江谧一直认为自己是天朝中枢的核心，"托孤"这样的大事，连王俭都榜上有名，怎么能少得了他！这还不算完，新皇帝坐上龙椅后，嗖嗖嗖地升了一大群人的官：许多站在他后排的官员都和他平视了；一些和他同站一排的官员更是站到了他的前面，他只能望其项背了。是可忍孰不可忍，江谧为此上蹿下跳，左不满右唠叨。当然这也不能解恨，新皇帝登基三个月后的那天深夜，伸手不见五指，他作为不速之客，来到了我豫章王府。

江谧："叩拜王爷，好久不见王爷上朝了。"

我："如今天下太平，我也乐得在府里喝茶享福了。"

江谧："王爷心怀天下，确实大齐之幸。"

我："有你们在朝堂上顶着，大齐无忧也。"

江谧："大王当年在湘州时，我侍奉大王左右，那时大王是何等的英雄，何等的豪杰？"

我："那时长史（江谧曾任镇军长史，故称）确实是难得的人才，这么些年辅佐我，鞍前马后，出谋划策，后来老爹夸耀我的成绩，真有你的一半呢！后来诸皇子出阁用文武主帅，都争着抢你，确实是我大齐不世之才。"

江谧："可惜人心不古，可惜了大齐江山！"

我大惊:"尚书何出此言?"

江谧:"大王文武全才,功震朝野,先帝识人不明啊!"

我:"快打住!"

江谧:"大王见谅。如今武帝身患重疾,太医的结论是不治之症。而太子还小,又完全没有帝王的才具。为大齐江山计,如今您应该早做打算。"

大哥的病已经半个月了,听太医讲是一日重过一日,如今饭不能进、气不能喘、口不能言,为此已经有五名太医被斩了。我也进了几次宫,亲自指挥确定治疗方案,派出八方快马寻找特殊药引、到民间寻找著名的郎中和偏方,宫里战战兢兢的各方神医站了一大堆,如今似乎有了一丝好转,看到了一线希望。

我警惕地前后左右看了看:"尚书醉了,快回府休息吧!"

然而不几天,就听到了吏部尚书和我密谈的风声。我知道,皇帝的眼线可是无所不在,如此大逆不道的言论,当然更容易成为小人进阶的珍宝。不等他们饶舌,在皇上苏醒的第一时间,我就呈报了那晚的会谈内容。

随后的事就没什么悬念了,才勉强开口说话的武帝气愤万分地指使御史中丞沈冲奏劾江谧的前后罪行,然后下诏,赐江谧自尽。之后,狱吏用金瓮盛上毒药把江谧鸩死,江谧终年五十二岁。

其实江谧能活到现在,那都是一个奇迹了。还在他任刘宋的长沙郡内史时,他主管刑狱,手段十分苛刻。有僧遵和尚与江谧是好友,随江谧来到长沙,仅因犯有小过失,江谧就把他抓起来关进监狱,并断绝了他的饮食。僧遵饥饿至极,先后撕碎三件衣服吞咽下肚充饥,最后还

是被活活饿死。那僧遵是当时很有名的高僧，南朝历来十分尊奉佛教，这件事就被主管部门上奏朝廷，朝廷立即将江谧征召还都，要治他的死罪。恰逢宋明帝病死，后废帝刘昱即位，大赦天下，江谧才侥幸得到赦免。

第二章　跟太紧

就像一枚硬币的两面，自从有了权力，也就有了山头。权力是最稀缺的，当然大家都想要。尤其是中国的皇权，就像买彩票一样，没有任何门槛和起点设置，大家都可以买，每个人都有无限希望中大奖。所谓"王侯将相宁有种乎"，看那刘邦，看那曹操，看我老爹萧道成，其实最初起点都很低，几乎一无所有，靠着一帮忠心的难兄难弟，建立自己的山头，一路摸爬滚打，最后失去了锁链，得到了江山。

坐在高高山巅上头脑清醒的皇帝，时刻紧盯着各处不断隆起的山头。一些小山包是可以容忍的，谁还没有几个狐朋狗友？但如果超过了他的心理承受范围，那他就要削山头了！这不，豫章王的山头一直都比较高，甚至一度超过了皇帝的山巅，现在似乎还在野蛮生长，吏部尚书进豫章王府的事实就是明证。于是，皇帝的大砍刀开始挥舞了。

（一）谋逆者

这天是482年四月十五日，我刚得到皇上的额外开恩，可以不上朝在府休养，其他几个实职也已经移交，哪知刚泡上的新茶还没来得及品

上一口，宦官过来口宣御旨，让我马上上朝议事！

在前往朝堂的大轿里，我就在想，肯定有什么大事发生，不然皇上不会突然叫我。等我站在朝堂最前面的特殊位置上，也和一众大臣三叩九拜山呼万岁后，一直阴沉着脸向我怒目而视的皇上突然暴喝一声："拿下！"

这晴天霹雳让满朝堂的大臣目瞪口呆，众人的目光齐刷刷地聚焦到我这里，我也身心战栗，心想这一天终于来了！也好，不怕贼偷，就怕贼惦记，如今半空中的那只鞋子终于掉了下来，我时时悬着的心终于也可以放下了。四名全副武装利刃在手的宫廷禁卫雄赳赳地随着皇帝的手指向我走来，我正要取下王冠，他们却越过我到了第一排，把我身后的荀伯玉架到了朝堂中央。

一众大臣皆是惊讶万分，我也觉得不可思议。随后宦官宣读圣旨，荀伯玉涉嫌谋逆，按律当斩，先押送天牢候斩。

（二）弹劾者

这就是杀鸡儆猴了！我心灰意冷地回到府里，细细思量，今天这一出大戏其实迟早要来。大哥就不是一个海纳百川包容一切的人，他追求的是以眼还眼以牙还牙，享受的是复仇的快感。王瞻、江谧那血淋淋的人头就说明了一切，最开始有老爹管着，登基初期还忌讳着龙椅不稳，现在一看火候差不多了，那还等什么呢，第一个祭旗的，当然就是托孤大臣荀伯玉了。

索要荀伯玉的人头，当然不是因为托孤，而是因为弹劾。原来那次闹得沸沸扬扬的"违制"事件，就是荀伯玉启奏给老爹的。找来史官的记载看了看：

> 伯玉谓亲人曰："太子所为，官终不知，岂得顾死蔽官耳目！我不启闻，谁应启者？"因世祖拜陵后密启之。上大怒，检校东宫。

本来，从权力旋涡中躲开或许是荀伯玉的最佳选择，朝堂上一大群王公大臣都是这么选择的，可他就是跟得太紧，偏偏是尊崇"朝闻道，夕死可矣"的传统儒士，自然不会选择改道。同理，和矛盾双方玩太极，以求左右逢源，也不是他能做到的。他是一个认真的人，严格遵守纲常伦理，眼里揉不得沙子，因此也做不到昧着良心投机取巧。所以，唯一的选择只能是继续扮演忠臣的角色。古训说"君老不事太子"，是说就算皇上老朽了，为臣的也要忠心不二，别忙着去烧太子的热灶，荀伯玉正是这句古训的遵从者。经过一番内心的挣扎，荀伯玉下定了决心。

如果我要立山头的话，或许荀伯玉确实可以算我这个山头的人。老爹坐上龙椅的第二年，就封我为司空，封荀伯玉为司空府谘议。荀伯玉成为我最重要的助手，我为政的大事几乎都是他来运筹帷幄。那晚我在王府里抽丝剥茧冥思苦想，终于厘清了他"弹劾"这个事的来龙去脉。

荀伯玉属于青齐豪族，一直和我老爹及我很亲近，和在外独自打拼、很少见面的我大哥就比较陌生，之后难免就有了冲突。加上后来老爹任命他为我的政治助手，他也就理所当然地上了我的山头，一心想把它隆起成为珠穆朗玛峰。太子想给他找点事那是很容易的，况且太子从来就不是一盏省油的灯，以前的罪过罄竹难书，这次芝麻大点的"违制"烂事，也自有一路跟随太子出行的骁骑将军陈胤叔及时详细汇报，后来一看形势不妙，陈胤叔又赶紧向太子密启，皆云"伯玉以闻"，太子由是深怨伯玉。其实，事实不重要，反正都明显地摆在那里，说什么和怎么

说才最重要，最关键的是天时地利人和各要素齐全。偏巧就发生了日蚀，那预示着上天示警，它有重大不满；而老爹是十分相信天意的，否则萧齐也夺不了江山，他也当不上皇帝。偏巧"违制"就是违反礼制，就是违反老天的规矩，这就和日蚀相对应。偏巧太子及左右亲信都出外祭陵了，更有利于"检校东宫"。偏巧伯玉又一直是老爹的心腹重臣，一直很会站在老爹的立场想问题。于是，伯玉就豁出去了，悄悄和老爹咬了耳朵。当然人算不如天算，好不容易躲过一劫的大哥，从此可就恨上荀伯玉了，也恨上了那高高的"山峰"。这次拿荀伯玉开刀，也算水到渠成，没有人能撼动皇上的坚决意志。由皇上亲自兴起的冤狱，天理、国法、人情都无从插手，这个局无人能解。我更是人微言轻，在朝堂上当然就一言不发，冷若冰霜。

（三）权势者

不几天，五十岁的荀伯玉就被推出斩首了。审判？当然不需要审判，皇帝代表天意，想杀谁就是谁，哪里还有那么些过场？

皇帝要杀荀伯玉，其实还是做足了功夫的，毕竟他是老爹的心腹，是托孤重臣。此前，他也曾想过，争取将伯玉从那个山头上拉过来。

"违制"事件后，老爹"重伯玉尽心，愈见信，使掌军国秘事，权动朝右。每暂休外，轩盖填门"。不久，荀伯玉的妈过世了。人死为大，自然得办仪式。大殓那天，我大哥指派东宫最重要的人物——太子左卫率萧景先和侍中王晏一起前去隆重吊唁。这二位早晨五点就出门了，可是直到太阳落山，愣是没靠近荀伯玉的家门。盖因前来吊唁的官员太多，把路都堵上了。后来还是司徒褚渊和卫将军王俭这两位大人物到后，众多官员才闪出一条道路，萧景先、王晏二人跟着褚渊和王俭的车马才来到荀伯玉的家门前。进了门，他俩又在客厅里等了很久，一直等到皇帝从宫中专门派遣中书舍人带着圣旨，命令吊客不许再到荀府吊唁，才轮到他们上前行礼。缺德的是，荀伯玉家还不管饭，这二位从荀伯玉家出来，已经饿得眼冒金星，前胸贴后背。第二天，他俩就给荀伯玉上眼药去了，在给皇帝汇报时说，外面的人们都说千敕万令，不如荀公一条命令。不过皇帝没太理会他们，对荀伯玉的宠爱，那是外甥打灯笼——照旧。当然，太子也彻底死了拉拢荀伯玉的心。

老爹临崩前，可能也感觉到局势的不妙，就指着荀伯玉对太子说："此人事我忠，我身后，人必为其作口过，汝勿信也。"将他也列入了托孤大臣的行列。

大哥坐上龙椅后，对荀伯玉采取了一直升官的策略，荀伯玉累迁散骑常侍。但是，荀伯玉内怀忧惧，每每在朝堂上表情凝重。皇上看在眼里，从各个途径"加意抚之"，也多次让我出面做安抚工作，"伯玉乃安"。而这次在朝堂上，皇帝突然出手，定了荀伯玉的死罪。

其实在这个社会里，朝堂历来是众人趋之若鹜的地方。士子们都知道，遨游官场，劈波斩浪，荣华富贵，无限风光，殊不知朝堂上还布满了暗藏杀机的死胡同。皇权高度集中且没有边际，皇帝当然可以为所欲为，而跪在下边的官员的内心，常常处于一种如履薄冰的忧惧彷徨状态，权力机器一旦开动，自己的前途命运根本就无法自主，只能被动地做出非左即右的艰难抉择，往往一念之差就将一个人逼入前无通途、后无退路的死胡同。荀伯玉之死就是典型一例，和他一样的冤死鬼更是史不绝书。我也在努力挣扎，目前还看不到走出来的方向。

（四）妙算者

我老爹之所以那么器重荀伯玉，除了他的忠诚、他的功劳、他的学识之外，还在于他的神机妙算、运筹帷幄，本事直逼两百年前的诸葛亮。

首先，荀伯玉能算卦。最先伯玉是刘宋朝的低级军官，在一场败仗后逃到建康，开始以卖卜为业，将自己丰富的阴阳五行知识在大街上变卖。荀伯玉卦术极准，被建平王刘景素招为府员，后来辗转到了我老爹的府上。老爹最信这一套，并且为荀伯玉的能力所折服。老爹出征时，往往都要管家算上一卦，看看吉凶，该走东还是征西；同时还让他做我们家的总管。后来，我大哥从广兴调回建康任职，在我家附近新修住宅，想到老爹府上的参天大树，有几棵就在他以前住的房间的周围，于是派出人员器具，准备移栽那些大树。荀管家才不管他是萧家的长子呢，当即把这些人驱离，当然大树一棵也没有移栽成。现在想来，大哥和伯玉之间在那时就有了嫌隙。

还有一卦算是很知名的。当初老爹还在任兖、青、冀三州刺史，镇守广陵时，某天突然接到圣旨，老爹又升官了！宋明帝调我老爹去京城，任黄门侍郎，领越骑校尉。升官发财可是大喜事，但老爹却是愁眉苦脸，唉声叹气，整天闷闷不乐。原来宋明帝刘彧这几年越来越疯狂，由于害怕太子刘昱的皇位被夺，于是开始诛杀立过大功的皇弟刘休仁、刘休祐、刘休若等，之后杀害重臣如功臣武将寿寂之、吴喜与高门名士王景文等。现在朝堂上功劳最大的重臣，就只有我老爹了，这当口调我老爹去京城，显然就是拿去祭刀的。正当我老爹彷徨无计时，大管家荀伯玉凑上来了，如此这般一说，老爹马上开颜大笑。之后老爹立即派遣数十骑全副武装的精锐骑兵,到边境北魏城下不断骚扰挑逗。北魏历来兵强马壮,当然容不得"南蛮"在城下耍威风,马上派出数百骑兵追杀。这一来二去,边境就杀声震天,虏骑侵边之势再明显不过,当然就有斥候以及老爹身边朝廷的眼线十万火急地报告皇上,老爹也不紧不慢地向京城呈报前线的紧急军情。但圣命难违,这时来宣旨的宦官不断催促老爹上路,于是老爹依依不舍地收拾好进京的行头,临行前再让荀伯玉算上一卦。只见伯玉穿着道士服装,绕着太极圈手舞足蹈,口中念念有词:"八风舞遥翻,九野弄清音,一攉云间志,为君苑中禽……"将一对玉卦向半空一抛,再摆案焚香,献酒祭羊,一阵复杂的请神敬仙仪式之后,再围着中间的玉卦检视。只听伯玉喜滋滋地说:"恭喜大人,您此任不能成行!"老爹当然不信,都已经骑在马上,就要绝尘而去了,还空说什么"不能成行"!这确实也只能哄鬼了。这时就听见府外嘚嘚的马蹄声,两名宦官滚落马下宣旨:由于边境战事吃紧,着萧道成主持兖、青、冀等七州军务,严防北魏侵扰。

其次,荀伯玉能做梦。伯玉做的梦可不是香车美女,不是吃吃喝喝,而是我老爹的指路明灯。我老爹还在镇守淮南的时候,荀伯玉因家事回到广陵,当晚他就做了一个奇怪的梦,梦见广陵城南楼上有两个穿着青衣的儿童,唱着童谣:"草中肃,九五相追逐。"梦中伯玉看见广陵城下,众人头上皆有草。之后伯玉告诉老爹萧大将军:"草中肃,说的可是您哦!九五是至尊之称,刘宋之位可期了!"童谣是上天的启示,我老爹由此精神振奋,加倍努力。

又过了几年,伯玉梦到老爹乘船在广陵北渚,见老爹腋下长着一对大翅膀,不时走来走去,就是没看到飞翔。伯玉就问老爹,将军你什么

时候飞翔呢？老爹说："三年以后了。"伯玉在梦中觉得自己是"咒师"，于是念念有词向上天唾咒之，共咒了六次，天上立即飞出六条龙，龙的腋下都有翅膀，在太空中展翅飞翔，一会儿飞累了才收回翅膀。我老爹从此和龙有了联系，还有什么理由不努力向前呢！

三年后，萧道成起兵大破桂阳王刘休仁，威名大振。之后废皇帝刘昱。那天在刚刚登基的龙椅上，老爹对伯玉说："你那时所做的飞龙在天之梦，今天应验了！"

经验之谈，医生不能医治自己的病，神机妙算的荀伯玉当初也碰到了神算者。当初荀伯玉还未出道时，有一神算经过他家的祖坟说："当出暴贵，而不久也。"伯玉听后说："朝闻道，夕死可矣。"伯玉今年被斩时也只有五十岁，那神算的话的确应验了。插个题外话，当时那神算还说："当有出失行女子。"过几天，伯玉家欢天喜地办喜酒，他的如花似玉的妹妹明日出嫁，可就在月黑风高的当晚，妹妹竟然不见了！原来很有个性的妹妹根本看不上门当户对的土财主，就跟山那头的阿郎哥私奔了！经过男女双方家族无休止的纠缠，他妹妹最后只得出家为尼。

后来看到了当期的史家所著的作品，多归荀伯玉为一杂智——"有狡黠之智，慧而小也"，即如同诸葛亮的军事计谋，机动灵活，智计百出。"荀伯玉诸多智计以助太祖，太祖嘉其尽心，愈见亲信，军国密事，多委请之。伯玉权动朝野，时人为之语曰：'十敕五令，不如荀伯玉命！'"

可惜了，我大齐的诸葛亮！

第三章 走太急

荀伯玉刚刚被斩，那天宦官又来通知我上朝。相似的一幕大戏继续上演：皇帝暴喝一声"拿下"，众大臣终于放下了心，觉得这回终于轮到我了，铲平我这座山头后他们终于可以睡个安稳觉了。可随着皇帝手指方向的变换，众武士再次越过我把我身后的著名功臣武将——望蔡侯、五兵尚书垣崇祖拿下了，这次省去了关监狱的环节，直接推出去斩首了！垣崇祖唯一的儿子则流放番禺，最后也不明不白地死在了路上。

（一）奉旨下棋

人是斩了，理由当然还是应该说一个，尤其对皇室成员，也应该有一个交代。当晚宦官通知我说，垣崇祖招延结纳长江北岸的亡命之徒，准备与荀伯玉一起作乱，同时以前就轻视太子云云。

其实招延结纳长江北岸的亡命之徒的说法，那就根本是一个站不住脚的理由。垣崇祖是天下名将，长期镇守边关，长江两岸的英雄好汉当然会进入他的军营，为他杀敌报国。那些绿林好汉，他们的出身当然经

不起审查，他们的经历也不能够检视，有些可能还身负命案，还偷抢拐骗，但上阵杀敌绝对是一把好手，而名将垣崇祖想要的，就是"打得赢"！现在仗也打赢了，反过来皇帝说你打仗的军队出身不对……这年头，活确实越来越不好干了。

其实皇帝杀人的真正理由，是藏在后面的那句"轻视太子"，那也真的冤枉了名将。那次垣崇祖被老爹十万火急地从前线召回，说要与他密商大事。一路上名将忐忑不安，以为朝廷出了什么大事。等他回到建康，太子马上迎上前来。其实太子心里更加忐忑，老爹对他严重不信任，现在千里迢迢地从前线召回大将军，是不是与"易储"相关？更何况，那垣崇祖可是长期与我走得近，与荀伯玉更是推心置腹，他俩一文一武要是一联手，再在老爹面前拉偏架，可就没人帮太子说话了。太子在城门前准备了宽大的马车，满脸堆笑地硬拉着名将上了车，太子在下首陪坐，一路嘘寒问暖，还对名将说："对于外界流传着的诽谤，我已经不放在心上。从今以后，我把荣华富贵就托付给你了。"

是的，垣崇祖和荀伯玉一样，是青齐豪族的代表，一直和我关系很好，对大哥比较陌生和疏远。加上他长年征战，性格豪爽，脑筋也不太擅长转弯，到现在对太子也是敬而远之爱理不理的，于是好事者就在太子面前告垣大将军诽谤。看到车厢内赔着笑脸的太子，垣大将军也没做过多的反应，当然更不可能表忠心，就这样来到了皇宫大门前。太子依依不舍地说："将军离开时，请一定到东宫，我为你饯行！"

垣崇祖家也顾不得回，急吼吼地跟着宦官进了大殿，只见我老爹招着手，让其上前陪坐。皇帝身后站着几个漂亮宫女，打着扇，端着茶，一脸妩媚；身前放着一个光彩玉桌，画着网，摆着棋，虚位以待。我横坐陪着，老爹急不可耐地说："快点快点，等你好久了，该你下了！"

是的，理想人物不仅要在物质需要上得到满足，更要在精神旨趣上得到升华。原来皇帝这些天闲来无事，特别想下棋，王抗、褚思庄、周覆等几个"老搭子"都不是对手，于是想到了棋艺高超的垣崇祖，就派驿马十万火急地从边境召回了他。名将一看这不务正业的皇帝，简直哭笑不得，怒气又不敢发作，于是一言不发，黑着脸当当当地往棋盘上落子。刚开始垣崇祖破绽百出，被老爹捏出不少棋子，感觉棋势分明，老爹渐露喜色。半局过后，棋势突变，通过几个"弃子"，垣崇祖完成了一个大合围。发觉不妙，老爹就想撤回已走了几步的臭棋，垣崇祖却毫不留情地将老爹的手给挡了回去，皇帝坚持要悔，垣崇祖就是坚决不让悔。一会儿工夫，老爹败局已定，就将手里的棋子气呼呼地向棋盘上一扔，威风凛凛地站起来怒目而视。这半年多来，皇帝的棋艺已打遍朝堂无敌手，本以为是天下第一了，正踌躇满志准备写一本围棋谱，却不料这个五大三粗头脑不够用的武将，转瞬间就杀得他片甲不留，以前好像他最多也只能打成平手哇！大殿上这凝重和尴尬的空气浓得化不开。垣崇祖也不理皇帝脸上的猪肝色，原地不动等待开始第二局，我们观棋的大气都不敢出，不知该如何化解这棋局中的危局。打破沉默的是急匆匆赶来的前线斥候，报告说北魏大军压境，已丢失一座城池。老爹也着急起来，棋盘上的城池过些天可以夺回来，边境上的城池可就不一样了，看来边境离了垣崇祖还不行，怎么才离开几天工夫，一座城池就没了！于是皇帝也忘掉了输棋的不愉快，对心腹爱将垣崇祖又是安抚又是奖赏，让他快马加鞭连夜赶回边境，继续指挥自卫反击战！

仔细想来，垣崇祖就是走太急了！是啊，救兵如救火，哪里能容半

刻的耽搁？从听到斥候的军报开始，他的心早就飞回了战场，满脑子谋划的都是从哪里进军，从哪里运粮，让谁当先锋，派谁守城池，哪里还记得起、哪里还顾得上太子"饯行"这档子事？

你记不起但太子还在东宫山珍海味地准备着呢，你顾不上但太子还当作"鸿篇巨制"在大力推进着呢！太子一等再等，等到花儿都谢了，就是没等到名将上门。这也太不赏脸了嘛！后来派人一打听，原来垣崇祖早已离开了京城！什么什么？太子请客居然还有人不卖面子？大臣出京居然不来东宫辞行？这就是明明白白的打脸了！大哥那是冲冠一怒，两眼滴血，火冒三丈，雷霆万钧，听说当即就将他准备的山珍海味全部抛向了天空，将盛菜的数百个玉碟全部摔向了地面，当然也连同他对垣崇祖仅存的容纳之情。

（二）淝水之战

垣崇祖的确是我大齐名将，老爹曾对朝臣们说："垣崇祖曾答应为我对付敌虏，果如其言。他一向自比韩信、白起，今天看来是名副其实啊！"于是进垣崇祖为都督，号平西将军，增封食邑一千五百户，配给鼓吹一部。

垣崇祖为萧齐开国立下了不世功勋，更让他大显身手的，是他的淝水大战。淝水在安徽寿县的东南方，源出将军岭，分为二支，向西北流者，经二百里，出寿县而入淮河；向东南流者，注入巢湖。淝水既为寿阳的护城河提供了源头，也是南北朝反复鏖战的主战场。当时，我大齐刚刚建立，内部还不稳定，部分州府还没有归心，一些小股叛逆还没有荡平，而北魏最具雄才大略的皇帝拓跋宏，当然不可能放弃这难得的战略机遇。479年十一月，北魏的梁郡王拓跋嘉、陇西公拓跋琛、河东公薛虎子分兵三路，一齐饮马长江。带路的是刘昶，他是宋文帝刘义隆的第九子，因受前废帝刘子业的疑忌，惧祸叛逃北魏，被拜为侍中、征南将军，封丹阳王。现在他看到刘姓皇室成员全被斩杀了，刘宋龙椅也被姓萧的抢了，那兴复刘宋恢复河山的重任就义无反顾地落在了他的头上，于是天天向素有一统神州饮马江南之志的拓跋宏上奏，要求带兵复仇，这次刘昶遂以征南将军之职随魏军一同南征，拓跋宏还答应，灭齐之后让他在江南复兴祖宗基业。

虽然老爹也派出了三路人马，但没想到狡诈的拓跋宏最后合兵一处，要集中优势兵力搞歼灭战。480年初，三路魏军会师至寿阳城下，二十万大军军容整齐，军威彪悍。而此时寿阳城只有两万守军，面对十倍的劲敌，考验垣崇祖的时候到了！

其实身经百战的垣崇祖早就胸有成竹，还在魏军未出发时，垣崇祖就召集文武将吏召开军事会议。

垣崇祖："听闻北虏三路大军进犯，众将有何良策？"

长史："百年前苻坚大帝踌躇满志，率领铁甲二十万，号称百万，到了淝水投鞭断流，意图以疾风扫秋叶之势，偏安的东晋一时草木皆兵，风声鹤唳，还好有谢玄、谢安、谢石等中流砥柱，仅用八万人就打败了苻坚。"

偏将一："这次北虏也是二十万大军，东晋好歹还有八万将士，而我们只有两万人呢！"

偏将二："大齐新立，人心不稳，应让朝廷加派人马助战。"

垣崇祖："敌众我寡，只能出奇制胜。应当修筑外城以待敌，城既广阔，没水便不坚固，现在准备筑堤坝以堵塞淝水，然后把城淹成三

面之险，诸位认为怎样？"

众将领："当年拓跋焘袭击寿阳，宋南平王士卒充足，由于城大难守，便退保内城。今天的情形，难度十倍于前。自古以来守此城者之所以不筑淝水之坝，都是考虑到地形不便，积水也没用呀。如果一定要这样做，恐怕是不合时宜的。"

垣崇祖："你们这是只见其一，不见其二。如果放弃外城，魏军必然占据外城，然后魏军外修楼橹，内筑长围，而我们四周没有屏障，内外受敌，这样是坐等被擒。因此，守城筑坝决策已定，你们不要再谏阻！"

于是垣崇祖开始了紧急的基建工程，用手头的两万战士，再征召附近的五万民工，日夜兼程，在寿阳城西北修筑堤坝堵塞淝水，又在堤坝北面筑起小城，小城四周都深挖壕沟，派三千人在小城内守卫。垣崇祖对长史封延伯说："魏军心贪而欠考虑，必然全力攻打小城，企图破坏堤坝。他们看到壕沟狭窄城池又小，便以为可以一战而克，会像蚂蚁一样攀登城墙。到时我扒开堤坝放水，水流迅急超过三峡，等他们无处可逃时，便自然沉溺水里，这岂不是小劳而大利吗？"

垣崇祖这边紧赶慢赶终于完成了大型水利设施工程，北魏的大军也紧赶慢赶来到了寿阳城下。刘昶开始慷慨激昂地做战前动员，站在二十万将士身前，慷慨激昂，痛陈家国之仇，什么江山本是我刘家的，萧道成只是家奴，却忘恩负义，篡位夺权；什么萧家横行无道，草菅人命，天地可诛。他言辞恳切，声音洪亮，说到激动之处，更是老泪纵横，哀感三军。之后这北魏大军就和垣将军设想的一样，汇集在水坝南面，从东路进攻小城。坦将军站立在城楼上，亲自监视敌军。一看已有几万北魏军堆集到了水坝下，便挥舞令旗，扒开堤坝。一瞬间，淝水奔流而下，坝下的魏军都被冲进了壕沟，淹死数千人。垣将军乘势出城掩杀，刘昶只好仓皇撤退。

（三）游击保命

现在想来，垣崇祖的死，当然与我也有千丝万缕的关系。记得大哥刚登基那天，就下了一道奇奇怪怪的圣旨："征镇、州郡令长、军屯营部，各行丧三日，不得擅离职守；都邑城守、防备幢队，一不得还。"加强全国尤其是都邑的戒备，不准任何军队异动，那时他就对平时和我关系很好的手握军权的垣崇祖等人，异常不放心了。

之后，大哥对豫州刺史垣崇祖颇花费了一番心思，"虑崇祖为异，便令内转"，先升他的官，征垣崇祖为散骑常侍、左卫将军，欲夺其军权。但垣崇祖也是有脾气的，且当时正好边境有事，垣大将军并未赴建康就任，大哥强压心中的怒火，只能"俄诏留本任，加号安西"。今年七月，大哥又命卫尉萧顺之代替垣崇祖为豫州刺史，征垣崇祖为五兵尚书、领骁骑将军。虽曰迁升，但军权已失，只能任人宰割。

其实大哥大可不必怀疑垣崇祖，垣大将军除了身负非常战功外，对我们萧家更是有特殊的保命之恩。还记得476年底，疯狂的宋废帝刘昱肆无忌惮地杀人，朝中众王和一众功臣均死于其手，于是朝廷中人人自危，朝不保夕。老爹在朝野的功勋和名声都越来越大，刘昱更加猜忌他。在如此险要关口，我老爹急于找一条退路，于是叫来心腹垣崇祖耳语一番，并任命他为游击将军。

第三天，我们家就神奇地搬家了，那时大哥在外，我也在老爹身边参谋离不开，其他的一众兄弟姊妹、至亲家眷，均三五成群地逐渐汇集

到兖州城外，对外号称是回家扫墓。游击将军垣崇祖早有准备，将他们全部扮成农夫，带领他们一直向北走了五天，深入了北魏境内，这里有一处很大的宅子，作为我家的临时住所，宅子外边有许多换装的军士守卫。就这样，我家的四五十号人在北魏境内躲避了十个月，游击将军也经常过来嘘寒问暖、传递消息，物资保障也很到位，只是纪律很严，活动范围只在一里内。直到老爹牢牢控制了权柄，即将登基之际，垣崇祖才将他们全部送回。对于我家绝大部分兄弟姊妹来说，谁是世界上最亲的人？那当然是垣崇祖了。可惜大哥没有亲身经历，当然就更谈不上感恩。

第四章 梦太真

名将垣崇祖刚刚被斩，五天后宦官又来通知我上朝。我现在真是筋疲力尽，一听要上朝就心惊胆战，不知道哪一回才会轮到我。这次还有点意外，战战兢兢的一众目光聚焦于皇帝弯曲的手指头，最后竟然落在了我身后的侍中、中军将军张敬儿身上。于是，这名大齐最能打仗、为萧齐开国立下汗马功劳的兴国公及他的三个儿子一同被斩了，只有他年仅三岁的小儿子逃过一劫。

（一）梦不能乱做

这就让人有点不明就里了。朝堂上众大臣心里明镜似的，这些天皇帝的火力主要是针对我，要先把我的山头削平，那江谧、荀伯玉、垣崇祖都是如此，时机成熟了也就轮到我了。其实张敬儿和我关系一般，我们既没海过誓山过盟，相聚的机会也不多，不管从哪个方面来看，他都不可能是我山头的人。后来皇帝身边的亲信来报，原来敬儿被斩，是因为他小老婆的一个梦！

张敬儿是战场上的百战英雄，但英雄有个缺点，就是爱美人，随着

他的胜仗越来越多，资历、官职、财富越堆越高，围在他身边的美女当然也越来越多。其他美女尝尝鲜也就行了，打仗要紧，但有个美女给张敬儿留下了深刻印象，那就是尚氏。灿若桃花，妩媚动人，顾盼生辉……这些都只是标配，能走到张大将军眼前的首先就得有这些基本素质。尚氏除了人长得特别漂亮，还很有文采，通晓文艺，但最打动将军之心的，是她经常做梦，预兆极准！

梦是什么？我们南北朝都相信，梦是上天的指引，是神的启示，是指路明灯。荀伯玉就是个做梦的专家，正是他的那些梦，引导我老爹走向了人生巅峰。听说这尚氏也是个预言家，她的梦都与身体发热有关：开始是手热，之后张敬儿就升了个小官；之后是手臂发热，不久后张敬儿升了一大步；不久是半身发热，于是升到了开府仪同三司，这是可以升的最大的官了。

张敬儿一直很享受老婆的梦。还在与沈攸之大战前，张敬儿起兵奔袭江陵，召集部下做战前动员，那些有关此行的目的、意义、责任、战略战术什么的一概不说，只说有关自身的一些梦。先说龙狗的故事；再说老婆手热身热的故事；又说自己老家社树的故事——这故事以前都没听他说过："还在未贵时，梦居村中，社树突然长高数十丈；前两天，又梦那社树直冲云霄。"这些已兑现没兑现的梦，把台下那些大兵听得一惊一乍的，他们也没什么文化，最相信这些神秘的指引，对老大的梦无不倾心敬佩，以为敬儿真是贵不可言，跟着他自有出路，于是群情振奋，当场宣誓，要为将军效死。

有人问他："你干吗不说自己打仗勇猛的事，老说那些梦干什么？"敬儿回答说："这你就不懂了，十场胜仗也抵不了一个梦。再说打仗的事是明摆着的，梦不说别人怎么知道？"

就在皇帝斩杀垣崇祖那天，尚氏又做梦了！这次她梦见全身发热！第二天她兴高采烈地在餐桌上向张敬儿一讲，张敬儿赶紧蒙住她的樱桃小嘴，之后顺手一刀，就将尚氏砍头了。如今老头子不在了，朝堂上的风向早变了，怎么还能乱做梦？年前张敬儿还曾为我老爹的死悄悄哭泣。

太祖崩，敬儿于家窃泣曰："官家大老天子，可惜！太子年少，向我所不及也。"

这年头没有不透风的墙，只要皇帝想知道什么，他就一定会知道。只一阵风的工夫，皇帝就知道了尚氏的梦。确实，这个梦就是个颠覆性的梦，就是说张敬儿要升最大的官了，全天下最大的官是什么——当然是皇帝。坐在龙椅上的大哥嘿嘿冷笑，近段时间正在全力对付造反者，那荀伯玉和垣崇祖就是典型，左看右看，那武功最高、将佐最多的张大将军，造反完全就有可能，何况听说他还和张淑妃结成了兄妹！那还等什么，杀了算了。当然，斩杀的理由不能是做梦，也只能是谋反，说敬儿交通蛮类有异志。众武士在朝堂上抓住他之后，他在众目睽睽之下，摘下朝冠，将朝冠上的貂尾丢在地上说："就是这个东西把我害惨了！"

（二）友不能乱交

听说最开始大哥也不想斩杀张敬儿的，他毕竟不是我的人，路线划分也轮不到他。想当初，老爹对张敬儿都是百般爱惜的，临去世时还遗诏太子，重用敬儿。大哥即位后，做的第一件事就是按父亲的遗旨，加敬儿开府仪同三司，说不日还将加以重用。

张敬儿兄弟俩都是来自底层的穷人，为了活命才到军中混饭吃的。

张敬儿头脑灵活，四肢发达，很有蛮力，打仗确实是一把好手，才当兵没多久就立了功。

随同郡人刘胡领军伐襄阳诸山蛮，深入险阻，所向皆破。又击湖阳蛮，官军引退，蛮贼追者数千人，敬儿单马在后，冲突贼军，数十合，杀数十人，箭中左腋，贼不能抗。

张敬儿就这样在基层一路拼杀，从小队长一路升迁。那天萧道成刺史站在讲武台上开始点名：张……张……张狗儿！还真不好意思叫出来，怎么有这么粗俗的名字？只见一个黑黝黝的莽汉站了上来。这个张狗儿在战场上杀敌无数，确实是不可多得的一员战将，奈何张家老爹没文化，村子里取名都是指牲畜为名的。萧道成在讲武台上当即拍板，将张狗儿改为"张敬儿"！什么，还有个哥哥叫张猪儿？那也改了，就叫"张恭儿"好了！从此，这兄弟俩就成了老爹手下的猛将。

这张敬儿从小只习武不识字，"年少便弓马，有胆气，好射虎，发无不中"。长大后，带兵打仗，整天马上来马上去，跟人相见顶多拱个手，唱个喏，哪里知道什么朝中礼仪，也没什么政治思想，更不知道路线、山头什么的，如今站在波云诡谲的朝堂，他那点政治智慧左支右绌，一直是险象环生。还好，老爹知道他的底细，也非常体谅和包容他，让他一直在外带兵，少到朝堂来和那些门楣高贵的大佬对话，这里面的坑多着呢！现在大哥坐上龙椅，就升他为侍中，开府仪同三司，为宰相一类的高官，当然得天天在朝堂上和皇帝共同应对天下大事了。

那尚氏看到郎君又升了官，就知道又该做梦了。皇帝听到这个梦后，其实开始也没往心里去，觉得张敬儿就是个粗人，就是个武夫，可能心里也没什么想法，就不想再理会。但皇帝不急太监急，皇帝身边有个张姓宦官，和张敬儿是一个村子里的，几代人之前还同宗，以前交情很好，一直称兄道弟，张敬儿也时不时地给他送点银两礼物，以及一些在战场上抢到的战利品。当然随着张敬儿的官职越来越大，他交往的层次就嗖嗖嗖地提高了，有时请客喝酒、孝敬送礼就忘记了张宦官的那一份。自然，张宦官心底的波澜越来越汹涌。做朋友就是这样的：以前我俩一样穷，那友情就是可以同穿一条裤子；如果一个人发达了，另一个人还原地踏步，那落后的人心里先是失落，之后是埋怨，再之后就可能是铺天盖地的报复，当然是"如果有机会的话"。现在报复的良机就在眼前，那张宦官当然要抓住。于是趁武帝有空，张宦官便凑上来像讲笑话一样，把尚氏那些奇奇怪怪的梦讲给武帝听，武帝一边听一边皱眉头。

张宦官一看武帝皱眉，知道眼药已经上得差不多了，便把口气一转，很是担忧地说："陛下，去年我曾回老家一趟，经过南阳冠军，听见有小孩在传唱说：'天子在何处，宅在赤谷口，天子是阿谁，非猪如是狗。'我不知哪里是赤谷口，一问才知道，张将军宅前有个地方叫赤谷。"

"猪狗不如的畜生！"武帝脱口骂道。

张宦官又说："前不久张将军管辖的南阳境内有山蛮水蛮作乱，官兵攻破几个山寨，搜得大批禁运物品，竟有明令不得外流的武器装备，把俘虏抓来一审，都说是车骑将军张敬儿拿来交换山货的。"于是谋反的罪名就算是坐实了。

张敬儿的女儿是征北谘议参军、门楣特别高贵的谢灵运的孙子谢超宗的儿媳。陈郡谢氏是高门代表，淝水大战的名声一直在那里摆着，谢超宗文化素养极高，"好学，有文辞，盛得名誉"。特别讲究门第的南朝，到后期门阀政治也开始松动，越来越不得势的士族低下高贵的头颅，

终于开始与寒族通婚了。亲家张敬儿被斩后，谢超宗对将军李安民说："往年杀韩信，今年杀彭越，您准备作何打算呢？"李安民大惊，马上向皇上奏报。武帝本来就讨厌谢超宗，更冒火他高高在上的门楣，便让御史中丞弹劾谢超宗。六月初十，谢超宗被收捕，交付廷尉讯审判贬岭越，途中又被赐死。如此武帝还不解恨，于是迁怒那上奏的御史中丞：这家伙的弹劾状怎么避重就轻，显得轻飘飘、言之无物？不几天就有尚书左丞弹劾该御史中丞，这御史中丞也就丢了乌纱帽。

童谣中还有"张猪儿"的份，除恶要务尽，斩草要除根，于是皇帝派人去老家捉拿，谁知那里早已人去楼空，张恭儿已带着全家逃到蛮中去了。有人说张恭儿手脚真快，可他哪里知道，为了防备这一天，张恭儿提心吊胆了一辈子。他看张敬儿一直升官发财，九条牛也拉不住，寒门做高官，破败在眼前，他怕会祸及自身，平日从不远出，只躲在老家一个非常偏僻的地方，村落深阻，墙垣重复，一般人不容易找到。一听有张敬儿的手下上门，张恭儿总是一个人带刀挟弓前去开门……后来张恭儿在蛮中躲了很久，才出来自首。这时武帝怒火已灭，对杀张敬儿还有点后悔，知道张恭儿一贯安分守己，和张敬儿截然相反，便下旨不予追究了。

（三）书不能乱读

当我们跪下去的时候，至尊皇帝便产生了；当我们不会反抗的时候，奴隶便产生了；当我们不会质疑时，骗子便产生了；当我们太娇惯时，畜生便产生了。人生只有终点越来越近，其他都是渐行渐远，但人都是怕死的，虽然可以视死如归，但有把刀老是悬在半空，也不知道什么时候落下，总也不是办法。于是，我天天在豫章王府里思索保全一家大小的办法。

那就倡孝悌。从此凡是大哥召唤，有我说话的机会，我都三句话不离"孝悌"，以勾起他对日渐稀薄的感情的记忆。当年齐高帝曾向硕儒问以为政之道，刘瓛答曰："政在《孝经》。宋氏所以亡，陛下所以得之是也。"高帝认为此言"可宝万世"。他在临终前的遗诏中曾嘱太子要"敦穆亲戚"，又曾说"宋氏若不骨肉相图，他族岂得乘其衰弊"，并要萧赜"深戒之"。可以说，以儒家的孝悌之道来"敦穆"王室是老爹定下的遗策。先前太子几欲被废而终致保全，恐怕也还是这孝悌之道起了大作用，老爹也害怕废太子而立我，兄弟因此而反目，极易致"他族乘其衰弊"。

老爹临终时，最不放心的就是第四子萧晃，所以特意将萧晃托付给太子，"勿令远出"。大哥继位后，遵从父亲的遗愿，将萧晃由南徐州刺史调入朝廷任散骑常侍、中书监。其时规定诸王在京师，只准置捉刀左右四十人，但萧晃偏爱武器装备，从南徐州任上返回时，私自携带数百人的器仗回京，被禁军发觉，将其私带的器仗扔进了长江。大哥继位后是严禁诸王私蓄武器的，获悉此事后大怒，将"纠之以法"。我听说后马上进宫拜见皇帝，痛哭流涕说："晃罪诚不足宥，陛下当忆先朝念晃。"这就勾起了皇上的记忆，让皇帝也陪同落泪。武帝不再坚持对萧晃治罪，但"亦不见亲宠"。

还有我五弟武陵王萧晔，大哥对他也疏远得很。前些年萧晔出为江州刺史，武帝以其出镇，想叫他把住宅让给皇子居住，萧晔却对武帝派来的人说："先帝赐臣此宅，使臣歌哭有所。陛下欲以州易宅，臣请不以宅易州。"此言一出，"帝恨之"。结果出镇江州仅百余日，就被征还。以

后职位屡有变迁，但"累不得志"。有次皇上举行家宴，我和诸弟都在，"独不召晔"。我举杯敬酒："今天风景殊美，大家都特别想念武陵王。"皇上于是让宦官宣他前来。五弟射箭很厉害，是百发百中的神箭手，他刚到，我就拉着他的手问："你的手还好吗？"皇帝回忆起五弟的英勇，这才释然。我之所为，当然是借兄友弟悌来维系兄弟间的敦睦关系，并以此自保，用心可谓良苦。

那就读孝经。我们有兄弟十九人，有四个皇弟早夭，除了我、三弟萧映、四弟萧晃、五弟萧晔，其余十个皇弟年齿尚幼，均不足以构成对大哥皇权的威胁。但大哥并未放松对诸王的管束，他规定"诸王不得读异书，《五经》之外，唯得看《孝子图》而已"；又"制诸王年未三十，不得蓄妾"，就是说孩子也要少生，不得超过皇上。

领略到皇上的苦心，我也身体力行地遵从。以前我也喜欢打打杀杀，跟随老爹立了不少战功。大哥即位后，我开始弃武从文，身边的侍卫随从不敢多置，能省的尽可能汰省，我在给武帝的一道启中说："臣自还朝，便省仪刀，捉刀左右十余亦省……服身今所牵仗，二侠毂，二白直，共七八十人。"又云："侠毂、白直，格置三百许人，臣顷所引，不过一百。"按皇上的规定，捉刀可为四十人，而我只设十余人，即使如此，最终还是连同仪刀一并汰减了。侠毂、白盲之人数按规定可达三百来号，而我削减得只剩七八十人，不仅远低于标准，也低于齐武帝强调之"侠毂、白直乃可共百四五十以还"的新规定。即使这样，仍然还会出现"或有言其多少，不附事实"的无稽之谈。

为了保全自身，我便大尚文事。其实这也是大哥的要求。那天在皇宫陪大哥说话时，他又有意敲打我。

武帝:"阿映,居家何事为乐?"

萧映:"政使刘巘讲《礼》,顾慰讲《易》,朱广之讲《庄》《老》,臣与二三诸彦兄弟友生时复击赞,以此为乐。"

武帝大为高兴:"临川为善,遂至于斯。"

我:"大司马公之次弟,安得不尔!"

皇上以玉如意指着我:"未若皇帝之次弟为善最多也。"

大哥认为读书尚文是"不堪经国"的,临川王与诸兄弟之尚文即可远离政务,而不会对帝柄有什么觊觎,因而他大赏之,并当着我的面予以高度肯定,这无异于为我树榜样。早在我第二次出镇荆州时,即于南蛮园开馆立学,在大齐王室成员中是最早开馆尚文事者,文士乐蔼、张稷、张融、谢朓、江淹、王僧孺等都曾入幕为僚。大哥即位不久,许多文士也与我分道扬镳了,留下的江谧还为武帝所杀。书友也没有了,我就在豫章王府里静静地读书,也要求后代秉承我的遗风,希望这能成为我家的护身符。当然,后事如何,只有老天知道了。

《梁史》:萧嶷的儿子均能恪守父亲遗训,大多以文章名,子恪、子范、子质、子显、子云、子晖是其佼佼者。萧子恪曾自豪地说:"文史之事,诸弟备之矣。"齐明帝执政后,齐高、武二帝之子孙多被杀戮,所剩无几,独萧嶷子"十六人并入梁"。

同期声　萧衍：初出茅庐

我萧衍和高祖萧道成是同宗的，自永嘉之乱后，胡骑占领了北方，从祖先萧整开始，原居山东境内的兰陵萧氏，和其他名门大姓一样，整个家族渡江南下，搬迁至晋陵武进的东城，成了南方侨姓家族，籍贯也改成南兰陵人，后来我们的先祖迁居到秣陵县同夏里三桥宅。

在东晋文化士族占据统治地位的"门阀政治"的格局下，我们萧氏同刘宋一样，受制于高门士族，只能投身军旅以求显达。至东晋中后期，随着高门士族阶层的不断衰弱，以南徐州地区流民后代为主力的"北府兵"军事力量不断扩张，逐渐成为主宰当时历史走向的决定性社会势力，从而导致了晋宋之际的社会变革。

刘宋之前，萧氏并无显贵，直到刘裕掌权。我们兰陵萧氏家族中率先崛起的并非高帝萧道成一支，而是与新兴的刘氏皇族联姻的"皇舅房"。《宋书》中《后妃·孝懿萧皇后传》载：

孝懿萧皇后讳文寿，兰陵兰陵人也。祖亮字保祚，侍御史。父卓字子略，洮阳令。孝穆后姐，孝皇帝娉后为继室，生长沙景王道怜、临川烈武王道规。

萧文寿皇后是萧家的明星，是她带领萧家走上了权力巅峰。她是宋武帝的继母，后被尊为皇太后，刘宋代晋后，其父萧卓"初与赵裔俱赠金紫光禄大夫，又追封阳县侯，妻下邳赵氏封吴郡寿昌县君"。萧氏这一族支被称为"皇舅房"。

"皇舅房"因婚姻关系而兴起于刘宋，不仅使其子孙获得了一定的权势与地位，其子侄也不断进取，萧皇后的侄子萧思话成为刘宋名臣，讨伐北魏，夺取汉中，做到了征西将军，开府仪同三司，袭父爵为阳县侯。宗族其他房支也因此获得了从事军政工作的机缘，高帝萧道成之父萧承之正是因为追随萧思话东西征战而地位上升，从而为高帝后来执掌刘宋军政大权奠定了基础。我老爹萧顺之是萧道成的族弟和部曲，血缘关系刚出五服，也走军旅之路，此时正在南征北战，为齐高帝立下了许多功劳，深得高帝和武帝的信任和倚重，前不久又代替垣崇祖成为豫州刺史。

我的快乐童年以及少年时光是在三桥宅度过的。479年，我十六岁时离家赴京城，为诸生，在大儒刘瓛门下读书，并有机会听一众名门大佬讲学，这样优哉游哉的日子过了三年，终于被大佬吏部尚书王俭看中，在十九岁时入王俭卫军府为东阁祭酒，主要是"掌接对贤良，导引宾客"，倒也结交了许多朋友。王俭对我也有知遇之恩，《宋书》有记载：

（俭）深相器异，谓庐江何宪曰："此萧郎三十内当作侍中，出此则贵不可言。"

其实，"贵不可言"只是儿戏，我们离高帝萧道成这一族还是比较远的，要得到武帝的亲近比登天还难。没人扶你的时候，得自己站直，路还

长，背影要美。目前朝堂不稳，武帝也在大杀功臣，天下何去何从，我的路在哪里，一时还彷徨无计，暂且"当一天祭酒喝一天酒"了。

第二卷

巴东王反了

　　今天是490年九月初一，江南的秋色正浓得化不开，站在皇宫里最高的宫殿中，一众妃子宫女正凭栏远眺，"衔远山，吞长江，浩浩汤汤，横无际涯，朝晖夕阴，气象万千"的景色就出来了。目前正是帝国的繁荣昌盛之际，萧赜坐上龙椅已经八年，他继承齐高帝萧道成的执政风格，力行节俭；关心内政，提倡教育；与北魏通好，使得边境较为安定，减少军事调动。于是这些年间朝廷政治清明，国内社会安定，带动经济文化的发展，呈现出安定团结的盛世局面。

　　这些嬉笑追逐的妃子宫女们无论怎样创造欢快的气氛，坐在旁边的皇帝还是一脸凝重，一副心事重重的样子，哪里有半点的乐趣？

　　是啊，这么多年了，皇帝还是藏不住心事的，还是才登基的时候镇压过谋逆者，将那几只"鸡"杀了，"猴子"也就老实了。没想到过了这么些年，现在天下承平日久，居然又冒出了谋逆者。

立大梁

大齐干部履历表

姓名：萧子响，字云音

出生年份：469 年

出身：兰陵萧氏齐梁房，齐武帝第四子，母为张淑妃

任职经历：早年因叔父豫章王萧嶷无子，故出继萧嶷，立为世子。齐武帝践祚，历任南彭城太守、临淮太守、豫州刺史。永明六年三月己亥（488 年 4 月 16 日），有司奏请让萧子响还本，武帝准奏，封为巴东王，历任江州刺史、荆州刺史。

特点：喜好习武。

第一章　管太紧

世上什么最宝贵？

当然是自由。世事皆是如此矛盾——相反而相成，当你无限接近死亡，才能深切体会到生的意义。自由亦如此，我们越是活在约束里，活在监管下，就越懂得自由的重要。自由之所以可贵，是因为为自由付出的代价才是最可贵的。

我很羡慕田间劳作的农夫。他们一家人一群人在田间嘻嘻哈哈，快快乐乐，一会儿追逐，一会儿嬉戏，日出而作，天黑而歇，老婆儿子睡床里，粗茶淡饭总相宜。他们不在乎失去，不记恨坎坷，不去想明天，不担心天下，可以自由作息，喝酒吃肉，率性而为，等到又一次鸡鸣狗叫，太阳如约而至，新的一天又开始了！

我也羡慕大牢里的囚犯。尽管他们的活动范围只有很小的地方，但他们是有希望的，那个小地方他们自己做主，该吃吃该喝喝，有事不往心里搁。他们心里等待着审判，等待着正义，等待着归期，等待着自由，而那一天终究会到来，反正我大齐几乎年年都有大赦天下。

我甚至羡慕那笼中的金丝鸟。牢笼很小，鸟儿虽处处受制，但吃喝有规矩，鸣叫有章法。那一对美丽的翅膀，本应翱翔九天，观赏风景，一不小心成了笼中之物，从此失去了广阔的天地。还好，它没有思想，不会忧伤，不知道还有自由，只认可眼前的幸福。千万不要去唤醒它，让它沉醉在已有的丰衣足食里吧！

（一）王权典权

我是皇帝的四儿子萧子响，被封为巴东王，当然"帽子"还有一大堆：使持节，都督荆、湘、雍、梁、宁、南秦、北秦七州诸军事，镇军将军，荆州刺史。作为皇帝的儿子，我几乎是一人之下，万人之上；作为使持节，那就是在荆州等七州这片土地上，我代表皇帝行使权力；都督七州军事，我就是这七州的最高军事长官；荆州刺史，我也就作为地方长官，长驻荆州。看看，我的权力够大了吧！作为巴东王，在荆州七州的大地上，我的话就是绝对命令，说一不二，有条件要执行，没有条件创造条件也要执行，那二十二岁风华正茂的我，日子应该非常逍遥快活的。

非也非也！理想很丰满，现实很骨感。在大齐帝国，不给每个人套上沉重的锁链，皇帝还怎么放心生活？刚坐上皇位的老爹，心里一点也不轻松，觉得眼前到处都是谋逆者要抢他的皇位，在毫无征兆地杀了几个开国功臣后，把位高权重的豫章王等几个兄弟亲王削其实权，再戴上高帽子放在一边专门让人膜拜尊敬。之后老爹再把亲生儿子们一一封王到各地镇守，进行藩卫。这个制度很好，我们做儿子的也从心底里拥护，哪知雄赳赳气昂昂风光无限地上任后，却完全不是那么回事——原来老爹压根儿就不相信我们，我们的权力那都是摆设。

老爹前脚派我们来上任，后脚就细心地给我们配了一堆人马来辅佐，可谓呕心沥血，关怀备至。配来的官职有长史、司马、谘议参军、中兵参军等，还有一个最重要的职位，叫典签。

其实典签是前朝刘宋首创，我老爹在历史的故纸堆里翻啊翻，终于发现了典签，那当真是如获至宝，就他了！于是将典签制度发扬光大：一是皇帝直接任命，凡是出镇地方的亲王，以及权力较大的地方刺史，皇上都要特别关照地给你配上暖心的典签。这些典签定期要回建康"休假"，休假时的第一要务就是去向皇上汇报工作。二是任用寒族。高门大族的子弟只愿意吟诗作画，对身为地方官的不入流的典签自然看不起，再说他们也不愿意经常去皇帝那里说长道短。寒族则不一样，入朝为官是他们梦寐以求的，于是双方一拍即合，皇帝看上了他们的忠诚与心甘情愿，寒族看上了皇上的"皇粮"与天恩浩荡。三是权力无边。现在典签又称典帅，或者干脆叫作"主帅"。光从名称就能看出，如今荆州大地上谁说了算。刘宋朝他们还只是"五品吏"，就是五品官的下属小吏，老爹决定重用他们，将其升为"七职"，即正式提升为七品官，与县令同级。他们的职责是什么呢？老爹规定为"一方之事，悉以委之"，就是说，典签被委以一方之大权，成为府州实际上的统帅。四是职数还多。给其他王府或刺史，老爹一般都是配一个典签，最多也就两个，而我却格外特殊，听说老爹听从了太子的建议，一口气给我配了四个典签。他们倒也轻松，采取轮岗休假制，留三个典签长期瞪着眼睛在我身边，一个人到建康给皇帝汇报顺带休假。

一山不能容二虎，这是万世通用的道理。在荆州大地，表面上我是巴东王，在这里一言九鼎——且慢！现在七州的老百姓都只知道有典签，却不知道有巴东王的存在。我制定荆州一年的施政纲领，刚要信心满满地在大会上做报告——且慢！典签没有签字，那只是废纸一张。我审理了一个案子，做出公正判决，正要押送犯人进牢房——且慢！典签没有认可，那只有推倒重来。今天我的食欲不好，都吃了一个月的萝卜炖豆腐了，好不容易悄悄端上来一碗红烧肉，刚要下筷子——且慢！饮食菜单典签没有同意修改，红烧肉只能端走，还得继续吃"营养丰富"的萝卜炖豆腐。

这边正在吃萝卜豆腐，那边典签就闹出大事了。交州刺史清河人房法乘，特别喜欢读书，经常借口有病而不处理州事，因此，长史兼典签伏登之得以擅自运用大权，随意调动、更换官员武将，还不让房刺史知道。后来，录事房季文把这一情况报告给了房刺史，房刺史气愤异常，立刻下令将伏登之逮捕入狱，关了十多天。伏登之用厚礼贿赂房法乘的妹夫崔景叔，才得以释放。重获自由的伏登之率领自己的部曲袭击了州府，将房刺史抓了起来，并对他说："你既然有病，就不应该再劳心费神地处理州事了。"随即将房刺史囚禁在另外一间房子里。房刺史没什么事可做，就向伏登之请求，送给他一些书来读。伏登之说："让你安安静静地待着，还害怕你万一发病了，怎么还可以让你继续看书呢？"接着，伏登之向朝廷奏报，说房刺史犯了病，没有能力处理事务。老爹也当即任命伏登之为交州刺史。灰心丧气的房法乘返回建康，走到大庾岭时就去世了。

武陵王萧晔任江州刺史，他性情刚烈耿直，不可冒犯，典签就对人讲："我现在进朝见驾去，等我一到京城就会把他换掉。"典签见了我老爹，对萧晔大加毁谤，于是萧晔就被免职，回到京都喝茶了。

南海王萧子罕戍守琅玡,他想去东堂游玩一次,但是典签不准许。萧子罕回到家中,哭着对母亲讲道:"儿欲移动五步都不能,这与被囚禁有什么两样呢?"邵陵王萧子贞有一次想要吃熊掌,但是厨子说因典签不在,所以不敢私自给他。

看,这就是我大齐刺史和典签对仗的命运,这就是地方的权力分配现状。准确地说,我们只是戴着王冠被关在牢笼里,什么都不能做,想什么也是白想。我们最缺的就是自由,很多时候,我很羡慕田野里的农夫,羡慕监狱中的囚犯,甚至羡慕我养了几年的笼中的金丝雀。我时常跟它说说话,喂它好吃的,怕它热着冷着。金丝雀还有我无微不至的关心,我的这双被缚的孤单翅膀,何时才能飞翔?

(二)反贪肃贪

我到荆州一年多了,整天无所事事,于是又带上心腹王冲天,一阵乔装打扮上街市看热闹去了。

约莫半个时辰来到一条繁华的街道,只见一处新落成的气派豪华的大宅子,上面书着"吴宅"两个金色大字,里面锣鼓喧天,唢呐齐鸣,一定是这家人办喜事了。这种场合是我最喜欢的,于是赶快撞进去吃酒看热闹。进门是收彩礼处,王冲天像以前一样大方地掏出二两银子送过去,只听一个仆人大声呵斥:打发叫花子呢?王冲天本以为送出的已是大礼,这时才忙问行情,原来最低是二十两起!我一想,两个人混一顿饭虽然很不划算,但能看场热闹也不亏,再说王府可不缺银子,于是示意他勉强交上二十两。之后,我们被领到一个最角落的桌上就座。一会儿就听到礼客大声传唱:吴县令三百两,玉盘一对;张知府五百两,锦袍一身……

直听得我张大了嘴，真不知道江陵还有这号人物，附近的头面人物都来了，居然还送那么大的礼。一会儿仪式开始，新郎官站到了舞台中央，王冲天差点叫了出来，这不是王府里的典签吴脩之吗？

看出我俩没见过什么世面，同桌的一个伙计说开了："这个吴大帅可是第三次结婚了，我们也送了三次礼，再这样送下去，就要破产了！"

一脸茫然的王冲天正要说吴典签在建康有家室有儿女，怎么又结婚了？并且才一年的工夫还结了三次？我立即制止了他，赶忙好奇地问那伙计："新娘子是哪家的？"

一个伙计唾沫飞溅："吴大帅好福气呢！听说这次的张娘子好漂亮呢！前不久张娘子家飞来横祸，她老爹张地主和儿子突然一起去世了，她家的所有财产都由可恶的巴东王判给了李财主！"

我赶紧给王冲天使眼色："竟有这等事？"

一个伙计赶紧补充："张地主家三个如花似玉的女儿失去了生活来源，听说还是李财主善良，将她们全部收留了，李财主要了老大做妾，听说前些天一乘轿子悄悄地将老二送给了刘长史，今天又将老三嫁给了吴大帅，听说彩礼好丰富呢。"

我："她们也算有个好归宿了？"

一个伙计横了我一眼："天下哪里还有王法，那张地主老实得很，肯定是他们合伙害死的，如今都家破人亡了，哪还有什么好归宿！"

另一个貌似有点知识的秀才说："前不久张地主的弟弟还到巴东王府里告状，结果却被打了个半死！那巴东王是瞎了吗？"

旁边一个伙计："小心点，这些话还是别说了，吴大帅可是手眼通天呢！"

人人都敢骂的人不一定是坏人，人人都想骂却不敢骂的人，才是真正的坏人。我只胡乱吃了几口就悄悄离席了，心里很不是滋味。以前我总认为，在我的治理下，在荆州大地上，在江陵闹市里，这一年来如洞庭湖的湖面一样，那是风平浪静，繁花似锦；百姓安居乐业，福禄双全，大家一定非常感恩。哪知道湖面下，还有波涛汹涌，还有暗流涌动？那个"张刁民"告状的事我还有点印象，记得是由刘长史主持的审理，将他当堂重责四十大板。这些案件的审理，我都不太过问，都是他们办好后，送到我这里简单过目画押，没想到这里面好像还大有文章！

回到王府后我就让差役送来上次"张刁民"的状子：这个叫张二松的陈述说，他哥张大松及儿子去李国用大财主家喝酒，之后就七窍流血而死，官府的捕快、仵作等串通一气，判定为正常死亡，之后李财主拿出借贷文书，祖辈留下来的五百亩田地就全部划归了李财主，三个女儿也被抢走云云。这当然是一面之词，再看看李财主的陈述，以及各种证词，似乎是张大松酷爱赌博，在李财主那里借了许多钱。之后我巴东王府里的刘长史秉公办案，将张大松的田地作价判给了李财主，上面也有吴典签最后的印章。

常识告诉我，太合理的事情，往往隐藏着巨大的不合理。原本我对普通百姓不太放在心上，但这件事引起了我的好奇心，老百姓都在骂我了，于是我叫来王冲天，如此这般地交代他悄悄去办事。过几天他回来，告诉了我传奇的故事！

王冲天离开王府后，调来一队军士，做了一些外围调查，掌握了真正的前因后果，之后捉拿了李财主，恩威并施地一阵责问，李财主终于老实交代了。

那李财主一直在江陵做当铺和丝绸生意，颇挣了些钱，年前王府的几个典签派人找上门去，索要钱财来修建房子。李财主知道对方来头通天，既想不失财，又想不得罪人，还想巴结权势，于是想方设法找到了吴典签，谋划了一个大局，当然之后几个典签和刘长史都参加了。

那李财主骗来了张地主和他儿子一同喝酒，将他二人毒死，官府的差役就做了张氏父子急病而死的结论，之后李财主拿出张地主的假借据，于是张地主的所有田地都归到了李财主手里。过了一段时间，江陵城新起了七八处豪华宅子，刘长史、吴典签等一人一处，之后李财主又把张家的三个女儿抢了过去，自己留一个，另外两个则分别送与刘长史与吴典签。有了内外上下的合谋，那张二松要想告状，当然只能当作刁民重重责打了。

于是我破天荒地第一次审案了，把李财主押来让他一五一十地交代口供，我府里这帮人全都战战兢兢变了脸色。当然不能赶尽杀绝，家丑也不可外扬，还是息事宁人比较好，就只把李财主杀头，相应的财产交还张地主女儿等人，多余部分充公，当然也包括那新建的几处宅子。

（三）公事公办

我们大齐是个典型的人情社会，讲究的是"公事私办"。大齐的老百姓，对了，也不光是老百姓，连那些各级官吏，以及高门贵族，有时甚至包括皇帝，要办成一件事，并不是先写申请，再呈报，再审批，再批准，之后就万事大吉，虽然大齐的法律条例确实是这么规定的。现在大齐的所有人办个事，首先就是要想想朝中有什么人可以利用，如果是普通老百姓，能够百转千回拐弯抹角找到一个朝廷里的人，那就很不容易了。如果你的朋友很多，那就要进一步思考找哪个人最合适。找到人还

只是第一步,之后是请托,少不了说情送礼允诺这一套,之后才进入正式的办事流程,办完后当然还得请客道谢。一个事情办下来,那真是身心疲惫。如果掐头去尾,想要把事情办成,当真是比登天还难,所以我大齐的办事者,最怕听到的一句话就是——公事公办!

什么情况下会公事公办?一是你确实找不到有地位的人帮忙。想我大齐的老百姓,许多都是祖祖辈辈在田间劳作,除了交税出役之外,他们很少也不愿意跟官府打交道,官差猛于虎也,如果他们确实没有所托之人,又流年不利被迫要去官府办事,就只能公事公办,而其结局早已揭晓,当然是对他们十分不利的。另外一种就是我现在的局面,得罪了一众官差,而现在天天要找这些官差办事,那对不起,就只能公事公办了!

自从杀掉李财主、收回刘长史及几个典签的大宅子后,他们老实了许多,但我的事情就更难办了。那天,我又带上王冲天,一副市民打扮,准备瞧热闹去,但在大门处就被典签吴脩之拦住了!

我很好奇:"吴典签,有什么事吗?"

吴脩之:"启奏大王,何事外出?"

我:"也没什么事,去体察一下民情。"

吴脩之:"大王明鉴,您这身装扮,有失皇家威严,于礼不合。"

我一想也对,这是一个讲礼的社会,于是赶紧去换回衣服,到大门口吴典签又把我拦下了。

我:"本王穿戴整齐了。"

吴脩之:"大王明鉴,可有出门凭条?"

我十分惊奇:"本王进出,怎么还需要凭条?"

只见吴脩之不慌不忙打开《齐皇御旨》，慢声细气地说："齐武旨曰，各诸侯王只在王府盘桓，出府需得典签签据，离府三天以上需得请旨！"

我一时哑口无言，欲哭无泪。王冲天倒是机灵，讨好地说："那请吴典签行个方便，现在签个据？"

吴脩之满脸得意："这也有规定，为了确保大王安全，需得大王提前三天送来字据，申明原委，我们查验真实并做好安全保卫方案后，才能签批。这都是公事公办！"

罢罢罢，这个府不出也罢。从此我就被关在府里，想出去那是不可能的，即使送去了出府的字据，也很少能得到批准，反正理由多的是。还好，我的府邸还足够大，目前还能容下我的心。

就这么相安无事地过了一个月，那天门童进来呈上拜帖，原来是京城好友沈约、王融等知名学士送来的。他们从建康一路游玩，饱览长江胜景，之后就到了江陵，准备在著名的承天寺举行诗会，已经邀请了江陵的文人学士，就想请我去参加并主持。这些活动，天生喜欢热闹的我当然想去参加，但一想到王爷的"安全"问题，那只能是不去了，最后答应活动后在府里召见宴请他们。

于是我让王冲天他们准备宴席。以前我在王府，经常是杀牛宰羊，大宴宾客，江陵的文人骚客很多都是我的座上宾。到了请客的日子，我摆了满满的八桌，那都是金樽清酒，玉盘珍馐，可直到日落西山，也没见到一个客人。让人出去一打听，原来都被吴典签等人打发走了，压根儿就没让他们进王府一步，理由当然也冠冕堂皇："王子无私交！"

之后我在王府里的日子越来越难过：菜单是固定的，一个月也难得

换一次，萝卜炖豆腐一吃一个月。以前常喝的雪梨水也有半年没尝到了，偶尔看到那些仆人们倒是在喝，一打听也是典签们不予放行，说是为王爷的身体着想，那些梨子的源头也不清楚，出了事谁负责？那些服侍的丫头也换了几批，现在全是些五大三粗的老娘们，以前那些水灵灵的春梅、秋菊也不知到哪儿去了，一打听也是刘长史让换的，说的也是害怕王爷犯错误，王爷正值青春萌动的岁月，身边不能有"幺蛾子"飞来飞去。

好吧，公事公办，我都忍了。

（四）以物易物

荆州是个战略要地。禹划九州，始有荆州，荆州为上古九州之一。荆州的地理位置，正好是天下之中，多山川多湖泊，易守难攻。在南北割据的形势下，一般就是在两个地带进行争夺，一个是荆州地区，一个是江淮地区。我大齐要能守住这两个地区，才能形成有效的防御体系。荆州向来是兵家必争之地，三国时期的荆州就战事激烈，赤壁之战、江陵之战、夷陵之战等，都有很深远的历史影响。刘宋和我大齐都在荆州保持了大量的常规军，而荆州军训练有素，精锐难当，和时是屏卫建康的坚强军事堡垒，叛时又是建康上游最大的威胁。

我似笼中困兽，一时什么也干不了。还是那日王冲天启发了我，说典签的权力只在本州，而我督七州诸军事，我们可以在军事上下点功夫，找点乐子。

荆州的民风比较彪悍，周边还有许多山蛮水蛮没有归顺，他们动不动就会起来造反，一会儿这里冒出来一个皇帝，一会儿那里出了一个大王。485年富阳人唐寓之，短短一年内，就聚集起十万人，先后占领新城、桐庐、富阳（富阳本为富春，因晋帝国一皇后名郑阿春，于是帝国内凡有春的地名均避讳，如寿春改为寿阳，凡改地名者成百）等八县一郡，声势浩大，并在钱塘登基称帝。唐寓之刚被剪灭，桓天生又聚众占领南阳郡，勾结蛮夷，外附北魏，结果又费了老爹好大的精力。

我和王冲天他们一分析，认为唐寓之属流浪汉之流，之所以能够逆天，一是典签制度害的。钱塘一带地方主管只有方案提出权，批不批全看典签脸色，手脚都被捆得死死的，随时害怕犯错误，害怕典签到皇帝面前乱告状，索性只在王府里躺平，不去思考人生啊世界啊那些问题，至于有没有人造反，那更是杞人忧天；而典签呢，他只有审批权，只管签字画押，只翻翻《齐皇御旨》就可以了，提出方案不是他思考的问题，于是这边几个草民把反一造，那边七州八府只有逃跑的份。二是相互隔绝的政策害的。我们和那些未开化的蛮族间，以前还有互市，山蛮水蛮出售土特产和水产品，换取他们急需的食盐和布匹等，现在市场都取消了。没有了互市，没有互信，没有文化认同，但这税那役却越来越重，急需的食盐都买不到，那造反是迟早的事。

于是我和王冲天商议，蛮族造反需要武器，如果把他们的铁器收光，那相当于釜底抽薪，他们也就没本钱造反了。另外，蛮族现在急需布匹，他们的头人最喜欢花袄锦服，于是我就让手下去大量裁制锦袍花衣，再带上布匹食盐，到蛮族地界与他们以物易物，但我们只要他们的刀具铁器。好在军事上的事务不需要经过典签，只一月工夫，我的手下满载而归，数百民夫搬运几天，才将那些锄头、犁头、菜刀、火钳、锅铲等物品运到我的王府封存。由于价格诱人，如今的蛮族天天像过节，他们不再裸露出行，人人都穿着衣服，头人满身鲜艳，那真是什么都有，只是没有铁器了，听说连煮饭都重新用上了瓦罐。

第二章　逼太甚

人在府中躺，大祸从天降，说的就是我。那天我还在库房里欣赏蛮族的笨重粗钝的各式铁器，想着把这一喜讯呈报给老爹，他一定喜笑颜开，如果将这一模式在各州推广，何愁民乱不平？这时一骑快马悄悄地来到府里，我母亲张淑妃派她在京城的亲信赶过来，告诉我一条惊天消息，皇上在宫中龙颜大怒，而愤怒的对象竟然是我！母亲让我做好应对的准备。

（一）钦差大臣

这年头最难的事就是让你做准备，而你又不知道为什么准备，该怎么准备。目的不清，导向不明，往往是差之毫厘，谬之千里。当老大的就是这样，惜字如金，给下面交代都是，你再去准备准备，你去修改修改，你去检讨检讨……至于到底该做什么，就靠你的悟性了。我本来认为自己到荆州一年多，还很有些功劳，也有许多心得，打算回建康好好给老爹汇报汇报，结果怎么却惹得千里之外的老爹愤怒？确实也想不出做过什么错事，是福不是祸，是祸躲不过，该来的就让它来吧！

果然，不几天，来自建康的钦差大臣——一脸严肃、满身正气、凛然不可侵犯的黄公公到来了，我跪下接旨，一听罗织的罪名，简直让我胆战心惊：一是违制，私下制作锦缎官袍和深红色棉袄，经常在王府杀牛宰羊办宴席；二是谋逆，同蛮族交换兵器，意欲不轨！哪条都是死罪。我收下王公公带来的陈述我罪名的奏章，全身战栗着送黄公公去驿馆歇息，那边让王冲天升堂议事。

我拿着那份奏章，怒火万丈地坐在公案前。长史刘寅，司马席恭穆，谘议参军江愈、殷昙粲，中兵参军周彦，典签吴脩之、王贤宗、魏景渊下首就座，一众全副武装的军士站立身后。本来还有一位典签柳惔，是当今尚书令柳世隆之子，是父皇绝对的亲信，他早先休假回建康了，想来就是他向皇上呈上的奏章！

我把惊堂木重重一拍："有人御前告我违制、谋逆，这都是死罪，大家议一议，这是怎么回事？"

沉默了好一会儿，刘寅只得先说："这事儿大王如果有什么向皇上解释的，我们愿意作陪。"

吴脩之："既然降下圣旨，大王应该细说原委，见机行事加以应对。"

魏景渊："照例应当先核查王府，看看有没有这样的行为。"

江愈："怎会有这等事？"

我："制作锦袍、红花袄，是蛮人喜好之物，我自己从未使用，怎么就违制了？"

刘寅："礼制大义在于心，不在于用，大王浸染于杂色，专情于异族，非礼也！"

众典签："那是那是！"

我:"在王府办宴席,各位也都大快朵颐,酒足饭饱,当时也没人说不对,怎么就成了罪状?"

席恭穆:"胁迫吃请,罪有可恕!"

台下众人:"那是那是!"

我:"收缴蛮族之铁器,乃是止乱镇反之根本。再说蛮族之刀铲,怎能比得上我大齐武器之精锐?如要准备造反之武器,当在大齐之铁铺购买才对吧?"

吴脩之:"收买武器乃大齐法律之严禁,而不在于所买武器是否精锐!"

台下众人:"那是那是!"

我再也忍无可忍,把惊堂木重重一拍:"胆敢如此陷害本王,我大齐还有王法吗!诬告者反坐。来人,把他们拉下去,按律斩首!"

我气急败坏地在王府里踱来踱去,再看了看那份奏章,简直是血口喷人、搬弄是非、颠倒黑白,恶人先告状!再看看那下边的具名,长史、司马、中兵、典签一应俱全,我做巴东王是多么失败呢,手下人全都反叛了!对了,还是少了一个人的名字,那个谘议参军江愈没有具名,我赶紧派人去让刽子手放了江愈,一会儿下人回复说,都已经斩首了!那只好对他的家属厚厚抚恤了。

好汉做事就要敢作敢为,于是我连夜奋笔疾书,将治理蛮族的思路、如何制作锦袍花袄、如何收缴铁器,以及长史典签贪赃枉法合伙谋财害命、我如何反腐肃贪从而得罪典签等事由,一一写明,最后是辞职削爵请求处罚的字句。第二天将回复奏折交与黄公公,并将斩杀长史典签等事一并告知。黄公公皮笑肉不笑地打道回建康了。

（二）镇反官军

我在王府忐忑不安地度过了六天，等来的是晴天霹雳：城外来了大队官兵，说是来镇反的！

这时我母亲派出的使者也悄悄到了，告知了京城的情况。原来黄公公回到建康后，先去了太子府，之后回宫添油加醋地汇报，说我为泄私愤，私杀朝廷命官等情节，至于我写的那封信皇上压根儿就没看到。本来皇上派人来调查谋反，现在却将谋反坐实了！我母亲还说，皇上尚念父子亲情，大军临行前，老爹还慎重交代："如果子响自缚来自首，可以保全他的性命。"

我也没关城门，先站在高楼上观察，只见军容整齐、刀光耀眼的骑步兵在荆州城外的江津燕尾洲停下了，他们既不进城，也不派人宣旨，更不与我接触，而是筑城。是的，就是新建一座城池，意思要与我长期对垒！

后来我一打听，老爹派出了三名将领，一个是亲信中书舍人茹法亮，他刚转到豫章王萧嶷府中任司徒中兵参军，而我小时候是过继给豫章王萧嶷养大的，茹法亮在萧嶷府中，可以借萧嶷的影响来劝服我。

一个是老爹的心腹关内侯胡谐之。他是南方本地人，屡立战功。当年我爷爷齐高帝萧道成诛杀了我老爹的亲信张景真、斥退萧谌后，为了缓和这一事态，便欲奖励大哥的心腹胡谐之"贵族盛姻"，以提升他的门第，欲将公主许配给他的儿子。奈何他家傒音太重，平时我们都听不懂他的话，于是老爹"遣宫内四五人往谐之家，教子女语"。半年后高帝问："卿家人语音已正未？"谐之答曰："宫中人少，臣家人多，非唯不能得正

音，遂使宫人顿成僪语也。"老爹登基后，胡谐之成为极受倚重的近卫重臣，甚至欲以其为侍中，只因尚书令王俭反对而作罢，但他也因此成为南朝时期较早的、以非华夏身份进入国家权力阶层的土著豪酋。现在老爹派讲僪语的胡谐之为统领，也是此次的主帅，南平内史张欣泰做胡谐之的副手，外加游击将军尹略做副手，带领八千羽林军，一路浩浩荡荡杀奔而来。

听说这次"筑城"就是张欣泰的诡计。张欣泰对主将胡谐之说："这次出行，胜利了没有什么名声，而失败了却要成为奇耻大辱。萧子响聚集的是一帮凶狠狡诈的人，他们之所以肯听从他的指挥，有的是贪图赏赐，有的是害怕他的声威，因此，他们还不会自行溃败。如果我们在夏口驻扎军队，向他们讲明利害、福祸关系，就可以不用动武而抓获罪人。"胡谐之深以为然，几日工夫燕尾洲新城郭就建成了，荆州城里一时人心惶惶，士气低落。他们采取不谈不打的策略，既防止我瓮中捉鳖，又可以以压促变。实在没有办法，我也不可能真的造反，派兵去打一仗对吧？当然这有可能就是他们期盼的。于是我穿着白色衣服，登上城头，频频派遣信使和他们通话。

我："各位将军辛苦！大军压境，有何旨意请明示。"

茹法亮在城楼上喝着酒摇着扇，笑而不答。

我："天下哪有儿子反叛的道理，我本身是为朝立功，只是被人陷害罢了。现在我便单独乘船还朝，向皇上陈述实情，何必筑城来捉呢？"

尹略："谁和你这个反叛父亲的人说话！"

沟通无果，长期对峙也不是办法，第二天，我就派人送了五十头牛、二百斤酒、三十车果馔，去慰劳官军。那个可恶的尹略，却当即命令军士将这些慰劳品全都扔进了长江！

是可忍孰不可忍！我还未说什么，我的左右心腹却再也控制不住万丈怒火，只见王冲天率领一队军士，轻易就渡过沙洲，只一盏茶的工夫就攻破了城垒，不管三七二十一先杀死了尹略解气。想那游击将军一生也征战无数，跟王冲天还未过上十招就被斩于马下，可见武功也稀疏平常。那些皇城羽林军，一看外表威武雄壮，人人帅气精神，但平时也就走走形式，做做样子，哪个见过真正的战场？再说他们本也没准备来打仗，只是来吓唬荆州的，王冲天只一阵冲杀，新城羽林军大乱，像无头苍蝇一样东奔西窜，混乱中胡谐之、茹法亮单独乘船逃跑了。当然，王冲天也不敢多杀，象征性地杀掉几个人后就凯旋了。

（三）树立榜样

这时心腹侍从向我报告情况，说父皇在处理荆州典签事件的同时，也在处理雍州的相似事件，结局可以作为参考。

原来雍州刺史王奂与长史刘兴祖长期不和，那长史造谣煽动山中蛮族，打算发动叛乱，王奂便将刘兴祖逮捕入狱。王奂是琅玡王氏出身，东晋丞相王导八世孙，历任尚书仆射、湘江雍三州刺史等高官。武帝命令王奂把刘兴祖押送到建康处理，但刘兴祖却在狱中上吊自杀。武帝极为愤怒，在派胡谐之镇压荆州的同时，也派中书舍人吕文显和直阁将军曹道刚率领武装的禁卫军两千人前去雍州逮捕王奂。为了确保万无一失，还命令在荆州长驻的镇西司马曹虎从江陵出发，由陆路北上，与吕文显和曹道刚率领的军队在襄阳会师。

长史殷睿是王奂的女婿，他对王奂说："曹道刚和吕文显来到这里，

我们没有看到皇帝真正的诏书，恐怕这是什么阴谋诡计，我们正好逮捕他们，然后，再骑马去建康向皇上报告。"王奂接受了殷睿的建议，派儿子王彪率领一千多名雍州州府内的将士，打开武器库，给每人发放一套铠甲兵器，然后分配兵力，关闭城门死守雍州城。奈何王彪能力有限，看到曹虎仅率领百数人来到城下，便打开城门和曹虎作战。可他哪里是百战将军曹虎的对手？不几个回合，王彪就大败逃回城里。这时城内的司马黄瑶起和宁蛮长史裴叔业发动兵变，进攻并斩杀了王奂，儿子王彪、王爽、王弼和女婿殷睿全部斩首。身在建康的儿子王融、王琛被武帝处死，另一个儿子秘书丞王肃跑得快，一口气跑到边境投奔了北魏。

（四）索命将军

看到王奂如此结局，我似乎知道了自己的命运。对待王冲天的凯旋之师，是该嘉奖呢还是该处罚？这当真是个难题！想到王冲天也是一片好意，于是给了他大堆银两盘缠，让他解甲归隐，最好去北边隐姓埋名，前边风高浪急，不需要更多的人殉葬，有我一人就够了。

只是王冲天的一次冲锋，就把我的造反变成板上钉钉的事实了，再在荆州待下去无疑只是等死。不入虎穴，焉得虎子？只有亲自前往建康，向皇上说个明白，可能还有一线生的希望。

出发之前还是先写封信。这次去建康也是凶多吉少，万一还没面圣就脑袋搬家了呢？还是要想方设法让父皇知晓事情原委，明白我的个人态度。在这个风雨交加的夜晚，我枯坐在摇摇欲坠的王府里，回想着这一年来的呕心沥血。我才二十二岁，正可谓风华正茂，前途无量，可是谋逆的大帽子如果扔不掉，那就只有"扔掉"脑袋了。于是我回想着父母的亲情，回忆着一年多来的事件脉络，一口气写了三封信，用蜡丸封好，慎重地交与王妃王氏，让她贴身珍藏，要是哪天我真的不在了，就找机会将信件呈给父皇。

风萧萧兮易水寒，我先将王府笼中那只金丝雀放了，让它海阔天空地自由飞翔吧。之后将一州政务委托内史打理，简单地和家人哭泣告别，只率领随从三十人，他们和我一样身着白衣，乘一艇小舟东下京城。一路气氛是凝重的，两岸景色是枯燥的，灰色天空也无精打采，只有船桨击打着江水，才发出人间的生气。第二日天刚亮，就看到前边江面上来了一支巨型船队，威武的士兵站立船头，一面高高飘扬的旗帜在风中猎猎作响，旗帜上一个大大的"萧"字。驶近一看，船头的主帅原来是领军将军、丹阳尹萧顺之。

我与顺之一家都很熟，我和他儿子萧衍年龄相仿，小时候我们还经常在一起玩。我走到船头忙问："将军何往？"

萧顺之："路过！路过！巴东王行色匆匆，何往？"

我："去建康面圣。"

萧顺之："上船共饮几杯如何？"

我一想也对，这么多天的忧愁烦恼，正想找一个亲人倾诉呢，于是上了将军的大船，却马上就被一众军士拿下反绑了。萧顺之："大王可知罪？"

我正要讲述这天大的冤情，不承想一把破布就给我堵了嘴，原来领军将军压根儿就不想听我解释，就这样把我关进了一个漆黑的船舱。不一会儿萧顺之进来说："大王的时间不多了，今晚就将送你上路，有什么事情吩咐，现在就可以好好想一想。"

他给我除掉口中之物后，我说："我有天大的冤情，要去京都面圣！"

萧顺之："当然不可能了！"

我脸色大变："老爹肯定不会杀我的！"

萧顺之："当然另有其人。"

我："难道是，大哥？"

萧顺之点点头，之后给我端来了好酒好菜，指着外面说："绞绳架已准备好，你先慢慢享用人间最后的美味，有什么冤屈，在天上等着向你老爹倾诉吧！"之后留下孤独的我等待死亡。

第三章　疑太重

猜疑是什么？猜疑是人性的弱点之一，历来是害人害己的祸根，是卑鄙灵魂的伙伴。一个人一旦掉进猜疑的陷阱，必定处处神经过敏，事事捕风捉影，对他人失去信任，对自己疑窦丛生，损害正常的人际关系，影响个人的身心健康。

生活中我们常会碰到一些猜疑心很重的人，他们整天疑心重重、无中生有，认为人人都不可信、不可交。他们总觉得别人在背后说自己坏话，别人脱口而出的一句话，他们很可能琢磨半天，努力想要发现其中的"潜台词"。这种人心有疑惑，不愿公开，也很少与人交心，整天闷闷不乐、郁郁寡欢。由于自我封闭，他们阻隔了外界信息的输入和人间真情的流露，便由怀疑别人发展到怀疑自己，失去信心，变得自卑、怯懦、消极、被动。

猜疑一般是从某一假想目标开始，最后又回到假想目标，就像一个圆圈一样，越画越粗，越画越圆。最典型的例子就是"疑人偷斧"：一个人丢失了斧头，怀疑是邻居的儿子偷的。从这个假想目标出发，他观察邻居儿子的言谈举止、神色仪态，无一不是偷斧的样子，思索的结果进

一步巩固和强化了原先的假想目标,他断定偷斧贼非邻子莫属了。可是,不久在山谷里找到了斧头,再看那个邻居的儿子,竟然一点也不像偷斧者。

并不是只有普通人才会猜疑,往往越到高层越孤独,感觉越危险,于是越猜疑。曹操刺杀董卓败露后,与陈宫一起逃至吕伯奢家。曹吕两家原是世交,吕伯奢一见曹操到来,本想杀一头猪款待他,可是曹操因听到磨刀之声,又听说要"缚而杀之",便大起疑心,以为要杀自己,于是不问青红皂白,拔剑误杀无辜。这就是一出由猜疑心理导致的悲剧。

如今我也慢慢想通了,我之将死,症结就是我老爹得了病,比曹操更重的猜疑病,而且无药可治。

(一)皇弟之争

我在船舱里苦苦思索,老爹猜疑我,那是因为我是他弟弟豫章王的儿子。

是的,幸运的是我有两个爹。早年叔叔豫章王萧嶷没有儿子,老爹便将我过继给豫章王,后来豫章王有儿子了,仍然上表留我为嫡子。在豫章王府,我是非常幸福的。我老爹是太子,那时他已经有十个儿子了,皇帝爱长子,太子亦然,我作为老四,在他眼里只是一个数字而已,他平时都懒得多看我一眼。并且我也不喜欢读书,整天爱打好玩,就更不得老爹的欢心。刚好他弟弟一直还没有儿子,兄弟情深,于是将我送到了豫章王府。

宁为鸡头,不为凤尾,确实是这个道理。在我新爸爸萧嶷的府上,我就是老大,是世界的中心,所有人都围着我转,一来我是府上的世子,二来我来自太子府，我从此就从可有可无的角落走上了耀眼的舞台中央：衣食住行自然是最好的，吃喝玩乐当然是想怎么来就怎么来，我爱好的武艺也飞快增长。老爹给我延请了一些江湖高手作为老师，舞刀的、挥剑的、射箭的、骑马的，轮番上阵，后来我的箭术几乎可以百步穿杨，弯弓有四斛的力量，勇武有力无人能比，屡次在园林中贴着坐骑奔驰，但全身上下从未受伤。

之后，我亲老爹继位了，将他的儿子们一一封王，偶然想到还有我的存在，于是也封我为辅国将军，南彭城、临淮二郡太守，会见诸王不需要致敬，后来还允我上朝的车架服饰与其他皇子一样。当然，豫章王府不久就有了男孩，而且越来越多，我过继到豫章王府就没有意义了。而且我两个老爹之间似乎有了很深的隔阂，以前豫章王府的亲信大将都相继被斩了。到了488年，有官吏上奏武帝萧赜说："子响本是圣上骨肉，出继给宗族。大司马萧嶷过去没有子嗣，所以用心抚养。陛下弘扬天伦爱心，大司马萧嶷深味义子的恩情，于是扶助弱枝，改变他的世系，这就像茅和蒋都是周公后裔，兴旺盛大，不改易后代子嗣，固然敦厚和睦之风可喜，而实在是亏损了立嫡的准则，臣等参酌商议，以为子响归还本支。"于是齐武帝封我为巴东王，不久令我出任江州刺史。

是的，不幸的是我有两个爹。现在细细想来，我的悲剧在我过继时就埋下了。我亲爹有二十三个儿子，有我无我他是不关心的；而我新爹是他的心腹大患，必须将新爹的得力左右都除掉才行，就这样砍杀了半天，横竖一看，原来我才是豫章王最得力的亲信！看看我们的官职，萧嶷是都督荆、湘、雍、益、梁、宁、南秦、北秦八州诸军事，南蛮校尉，荆、湘二州刺史，看起来虽很大，但实权和我在荆州相仿，只是地位更高而

已。我们父子干了同样的职位，拥有相似的兵权，当然就得到了一样的猜疑，掉入了谋逆的大坑。前些年，都说我新爹即将谋反，即将被诛，好歹都挺过来了，没想到跑得了和尚跑不了庙，皇帝还是拿他的儿子我开刀了。在我被追剿的整个过程中，我新爹出奇地安静，居然没有发出任何反对的声音，也没有私下给我送过消息，可见他的日子真的不好过，他站出来说话当然会起反作用，是不是在我之后，就又轮到他老人家了？

（二）后宫之争

老爹猜疑我，那是因为我是张淑妃的儿子。

皇室最让人费解的是要讲一个"嫡"字，有"嫡"者那是鸡犬升天，无"嫡"者当然寸步难行，也不知道那些摇头晃脑的大儒，头脑中怎么会有这么奇怪迂腐的理论。正是这个"嫡"字，把我们一众兄弟害惨了。我大哥是嫡长子，大齐建立后就被封王，他的名字也取特殊的"长"字，而老爹的其他儿子名字都是取"子"字。二哥萧子良也是嫡子，多年前就封为竟陵王，那王府的气派、出入王府的宾客大儒、各种的豪华气派，直比东宫。

三哥和我的母亲不是武穆皇后，而是张淑妃，由于没有"嫡"的金字招牌，从小就在不受待见的眼光中成长，后来老爹还不要我了，干脆将我送人。再后来"恨屋及乌"的，当是后宫之争。

武穆皇后裴惠昭和我老爹青梅竹马，但性情刚毅严厉，嫁给那时的员外郎萧赜，生下文惠太子萧长懋和竟陵王萧子良。刚开始江山是刘家的，老爹只是基层小官，倒也很服老婆的管教，一时夫唱妇和，家庭幸福。随着我家的权势日增，老爹周围的美女就越来越多，三吴豪族张家大美女我母亲也就嫁了过来,那时我母亲年轻漂亮,知书识礼,一时很受老爹喜欢。

东边日出西边雨。由于忌妒心切,加上风韵不存,裴惠昭就变成了声色俱厉的母老虎,越来越不受丈夫萧赜看重,479年裴惠昭成为齐国世子妃,大齐建立后册立为太子妃,481年裴惠昭在满满的忌妒心中含恨去世,听说临终前将她收集到的我母亲的各种不是,以及张家的各种违法乱纪之事,都添油加醋地一一说与我老爹。我老爹即位后追封她为皇后,谥号武穆。

失去的才是最宝贵的,对猜疑心重的人尤其如此,从此我母亲就入了冷宫,十天半月也见不到丈夫的面。不久,张家就进入了整肃之列,大齐最能打仗、为萧齐开国立下汗马功劳的兴国公,与我母亲以兄妹相称的张敬儿被斩了。之后曾助萧齐得天下的吴郡张氏境遇每况愈下,我舅舅张瓌在开国立有大功,于是一路升官,先后授予辅国将军、吴郡太守,封为义成县侯,食邑千户,后升任侍中。之后在我老爹手下,竟然是官越做越小,郁郁不得志,索性归家,反遭我老爹怒斥:"卿辈未富贵,谓人不与;既富贵,那复欲委去。"张瓌更是牢骚满腹:"陛下御臣等若养马,无事就闲厩,有事复牵来。"张瓌之弟张稷,永明中入豫章王萧嶷幕府,甚得萧嶷信重。但在多疑的皇上看来,与豫章王萧嶷关系密切的江东世族,都是整治的对象,这次终于是我成了他们的焦点。

(三)兄弟之争

老爹猜忌我,应该也是大哥推波助澜甚多。

老爹一直觉得豫章王要谋逆,当然太子更是这种感觉,并且利益最

受损的也是太子，因此皇帝不急太子急，在打击压制豫章王方面，父皇可能还懒心无肠，但太子却是急不可耐，以前江谧都曾在父皇重病之际称东宫非才，劝萧嶷趁机夺宫，这当然会为文惠太子所忌恨。加上豫章王名义上是太傅，是太子的老师，却隔三岔五就要辞让这一职务，这也让太子面子上很不好受：别人削尖脑袋也想当太傅，你却千方百计不愿当，意思是说太子不配让你教了？这当然会让太子很愤怒，这口恶气当然就要找豫章王最亲近的人出了。

而父皇和太子这些年来最不喜欢的人是谁——当然是军力强的和武功高的。现在是"永明之治"，我们和北魏和平相处了近十年，边境久不闻战事，与军事相关的事务已无人问津。父皇为了防止谋逆，于是大力提倡文学，各位王侯、朝堂大臣，每天谈论的都是经史子集、春秋大义，没人敢公开谈论军事。太子更是这样，虽然龙椅名义上早晚是他的，但意外经常会出现，现在必须把眼睛擦亮，看看都有哪些潜在的竞争者，一定要尽早扼杀在摇篮中。很不幸，他左想右想，上看下看，我都是最符合"竞争者"形象的一个。

当初父皇封我为巴东王，我很喜欢直阁将军董蛮的粗鲁有气力，于是邀请董蛮一起去荆州，可董蛮说："殿下癫狂如雷，谁敢与你相随呢？"我笑道："君敢说出这种话，也称得上是奇癫。"不喜欢武艺的父皇听说后有点不高兴，说："此人名蛮，哪里还会含蓄宽容呢？"于是给董蛮改名董仲舒，对董仲舒说："今日的仲舒，比起昔日的仲舒来如何？"董仲舒答道："昔日仲舒之名，出自私家；今日仲舒之名，出自天帝之口，从这点来说，远远胜过昔日了。"父皇连连点头称妙。

前不久父皇任命我三哥庐陵王萧子卿为南豫州刺史，但萧子卿在前往任所的途中，把自己率领的军队假扮成水军模样进攻演习，这本是提高战力的举措，战胜豫州无所不在的水蛮，就必须要有厉害的水军。但父皇和太子最恨皇室成员弄刀耍枪，冲锋陷阵，因此极为愤怒，当即下令杀了萧子卿的典签，又另派萧铿前往南豫接替萧子卿。萧子卿返回自己的家里，父皇一直不和他相见。

我从小也爱好武艺，在西豫州的时候，我选拔了带仗侍从六十人，都颇有胆略与才干。现在我又是荆州刺史，统领长江上游的所有兵马。自魏晋以来，荆州兵便是建康的最大威胁，史上多次叛乱，都是由荆州兵顺流而下发动的进攻。所以太子怕我反叛，时时都想将我除掉。

时辰已到，奇迹并没有出现，我泪流满面，颤抖着走向甲板，将头伸进了绳套……那只金丝雀，等等我吧！

同期声　萧衍：竟陵八友

我萧衍是一个有追求的人，十六岁就跃跃欲试地来到风云际会的建康，来到人物成山机遇似海的京城，不是来碰运气、看风景、弄风尘的，不是来喝喝酒、念念经、吟吟诗的，不是来服侍人、应付事、混日子的，而是来长知识、学本领、找前途的。我的榜样是萧道成，我想要叱咤风云，经历大风大浪，成就一番大事业。

（一）吟诗品酒

我在宰相府里枯坐着，整天无事可干，无精打采。王俭是我大齐文学的旗帜，他不但门楣特别高贵，出自琅玡王氏，是东晋丞相王导五世孙、刘宋侍中王僧绰之子。他五岁时就作诗一首："稷契匡虞夏，伊吕翼商周。抚己愧前哲，解绂归山丘。"齐高帝萧道成曾经举行私宴招待几个大臣，让大家各献技艺。褚渊弹琵琶，王僧虔弹琴，沈文季唱《子夜》歌，张敬儿跳舞，王敬则表演了空中接刀的杂技，王俭说："臣下我什么也不通，只知道背诵书本。"于是背诵司马相如的《封禅书》。萧道成驾崩时，在遗诏中任命王俭为侍中、尚书令、镇军将军。

王俭在目录学上很有贡献，撰有《宋元徽元年四部书目录》四卷。收书两千帙一万五千卷。他又依汉代刘歆的《七略》之体例，编撰成齐国图书总目《七志》三十卷。全书分为：经典志，记六艺、小学、史记、杂传；诸子志，记方技；图谱志，记地理及图书；文翰志，记诗赋；军书志，记兵书；阴阳志，记阴阳图讳；又附佛经、道经两类。其中图谱一志，打破刘歆《七略》中收书不收图的旧例；又特立"文翰"一目，以诗赋文集属之，即后世"集部"雏形。王俭家亦有丰富藏书，齐武帝废总明观，诏"于俭宅开学士馆，悉以四部书充俭家"。王俭奉旨将秘阁中的四部图书，择其善本纳入家中，供学士学习之用。

这两年来我在文学大咖手下，肯定是收获很大，他对我也比较肯定。但我逐渐发现，王宰相有两个致命缺点：一是太自大。他成立的文学社团，和太子及竟陵王成立的文学社团，竞争得太厉害，原本是楚河汉界、泾渭分明，但这种竞争最后终将跨越边界，进入党争，形同水火。而太子和竟陵王才是国家的未来，我长期在宰相府，当然时时会感受到危险。二是太清高。他传承了门阀政治的特点，更看重自己的门楣，一点也不将朝堂当回事，不将官职爵位当回事，三天两头有事无事地请辞，一会儿请辞国子祭酒，一会儿请辞太子少傅，一会儿请辞开府仪同三司，一会儿请辞吏部尚书，最后虽然是官越辞越大，但萧家对他的态度明显发生了转变，他举荐的府上人物，很少能得到重用。是啊，你天天辞官，还伸手要官干吗？

两年后，我终于找了个机会，在别人不解的眼光中，进入了充满希望的竟陵王府。

（二）寻觅彷徨

484年，我踌躇满志地来到鸡笼山下，跨进竟陵王的西邸，继续寻找安放我志向的场所。

竟陵王萧子良并不以文学见称，但他礼贤下士，喜欢接纳文学之士："子良少有清尚，礼才好士，居不疑之地，倾意宾客，天下才学皆游集焉。善立胜事，夏月客至，为设瓜饮及甘果，著之文教，士子文章及朝贵辞翰，皆发教撰录。"他的这种做法赢得了许多士人的拥护和支持，诸多士人闻风而动，子良倾意款待，在他的身旁聚集了不少文人墨客。

鸡笼山，在京城西北九里，西接落星涧，北接栖玄塘，在彼舟山之西二百余步，其状如鸡笼，因以为名。438年，宋文帝立儒馆于北郊，命雷次宗居之，置生百余人，次宗因开馆于鸡笼山，齐高帝萧道成十三岁时还经常在此听讲。后来萧子良镇守西州期间，于鸡笼山西邸开馆，继承雷次宗这种传统，广纳学士，沈约、谢朓、王融、萧琛、范云、任昉、陆倕和我先后来到西邸，于是称我们为"竟陵八友"。当然，八友并不只有八人，先后聚集于西邸的文人骚客共有七十四人之多。我们西邸文士并没有统一的文学纲领，也没有什么特别的政治目的，一般都在竟陵王府任职，我也从王俭府的东阁祭酒转任竟陵王府的西阁祭酒，领着一份薪水。西邸文人的活动主要有编撰四部要略、讲佛法、品评古器、撰录时人文章、游戏和画像六个方面，大量的时间用来吟诗创作，相互间的赠诗就很多。

490年，愤怒的武帝迁我去荆州时，同行的还有不得志的谢朓。西邸文士纷纷赋诗为我们送别，有几人写了赠诗，多是赠给谢朓的，也有赠给我的,谢朓还写了答诗。

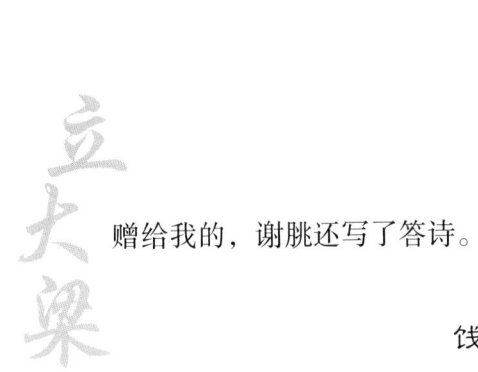

饯谢文学离夜诗

沈约

汉池水如带,巫山云似盖。瀞汨背吴潮,潺湲横楚濑。
一望沮漳水,宁思江海会。以我径寸心,从君千里外。

饯谢文学离夜诗

王融

所知共歌笑,谁忍别笑歌。离轩思黄鸟,分渚蔓青莎。
翻情结远旆,洒泪与行波。春江夜明月,还望情如何。

饯谢文学离夜诗

范云

阳台雾初解,梦渚水裁渌。远山隐且见,平沙断还绪。
分弦饶苦音,别唱多凄曲。尔拂后车尘,我事东皋粟。

别萧谘议行

任昉

离烛有穷辉,别念无终绪。歧言未及申,离目已先举。
揆景巫衡阿,临风长楸浦。浮云难嗣音,徘徊怅谁与。
傥有关外驿,聊访狎鸥渚。

和别沈右率诸君诗

谢朓

春夜别清樽，江潭复为客。叹息东流水，如何故乡陌。

重树日芬蒀，芳洲转如积。望望荆台下，归梦相思夕。

答任殿中宗记室王中书别诗

萧衍

问我去何节，光风正悠悠。兰华时未晏，举袂徒离忧。

缓客承别酒，鸣琴和好仇。清宵一已曙，藐尔泛长洲。

眷言无歇绪，深情附还流。

其实对吟诗品酒我没有多大兴趣，在竟陵王府也没看到什么出路，其间又先后去了几个地方，488年我试着去了巴陵王萧昭秀府中，任南中郎法曹行参军，依然没看到任何希望。489年，我在竟陵王府看到了另一位英俊潇洒的小王爷——十六岁的南郡王萧昭业，他是太子的嫡长子，小时候一直生活在竟陵王府，由竟陵王和妃子袁氏抚养长大，袁氏对他非常慈爱关心。封王后萧昭业回到了自己的府邸，可是越来越觉得不好玩，还是竟陵王府热闹，于是前不久就索性搬过来了。这不就是上天的安排吗？太子就是帝国的将来，太子的嫡长子就是将来的将来，而将来随时会来，那还等什么？我从此天天跟着南郡王，游玩杂耍，看戏逗乐，跑马射箭，山吃海喝，反正是他怎么高兴怎么来，一来二去，他就最认可我了，于是去求竟陵王，让我在南郡王府任职。萧衍是哪个？萧子良确实对我比较陌生，只是个连名字都不太熟的不重要的人，看萧昭业想要我，乐得做个人情。从此，我虽然仍旧在竟陵王府，却是南郡王萧昭业的人了,做他的"文学"之职。又过了一年,皇帝诏令,我不得不去了荆州。

(三)巨大旋涡

表面上我的生活是快乐的,身在竟陵王府,步入八友之列,每天吟诗品酒,送友唱和,在京城有房子有家室,不缺吃不缺穿,小日子倒还过得去。其实我内心是痛苦的,青春大好年华,大把的光阴虚度了,到了建康已十年,我从一个山头跳到另一个山头,一首诗接着一首诗地唱和,一杯酒接着一杯酒地敬饮,事没少做,腿没少跑,责没少担,苦没少吃,但我还是一直在基层原地踏步,仅仅是个"七品"芝麻官。放眼天下,我可栖的良枝在哪里?

这边还没看到良枝,那边却有了旋涡,而且来势凶猛,将我们毫不留情地吞没!

那天,我们一如既往地正在竟陵王府作诗,突然感觉王府的气氛比较异样,大家都在谈论一件事:巴东王萧子响杀僚佐谋逆,一时"都下匆匆,人多异志"。后来听竟陵王说,武帝要强力镇压,在朝堂商议此事,在选派统帅一事上颇为踌躇。

武帝对诸位大臣们说:"子响是要谋反啊!"

淮南太守戴僧静:"诸藩王本来都应该谋反,岂止巴东王一个呢?"

武帝大惊:"为何?"

戴僧静:"这些藩王何罪之有,但是时时被囚禁起来,他们要一截藕、要一杯水,都要请示典签,如果典签不在,那就只好整日忍渴挨饿。各州郡只知道有典签,而不知道有刺史,他们怎么能不反呢?"

竟陵王萧子良："启奏父皇，士大夫们出于什么意图纷纷带着礼物往典签那里跑？"

武帝："为何？"

萧子良："去王爷那里不会得到什么好处，而去典签那里很快就可以获得双倍于所送之礼的好处，如此好的买卖，为什么不去呢？"

但毕竟是造反，铁了心的武帝还是决心要严厉打击，于是想任命戴僧静为将，戴僧静却说："巴东王年龄小，而长史、典签等人逼得太急，所以，他一时生气，没有想到后果。天子的儿子由于过失误杀他人，有什么大罪！陛下忽然派大军西上，使人民感到恐慌，他们反倒有可能什么事都干得出来。因此，我不敢接受这圣旨。"

武帝无奈，又指派兖州刺史垣荣祖，但垣荣祖也推辞说："不应该说巴东王谋逆，倒应该说：'刘寅等人辜负了皇帝对他的恩典，以致逼迫巴东王，使他走上了这条路。'"

一看众人都不愿意出征，武帝只好指着第二排的我父亲萧顺之说，这是领军将军的分内之事，就劳烦领军走一趟了。我父亲大惊失色，这么繁重复杂的任务，怎么就毫无征兆地落到了自己头上？正要学习前两位将军进行推辞，可武帝已经摆摆手散朝了。王公大臣都如释重负地迅速逃离了朝堂，对我父亲留下了怜惜的目光，看到我父亲还站在那里，正要离去的武帝对我父亲说："子响若缚手自归，可全其性命。"

有了这个指示，事情就好办多了。稍稍安心的父亲从大殿出来，台阶下迎来了豫章王萧嶷，他走上来握住我父亲的手，面色凝重地说："子响心地善良，处事缺乏章法，阿翁多多教训，我在府上等待为你接风，为子响罚杖！"前有武帝的口谕，我父亲当然满口答应："一定将子响完璧归赵!"和豫章王刚分开,一名宦官又神秘地凑上前来说:"太子请大人去东宫,有要事相商!"

我父亲想,这当然可以理解,太子是大哥,兄弟连体,十指连心,他让我保全子响那是人之常性,这个顺水人情也容易。一会儿老爸进了东宫,哪知太子却下达了不容置疑的命令:"见子响杀之,绝对不能让他活着回到建康!"

目瞪口呆的父亲回到了将军府。看着眉头紧锁的老爹,大哥和我赶紧斟满酒杯,陪老爹一杯一杯地喝着,好一会儿老爹才述说了原委,几个"神仙"下达了彼此冲突的指令,他也不知道该怎么办了!

老爹:"我家命苦哇,不小心掉进了巨大的旋涡!"

大哥:"皇帝有口谕,应该执行圣旨。"

老爹:"豫章王也来掺和,是应该连顺水人情一起做了。"

我:"毕竟武帝势泄,太子势大。太子是将来,将来随时可来,若不按太子的旨意行事,我们就没有将来!"

母亲:"子响怪可怜的,才二十二岁呢,以前对我们那么亲,你们应该救救他呢!"

老爹:"妇孺之见!他的生命,当然不在考虑之列。"

我们都认同老爹的话,老爹也认同我的话,于是拿定主意的老爹就领军登船,浩浩荡荡出发了。

老爹平叛回京后,武帝对老爹的战绩是认可的,毕竟此前那一仗还损兵折将,丢了皇家的颜面。太子更是喜形于色,为老爹专门接风洗尘。之后武帝下旨,将子响除籍,改其姓为"蛸"氏。

（四）致命之悔

古人说，疏不间亲，劝和不劝分。别人夫妻打架，如果你"路见不平一声吼"，人家"床头打架床尾和"，那么恭喜你，第二天你就成了他们夫妻的共同敌人。父子也是这样，当时父亲雷霆之怒，一心想把儿子杀了，如果你去做个好事，哪怕有父亲的真心委托，成全了父亲"杀子"的想法，那么恭喜你，你迟早会成为他们家最大的敌人。

很不幸的是，我老爹就被迫成了那个"敌人"。虽然豫章王对我家明显改变了态度，但他已江河日下，本身就背上了谋逆的帽子，想来也掀不起几尺浪，我家也就万事大吉了，一颗悬着的心也就放了下来。

后来听说，萧子响的王妃千方百计见到了武帝，将藏于裙腰中的萧子响的绝笔信呈给了武帝，其中一封云："轻舫还阙不得，此苦之深，唯愿矜怜，无使竹帛齐有反父之子，父有害子之名。"另一封说："儿臣自知罪过已经超过了山河湖海，理应甘心接受惩罚。可是，您下诏派胡谐之等人前来，竟然没有宣读圣旨，就树起大旗进入要塞地区，在与我的城池相对的南岸，筑起城池防守。我几次派人送信呼唤茹法亮，乞求穿便服见他一面，但茹法亮始终不肯见我。我手下的一群小人又恐惧害怕，于是才导致了双方的激战，这些都是我的罪过。我本打算放下武器，孤身一人投奔朝廷军队，希望能回到京城，在家里待一个月，然后自杀，可最终还是没能遂心如愿，今天我马上就要结束生命了，临启哽塞，知复何陈！"还有第三封，详细地述说了到荆州后的政务，怎么知民情，怎样反贪污，怎样和山蛮水蛮做贸易缴铁器，怎样被长史典签报复陷害等。听说武帝看了信后，口吐鲜血，大病三天——子响不但无罪，反而还立有大功呢!

那天武帝上朝,满脸怒气,看谁都不顺眼。在万分凝重的气氛中,武帝连下四道圣旨:

一是恢复萧子响的皇籍,撤销"蛸"氏,封为鱼复侯。二是将荆州那帮奴才斩首,罚没柳惔薪俸三个月,让其回府思过。三是任命我为随郡王镇西谘议参军。四是奖赏我老爹十匹绢。这时老奸巨猾的豫章王似乎嗅到了风向,从怀中拿出早有准备的奏折,开始声泪俱下地表演起来。

臣闻将而必戮,炳自《春秋》,磬于甸人,著于《经礼》,犹怀不忍之言,尚有如伦之痛。岂不事因法往,情以恩留。故庶人蛸子响,识怀靡树,见沦不逞,肆愤一朝,取陷凶德,遂使迹邻非孝,事近无君,身膏草野,未云塞衅。但韨矢倒戈,归罪司戮,即理原心,亦既迷而知返。衅骨不收,辜魂莫赦,抚事惟往,载伤心目。昔闵荣伏痍,怆动坟园;思荆就辟,恻怀丘墓。皆两臣衅结于明时,二主议加于盛世,积代用之为美,历史不以云非。伏顾一下天矜,爰诏蛸氏,使得安兆末郊,旋窆余麓,微列苇帐之容,薄申封树之礼。岂伊穷骸被德,实且天下归仁。臣属忝皇枝,偏留友睦,以臣继别未安,子响言承出命,提携鞠养,俯见成人,虽辍胤蕃条,归体璇萼,循执之念不移,傅训之怜何已。敢冒宸严,布此悲乞。

然而"上不许"。萧嶷之将萧子响改葬的请求未得允准。这也不难理解,当然典签制度要维护,制度是好的,只是执行的人搞歪了;当然皇家颜面要维护,圣旨是对的,只是统军的人搞砸了。同时武帝下旨,让萧嶷重回官邸办公。原来豫章王为使自己不致与萧子响事件有染,这期间均不在官署处理公务,而还私邸,动辄十余天,这样对自己对萧子响都有好处,虽然煞费苦心,但最终还是没有保住这个养子。

从朝堂出来，宰相柳世隆和我老爹都郁郁不乐。柳恢是宰相之子，如果武帝不看在河东柳氏的显赫门楣上，不看在宰相的薄面上，柳恢恐怕早就小命不保了。我老爹心中更有数，一是武帝前不久刚封了第八子为随郡王，接替萧子响驻守荆州，现在将我外放到荆州，是想让我品尝品尝巴东王被杀的痛苦心情？二是武帝向来出手阔绰，奖赏大臣都是成百上千为起点，这次老爹执行圣旨，从哪方面看都是到位的，总不能指鹿为马将功成罪吧，但武帝心中的恶气又得不到发泄，索性戏剧性地奖励十匹绢，意思是说："辛苦你了，你等着！"

这之后的武帝一直闷闷不乐，那天他从景阳山路过，看到一只死了幼子的母猿在号哭，感同身受，不禁有了"猿鸣三声泪沾裳"的心绪，一时悲不自胜，想起高帝临终时"宋氏若不骨肉相图，他族岂得乘其衰矣"的告诫，就更增添了悔意。一来二去，那悔意就演变成了对我老爹的恨意！就在萧子响百日祭奠的时候，武帝破天荒地为儿子子响作斋并亲自上香，见大臣的时候也是颦蹙忧心，等看到了我老爹萧顺之，直接就号啕大哭了，当时就吓得我老爹万念俱灰！

这一哭声是有先例的。前朝皇帝刘义隆在见到杀害兄长的傅亮时，也是这样哭，而心惊胆战的傅亮第二年就被斩杀了。百日斋后，愁眉苦脸的老爹天天借酒浇愁，好不容易熬到492年，我老爹就病入膏肓，离开了我们温暖和谐的大家庭。想来他还坚强些，那个宰相柳世隆，在萧子响的百日斋后没过多久，491年就郁郁而终了，享年五十岁。

父母在，人生尚有来处；父母去，余生只剩归途。得知父亲去世这一晴天霹雳时，我正在荆州随郡王府，当即不顾一切地辞行赶回建康了。这一刻骨仇恨，就潜藏到了我心底。我相信，梦能到达的地方，总有一天，脚步也能到达。

第三卷

竟陵王反了

弹指一挥间,甜蜜生活好像还没来得及品尝,十一年就过去了。人的记忆就是这样,顺风顺水的日子总是过得很快,头脑中也难得留下片刻的残存。"永明之治"已记入了史册,而脑中时时记起的,都是自己吃了多少苦,出过多少汗,流下多少泪。七月的建康燥热难当,躺在皇宫病床上奄奄一息的齐武帝,回味着建国前的苦难辉煌,想着他走后的时局艰难,眼泪不自觉地流了下来。这些天都是二儿子竟陵王萧子良来侍疾,今天专门给他放假,武帝要自己一个人好好想想,要为这片大好江山留下坚不可摧的遗嘱。

还是应该让皇太孙萧昭业过来侍疾,许多话应该当面给他说清楚。一年前,帝国最重要的职务尚书令已经交给了二儿子竟陵王,确实也只有他是最佳人选,然而目前风传竟陵王谋逆,让本已糟糕的局势雪上加霜。于是齐武帝又从床榻奏折的中间取来萧子良的档案揣摩,希望能从中寻找到蛛丝马迹。

大齐干部履历表

姓名：萧子良，字云英

出生年份：460年

出身：父齐武帝萧赜，母为武穆皇后

任职经历：初仕刘宋，辅佐邵陵王刘友，累迁会稽太守。齐高帝即位，受封闻喜县公，任职丹阳尹。齐武帝即位，册封竟陵郡王，历任南徐州刺史、南兖州刺史，迁司徒，领尚书令。

特点：精通儒家，爱好佛法，有《竟陵王集》。

第一章　太子薨了

　　天有不测风云，说的就是492年的我大齐朝堂。史官称之为"永明之治"，朝堂上难得风平浪静，市井间难得莺歌燕舞，百姓间难得风调雨顺，大齐与北魏间难得井水不犯河水，我萧子良作为大齐最有实力的竟陵王，也在建康鸡笼山西邸开馆，一会儿聚集饱学鸿儒，讲礼颂德，研古评今；一会儿邀约诗仙酒友，研墨作画，吟诗品酒；一会儿奉请高僧名侣，讲佛说法，放生护生。可是老天爷不管这些，他只管按自己的规律运行。至于自高自大的人类，一会儿意义重大，一会儿盛世太平，一会儿千年大计，一会儿亘古烁今，就像我们看到队列整齐的蚂蚁，它们团结一致，构造了分工明确的社会性群体，可是一阵狂风过来，一趟洪水灌过，一切归于平静，大地回到原点。

　　是的，该来的始终要来，上天不在乎芸芸众生，就像我们不屑于忙忙碌碌的蚂蚁一样。不可一世的庞然大物恐龙，统治了地球一亿六千万年，转瞬间就成了尘埃，那世间还有什么风云变幻不能出现？这不，建康的天说变就变了。

（一）萧嶷走了

我们家又恨又爱、有权无势的豫章王终于走了,大家久藏在心头的石头终于落了地。

这些年一直传说豫章王萧嶷要造反或者正在造反,皇上似乎也采取了许多措施,各种斩枝去蔓,削权消势,我大哥皇太子也在一旁推波助澜,摇旗呐喊,好几次都传出皇上捉拿萧嶷的消息,萧嶷也是低调再低调,这些年几乎不见宾客,不聚朝臣,不上奏折,不言大事,只一心读书,一味品茶,只想生命尽快走到尽头,终于,他的"梦想"实现了。

这天,我在西邸请沙门僧祐讲经,为叔叔萧嶷祈寿,大哥请柔次二法师共讲《成实》,尚书令王俭延请僧宗讲《涅槃经》,太子亲自讲《孝经》,当时的高僧释僧钟、释昙纤、释昙迁、释僧表、释僧最、释敏达、释僧宝及衣冠士子一千余人"坐皆重膝,言虽竟日无起疲倦,皆仰之如日月矣"。讲经后进行家宴,我还为大哥赋诗一首:

侍皇太子释奠宴

霜轻流日,风送夕云。

雕檐结彩,绮井生文。

四琏合旨,八簋舒芬。

司徒祭酒王思远随即唱和:

皇太子释奠诗

龙图升曜,龟籍流芳。

俗资儒从，化以学昌。

葳蕤四代，昭晰三王。

挥发性灵，财成教方。

几天仪式完毕，正月初九上朝，皇上宣布，由我兼任尚书令；十四日，再任命我为扬州刺史。这两个关键职务以前都是叔叔萧嶷的，这些年豫章王一再真心实意地辞让，我父皇也装模作样地不许，为的是要把《孝经》中的"亲亲爱人"在皇家演绎好，把我爷爷临终前的交代落实好。看到我叔叔躺在病榻上日渐消瘦，久不能下床，不得已父皇只好将这两个职务交给我。

四月十五日，豫章王萧嶷就去世了。十四日，大哥还去了王府探望；十五日一大早豫章王府的侍从就来紧急报告，父皇赶紧带我一起前去探望，他竟然脸色发青，双眼紧闭，和前几天判若两人了。确实，病来如山倒，我们知道时日不多，于是就在王府守候。叔叔萧嶷似乎早有准备，一再深感皇恩之后，召他的儿子萧子廉、萧子恪等跪于床前，让我宣读他早已写下的遗言：

人生在世，本自非常，吾年已老，前路几何。居今之地，非心期所及。性不贪聚，自幼所怀，政以汝兄弟累多，损吾暮志耳。无吾后，当共相勉励，笃睦为先。才有优劣，位有通塞，运有富贫，此自然理，无足以相凌侮。若天道有灵，汝等各自修立，灼然之分无失也。勤学行，守基业，治闺庭，尚闲素，如此足无忧患。圣主储皇及诸亲贤，亦当不以吾没易情也。三日施灵，唯香火、盘水、干饭、酒脯、槟榔而已。朔望菜食一盘，加以甘果，此外悉省。葬后除灵，可施吾常所乘舆扇伞。朔望时节，席地香火、盘水、酒脯、干饭、槟榔便足。虽才愧古人，意怀粗亦有在，不以遗财为累。主衣所余，小弟未婚，诸妹未嫁，凡应此用，本自茫然，当称力及时，率有为办。事事甚多，不复甲乙。棺器及墓中，勿用余物为后患也。朝服之外，唯下铁钚刀一口。作冢勿令深，一一依格，莫过度也。后堂楼可安佛，供养外国二僧，余皆如旧。与汝游戏后堂船乘，吾所乘牛马，送二宫及司徒，服饰衣裘，悉为功德。

我这边刚刚含泪读完，病榻那边四十九岁的豫章王就断气了，整个王府一阵哀恸，哭声不止，父皇也忍不住泪流满面。皇上身体要紧，我们好不容易才劝住他，扶他回宫。

父皇哀痛特至，下令追赠萧嶷假黄钺和都督中外诸军事、丞相，丧礼规模仪式，完全和汉东平献王刘苍的一样。萧嶷去世那天，他家里没有一点现钱，父皇下令每月接济萧嶷家一百万钱。同时，那豫章王府的宫楼很高很气派，紧临台城，登高可以俯瞰皇宫，父皇在皇宫景阳楼上，望见豫章王府的宫楼很是悲伤，于是传旨将豫章王府的宫楼也拆除了。

豫章王去世之后还是很孤寂的，只有旧吏乐蔼等寥寥几人表达了悲哀。步兵校尉乐蔼请大作家沈约为萧嶷撰写碑文，沈约婉言拒绝。当时沈约是太子"特被亲遇"的僚佐，他自然要考虑父皇、太子和豫章王的微妙关系。又过了一年，时移世易，沈约才应萧子恪所请，写下了《齐丞相豫章文献王碑》。

豫章王萧嶷就是一个完人，除了军功太显、政绩太著外，几乎就没什么缺点。后来朝堂内外、江湖百姓所称道的，是他的仁慈善良。作为帝国名副其实的二把手，他恭谨、廉洁、节俭，从来不追求金钱，不接受贿赂。记得那年他自己家的库房发生了火灾，将他从荆州带回家的资产全都烧光了，估计有三千多万，这和当时的王公大臣相比，和高门大

族相比，和地主财阀相比，简直九牛一毛。但是，这就是他的全部家当了，他当然有点心痛，最后也不过是按照律例的最轻条款，责打了库房负责人几十棍而已，还负责找了医生医治被责打的下人。

记得萧齐刚刚建立时，高帝萧道成即位，赦诏未至，萧嶷先下令免除他所管辖的州刘宋时期拖欠的全部租税。为此仆射王俭笺曰："旧楚萧条，仍岁多故，荒民散亡，实须缉理。公临莅甫尔，英风惟穆，江、汉来苏，八州慕义。自庾亮以来，荆楚无复如此美政。古人期月有成，而公旬日致治，岂不休哉！"

记得父皇即位后，频繁发诏要去礼拜先皇陵墓，但次次都不能成行，遂遣萧嶷代劳。回程时经过延陵季子庙，参观沸井时，有水牛冲突队伍，士兵擒下水牛推问，欲找到幕后黑手，萧嶷不许，取绢一匹横系牛角，放牛回家。萧嶷为人治存宽厚，故得朝野欢心。萧嶷性格泛爱，不喜欢听闻别人过失，左右若有投书相告，他会置于靴中，看也不看一眼便取火焚之。

（二）太子薨了

如今建康最有权势的就是我哥太子了，前些天太子还有些担心那个老骨头，都说他一直深藏不露，就像司马懿一样假装卧床，实则观察时机。确实也奇怪，皇帝把他的前后左右都削了个遍，连跟他有点沾边的巴东王都"忍痛割爱"了，他却还硬朗地活着，静观天下形势。他一定是在期待着什么。那索性一不做二不休，就在父皇任命我兼职扬州刺史时，太子似乎悟到了什么，于是专程去豫章王府拜访了叔叔，顺带叫上个心腹御医，送上了汤药，看他喝下了一大碗才放心地离开了。唉，好人命不长，第二天叔叔的病情就急转直下。还好，临终前父皇和我还是去看了他的，算是没有什么遗憾。

492年正月二十五日，各类节庆活动刚过，春季耕种还未到来，建康市民还在走亲访友中，东宫传来晴天霹雳：太子薨了！我一时还没反应过来——他给豫章王萧嶷所撰写的碑文，都还没来得及镌刻竖立，怎么他就追随而去了！

我大哥是父皇十八岁时所生，父皇登基时被立为太子，今年刚好三十五岁，风华正茂，竟突然就走了，还听说是豫章王索命来了，我们全家当然承受不了这个事实。老爹连杀了数名太医，以及太子府的众多侍从，连那沈约等一众心腹文士，也在东宫受到好一顿训斥——都是他们平时不好好服侍造成的！

我大哥不但讨父皇的喜欢，其实更讨我爷爷齐高帝的欢心，小时候萧长懋姿容丰润，爷爷就取小字叫作"白泽"。回到建康后，我爷爷当时正值创建霸业之际，对嫡传子孙特别留意，对萧长懋说："你这一回来，我的事情也就办妥了。"随即安排他住在府东斋，让他和文武宾客接触。又指示荀伯玉说："在我出行的时候，城中的军队都由萧长懋指挥。就是在我不出行的时候，府城内外的警卫部队和各门武装，也都要经常交给萧长懋调遣。"479年，爷爷准备受禅为帝，父亲已经回到京师，他们因为襄阳乃是军事重镇，不想让别的家族来指挥，于是便让萧长懋出来，任命他为持节、都督雍梁二州和郢州的竟陵、司州的随郡诸军事、左中郎将、宁蛮校尉、雍州刺史。一年后调任他为侍中、中军将军，设立将军府，镇守更为重要的建康门户石头城。

488年，父皇准备审理丹阳地区的囚徒以及南北二百里以内的狱案，

下诏说："审理狱讼是很重要的工作,这是政治教化的首要问题。太子已到而立之年,又是皇帝的助手,应当随时详细阅览,这次审讯工作就交给他来亲手决断。"于是萧长懋在玄圃园宣猷堂审理三署囚犯,各有不同程度的宽大处理。齐武帝晚年喜欢游宴,尚书省的一些工作也分送给萧长懋处理。

（三）清淡玄谈

太子获得的好名声,是从"玄谈"和"好文"开始的。

从魏晋开始,江南都崇尚玄谈,而玄谈要以饱读诗书为基础,这就几乎为高门大族所垄断。这些门楣高贵的士子,家底雄厚,不屑于为武,不屑于做事,年轻时都是苦读经书,强记硬背,之后就投身于辩论的江湖,掉书袋,抛锦句,认死理,钻牛角,逞口舌之利,张孔孟之道。而打打杀杀的江湖,他们向来看不起,今天曹家掌权,他们贵为上卿,明天三国归晋,"王与马,共天下"。反而是出身寒微庶族的天子,有了厚重的危机感,不断敦促后辈弃武从文,以便登上大雅之堂,不让"王谢"垄断言论,挤满朝堂;当然那些开国功臣,一般都是在战场上杀人如麻而功勋等身的,他们家族贫寒,如今站立在"子曰诗云"的朝堂,与王谢高门为伍,那份自卑与愧疚,更是只能教育他们的子孙,抓紧诗书,以期跻身玄谈的队伍。

我们家也是这样,我爷爷萧道成"粗通文字",父皇也"略知诗书",我大哥就不一样了,从小就潜心苦读。爷爷萧道成喜欢《左氏春秋》,萧长懋朗朗上口,一气背诵,此事传为佳话。萧长懋做了太子以后,便努力树立名誉,礼接文士,他们都成了他的亲近左右。后来,萧长懋不断和当朝大儒们在崇正殿里谈论《孝经》等古书，最著名的是487年冬的那一次，大哥来到国学，亲自策试学生，在座位上同少傅王俭等开始了著名的玄谈。

太子："《曲礼》上说'无不敬'。但细究起来，下级侍奉上级，是应当按礼恭敬的，但上级对待下级，应该慈而不是敬。现在都说成是敬，不是太笼统了吗？"

王俭："郑玄说'礼主于敬'，就应该是尊卑一样都要用敬的。"

太子："如果这样可以的话，那么忠与惠也可以用一个概念，孝和慈也不必分开来说了。"

金紫光禄大夫张绪："我认为恭敬是立身的根本，不论是尊是卑都应当遵守。"

我："所有礼无非都是强调敬而已，我觉得没有什么疑问。"

太子："我本来也不是说有疑问，我这样做正是要使概念和实际相符合，分出轻重来。"

临川王萧映："先提出必敬，是要申明大的原则，尊卑是具体落实的问题，所以放在后面，也不必因为有总有略而受影响。"

萧长懋问王俭："《周易·乾卦》本来是要推布天位的，而《说卦》却说'帝出乎《震》'。《震》本来并不是天，这意思岂能互相统贯？"

王俭："《乾》主健，《震》主动，而运动是天的大德，所以说'帝出乎《震》'。"

太子："既然天以运动为德，那么君主自然是体现天德而成其位的，《震》的象是雷，这难道是体现天德而出现的结果？"

王俭："主持神器的人最好是长子，所以与《震》相呼应，万物都是

出于《震》，所以也是和帝有联系的。"

王俭又问太子："《孝经》有'仲尼居，曾子侍'的说法。孝理这东西可谓博大精深，只有大贤之人才能懂得其中的奥妙，为什么孔子不对颜回传授，而要寄托给曾参呢？"

太子："曾参虽然德惭体二，但孝养侍奉父母能够尽礼，所谓丢开东西要从近处着手，接引人物中间不能有阻隔，要弘宣规教，意义也是这样。"

萧映又问太子："孝是德的根本，我就有些弄不通，德存在普遍的善中，而孝是由于天性，是一种自然属性，难道会是习惯的积累？"

太子："正因为孝不是由积习所致，才可以作为德的根本。"

萧映："在不经意中就可以合乎孝了，并不需要懂得德的原则，大孝能够荣亲，这便什么德都有了，照这样说来，孝怎么能是德本呢？"

太子："孝有深浅，德有大小，在一定程度上孝便成了本，你又何必发出疑问呢？"

…………

像这样的玄谈，一坐一整天，我就只偶尔象征性地说两句，之后就昏昏欲睡了，但看那太子，看那王俭，看那张绪，他们是越谈越来劲，正所谓理越辩越明、才越谈越高。在这不断的玄谈中，太子的名声越来越响亮，那些江南高门名士也不敢低看我们萧齐了。

（四）违建越制

大哥和我一样都好佛，他设立了六疾馆来收容穷苦人。大哥风韵甚和，只是很喜欢奢侈华丽。他的宫殿，雕饰得精巧绮丽，甚至有过于皇帝的宫殿。拓建玄圃园和台城北堑等，内中楼观塔宇，奇石处处，妙极山水。因怕被皇上在宫中望见，便在靠近门处栽列修竹，里面设置高障，又造活动墙壁数百间，安装上机巧，如果需要障蔽，转眼间便遮挡起来，如果需要撤下，随手就可以搬走。他善于制办珍玩之物，用孔雀毛织为裘，光彩金翠，远远胜过雉头裘。他借口晋明帝为太子时建造了西池，便请求武帝援引前例，为他开辟东田造小苑，皇上批准了。永明年间，二宫兵力充实，太子便驱使宫中将吏轮番参加筑造建筑，于是宫城苑巷，规模盛大，京师倾城前来观看。

父皇虽然性格严密，到处都安排了耳目，但大哥的所作所为，没人敢去报告。那天父皇到叔叔豫章王家，回来时路过太子的东田，才看到这里的建筑连绵华远，壮丽极目，于是父皇大怒，把监作主帅收留审查。大哥这才害怕，把有关人员和东西都藏匿起来，从此不断受到父皇的指责。大哥平时经常生病，但身体又较胖，常在宫内傲慢遨游。他搞的仪仗队，往往超越本分，父皇的宫禁虽然近在咫尺，但终不知实情，宫人知情也不敢报。

大哥还让自己宠爱的人徐文景制造皇帝专用的辇车和其他皇帝专用物件。父皇曾经亲临东宫，大哥没来得及将辇车藏起来，徐文景急中生智，赶快把一尊佛像放在辇车里，所以父皇也就没有怀疑。徐文景的父亲曾经对徐文景说："我现在正在打扫墓地，等待为你办丧事！"之后将全家搬走，躲开徐文景远远的，后来，父皇下令要求徐文景自杀。其时豫章王萧嶷为太傅，也就是太子的老师，他对太子"亏令德"的行为早已耳闻目睹，为防引火烧身，就三番五次地提请卸任，再加上他养子萧子响之死，听说和太子也有千丝万缕的关系，那段时间他俩的关系也相

当紧张。

太子去世时，父皇那天步行到了东宫，看见了萧长懋过去的那些奢华的服饰、玩物，极为愤怒，下令全都毁掉。父皇看着身边的我，怒眼圆睁，他知道我平时和太子关系最好，可我却没有把这些情况报告给他。唉，夹在帝国两个最有权势的男人之间，"长舌男"只有死路一条啊！

其实我和大哥关系是真铁。一是我俩都笃信佛教。当时史官就记载："与文惠太子同好释氏，甚相友悌。子良敬信尤笃，数于邸园营斋戒，大集朝臣众僧，至于赋食行水，或躬亲其事，世颇以为失宰相体。"记得去年大哥和我还在东田进行了一次盛大的聚僧大会，论辩释道的异同。

文惠太子、竟陵王子良并好释法。吴兴孟景翼为道士，太子召入玄圃园。众僧大会，子良使景翼礼佛，景翼不肯。子良送《十地经》与之，景翼造《正一论》。

当时大哥和我为尚佛一派，孟景翼为尚道一派，太子召孟景翼到玄圃园，我们与之展开论辩。当时张融、周颙、袁粲、明绍僧等陪坐，辨析佛道二教之异。之后参与人均呈送了奏本，有孟景翼《正一论》、张融《门律》《以门律致书周颙等众游生》《答周颙书并答所问》《与周颙书论释法宠》论道法为一，以及周颙《答张融书难门律》《重答张融书难门律》等文。

二是我俩都喜欢文学，大哥曾作过一首著名的诗：

两头纤纤诗

两头纤纤爱门空，半白半黑云中龙。

腷腷膊膊长相望，磊磊落落玉山崩。

后来这首诗被批为"此谶言也",他所说的"玉山崩"都应验了:永明七年,临川王萧映、尚书令王俭去世;八年,长沙王萧晃病亡;九年,始兴王萧鉴、安成王萧暠、尚书令柳世隆先后去世;十年,豫章王萧嶷病亡;十一年春,文惠太子病亡!后来父皇诏令,这首诗就从大齐的各类著书中拿掉了。其实那天社团的几个文士,都依古诗体例作了"纤纤诗",便于东宫的乐府传唱。沈约诗云:

两头纤纤诗

两头纤纤弓欲持,半白半黑乌工衣。

腷腷膊膊带戈飞,磊磊落落行人稀。

王融也和诗:

两头纤纤诗

两头纤纤绮上纹,半白半黑鹤翔群。

腷腷膊膊乌迷曛,磊磊落落玉石分。

大哥也是我鸡笼山西邸的座上宾,竟陵社团的七十多名文人,许多也是太子东宫文学社团的成员,一些在我府中任职的文士,去了太子府还成了他的心腹,比如沈约。尚书令王俭文学社团的一些成员,一看我们这边更热闹,也经常过来参加诗会,之后找个机会就跳槽到我这里,或者是到太子那里去了,比如萧衍。这些都不重要,最重要的是大哥是将来的皇帝,我是永远的臣子,不给他培养好人才,不和他处理好关系,那只有死路一条。因此,隔三岔五我就带着社团骨干去东宫找乐子,他那豪华的东田是吟诗品酒的好地方,去年九月九日,一大堆文人又聚在

一起，参加了他的重阳节侍宴活动。

吟诗还得由我开始，于是先赋一首以助兴：

九日侍宴诗

月展风转，层台气寒。高云敛色，遥露已团。

式诏司警，言戒秋峦。轻觞时荐，落英可餐。

接下来是沈约出场，他这次不是自己作诗，而是念临川王萧映的诗。萧映是我的三叔，于489年去世，年仅三十二岁。他擅长骑射，通解音律，而且左右手都能写书法及射箭，平日应对宾客时风度翩翩，当时朝野都很惋惜。这首诗是他写给沈约的，算是第一次公开：

为临川王九日侍太子宴诗

凉风北起，高雁南翻。叶浮楚水，草折梁园。

凄凉霜野，惆怅晨鹍。云轻寒树，日丽秋原。

三金广设，六羽高陈。寒英始献，凉酎初醇。

靡靡神襟，锵锵群彦。思媚储猷，洽和奉宴。

恩畅兰席，欢同桂殿。景遽乐推，临风以眷。

丽景天枝，位非德举。任伍辰阶，祚均河楚。

负岳未胜，瞻云难侣。望古兴惕，心焉载伫。

大家又喝了一阵酒，接着沈约开始吟唱他的诗作。沈约的诗听着很优美，他创造和提倡"四声八病"的永明体，从此汉语声调逐渐规范为"四声"。沈括《梦溪笔谈》中说："音韵之学，自沈约为四声，及天竺梵学入中国，其术渐密。"

九日侍宴乐游苑诗

凭玉宅海，端扆御天。止流飞銮，静震腾川。

凝神贯极，摛道漏泉。西裘委衽，南风在弦。

暮芝始绿，年桂初丹。上林叶下，沧池水寒。

霜沾水寒，雁动轻澜。停跸玉陛，徙卫璇墀。

雕箱凤彩，羽盖鸾姿。虹旌迢递，翠华葳蕤。

礼弘灞汭，义高洛湄。

当然也少不了任昉：

九日侍宴乐游苑诗

帝德峻韶夏，王功书颂平。共贯沿五胜，独道迈三英。

我皇抚归运，时乘信告成。一唱华钟石，再抚被丝笙。

黄草归雒木，梯山荐玉荣。时来浊河变，瑞起温洛清。

物色动宸眷，民豫降皇情。

父皇的怒气消融了两个月，四月十四日，父皇还是最认可太子，宣旨立二十岁的嫡孙——南郡王萧昭业为皇太孙，太子宫内的文武官属，全都改为太孙的官属。父皇的意思也很明显，他们既然已经培养成熟了一个太子，那就抓紧培养第二个。

二月十三日，大齐追尊文惠太子为文皇帝，庙号世宗。

第二章　南北大战

内部的变局总算是暂时抚平了，现在最大的忧患来自外部，据可靠情报，北魏的大军正蠢蠢欲动，准备对南齐开展灭国之战。

从西晋结束算起，东晋南北朝分裂了两百多年，为了完成神圣的统一大业，双方都时不时地有发起战争的冲动。那时我们对战争的根本看法存在着差异：有人认为战争是不祥之器，有人则认为战争是万物之父；有人认为战争来自人的本性及欲望，有人则认为战争是对待尘世财产和事物的虚无状态；有人认为战争是死亡的拥抱，有人则认为战争是一切事物的原始；有人认为战争是不同人种之间矛盾的产物，有人则认为战争是神的意志；有人认为战争是人口增长快于生产增长的结果，是人口的"调节器"，有人则认为战争是争夺"生存空间"的斗争结果；有人认为战争的发生是"永恒的"，有人则认为战争是人类社会发展长河中某一阶段的特殊社会现象。

但不管你怎么认为，战争的发生总是由不得你。自东晋偏安过江后，神州大地南北分裂，双方各率大军你来我往，不断饮马泚水、淮河、长江，从279年晋武帝司马炎发动灭吴战争那次南北大战算起，两百多年来，这次已经是第六次了。

（一）引子

还是在492年的时候，北魏孝文帝拓跋宏就信誓旦旦地要饮马长江，这期间渐渐有了战争的苗头。

挑事的还是那个刘昶。刘昶前些年在淝水大战中就吃了大亏，可损失的家当是北魏的，于刘宋家没有丝毫伤害。之后他又多次在北魏孝文帝面前哭泣、诉说，乞求派他到边界地带戍守，招收仍然怀念刘宋的百姓，向南齐报仇雪耻。孝文帝在经武殿召集文武官员，讨论南伐的事情，并在淮河、泗水之间贮备了很多喂马的草料。父皇听说了这一消息，任命右卫将军崔慧景为豫州刺史，防备北魏的入侵，还在石头城制造了三千辆没有篷帐的车辆，打算必要时从陆路攻取彭城。

同样在492年，我大齐所封的武兴氐王杨集始进犯汉中，率军抵达白马。梁州刺史阴智伯率领大军迎击杨集始，俘虏及斩杀了几千名将士。杨集始逃回武兴，向北魏请求投降，孝文帝亲自召见，任命杨集始为南秦州刺史、汉中郡侯、武兴王。作为回敬，北魏所封的林邑国王范阳迈的孙子范诸农，率领自己部落的人进攻篡夺王位，我大齐也马上任命范诸农为都督沿海诸军事、林邑王。

再来第二个回合。大齐征虏将军、直阁将军、光城蛮人首领田益宗率领自己部落四千多户人家反叛，向北魏投降；襄阳蛮酋长雷婆思等人，率领一千多户居民向北魏投降，请求迁移到北魏境内居住，北魏把他们安置在沔水以北。北地平民支酉聚集了几千人，在长安城城北石山

发起武装暴动，并派使者向南齐梁州刺史阴智伯报告，于是我大齐大力支持支酉，给钱给物，秦州、雍州之间七州的平民皆受牵连。

军事试探之外，外交手段也是必需的。这年十二月，我大齐派竟陵八友中的萧琛、范云出使北魏。孝文帝对他们非常尊重，亲自和他们谈话，并回头对身边的文武百官说："江南有很多优秀的官员。"他的侍臣李元凯回答说："但他们几乎每年更换一次帝王。"三个月后，北魏也派员外散骑侍郎邢峦等人来访。其实大家都心知肚明，这个节骨眼上的出使，表面上是讲礼，是礼尚往来，是友谊和平；暗地里是观察，是探听虚实，是评估形势。

（二）迁都

此时不断有各路斥候送来密报，传来真真假假的北魏信息，还有一份北魏朝堂上的对话。

拓跋宏准备迁都洛阳，但他担心王公大臣不同意，就虚晃一枪，说是要南征大齐。行前让王谌占卜，得到"革卦"。

拓跋宏："商汤王和周武王进行变革，顺应天命，没有比这卦象更吉祥的了。"

拓跋澄："陛下已拥有中原之地，如今要南征，恐怕这卦象并不全是吉利。"

拓跋宏："卜辞都说'需实施老虎一样的变革'，为何说这不吉利？"

拓跋澄："陛下自比飞龙已经很久了，怎么今天又自比老虎？"

拓跋宏发怒："国家，是我的国家，任城王要阻止大家吗？"

拓跋澄："我是国家的臣属，怎么可以明知危险而不说出来呢？"

拓跋宏："平城只是开疆拓土的起点。我打算进行改变风俗习惯的重大变革，这条路走起来确实困难，朕只是想利用大军南下征伐的声势，将京都迁到中原，你认为怎么样？"

拓跋澄："这一想法正是以前周王朝和汉王朝兴盛不衰的原因。"

拓跋宏："我族人对于迁都，一定会惊恐骚动，何如？"

拓跋澄："迁都大计，历来为陛下独断，不必听从众议。"

拓跋宏："任城王真是我的张子房呀！"

六月初七，北魏孝文帝拓跋宏下令在黄河上修筑大桥，准备让南下大军由桥上渡过黄河进行南征。二十八日，孝文帝讲论武事，命令尚书李冲负责选拔将官。

从情报分析，似乎北魏孝文帝想迁都，又怕群臣反对，于是以南征为名，行迁都之实。但七月初十，北魏实行戒严管制，发表正式文告，并将文告转交各地，宣称要南伐。父皇和我及群臣分析，更有可能是拓跋宏那厮转移视线，以迁都为烟幕弹，实际就是要南征，不然也不会整个北魏实行戒严，还免除了北魏边境徐、南豫、陕、岐、东徐、洛、豫七州的租税，这都是大战前的标准步骤，还是要抓紧备战的好。

（三）备战

这时我大齐最大的不利因素，是父皇的身体大不如前了，整天病恹恹的，基本处于卧床状态；而帝国的第二号人物太子，也突然之间不在了；以前父皇还会着重依靠的重要人物——他兄弟豫章王，可豫章王也去世一年了；而他新任命的皇太孙，仓促之间简直拿不出手，他还像个小孩子一样，懵懵懂懂。这当然不能怪他，这之前他总觉得上场的时间还很

长，爷爷齐武帝身体很好呢，之后生龙活虎的老爹再坐上去，到他时黄花菜早凉了，那还有什么盼头，不如及时行乐的好。于是就有了眼前这个整天吃喝玩乐如行尸走肉般的小帅哥，目前正在东宫进行礼乐等基本功的强化训练，让他来张罗南北大战之事，那无异于缘木求鱼。

这可就苦了我了，放眼一望，不管是权势、资历、能力、常识，在大齐我都排在了第一，在老爹重病在床无法理事的情况下，大齐的千钧重担我只有挑起了。责任这个沉甸甸的担子，可不管你愿不愿意，有时是你不想挑但必须挑，有时是你想挑但未必挑得上。那就暂时放下皇上、太子、皇太孙这一大堆政事吧，就暂时放下如来、佛祖、阿弥陀佛这些释事吧，就暂时放下孝经、春秋、竟陵八友这些儒事吧，专心致志地搞起军事，打赢眼前的战争要紧。

我从父皇的病榻前出来，拿着皇上的圣旨，上面说要"发动扬州、徐州男子入伍，同时在各地大肆征兵买马，用以防备北魏大军的入侵"。我当即手书若干敕令，派出各路信使飞驰各边关，让他们坚壁清野，整军备战，遣江州刺史陈显达镇雍州樊城，考虑作为战时主将人选。

由于连年和平，大齐基本上是马放南山、解甲归田了，目前最缺的是士兵。于是我让竟陵诗友们做招募和训练士兵的帐内军主，包括王融、范云、刘绘、王思远、顾暠之等，我最看得起的是萧懿和萧衍兄弟，他俩有过数年的军旅生涯，而且有勇有谋，能成大事。鉴于王融最知我心，他的门楣最是显赫，是东晋宰相王导六世孙，于是就任命他为宁朔将军，让他主持招兵买马之大事。一时帝国境内，兵士涌动，我竟陵王府，也将广兵精，长江以西古楚国地区的武人几百名齐聚帐下。我也和文武大臣经常会商，各种调兵遣将，各种粮草集结，一时忙得不亦乐乎。

（四）盛世

这次南北大战，我大齐必须在边境保持大规模军事力量以对抗北魏的压力，大量的人财物尤其是粮食源源不断地运往边境，令已开启十年的永明盛世戛然而止。

前不久听来建康交聘的北魏员外散骑侍郎邢峦说，他们对南朝的永明之世也很感兴趣，他们的《良政》论"永明之世"曰："永明之世，十许年中，百姓无鸡鸣犬吠之警，都邑之盛，士女富逸，歌声舞节，袨服华妆，桃花绿水之间，秋月春风之下，盖以百数。"看来，北魏对我们早就垂涎三尺了，国怕富裕猪怕壮啊！这不，他们就要动手了。

"永明之世"由爷爷萧道成铺垫，他对戒除刘宋后期奢靡风气不遗余力："太祖辅政，罢御府，省二尚方诸饰玩。至是，又上表禁民间华伪杂物……皆须墨敕，凡十七条。其中宫及诸王服用，虽依旧例，亦请详衷。"作为一位通过个人奋斗从寒门武将登基的皇帝，能够自觉革除前代弊政，以身作则，树立节俭风气，十分可贵。他志向高远，常慨叹："使我治天下十年，当使黄金与土同价。"479年，他下诏要求"二宫诸王，悉不得营立屯邸，封略山湖。太官池御，宫停税入，优量省置"。前朝颁布"占山令"，加速了国有土地所有制的崩溃和大地主土地所有制的扩张。爷爷从抑制皇室地产入手，试图为南齐王朝的长治久安奠定良好基础，具有深远的政治意图。480年，高帝诏令检籍，盖因积弊太久，非短期可纠正。

高帝的未竟事业由我父皇继承，终于促成"永明之世"。482年，武帝革除前朝积弊，"诏免逋城钱，自今以后，申明旧制。初晋宋旧制，受

官二十日，辄送修城钱二千"。486年，武帝下诏，"扬、南徐二州今年户租，三分二取见布，一分取钱；来岁以后，远近诸州输钱处，并减布直，匹准四百，依旧折半，以为永制"，规范税收中实物与货币的比重，特别是划一货币等价物布匹和金属货币的比价，为经济秩序的稳定奠定基础。

他感喟"农桑不殷于曩日，粟帛轻贱于当年，工商罕兼金之储，匹夫多饥寒之患"的现状，大力劝农，于487年诏令"凡下贫之家，可蠲三调二年；京师及四方出钱亿万，籴米谷丝绵之属，其和价以优黔首；远邦尝市杂物，非土俗所产者，皆悉停之；必是岁赋攸宜，都邑所乏，可见直和市，勿使逋刻"，以求调节贫富悬殊，调剂地方物资流通，活跃市场。为防止农业人口流失，武帝诏令"公私皆不得出家为道，及起立塔寺，以宅为精舍，并严断之"。武帝还十分重视文化建设，重用名士王俭，"于俭宅开学士馆，悉以四部书充俭家，又诏俭以家为府"。时朝堂公论，称父皇"刚毅有断，为治总大体，以富国为先；颇不喜游宴、雕绮之事，言常恨之，未能顿遣"，堪称勤政爱民的模范君主。

当然"永明之世"更离不开一批能臣干吏的卓越表现。豫章王萧嶷早在辅佐高帝担任荆州刺史时，便"以市税重滥，更定搉格，以税还民。禁诸市调及苗籍。二千石官长不得与人为市，诸曹吏听分番假。百姓甚悦"。另"宜使所在各条公用公田秩石迎送旧典之外，守宰相承，有何供调，尚书精加洗核，务令优衷。事在可通，随宜开许，损公侵民，一皆止却，明立定格，班下四方，永为恒制"。崔祖思也上书高帝劝农，"宜简役敦农，开田广稼；时罢山池之威禁，深抑豪右之兼擅，则兵民优赡"。戴僧静任北徐州刺史，"买牛给贫民令耕种，甚得荒情"。当然我也多次上书劝农，"八属近县，既在京畿，发借征调，实烦他邑，民特尤贫，连年失稔，草衣藿食，稍有流亡。今农政就兴，宜蒙赈给，若逋课未上，许以申原"。安陆王萧缅任雍州刺史，"留心辞讼，亲自隐恤，劫抄度口，皆赦遣许以自新，再犯乃加诛，为百姓所畏爱"。祖冲之"造安边论，欲开屯田，广农殖"。刘怀慰任齐郡太守，"修治城郭，安集居民，垦废田二百顷，决沈湖灌溉"。时青州刺史张冲启报告"淮北频岁不熟，今秋始稔；此境邻接戎寇，弥须沃实，乞权断谷过淮南；而徐、兖、豫、司诸州又各私断谷米，不听出境，自是江北荒俭，有流亡之弊"的现状，东海太守崔元祖"乃上书，谓宜丰俭均之"，得到武帝认可。

第三章　皇帝崩了

皇帝是天下权力最大的，从理论上他兼有四大权力：一是政权，皇帝是我大齐的首领，他对全国的土地和人拥有无限权力。《诗经·北山》中说："普天之下，莫非王土；率土之滨，莫非王臣。"二是神权，也就是君权神授。皇帝是天子，是天在人间唯一的代表，代表天统治人们。《尚书·盘庚》中说："予迓续乃命于天，予岂汝威，用奉畜汝众。"三是父权，天子是宗子，代表血统，管理本族人民，所以老百姓不仅是臣民，而且是子民。四是道统，即所谓真理权，或话语权。皇帝的话就是天然真理，一言九鼎，不容任何更改。

我大齐帝国稳定的标志，就是父皇身体安康，万岁万岁万万岁，如果他有任何闪失，那朝堂必定会掀起惊涛骇浪，看看刘宋每个皇帝驾崩时的地动山摇就知道了。

（一）第一份遗诏

七月的建康，闷热烦躁，风雨飘摇，市民百姓都在暗地里谈论着即将到来的战争，看着凭空多出来的操着南腔北调的新兵，对战争的恐惧填满了市民的内心。而王公大臣都沉默寡言,内心思考着波云诡谲的朝堂,看着重病缠身即将油枯灯灭的武帝,对帝国的担忧塞满了大臣的内心。

我的重点也转向了内宫,将王府的一应大事交给了范云,带着王融一行日日夜夜守在禁宫,守候在皇帝身边,为他端药喂汤,擦汗打扇。按约定,皇太孙萧昭业每隔一天进来问安侍奉。那天萧昭业进来交接后,我赶紧去办我的另一件大事——佛学辩论。

当真是理越辩越明,我在百忙中集学士展开"佛有无"的讨论,这种讨论也迫在眉睫。在我这些年的影响下,我的七十多名西邸文人都笃信佛教,唯有范缜例外,前不久他还著了惊世骇俗的《神灭论》!此书刚出,我就煞费心机地做了许多工作。

"初,缜尝侍竟陵王子良。子良精信释教,而缜盛称无佛。子良问曰:'君不信因果,世间何得有富贵,何得有贫贱?'缜答曰:'人之生譬如一树花,同发一枝,俱开一蒂,随风而堕,自有拂帘幌坠于茵席之上,自有关篱墙落于溷粪之侧,坠茵席者,殿下是也,落粪溷者,下官是也。贵贱虽复殊途,因果竟在何处?'子良不能屈,深怪之。"便授意王融以禄位相引诱。"子良使王融谓之曰:'神灭既自非理,而卿坚执之,恐伤名教。以卿之大美,何患不至中书郎,而故乖刺为此,可便毁弃之。'缜大笑曰:'使范缜卖论取官,已至令仆矣,何但中书郎邪。'"

由于范缜坚持己见,"盛称无佛",影响越来越大,我只好集西邸文人进行论战,萧琛、范云、沈约、萧衍等都是主力,后来王府还将此次及以前的佛教言论,整编成我的佛教专著六十五种一百七十一卷,王融也写下了《净行诗十首》《净住子颂》三十一篇,萧琛作《难范缜〈神灭论〉》等。

辩论归来，七月三十日，父皇病情加重，一时气闷晕倒。这时皇太孙萧昭业还没有入宫，宫内宫外人人惶恐，朝堂上的文武百官也都穿上了丧服。这时王融从怀中拿出了武帝遗诏给我，上面说："子良德行优良，建功无数，北房虎视眈眈，当以社稷相委。"我一时还有点诧异，仔细一想也还合情合理，我出宫两日，父皇就写好了遗诏，他终于还是选中了我，我也宠辱不惊，只能挑起这艰难的时局了。

这天该皇太孙萧昭业入宫，王融已是全副武装，穿着红色战服，带着前段时间募集的精兵，站在中书省厅前要道，截住东宫卫队不让他们进入，准备召集文武百官，宣读父皇遗诏。刚好这时武帝醒转过来，问我："皇太孙萧昭业在哪里？"

我不敢犹豫："传皇太孙！"

萧昭业于是带着庞大的东宫卫队全部入宫，武帝又昏迷了一会儿，终于回光返照，紧紧抓住昭业的手，从枕头下取来一卷东西交给他，之后双手一摊，就丢下了整个大齐，丢下了锦绣江山，丢下了花花世界，去另一个世界享福了。

这时王融已经采取了紧急措施，命令我的军队接管了宫城各门。那个名不见经传的西昌侯萧鸾，不知从哪里得到了消息，立刻上马飞奔到云龙门，但被守在那里的卫士拦住，不得进入。萧鸾高声说："皇上有诏令，让我晋见。"接着就推开卫士，直接闯了进来。我的那些卫士也没见过这种场面，好像王融也并没有交代这种情况怎么处置，也就只好放行了。

（二）第二份遗诏

要说，还是我这个远房叔叔西昌侯萧鸾有主见，听说他平时也不读书，只专心事务，虽然诗也作不了一首，但处理政务井井有条，特别是在重大突发事件面前，更是显露出他难得的才华。这时，只见他指挥和安排警卫戒备，声音洪亮如钟，殿内所有的官员侍从，没有一个不听他的命令的。

一会儿他就召集起在京城的王公大臣，说要准备宣读武帝遗诏，我们都跪下了，属于我的世界终于要到来了！只听宦官说：

皇太孙的品德一天比一天高尚，国家也就有所寄托了。萧子良要努力尽心辅佐皇太孙，考虑如何治理国家的大计，对于朝廷内外各种事情，无论是大是小，都要和萧鸾一起商量裁决，一起提出意见。尚书省的事务，是政务的根本，将它全都交给右仆射王晏、吏部尚书徐孝嗣处理。军事方面的大计，委托给王敬则、陈显达、王广之、王玄邈、沈文季、张环、薛渊等人。

我诧异万分，越听越不对劲，这怎么和我看过的那份遗诏大不相同？原来，他们念的是父皇亲自给萧昭业的那份。至此我才明白，王融那份当然是假的，开始他拿出那份遗诏，我还有点好奇，这么重要的文件，父皇怎么会交给他？当然一来是很忙，就没时间去追问；二来是宁可信其有，不可信其无，这世界虽相信奇迹，但在奇迹来临之前，还需要保持一点谨慎。在我还没想明白时，西昌侯萧鸾就把萧昭业扶上龙椅，带头山呼万岁，算是正式拥戴皇太孙萧昭业登基即位了，之后又命令左右侍从把我搀扶出了金銮殿。

后来我认真思考，其实父皇这份遗诏是很有水平的。有理走遍天下，这个"嫡"字是大臣大儒们认的死理，太子是嫡长子，他走了自然应该轮到嫡长孙，越是混乱的年头越要排好队，任何形式的插队都会导致秩序大乱。萧鸾毕竟只是从兄弟，岂能与亲儿子同列，所以顾命大臣中是我排在第一；但萧鸾的顾命，既可补我的懒散和政务之不足，又可制约我；同时父皇也担心萧鸾日后势力之膨胀，可能会导致政局的不稳定，于是精心安排了右仆射王晏、吏部尚书徐孝嗣。徐孝嗣既是父皇的心腹，也任过文惠太子詹事、左卫率，新君萧昭业作为文惠太子的儿子，徐孝嗣定当尽心辅佐。同时他与我的关系也很不错，曾任过我的征虏长史。徐孝嗣还与萧鸾有隙，唐寓之作乱时，萧鸾指挥失当，部下作战不力，被时任御史中丞的徐孝嗣奏了一本。王晏早年即以专心侍奉高帝而得宠，在武帝为东宫时，任太子中庶子，后又任文惠太子詹事、右卫率。武帝曾欲以萧鸾代王晏为吏部尚书，征求他的意见，答曰："鸾精干有余，然不谙百氏，恐不可居此职。"显然王晏对萧鸾是无甚好感的。军旅事务所委托的一干人马，大多任过禁卫军将领，且与武帝与文惠太子的关系密切。武帝为太子时，王广之、薛渊即任过僚佐，王玄邈亦入侍过文惠太子。王敬则、沈文季则均辅佐过武帝与文惠太子。在武帝看来，这些人同样是可靠的。武帝欲使宰执大臣、禁卫军将领之间互相制约，以达到撒手人寰后不生变故的目的，其后事的安排可谓用心良苦。

这时王融知道自己的计划已不能实现，只好脱下战服，返回中书省，叹息着说："萧子良耽误了我。"原来王融的这份遗诏，是他在我王府里就起草好了的，当时他联合我王府的一众侍从，商议共成大事。

萧衍对范云说："民间已是议论纷纷，都说宫内可能要发生不一般的情况。王融并不是治理国家的人才,他眼看着就要出事了。"

范云:"忧国忧民,也只有王融一人了。"

萧衍:"忧国忧民,是想要当周公、召公呢,还是想当齐桓公死后的竖刁呢?"

范云不敢回答。

重大突发事件,是检验一个人的品行、信念、忠诚、爱憎的试金石,王融写好遗诏后,最有军事能力的萧懿和萧衍兄弟俩就离开了王府。这也能够理解,毕竟,萧衍以前做过萧昭业府上"文学"一职。

其实王融是很有追求的,他有很好的才能和耀眼的门第,不到三十岁就打算做公辅。他有一次在宫中值夜,自己手抚桌子叹息说:"竟然孤寂到如此地步,被邓禹所耻笑啊!"有一次,他路过朱雀桥,正赶上朱雀桥打开浮桥,行人车马不能前进,喧闹拥挤,王融就用手捶打车厢,叹息说:"车前没有八个骑兵开道,怎么能称得上是大丈夫!"我特别喜爱王融的文才,所以对他特别优厚亲热。

自从王融发现父皇有北上征伐的意思,便多次上书鼓动催促,并因此努力学习骑马射箭,并主持我东府的招兵买马等军事工作。萧昭业登基即位刚十几天,就逮捕了王融,交付给廷尉审判,命令中丞孔稚控告王融阴险、浮躁、轻率、狡黠,招降纳叛没有成功,又随便批评攻击朝廷。王融也曾向我求救,我这时已无权无势,又忧又怕,不敢去求,于是,萧昭业命令王融在狱中自杀,王融死时年仅二十七岁。

当初,王融打算结识东海人徐勉,经常托人请徐勉到建康见面。徐勉对别人说:"王融的名望很高,但轻浮狂躁,很难和他坦诚相待,荣辱与共。"不久,王融大祸及身,而徐勉也因此出了名。太学生会稽人魏准

因为才能和学问都很高，所以深为王融所赏识。当时，王融打算拥戴我登基即位，魏准就鼓动王融做成这件事。听说太学生虞羲和丘国宾二人私下里议论说："竟陵王萧子良才能弱，王融又没有决断能力，他们的失败就在眼前。"王融被杀后，萧昭业又把魏准召到中书省盘问，魏准竟因为极度惊慌恐惧而吓死了，他整个身子都是青色的，当时，人们都认为他的胆被吓破了。当然，竟陵八友中还是有人写诗悼念：

伤王融

沈约

眷言怀祖武，一赘望成峰。

途艰行易跌，命并志难逢。

本来，皇帝萧昭业从小是由我的妃子袁氏抚养大的，袁氏对他非常慈爱关心。经过这事以后，萧昭业对我也就深为忌恨。我父皇的遗体移到太极殿时，我本来住在中书省以方便守灵，萧昭业就派虎贲中郎将潘敞率领二百名士卒驻守在太极殿西阶，隔绝我进宫的道路，以严防不测。等到父皇的遗体装入棺木，各位亲王都走出宫中后，我请求留在中书省等到下葬那天再离开，未被皇上应允，于是只好打道回府了。

（三）第三份遗诏

虽然我没坐上龙椅，但其实我也觉得无所谓，心里并不十分向往，闲云野鹤多好，舞文弄墨多好，烧香拜佛多好。按照父皇的遗诏，我本是尚书令，顾命也排在第一，接下来才是萧鸾、王晏、徐孝嗣、王敬则、陈显达、王广之、王玄邈、沈文季、张瓌、薛渊。父皇一口气安排了十一个顾命大臣，真是深思熟虑啊，于是我和往常一样，该吃吃，该喝喝，有事不往心里搁，烧烧香，念念经，舒服一分是一分。

那天上朝，虽然朝野都风传我"谋逆"，但我还是站在首位，还在思考着萧衍兄弟是不是背后有什么不可告人的勾当，怎么关键时候就不辞而别了。这时，只见皇上命宦官开始宣读又一份武帝遗诏：

以护军将军武陵王萧晔为卫将军，与征南大将军陈显达并为开府仪同三司；太孙詹事沈文季为护军将军；尚书左仆射西昌侯萧鸾为尚书令；竟陵王萧子良为太傅。

父皇怎么也成了诸葛亮，不断有锦囊出现？同时皇上还下旨，免除三种征调，对老百姓以前所欠的赋税也一律免除。减省皇室各府、署和不使用的田庄、水池、宅第、冶炼铸造场，减少关卡税收。不久，皇上萧昭业封皇弟萧昭文为新安王，萧昭秀为临海王，萧昭粲为永嘉王。直将军周奉叔和曹道刚二人，平时就是萧昭业的心腹，于是命令二人同时主管殿中值班宿卫。过了几天，又任命曹道刚为黄门郎。

"谋逆"的我在王府闲来无事时，又认真地分析了"第三份遗诏"，这份遗诏果然体现了西昌侯的水平。这个武陵王是父皇的五弟，武帝朝"累不得志"，父皇怎会托以顾命呢？听说萧晔在父皇病危时曾说过："若立长则应在我，立嫡则应在太孙。"西昌侯看重的是萧晔与我的矛盾，因而让其"顾命"。而等到后来朝廷政局稳定，这个临时扶持起来的桀骜难驯的人物，便于隆昌元年不明不白地死去了。父皇对萧鸾是存有戒心的，绝不会把"职务根本"尚书令交给他。此前我也只是"领"，并没有正位，连儿子都不轻易授予此职，又岂能交给萧鸾呢？"遗诏"中陈显达、沈文季的地位也得到了提升，从陈、沈二人重要的军政地位、复杂的人事关系及出身卑微的弱点来看，这二人易于为萧鸾所利用，且利用的价值甚大。通过颁布此诏，萧鸾不仅牢牢控制了尚书省这一中枢权力机构，使得王晏、徐孝嗣不得不受制于他这个尚书令，借此也在禁卫军中树立起了自己的势力。

父皇的棺木要在东府前秦淮河上船，萧昭业在皇城端门恭奉送别。九月十八日，在景安陵将武帝的棺木下葬，庙号世祖。我反正也只有太傅之虚职，又有顶吓人的"谋逆"大帽子，已经无事可做了，索性就住在陵旁，为老爹守陵，并向他请教"谋逆"的定义。

第四章　虚晃一枪

眼花缭乱的朝堂时时上演着一出出大戏，所使用的是言语、奏折、遗诏、阴谋和阳谋，横飞着暗箭，包藏着祸心，大臣们在笑脸下、在恭敬中、在叩头下跪时，悄无声息完成了圣旨的下达、权力的转移、生命的剥夺和财产的收缴。当然，朝堂只是第二现场，更长久的酝酿永远在阴暗角落处，第一现场有更长久的时空交错。

我早已厌倦了朝堂，不屑于争权夺利，就让那些小丑去跳梁吧。我更关心大齐的战局，毕竟萧齐夺得锦绣江山不容易。其实和朝堂相比，我有时候认为战场更可爱，犬牙交错的前线年年冲锋着一队队将士，所使用的是长矛、大刀、利剑、飞箭和暗器，争夺着城池，蚕食着州郡，将士们在呐喊中、在刀光间、在腥风血雨里，地动山摇完成了对敌人的砍杀、城池的破坏、建筑的焚毁和珍宝的抢夺。当然，这里只有一个现场，大家真刀真枪，以命搏命，公平竞赛，胜者为王。虽然我也移交了那些繁杂的军务，但侍从们仍经常过来向我通报前线的消息。

（一）礼不伐丧

493年七月十日，孝文帝派录尚书事、广陵王拓跋羽，手持皇帝的符节前去安抚六镇，并征调六镇的突击骑兵。八月初九，孝文帝叩别永固陵；十一日，孝文帝亲率三十多万步骑兵，从平城出发，大规模向南征伐。命令太尉拓跋丕和广陵王拓跋羽留守平城，任命河南王拓跋干为车骑大将军、都督关右诸军事，司空穆亮、安南将军卢渊、平南将军薛胤三人都担任拓跋干的副手，率领各路人马共七万人，从子午谷南下。

二十日，孝文帝渡过黄河；二十二日，抵达洛阳，这期间天一直下雨；二十八日，诏令各路大军继续向南进发；二十九日，孝文帝身穿战服，手持马鞭，就要骑马出发。文武官员赶紧拦住马头，不断叩拜。孝文帝说："作战计划已经确定，各路大军将要继续前进，你们还想要说什么呢？"尚书李冲等人说："陛下如果放弃向南征伐的计划，将京都迁到洛邑，这正是我们所希望的，是老百姓的幸运。"文武百官都高呼万岁。当时，鲜卑人虽然不愿意向南迁移，但是更害怕再向南征伐，两害相权取其轻，也就再没人妄议迁都了，北魏的迁都大计，终于确定了下来。

这时孝文帝也审时度势，见好就收，号称因齐武帝驾崩，礼不伐丧，宣布中止对南朝的征伐。十月初一，孝文帝前往金墉城，召回穆亮，命令他和尚书李冲、将作大匠董尔一起负责营建新都洛阳。十八日，下令北魏境内解除戒严，在滑台城东边兴筑祭台，向随行的祖宗牌位禀告迁都的想法，下令实行大赦，兴筑滑台宫。

（二）兵不厌诈

其实拓跋宏就是一个谋略的高手，他在两岁时就被立为皇太子，五岁时即位，直到二十三岁才亲政。此前，政权一直掌控在文韬武略的冯太后手中，拓跋宏韬光养晦、忍辱负重了近二十年，光是这份忍耐力，就是大多数顶天立地的男子汉所不具备的，南朝宫廷那么多的皇族血案就是明证，何况他还是粗犷豪华的北虏汉子！这里面就有他的许多谋略和生存智慧。

早年间，北魏连年水旱，租调繁重，官吏贪暴，百姓流离，各地的反抗斗争连绵不断。青州高阳民封辩聚众千余人，自称齐王；沃野、统万二镇敕勒族叛魏，司马小君起兵于平陵，朔方民曹平原率众攻破石楼堡，杀军将；东部敕勒与连川敕勒相继谋叛，北入柔然；光州民孙晏、河西民费也头聚众反；十年之中，北魏各地暴动、反叛事件就达二十多起，政局处于严重动荡之中。面对遍地狼烟，深思熟虑的拓跋宏发布诏令，规定凡县令能肃清一县"劫盗"的，兼治二县，同时享受二县令的待遇；能肃清二县"劫盗"的，兼治三县，三年后升迁为郡太守；二千石官吏也是这样，三年后升迁为刺史。在给钱给物更给官的诱使下，这些起义很快被一一扑灭，没有让北魏伤筋动骨。

拓跋宏刚满十岁时，太上皇拓跋弘传闻被冯太后毒死，冯太后以太皇太后的名义二次临朝称制。冯太后足智多谋，能行大事，生杀赏罚，决之俄顷，具有丰富的政治经验和才能，自477年以后，开始在社会风俗、政治、经济等方面进行一系列重大的改革，有意识地进行汉化。483年，她下令禁绝"一族之婚，同姓之娶"，从婚姻制度上改革鲜卑旧

俗；484年，下诏实行班禄制；485年，颁行了重要的均田制和三长制，给北魏社会带来重大变化。拓跋宏立为太子时，按照北魏子贵母死的制度，其生母李夫人惨遭赐死，他自幼在冯太后的抚育、培养下长大成人，对祖母十分孝敬，性格又谨慎，自太后临朝专政，他很少参决朝政，事无大小，都要秉承冯太后旨意。

拓跋宏刚一亲政，就志得意满地筹划了南伐大计。后来分析，高瞻远瞩的拓跋宏确实是为了迁都，而鼠目寸光的朝臣们肯定不答应，才出此下策说要"南伐"。他带领三十万大军以及满朝文武，刚走到他心仪的新首都洛阳，就马上止步不前了，当然政治家冠冕堂皇的理由永远都是不缺的——那南朝不是皇帝崩了吗，礼不伐丧可是春秋大义呢！

而且这附近不是有声势浩大的起义吗，带来的精锐队伍正好练练手。这时，我们暗中支持的、北地平民支酉的起义，声势越来越大，秦州平民王广也聚众响应支酉，进攻并抓获了北魏秦州刺史刘藻。于是，秦州、雍州之间七州的平民都受到震动，响应人数多达十万，他们分别据守在城堡里，等待我大齐派兵救援。当然，我大齐皇帝刚没了，朝堂上正在刀光剑影，争权夺利，哪有闲心去管那个支酉？

这正是拓跋宏想要的结果，于是派遣河南王拓跋干率领五万大军袭击支酉，结果大败，支酉率领军队乘胜进军到咸阳北边的浊谷；又派司空穆亮与支酉大战，结果也大败；我大齐梁州刺史阴智伯实在看不下去了，私下派遣军主率领几千名将士，前往接应支酉、王广。支酉等人又率军向长安挺进，北魏派安南将军卢渊、平南将军薛胤等人率十万大军分三路抗击，大败义军，将支酉、王广斩首，有几万人投降。

（三）毫不留情

墙倒众人推，痛打落水狗，这不但是老百姓懂得的道理，更是朝堂奉行的准则。以前我当尚书令时大权在握，尤其是父皇病危时更是一言九鼎，满朝文武对我都是唯唯诺诺；就在萧昭业坐上龙椅，而我从尚书令退下成为太傅后，黑白分明的人间奇境就一览无余了。

我的竟陵社团垮台了。文学是多么高尚的行业，子曰："诗可以兴，可以观，可以群，可以怨。"《毛诗序》说："治世之音安以乐，其政和；乱世之音怨以怒，其政乖；亡国之音哀以思，其民困。故正得失，动天地，感鬼神，莫近于诗。先王是以经夫妇，成孝敬，厚人伦，美教化，移风俗。"曹丕在《典论·论文》中说："盖文章，经国之大业，不朽之盛事。"正是这么高尚美妙之事，让大哥和我乐此不疲，我穷尽财力精力，在鸡笼山西邸办竟陵文学社团，高峰时聚集有七十多人，都是天下饱学之士和青年才俊，大家天天在鸡笼山下吟诗品酒，你唱我和，不朽的名篇就诞生了，著名的诗人就造就了，士子的名声就响亮了，朝堂的人才就培育了。没想到尚书令刚换成太傅，伴随萧懿萧衍兄弟的步伐，有了王融的血淋淋的人头作为警示，一众文士都迅速走光了，担任我侍从官佐的文士也想方设法辞了职，一向人声鼎沸的西邸宽敞空旷，一时鸦雀无声，只有树上的鸣蝉还在不知进退地鸣叫"知了知了"！

我的神僧佛侣躲远了。如果世间还有净土，心中还有世外的话，那佛教为我们构建了清静之地，如来为我们勾画了心静幽境。大哥和我也痴迷于佛教，舍身于释家，时时建寺造塔，讲经弘法，烧香礼佛，歌功颂德；一大群一大群的知名高僧，围在我们周围，共同颂佛抑道，匡正

驱邪，齐念阿弥陀佛，探索极乐世界。现在正好朝堂无事了，政务军事等也没人来给我报告，那就继续此前的辩论，将《神灭论》驳倒，让如来的正念深入人心。让一众下人去请了范缜、萧琛、范云、沈约，尤其是请了著名高僧释僧钟、释昙纤、释僧表等五十多位，好酒好菜准备了大半天，奇怪的是，居然无一人应约！后来我又去拜访几位高僧，要么是刚好不在，要么是卧病在床，甚至干脆就吃了闭门羹！站在道场寺紧闭的大门前，这时我才猛然省悟，世外桃源是不存在的，人间净土是虚构的，敲着木鱼的高僧其实更讲政治，跟风朝堂，他们特别敏锐的耳鼻，在烟雾缭绕当当声响中，早已察觉到了异样，辨别到了风险，分析出了哀乐，划分出了是非。一众神仙，只有跟对了路子，才有无限的香火。

我的衣食住行裁减了。自古由俭入奢易，由奢入俭难。衣来伸手、饭来张口，是王府当然的待遇，等守陵三个月后回到王府，我几乎以为走错了地方。首先是人换完了，原来熟悉的守卫都不在了，全是凶神恶煞的陌生面孔，内堂的杂役也用奇怪的眼神盯着我，一副懒心无肠、无心做事的样子。家里的用品很少了，以前享用的坚冰、时令水果、各地特产也不见送来，饭食也是难以下咽的粗茶淡饭，可能都低于建康市民的标准。我出行的轿子也早已不在，换上了一个破旧的四人小轿。人往高处走比较容易，那是待遇更好、享受更多，很快就能适应；从高处下来就比较难，不光是心里承受不了巨大的反差，身体上也吃不消很早以前的家常便饭，一来二去我就生病了，天天卧床，家人六神无主，下人不管这些，天天端来一碗成分和味道一样的"包治百病"的汤药，这样喝了一个月，那天宦官神奇地出现了，说是皇上记挂着我，特地让御医来给我诊治，我一边谢主隆恩，一边颤巍巍地伸出右手让他把脉，神奇的是，御医却不接我的手，早有准备地用金碗递过来一碗金光闪闪的汤药——这神奇的世界，包治百病的药也太多了！宦官在一旁催促："喝了吧，喝下它一切都好了！"

人生就像弈棋，一步失误，满盘皆输，这是令人悲哀的事；并且人生还不如弈棋，不可能再来一局，也无法悔棋。我的王妃和两个儿子含泪跪在床边，看着我喝下了这不得不喝的苦得要命的药。

同期声　萧衍：急转直上

难过这东西，难是难，但终究会过。我和我哥在老家为父亲丁忧，之后的日子过得轻松自如，在推演分析间，厘清了父亲郁郁而终的原因，对武帝与太子的憎恨从此深埋心中。那天突然快马来到，是竟陵王急召我们回京城，说是北虏即将侵边，让我们去做帐内军主。

国之大者，在祀与戎。自古忠孝不能两全，国难当头，当然要舍小家顾大家。一则我俩都是竟陵西邸之成员，碍于情面也不便谢绝；二则如子良能成功，便可于此得到一些军功，获得前行的资本。而竟陵王不顾大哥和我仍在丁忧，执意召我们为帐内军主，虽然是看中了我长期在竟陵府任职，我俩都有军事方面的任职资历，其实他更看中我老爹的影响，老爹长期率军征战，曾任豫州刺史、郢州刺史、丹阳尹等职，故旧、部曲犹有数千，这都是可以依靠的力量。于是，我和大哥到了竟陵王府，开始招兵买马，整军备战。

其实竟陵王府我们本是不想来的。竟陵王权势鼎天，太子去世后他更是一人之下，万人之上，看这武帝一日不如一日的身体，其实竟陵王完全可以前进一大步，他是众望所归，皇太孙和他相比就差远了。但似乎有两样东西束缚了他：一是名声。他酷爱文学，整天和高门贵族及饱学儒士在一起，清淡玄谈，对朝堂的政务不屑一顾，对巨大的权力毫不珍惜，对天下的资源熟视无睹，似乎一切都会水到渠成，这样的人还有什么前途？这样的权力一定是无根之木。二是仁慈。他一味崇佛，整天和僧侣活佛在一起，阿弥陀佛，善哉善哉，不讲杀伐，更无规划，没有远虑，只是当一天和尚撞一天钟。这样的人，既想上位又不谋断，只把一应事务交给无智无权的王融，可大厦哪是这么容易建成的？本来最初的形势极有利于竟陵王，但顷刻之间，这种优势便化为乌有，荡然无存。看着王融递给我的"遗诏"，我立即嗅出了死亡的味道，和大哥一起决绝地离开了竟陵王府。

　　人还是应该讲感情的。我在竟陵王府这些年，其实和萧子良交情很一般，甚至有些许的恨意。一是他丝毫看不起我。这十年间，高层政治间存在两股较为强大的政治和文学势力，一派以王俭为代表，一派以文惠太子萧长懋和竟陵王萧子良为代表。两派之间各树党羽，暗暗地进行政治上的角力。现在想来，我的问题在于一开始就身不由己地站错了队列，到建康不久就成为王俭的东阁祭酒，王俭的赏识和公开褒奖，对我随后的仕途产生了较大的负面影响，以致这十年来我在萧子良府中一直沉沦下僚。表面上光彩并列的竟陵八友，其实差距深如鸿沟，我哥俩离开竟陵府时，沈约为御史中丞（四品），范云为零陵内史（五品），萧琛为通直散骑侍郎、司徒右长史（五品），王融为中书郎（五品），任昉连遭父忧、母忧，服阕后尚得为太子步兵校尉（六品），陆倕正值弱冠之年，为庐陵王法曹行参军（七品）。最潦倒蹭蹬的就是我和谢朓，我俩同于490年出为镇西将军随王萧子隆属官，分别为镇西谘议参军（七品）

和镇西功曹（七品），可谓难兄难弟。离开建康的前夜，我俩同病相怜，在乌衣巷的小酒馆里吟诗品酒，痛骂上天，感叹时势，醉意蒙眬中，我俩索性就结为儿女亲家，我将女儿许配给了家世衰颓的谢朓之子。毫无疑问，造成我仕途淹蹇的关键原因，就是萧子良对我的漠视乃至故意的压制。

二是我父亲萧顺之的死。我老爹与齐高帝萧道成本为宗亲，幼相追随，遂为股肱。齐武帝萧赜从做太子时就与我老爹不谐，即位后更加忌惮，故从齐武帝即位的永明元年起，我老爹的人生就很不得意了。我任职萧子良司徒府期间的蹭蹬，与此不无关系。在文惠太子的威逼下，老爹将萧子响杀害了，这让齐武帝伤心而愤怒，之后老爹忧惧而死。这刻骨仇恨指向的人，首先是直接导致老爹悲剧的齐武帝，其次是间接导致老爹身死的文惠太子萧长懋，此外我也恨与萧长懋互为表里的竟陵王萧子良。

要说友情的话，我倒是和萧昭业有不错的情谊。498年他为南郡王，我为南郡王文学，为他撰写了两年多的书稿；491年我才不得不起程，任随王镇西谘议，从萧子隆赴江陵，在江陵只待了一年，第二年便返京城奔丧了。昭业对我也比较信任，有深厚的感情基础。以前他只是后备干部，突然前边的后备不在了，龙椅上的老大也不在了，希望在望，未来已来，这匹黑马买对了！那就应该赶紧加强和巩固这份情谊，续上中断的话题，添满空置的酒杯。目前情况紧急，谋逆顷刻间就会发生，那份伪造的遗诏就是最好的投名状！于是我拜访了东宫，和皇太孙私下说了些悄悄话。

要说如今大齐还有人才的话，那一定非西昌侯莫属。萧鸾从小就失去父亲，由太祖萧道成抚养，有些轻视文人学士思想的他，自然不会以文事来增己之身价，而更多地注重其吏干能力的培养，以改变因寄人篱下而可能难以获取较高政治地位的局面。所以"高宗兄弟一门皆尚吏事"，他与萧子良的较量实则是干才与文才的较量，萧子良所器重的文人学士，既无干才，又无胆识且恶武事，岂能助力子良成功！这些年来，大哥和我一直在底层摸爬滚打，都没找到可栖的良木，应该把这个情况报告给西昌侯。和那南郡王相处过两年时间，知道那皇太孙无勇无谋，他就算知道有谋逆也只会六神无主，还能掀起一尺浪？告诉他秘密只是想让他知道，他能登上龙椅我是有大功的，我是非常忠诚的。而能把这事办成者，只能是心怀大志的西昌侯了。赶紧！我们哥俩为此又进行了秘密拜访。

与其在别人的故事里流着我的泪，不如在我自己的故事里笑得很大声！还好，这个决定万分正确，从此道路平坦康庄。新皇登基仅半年，494年二月，竟陵王就不明不白地离开了世界，我的家仇总算是报了。还未来得及为竟陵王送行，我为父守孝也未满，皇上和萧鸾就任命我为宁朔将军，镇寿春。原来，豫州刺史崔慧景为齐武帝心腹旧臣，对目前朝堂上的惊涛骇浪看不顺眼，把握不了方向，于是有"降北"之心。我受萧鸾之命去寿阳安抚他，"慧景惧罪，白服来迎"。从此我彻底告别了以前陪诗陪酒的生活，成了一方大员。有时官品的提升，不在于别人的施舍，而只在你的一闪念间。

第四卷

西昌侯反了

现在是494年,坐在龙椅上的是战战兢兢的十五岁的皇帝萧昭文。十月的建康虽然已经很冷,但皇宫里一直温暖如春,到处都有木炭火盆不断地向外散发热量,皇上却还是觉得奇寒彻骨。他觉得这个世界太奇怪了,那么多人想坐龙椅却偏偏坐不上,而他压根儿就不愿意当皇帝,却身不由己地在这冷板凳上坐着,大哥萧昭业的死还在时时提醒着他,要么顺势而生,要么逆势而亡。

萧昭文一直也没弄明白,听说齐高帝坐在龙椅上,那可是威风凛凛,不怒自威,跪在下边的朝臣都瑟瑟发抖;爷爷齐武帝也是一言九鼎,威风八面,没有哪个朝臣敢吆五喝六的。可是皇位传到昭业那里,就开始江河日下、日薄西山了,最后昭业还被人赶下了皇位,丢掉了性命。现在昭文上任,他真是如坐针毡,度日如年。也有几个知心的宦官,不断在他耳边提醒,说西昌侯要造反,这还用说?这龙椅就是暂时帮西昌侯坐着的,也不知道他多久才亲自坐上来,而且还不敢问。这个西昌侯怎么这么吓人呢?

大齐干部履历表

姓名：萧鸾，字景栖，小字玄度

出生年份：452 年

出身：齐高帝萧道成侄子，始安贞王萧道生次子；自幼父母早逝，由萧道成抚养长大

任职经历：刘宋末年，任安吉县令、淮南、宣城二郡太守。大齐建立之后封西昌侯，任郢州刺史。齐武帝时期，入朝为侍中、尚书左仆射、右卫将军，受遗诏辅政。

第一章　掌权先结盟

"一个篱笆三个桩，一个好汉三个帮"，人多力量大是颠扑不破的真理。你看那落魄的刘备，和关羽、张飞意气相投，言行相依，为了干一番大事业，选一个桃花盛开的季节，去一个春光绚烂的园林，举酒结义，对天盟誓，有福同享，有难同当，共同实现人生的美好理想。

再看看齐武帝的德行，把天下人都不放在眼里，先是对开国功臣一路砍杀，对立过大功的雍州豪族、青齐豪杰逐个排挤打压，之后对自己的亲兄弟严加防范，动辄得咎。就连自己的儿子，也丝毫不放在心上，该防的防，该杀的杀，最后武帝就真的成了孤家寡人了，等武帝一死，大齐就散沙一盘，岌岌可危。

还好，我姓萧，作为西昌侯，我萧鸾和武帝有同一个爷爷，我有责任挽大齐于水火，扶社稷于既倾。我知道，大事急不得，需要慢慢下一盘大棋。

（一）出好关键声

那个竟陵王萧子良，本来有大好的前程。一是出身好，他是武帝的二儿子，太子突然升天了，按道理他应该上位，哪知武帝将他的孙子萧昭业立为皇太孙。二是能力强，他出将入相，许多职位都干过，并且都干得相当出色，如果我大齐还有头脑清晰之人，那他肯定算一个。三是有势力，他早早就建起了竟陵集团，一大帮朋友围在他周围，吟诗品酒，摇旗呐喊，那时满朝文武，都已经认可了竟陵王，如果他硬要坐上龙椅，其实没有人也不敢有人来反对。

好在平时功夫到家，安插在宫里的眼线在关键时候派上了用场，武帝刚一咽气，就有人急匆匆地通知我，我提着脑袋义无反顾地上了战场。这个战场名义上是皇太孙萧昭业的，实际上是我的，那个萧昭业就是个扶不起的阿斗，看到真刀真枪哪还敢出口大气？那天我知道了一个天大的阴谋后，立即找到了为我所用的"一石三鸟"之计，决定把名正言顺且好控制的皇太孙扶上位，一定要把实力强劲、不能驾驭的竟陵王拉下马，一定要把朝堂上乱哄哄的官秩重新排一排。于是我立马招来亲侄子萧遥光进行合谋，他也满脸兴奋，属于我们家的新时代终于就要到来了！

我威风凛凛地走到内殿大门，看到比平时多了数倍的全副武装的士兵，个个举刀弄枪，弯弓搭箭，一副大敌当前的阵势。这些新兵我一个也不认识。一看就知道宫内出事了，看到我大义凛然地要进门，大家围住了我，好几把明晃晃的钢刀架在了我的脖子上！虽然内心恐慌，但箭在弦上，不得不发，哪有后退的余地？于是我大喝一声，说皇上有旨！这些没有见过世面的人就被唬住了，这年头，在偌大的皇宫，只有皇帝的招牌才好使！

这一声大喝，给自己壮了胆，也吓着了上蹿下跳的王融，吓着了六神无主的竟陵王，吓着了皇宫里所有的人。有时候就是这样，其实自己

也很害怕，皇帝都没有了，天都塌下来了，哪个不怕？可是越是害怕，就越要大喝一声，把这胆怯的空气给冲开。还有，皇太孙还带了一些亲兵护卫站在一侧，也算是有了一点依靠，于是整个宫里的人纷纷给我让道，听我指挥，让我做主，受我控制，"导演"就这样轻松地由竟陵王换成了我，前些天在东宫和皇太孙商量的大戏就按部就班地上演了。

其实，他们从我这一声大喝中，以为我有后手，认为我有埋伏，猜想我有力量，其实我什么都没有，我和武帝血缘关系远，在朝中不太受重视，永远都只有给他家跑腿的份。这不平的怨气，该出口时就出口。

（二）结好关键队

一时成功靠运气，一直成功靠实力。站在朝堂上，看着尚书令萧子良的从容自如，我就在想，武帝遗诏中他排在第一，如今朝堂上他也站在前面，看他身后庞大的竟陵文学集团，那些人都是人中龙凤，每个人背后都势力强大，如果不早些拆散，天下迟早都是他的。

但如果你仔细观察竟陵王，你就会发现，貌似强大的他其实也有软肋，那就是他自小就身居高位，不懂底层，不懂人心。朝堂上的官员都是从底层一步步成长起来的，他们更看重利益，看谁能给他好处，所谓"天下熙熙，皆为利来；天下攘攘，皆为利往"。尤其是现在兵荒马乱，朝代更迭，许多刘宋朝的官员都站在了大齐的朝堂上，他们绝不愚忠，绝不殉节，他们明白"铁打的营盘，流水的皇帝"，一个朝代没有了，自有下个朝代，他们是官照当，薪照领，酒照喝，诗照吟。他们唯一忠心的，是眼前的利益。

我就是能够给他们利益的人。我仔细地分析了武帝的那份遗诏，找到了两个最有利用价值的人，陈显达和沈文季。事不宜迟，新帝登基刚三天，我就去他们府上一一拜访了，说武帝要升他俩的官。之后我又去了萧晔府上，萧晔是武帝的五弟，由于好武弃文，武帝从来也不正眼瞧他，倒是各种打压从不缺少，那次萧晔外镇，武帝就想把萧晔的宅第给诸皇子，萧晔却丝毫不给皇上面子："先帝赐臣此宅，使臣歌哭有所。陛下欲以州易宅，臣请不以宅易州。"到镇百余日，典签就上奏萧晔的过失，于是征还，贬为左民尚书，再转前将军，再贬太常卿，不得志。于是我将武帝要给他升官的事给他一讲，突然就要得志的他当然感恩戴德，也知道官从何来，表示定当一万个支持。

当然，这都是奔着竟陵王的尚书令去的。那天在朝堂上，宦官将武帝的第三份遗诏一宣读，尚书令就是我的了。皇帝当然相信，这么有利的事情肯定是真的，萧晔、陈显达、沈文季都带头鼓掌，于是朝堂欢呼雷动。这就是民声，这就是舆论，这就能看出百姓拥护不拥护、臣民答应不答应。有时一个大官下台，下面的众多官员都可以前进一步，于是台下一片掌声，也会得到民众的支持。竟陵王的那份遗诏当然是伪造的，我的那份遗诏当然是真实的，有时真与假之间，不在于事物本身的真假，而在于周围的大多数人信与不信。

494年，郁林王萧昭业改年号为隆昌，大赦天下，标志着新天地的到来。当然，这只是关键的第一步，后面的路还很长。武帝所列的托孤名单还很长，名单上的人都各管一块，独当一面，能力很强，影响很大，现在打倒了一个人，还是要团结大多数，接下来的任务就是"表演"，今天去徐府拜访，明天去王府做客，一来二去，名单上的人都成了我的人。是啊，谁愿意与尚书令叫板呢？这之后，朝堂上基本上就是我提议，其

他人附和，没有任何的杂音。这样倒好，那萧昭业反正也没什么雄心壮志，他一天到晚有吃有喝，后宫的天地够他享用的了。

（三）除掉关键人

现在朝堂上虽然很和谐，但建康之外就不一定了。大家一看我当了个尚书令，那些高帝的子孙，武帝的儿子，或明或暗地就想"翻天"。那天，我和萧遥光对那些地方大员梳理了一遍，首先发现了两个刻不容缓需要对付的目标。

一是武帝第七子晋安王萧子懋。他虽然才二十二岁，但长期在外主持一方行政和军事，有独立自主的能力。他485年就出任持节，都督南豫、豫、司三州，任南中郎将、南豫州刺史；486年进号征虏将军；487年改任监南兖、兖、青、徐、冀五州军事，任后将军、南兖州刺史，持节如故；489年改任监湘州、平南将军、湘州刺史；490年，加持节、都督；493年，因萧嶷去世需要有威望的人代为镇守边地，齐武帝改任萧子懋为持节，都督雍、梁、南秦、北秦四州，郢州之竟陵和司州之随郡军事，任征北将军、雍州刺史，给鼓吹一部。

选中萧子懋也是陈显达的功劳。雍州刺史晋安王萧子懋考虑到皇帝年幼，时局不稳定，就暗中筹措，以便发生不测之事时能自我保全。他命令所辖兵器作坊打造兵器；又想胁迫当时驻扎在襄阳的征南大将陈显达担任自己的大将。这时陈显达早已和我一条心了，立即把情况密告给了我，我马上任命陈显达为车骑大将军，调萧子懋为江州刺史，让他先挪个窝，并且命令他把部曲留下来镇守襄阳，限带周围随从、侍卫二十人以内随行。陈显达从建康回途经过襄阳时，萧子懋对他说："朝廷命令我只身而返，我身为皇室王爵，难道能只身上任吗？现在我想要二三千人马随行，不知将军您意下如何呢？"陈显达回答道："殿下您如果不把部曲留下，就是违抗圣旨，这可是罪过不轻的事情！况且，这个地方的人也难以收服，您带上他们，他们也未必能尽听指挥。"萧子懋见目的不能达到，只好沉默不语，去寻阳上任了。

二是武帝第八子随王萧子隆。485年出任辅国将军、南琅玡太守、彭城太守；486年改任持节，督会稽、临海、东阳、新安、永嘉五郡军事，任东中郎将、会稽太守；490年任使持节，都督荆雍梁宁南北秦六州，为镇西将军、荆州刺史；493年，进号征西将军。这个萧子隆还善文，娶尚书令王俭之女为妃，齐武帝对王俭称赞萧子隆为"我家东阿"，王俭说："东阿重出，实为皇家藩屏。"

确实，随郡王萧子隆驻守在江陵，接替以前萧子响的地盘，那里是建康上游，兵多将广，既是建康的重要藩屏，也是京城历来的威胁。我想起来了，那个萧衍做过随郡王的谘议参军，我能够扳倒竟陵王，多亏了那个精明的年轻人，怎么对付随郡王，他一定也有办法，于是我招萧衍来品茶。

我："担任荆州刺史的随郡王萧子隆性情温和，风雅而有文才，我想要调用他，但又担心他不服从，奈何？"

萧衍："随郡王这个人虽然美名外传，其实非常平庸顽劣。他身边几乎没有一个有智谋的人物。"

我："他不是兵多将广吗？"

萧衍："手下武将中，他只依靠司马垣历生和武陵太守卞白龙。"

我："如何拆散他们？"

萧衍："垣历生和卞白龙这两个家伙是唯利是图之人，如果以显要的官职引诱他们，他们没有不来的道理。"

我："封官许愿这个倒是容易。"

萧衍："至于随郡王本人，仅用一封信即可请到。"

我一听大喜，萧衍果然是个人才，看来可堪大用。事不宜迟，马上让皇上下旨，征召垣历生为太子左卫率，卞白龙为游击将军。接着我又征召萧子隆为侍中、抚军将军，让他来建康待着，这才放心。

第二章　毁人先毁名

子曰:"名不正,则言不顺;言不顺,则事不成。"凡成大事者,历来讲究先正名。为此,要毁掉一个人,尤其是要毁掉一个老大,标准步骤都是先败坏他的名声,让大家都认为他是个坏人,之后让坏人下台就成了群众的心声,成了百姓的呼声,换个人上任就顺理成章了。

看那开启魏晋南北朝战乱的三国,孙坚夺得玉玺,沾上神器的灵气,名正言顺;曹操控制汉帝,挟天子以令诸侯,名正言顺;万般无奈的刘备什么都没有,只好搬出自己的刘姓,利用"汉朝皇叔"的身份,好不容易才具有了逐鹿中原的资本。想那什么也没有的吕布,尽管刘关张三人合战都打不赢,但张飞在混战中大骂一声"三姓家奴",吕布就只好落荒而逃了!刘备则先后投奔了十多家主子。

(一)奏乐嬉戏

要诋毁一个人的名声,尤其是要诋毁皇上的名声,那也比较简单,一是在我府上召集这几个顾命大臣,将荒诞离奇的故事给他们一讲,这些鲜活的素材就会像一坛酒一样,被无限发酵,最后成为精彩的"龙门

阵"，被摆进建康城的各个角落。二是让那几个主笔的史官，将这些故事好好记录，以备之后写我大齐史之用。有了百姓的评价，有了史书的记载，想要翻案那都是不可能的。

那我们就慢慢欣赏昭业皇帝的荒唐事吧！

——老皇帝的遗体刚刚放入棺内，还没有入陵安葬，萧昭业就把老皇帝的所有歌伎收编，让她们在宫里跳舞、奏乐。

——老皇帝的棺木即将在秦淮河岸装船，萧昭业很不耐烦地送别，丧车还没有出端门，就声称有病回宫了，宫内马上响起了鼓乐之声。

——萧昭业登基后，经常与侍从们换上民服，在闹市中购物嬉闹。

——萧昭业经常到崇安陵（文惠太子萧长懋葬于此）的墓道中进行扔掷泥巴、比赛跳高等粗鄙的游戏。

——萧昭业善于伪装，内心阴狠卑鄙，经常跟侍从、小人混在一起，有时连睡觉也挤在一块儿。

——萧昭业登基前，偷偷向富有人家要钱；偷制了一把钥匙，夜里悄悄打开西州州府后门，和左右侍从一起到各个军营去寻欢。他的老师既不敢把这些事呈报给皇上，又担心他在军营中出事，只好自杀。

············

这些故事，事情不大，杀伤力很强。演奏音乐，尤其是胡乐，本来很正常，但时机不对。老皇帝刚刚驾崩，商周时要禁止娱乐三年，此后一般是一年，现在至少是半年，否则就是"逾制"！现在整个国家都处在皇帝驾崩的巨大悲痛之中，作为亲孙子，作为皇位继承人，作为最讲孝道的大齐人，应该号啕大哭，伤心欲绝，茶饭不思，怎么还有心思听音乐？文惠太子是萧昭业的父亲，他的墓道是庄严肃穆的地方，人们到那里追思、致敬，如果有人敢在那里嬉戏，他就是大齐国的敌人，这是杀头的大罪。至于萧昭业到底有没有听音乐，有没有在父亲的墓道嬉戏，这都无法对证了。

至于史仁祖和胡天翼，他们早已作古，给他们编点故事，反正也死无对证。

（二）卖官挥霍

"普天之下，莫非王土；率土之滨，莫非王臣"是说天下之地都是皇帝的，天下之人更是皇帝的，这是简单的道理。但如果说皇帝卖官封爵，挥霍浪费，大家信还是不信？当然信，如今百姓只想听故事，越离奇越好，他们难以分辨事实，不愿去判断真相，众口铄金、舆论杀人，就是这么来的。于是后来史官又记下了以下故事。

——萧昭业对他所宠爱的左右侍从都预先封爵任官，并把任命书写在黄纸上，让这些人装在口袋里，随身携带，答应他们在他登基即位的时候，就照此执行。

——郁林王宠幸偏爱中书舍人綦毋珍之、朱隆之、直将军曹道刚、周奉叔、宦官徐龙驹等人。凡是綦毋珍之荐举的人选，没有不被任用的。

——綦毋珍之把朝廷内外的重要官职统统划定价格，然后让人交钱买官，一月之内，他就富得家累千金。他还擅自攫取朝中物品，占用差役人员供自己驱使。朝中的官员在一起闲谈时说："宁可抗拒皇上的圣旨，也不可以违背綦毋珍之的命令。"

——徐龙驹经常住在含章殿中，戴着黄纶帽，披着貂皮大衣，面朝南坐在案前，代替皇帝批阅文告，左右有人侍奉，与皇帝没有什么两样。

——郁林王大力赏赐服侍人员，动辄就是成千上万。武帝生前聚敛钱财，上库中存有五亿万之多，斋库中所存也多于三亿万，至于金银布帛更不可胜计，而郁林王即位还不满一年，就将这些钱财挥霍殆尽。

——郁林王经常进入主衣库，让何皇后以及宠爱的妃子们，用各种宝贵器具互相投击，直到把它们打破成碎片，以此玩笑取乐。

…………

我们府上的一个参军，写诗弄文不行，和以前的王俭府、太子府、竟陵王府的那些顶尖的诗人相比，他就是个不入流的货色，至今也没看到他哪首诗得以流传。但他有他的强项，那就是编故事，怎么去骗财，如何去劫色，哪里能挖陷阱，何时用套路，那是天花乱坠，满肚子坏水。现在他终于派上用场了，我将中心思想给他一讲，他就心领神会，开始编段子，之后再讲给我。毕竟没见过大场面，没见过皇帝，没去过皇宫，我只好再加工加工，把时间、地点、人物再润色一下，之后就在我的府上和那几位顾命大臣一边喝酒一边讲故事！

（三）巫蛊淫乱

现在的京城建康，高层最怕的是什么？那就是巫蛊。巫蛊是用以加害仇敌的巫术，包括诅咒、射偶人和毒蛊等。想那英明如汉武帝，他打遍天下无敌手，直追匈奴入瀚漠，但他也有怕的，就是巫蛊。

汉武帝第一次遭遇巫蛊，缘于一幕争宠闹剧。他的第一夫人——金屋藏娇的陈皇后，无子失宠，妒火中烧，找来巫师楚服，用桐木刻成小人，写上卫子夫等一干当红宠妃的姓名，日夜祷告。这就是上起王公、下至黎民，令人谈之色变、闻之丧胆的"巫蛊事件"。后来东窗事发，楚服被杀，陈阿娇被废。所谓"巫蛊"，不过是人们恐惧苦闷的心魔罢了。对于青年汉武帝，阿娇施巫蛊之术是歪打正着，这为他移情别恋、废旧立新找到了借口。

汉武帝到了晚年，身体越来越虚弱，身形越来越佝偻，对巫蛊的担忧越来越重。老皇帝寝食难安，日思夜想：是不是有人在用巫蛊咒我？于是悲剧揭幕，汉武帝开始从身边人下手。第一个假想敌就是战功卓著的公孙敖，因为受妻子行巫蛊之事的连累，公孙敖被灭族。第二个假想敌是抗匈名将、宰相公孙贺，他也被满门抄斩。后来酷吏江充利用这一事件，陷害太子刘据行巫蛊之术，让汉武帝骨肉相残。于是，一个搬弄是非的宠臣，一个书生意气的太子，再加上一个杯弓蛇影的老皇帝，就等于一场波及数万人的流血惨案，一出令人扼腕的父子悲剧。巫蛊之祸，莫须有之，卫皇后、皇太子、皇太孙不幸殒命。

这么好的主题，当然得编一个精彩的故事。

萧昭业在侍奉太子养病及后来守丧期间，面带忧愁，悲泣哀号，甚至哭坏了身体，看见他的人也都被他的行为感动得哭泣起来。可是，一返回自己家里，就立刻笑逐颜开，大吃大喝起来。他经常命令女巫杨氏替他向上天祈祷，祈祷祖父和父亲快点死去。太子去世时，萧昭业认为是借杨氏巫蛊力量的结果，于是更加敬重、信任杨氏。等到被封为皇太孙以后，武帝有病，他又命令杨氏加紧向上天祈祷，进行巫蛊。此时，他的夫人还留在西州，老皇帝的病开始严重时，萧昭业就给夫人写信，反反复复就只有一个字，信纸中间一个大"喜"字，旁边围绕着三十六个小"喜"字！

百姓还想听什么？那就是淫乱。

——萧昭业十分淫乱，与父亲文惠太子的宠妾霍氏通奸，让她改姓徐。

——何皇后更是淫荡，与郁林王的随从杨珉私通，与他同枕共寝，就像夫妻一般。何后又对郁林王极尽狎昵亲热之事，所以郁林王很是宠纵她。他还把何皇后的亲戚迎进宫中，将他们安排在耀灵殿里，门户彻夜洞开，内外淆杂混处，没有任何分别。

那个参军，编皇上的淫乱故事，确实编不出花样来。是的，后宫千百美女都是他的，他看都看不过来，美女们都盼着被他宠幸呢！没办法，只好编个段子，还能博人眼球。有点创意的，是编皇后的故事，那可是老百姓最愿意津津乐道的，反正听说那个杨珉还有点头脑，有点本事，有他在皇帝身边出谋划策，迟早要坏事，必须先把他收拾了，但总得先找点理由不是？

第三章　上位先换人

中国是最讲礼节的地方，什么事都讲一个"让"字，推贤让能，允恭克让，"让枣推梨""廉泉让水""夷齐让国"等，有很多千古美谈。当然老百姓不讲这些，他们的财富有限，看到一个好东西，一般都会拼命争抢，这就有失脸面。身处朝堂，却时时讲求一个"让"字，皇上封你官了，你要礼让三次；诸葛孔明七擒孟获，也要纵他六次；西汉孺子婴想将皇位让给王莽，痛心疾首的王莽也让了三次。如今萧昭业似乎也想让出龙椅，当然这事也不能让他进行得太顺利。

（一）找内应

如今朝堂全是我在操心，但宫内其他事我就使不上劲了，全是萧昭业说了算，他身边也聚集了一大帮人，能量很大，处处打着皇帝的招牌，谁敢不从？这也怪我，以前和皇室隔得很远，只埋头于自己的一亩三分地，皇宫里的那些宦官和妃子几乎一个都认不得。后来做了尚书令，朝堂及朝堂之外有一大堆事要处理、要布局、要规划，认为皇宫里面就是卿卿我我、莺飞草长的地方，于是就没把这些放在心上，现在一看是失

算了，那小子翅膀逐渐硬起来了，一会儿给这里下圣旨，一会儿给那里派官吏，今天召见这个刺史，明天密会那个将军，直看得我眼花缭乱，心惊胆战。

于是我又找来萧遥光商量，看看围在皇帝身边的都是些什么人。萧谌、萧坦之和萧锵这三人既得皇上信任，似乎可以把他们争取到我这边来，于是我就下了许多功夫，不外乎封官许愿讲感情、赏钱赏物赏美女。只要你给出的价码合适，人们连自己的灵魂都愿意出售，有些人之所以不愿意，要么是你给的价码不够，要么是他的灵魂根本不值一文。当然，这三人的灵魂是很珍贵的，我也很豪爽，给得起价。这三人与我一拍即合，他们和皇上亲近，经常和皇上密谋，但一转眼我就知道了。

那个卫尉萧谌，是武帝的本家侄子，从武帝在郢州时起，萧谌就成为他的心腹之人。武帝登基即位之后，萧谌经常在宫中值宿，担任警卫，凡是机密的事情，他无不知晓。征南谘议萧坦之是萧谌的本家，曾经做过东宫直阁，为文惠太子所知遇。皇上因为萧谌、萧坦之两人曾是祖父和父亲的人，所以就特别亲近、信赖他们。听说每当萧谌有急事请假不值宿，皇上就彻夜不寐。萧坦之也可以出入于后宫，凡是郁林王褻狎宴游的场合，他都守在旁边。郁林王酒醉之后，常常会脱了上衣，萧坦之经常扶着他，并且向他谏言。这时皇上已经非常疏远我了，得知我要来汇报工作，皇上就躲在后宫中不出来，我只好通过萧谌、萧坦之把要说的话转告他。

由于我数次劝谏，以及在朝堂上的威望，皇上心生嫉怨，想把我除掉。尚书右仆射鄱阳王萧锵曾被齐武帝厚爱，皇上就私下里对萧锵说："您觉得西昌侯对我如何呢？"萧锵已经是我的人了，就回答说："西昌侯在皇室宗族中年岁最长，而且接受了先帝的嘱托，我们都年轻，朝廷中所可以依赖之人唯有西昌侯，盼愿陛下您不要以他为虑。"皇上回宫之后，对徐龙驹说："我想与萧锵一起合计收拾掉西昌侯，萧锵不同意，而我独自一人又不能办到，那么只好让西昌侯继续专权一阵子了。"

（二）斩奸臣

许多猴子上蹿下跳很嚣张，那是因为没有当着它们的面杀只鸡。皇宫的主子似乎越来越无法无天，肯定是被他手下的奸臣蒙蔽了，是时候清君侧了。

这个世界确实比较奇怪，我们南朝这些年来一直讲究"以孝治国"，将"孝"看得奇重无比，这是可以理解的，我们都是父母所生，我们的一切都是拜祖先所赐，吃水不忘挖井人，行孝道就成了我们的安身立命之本。但那些前朝大儒，却偏偏在孝的前面，加了一个"忠"字，在忠孝不能两全时，还必须弃孝而效忠。你看皇帝周围人头攒动，就知道"效忠"这一观念是多么深入人心了，也不知那些前朝大儒大力提倡的"忠"，到底是为了神州的长治久安呢，还是理论向权力下跪的结果，又或是权力和理论的双赢互让的妥协？反正，杀鸡儆猴，离皇帝最近的那几只"鸡"必须赶紧斩杀，是时候破除他周围日益浓厚的"效忠"氛围了。

首先是那个杨珉，我派遣萧坦之进宫奏请诛杀杨珉，何皇后听闻，泪流满面，对皇上说："杨郎多么年轻、多么英俊啊！又没有犯什么罪，怎么能无缘无故就杀掉他呢？"萧坦之见状赶紧向皇上悄悄耳语道："外面纷纷传说杨珉同皇后有苟且之情，事实确凿，远近皆知，不能不杀。"

皇上不得已，只好同意处死杨珉。不一会儿，皇上又听信了皇后的话，后悔了，诏令赦免杨珉，可是为时已晚。

这样的场景需要经常上演，才能让人印象深刻。过了几天，我又启奏皇上，请求诛杀奸臣徐龙驹，奏折早已起草好，罪名还是逾制。皇上忙着游玩，没空处理政务，徐龙驹当仁不让，埋头处理各种公文，尽心尽力为皇上排忧解难。处理公文不能站着，当然得有桌子和椅子，这就对了，你一个宦官，居然坐着龙椅，用了皇帝的办公桌！于是奏折上就有："徐龙驹住在含章殿（皇帝专属的办公室兼休息室）里，戴着黄纶帽，披着貂皮大衣，面朝南面，坐在皇帝的龙椅上，代替皇帝批阅文告，俨然一副皇帝的模样。"徐龙驹真是一个效忠的下属，有传言称，皇上萧昭业看上了父亲的妃子霍氏，徐龙驹为皇上着想，给皇上出谋划策，让他用偷梁换柱的办法，对外宣称让霍氏出家当尼姑，实际上当尼姑的另有其人，同时让霍氏改名换姓，常驻皇宫。皇上对做法事有兴趣，拆掉了爷爷当政时期的宫殿，重新装修成法堂，徐龙驹亲自上阵，为皇上做法事，满足皇上的好奇心和求知欲。

又过了一阵，我又拿周奉叔开刀了。周奉叔倚仗自己勇武且与皇帝亲近，有恃无恐，凌辱欺侮朝中公卿百官，常常有二十口单刀保护，出入于皇宫禁门，门卫敢怒而不敢言。他还经常对人讲："我周某人的刀可是不认人啊！"我对他特别嫉恨，于是指使萧谌和萧坦之去游说皇上，把周奉叔安排到外地做官。494年，皇上任命周奉叔为青、冀二州刺史，曹道刚为中军司马。周奉叔来见皇上，请求封自己为千户侯，皇上准许了。我当然不同意，只封他为曲江县男的爵位，食邑三百户。周奉叔大怒，站在人群中挥刀喊叫，表示不满，我反复劝告他，他才作罢。周奉叔辞谢完毕，将要去青州，部下人马已经出发了，我宣称皇帝有令，把周奉叔召到我尚书令的官署中，一众埋伏的武士一拥而上，取了他的性命。之后我让萧谌启奏皇帝："周奉叔傲慢朝廷，因此处死。"皇上不得已，只好认了。

一天，萧谌又来我府上，很紧张地向我报告情况，递给我一份谈话密本。

溧阳令钱塘人杜文谦："天下之事至此已不难料知，朝廷危难将近，难以保全，这已是早晚之间的事情了。如果不及早作打算，我们这些人将遭灭族之灾了。"

綦毋珍之："有什么办法呢？"

杜文谦："先前皇帝的旧人，多数被排斥在一边，如今召他们回来对他们加以重用，谁能不意气风发呢？近来听说王洪范与宿卫将万灵会等人在一起议论时，都气急万分。"

綦毋珍之："萧衍以前和你一样也服侍过皇上，听说他还有点才能，能不能把他也拉过来？"

杜文谦："听说他经常出入西昌侯府里，恐怕早已靠不住了！"

綦毋珍之："君欲若何？"

杜文谦："您可密告周奉叔，让他派万灵会等人杀掉萧谌，这样的话，皇宫内的卫兵就可以掌握在我们手中。然后派兵进入尚书省，斩杀萧鸾，只需两个剑子手就可以办到的。"

綦毋珍之："这是灭族的大罪！"

杜文谦："如今，这样干一场是一死，不干也是一死，同样是死，还是为朝廷而死吧！如果前瞻后顾，迟疑寡断，用不了许久，那萧鸾就会

以皇帝的名义赐我们死，父母也要受牵连而死，事情已经近在眼前了。"

我一看这还了得！如果他们说动皇上，这不是就到了世界末日了吗？在斩杀了周奉叔的第二天，我就派萧谌率重兵，把綦毋珍之和杜文谦二人抓起来杀掉了。之后又陆陆续续除掉了一些奸臣。

（三）扶新帝

通过一阵杀伐，目前朝堂局势进入了很吊诡的窒息期，表面风平浪静，不声不响，但这正是大战前的静默。过了十天，终于上朝了，那天皇上突然宣读了圣旨，迁我为镇军将军，办公地点在以前竟陵王的西州，当天我就依依不舍地离开了尚书府，离开了台城，从此诏令及朝廷事务，皇上不再咨询我了。

这就是撕破脸皮的代价，现在已经无路可退了，台下的阴谋总有见台面的一天，于是我开始紧锣密鼓按计划行事，现在最紧要的是开好典签会议。

那天在我西州的领军将军府，两百多名典签第一次齐聚一室，共谋发展大计。这些典签们很是高兴，这可是第一次开这么大的会呢，好多人都是第一次见面，昨天晚上我就让府上的人员摆上最好吃的，拿出最好喝的，好让他们一边大吃大喝，一边交流管束众王的心得，传播成功典帅的经验。当然他们也比较纳闷，以前都是皇上单独召见，这样也有利于告状，现在开这么大型的会，肯定就不好说那些悄悄话了。开会时众典签也还诧异，怎么皇上没有来讲话？还好，主席台正中坐着萧谌，他天天在皇帝身边，是皇帝的心腹，众典签都见过他，由他主讲也能服众。他讲话的宗旨就是，经皇上授权，从此众典签直接给他汇报，由他直接给典签发号施令；以前大家对众王管束得不错，从今开始更要严格管理，公事公办，严格按照规矩办事，不得出王府一步，不许诸王与外人接触，不得出现一丝一毫的闪失。

之后宫中送来密报，说皇上这些天也在积极准备，朝堂上由直将军曹道刚负责，在宫内关键处都设置了埋伏，恐怕摊牌在即。于是我进行大战前的最后部署：先隆重请来代替我中书令职务的何胤，跟他喝酒，对着他哭，一会儿表心意，一会儿说忠诚。那何胤是何皇后的堂叔，皇上非常亲近和信任他，让他在殿省入值，此前皇上曾与何胤共同策划诛杀我，让何胤负责执行，但是何胤不敢担当，不顾皇上的意图反复劝谏，皇上只好作罢。这次酒宴，当是起到了巩固友谊的作用。

之后我又拿出武帝当初的顾命大臣的名单，找来王晏、徐孝嗣等一一谈话确认，七月二十日，由萧谌率领的宫廷卫队先进入宫中，正好遇上曹道刚和中书舍人朱隆之，就把二人一齐杀了。负责皇上车舆侍卫任务的宿卫官徐僧亮见此情形，怒气冲天，大声对众人喊道："我们承受皇恩，今日应当以死相报！"言未毕，也被杀。

我率领一千亲兵，带领王晏、徐孝嗣、萧坦之、陈显达、王广之、沈文季等重臣，从尚书府进入云龙门。我身穿军服，外披红衣，刚进入宫门，鞋子就奇迹般地掉了三次。是啊，在这决定江山社稷命运的紧要关头、决定生死存亡的场合，什么泰山崩于前而色不改，那都是夸夸其谈。这时，皇上正在寿昌殿中，听到外面有变故，赶紧秘密写诏令传唤萧谌，又让人把内殿的门窗全关闭了。不一会儿，萧谌就领兵进入寿昌殿，皇上一见萧谌不是来救命而是来索命的，惊奇万分，急忙跑进徐姬的房中，拔出宝剑抹脖子自杀，但未成功，又用帛绸把脖子缠裹好，然后

坐小轿出了延德殿。萧谌刚进入殿内时，众多的侍卫将士们都操起兵器准备和他搏战一场，萧谌对他们说："我的目标是别人，与你们无关，请你们不要乱动！"这些侍卫们向来尊敬萧谌，因此都听他的话，就不再抗拒了。等到看见皇上出来了，这些侍卫们又都想解救他，但是皇上竟然连一句话也没说。萧谌把皇上带到延德殿西边夹道无人处，立即斩杀了他，尸体被运出宫，停在徐龙驹的府中，以亲王的礼仪安葬，徐姬和其他宠臣统统被杀。

真是百密一疏，看到皇上被杀，我才想起一件事，没有接到"圣旨"就把皇上杀了，这年头造反的帽子可戴不得。可是，总不能让皇帝亲自下一道圣旨说，让人把自己杀了吧！现在名义上能下诏书的，就只有皇太后了，当初没想到让那个老太婆出个文件什么的，正懊恼时，徐孝嗣从衣袖中取出已准备好的太后手令，递了过来。看看！什么是人才？急领导之所急，想领导之所想的才是人才。

七月二十一日，我威风凛凛地站在朝堂，宦官念太后懿旨：追封废帝萧昭业为郁林王，废黜何皇后为王妃，迎立十五岁的新安王萧昭文为新皇帝。二十五日，萧昭文即皇帝位，大赦天下，改年号为延兴。

接下来无一例外是封赏。八月初二，新皇上下旨：任命司空王敬则为太尉，鄱阳王萧锵为司徒，车骑大将军陈显达为司空，尚书左仆射王晏为尚书令。始安王萧遥光为南郡太守，中书郎萧遥欣为兖州刺史。当然我的分量最重，新皇上感念我为他夺得皇位，任命我为骠骑大将军、录尚书事、扬州刺史、宣城郡公。

（四）快禅让

现在可以换皇帝了，那帮大臣也看出了我的心思，积极筹划着让我称帝的事，我光明磊落，或明或暗地配合，只是希望不要等待太久，否则夜长梦多，煮熟的鸭子又飞了的事在历史上可是层出不穷的。

新皇帝登基一个月，我也管得比较紧，没有我的批准不能私下见大臣，就连起居饮食等事项，统统要请示我，得到我的准许后才可以进行。一次，皇上想吃蒸鱼，太官令说没有我的命令，不能给他吃。那天上朝，皇上又任命我为太傅，领大将军、扬州牧，都督中外诸军事，并加以特殊的礼仪，进爵位为王。但是还有一些人不太服气，比如那个名门之后谢朏，我本想招揽他，一通封官许愿，侍中谢朏心里还不愿意，请求出任吴兴太守，我也不勉强，这年头想立功的人太多了。听说他到任之后，给担任吏部尚书的弟弟谢瀹送去好几斛酒，并且附信一封，信上说："可以尽情饮酒，不要参与人事。"

后来萧衍来帮我分析那些名士的立场，说每个帝王上位，都有祥瑞出现，舆论很重要，所谓"大楚兴、陈胜王"，所谓"汉高祖斩白蛇"，反正要有离奇的情节才能服众。于是第二天我就在大将军府宴请众臣和名士，酒过三巡，我身上奇痒，脱掉上衣袖一看，只见肩胛处有一个巨大的红色的痣，骠骑谘议参军江淹和晋寿太守王洪范大声说："这颗痣是日月之相，上天的启示不言自明。"众大臣纷纷举杯庆祝。

十月初二，为了稳固外围，我又让皇上下旨，任宁朔将军萧遥欣为豫州刺史，黄门郎萧遥昌为郢州刺史，辅国将军萧诞为司州刺史。可惜我只有亲兄弟三人，他们的后代也人丁单薄，如今遥字辈的也没几个，

看来充实后宫是很有意义的事。

一回生两回熟，我又让徐孝嗣去了一次太后宫，又用了一次太后的大印。十月初十，皇太后发诏令："新继位的皇帝年龄尚小，不明国事，昧于朝政。况且，他从小就疾病缠身，体质羸弱，不能承受过重的负担。太傅宣城王萧鸾，是宣皇帝萧承之之嫡孙，又深得太祖皇帝的钟爱，所以宜入宫接受皇位。萧昭文可降封为海陵王，我本人也因年老而告退，不再过问朝政。并且，以宣城王萧鸾为太祖第三子。"

这真是再好不过了，她的懿旨不仅将我送上皇位，同时也相当于下令把自己废了。这点很重要，她已经下达过三次懿旨了，已经树立了权威，形成了法统，那就可能出现第四次、第五次。去之前我就给徐孝嗣说好了，一定要封住后路，下不为例。其实皇太后王宝明也怪可怜的，她出自琅琊王氏，貌美又有才华。之前她正在斋堂拜佛烧香，徐孝嗣带着全副武装的军士出现了，说是皇帝不称职，要马上换一个，不问朝事的太后也不敢硬顶，一想到不利于皇上的证据确实很多，而换上的还是自己的儿子，虽不情愿，还是把印章盖了上去。可是才过两个月，徐孝嗣带着全副武装的军士又出现了，这回就很熟悉路径，也不让太后看诏书内容，直接让人交出印章盖上了事，还是徐孝嗣会办事。

十月二十二日，我正式即位，大赦天下，改换年号为建武。任命太尉王敬则为大司马，司空陈显达为太尉，尚书令王晏加封骠骑大将军，左仆射徐孝嗣加封中军大将军，中领军萧谌为领军将军。

按照惯例，我追尊老爹始安贞王为景皇帝，其妃子为懿后。立皇子萧宝卷为太子，封皇子萧宝义为晋安王，萧宝玄为江夏王，萧宝源为庐陵王，萧宝寅为建安王，萧宝融为随郡王，萧宝攸为南平王。任命萧遥光为扬州刺史，萧遥欣为荆州刺史，萧遥昌为豫州刺史。

还是我深知老百姓的疾苦，封赏之后最紧要的是下圣旨给各地："州郡长官们时常给朝廷上贡礼品，今后除当地的土产外，别的一概加以禁止。"第二天再次发布诏令："各县令俸薄禄少，从今开始，连田赋常贡，也悉加减免。"

当然也有一些意外发生，七十岁的度支尚书虞悰借口有病，不愿服侍我。虞悰是过去的老人，我本想拉他参与朝政，就指使王晏把废除海陵王而自立的事告诉了他。不料虞悰听后却说道："主上圣明睿智，公卿士大夫们自然会合力辅佐，为何还要借用老朽我来赞助新皇帝呢？实在不敢从命！"言毕，恸哭不已。于是朝廷中议论要追究虞悰的大不敬，徐孝嗣却说："虞悰这样也是古代正直耿介之士之遗风啊！"于是，止而不议。

登基那天，我与群臣百官欢宴庆贺，令有功之臣上来敬酒。当然是人山人海，人头攒动。王晏等人遵命离席，上前来祝酒助兴，酒过三巡，一看座位上竟然有人纹丝不动，原来是那个名门之后谢瀹，看我注意到了他，他面不改色地说道："陛下受命登基，上应天心，下顺人意，而王晏竟然贪天功以为己力！"我听了大笑，就不强迫谢瀹给自己敬酒了。宴会完毕，王晏招呼谢瀹与自己一同乘车回尚书省，谢瀹严厉地对他说："您的巢窟在何处呢？"从此，王晏特别害怕谢瀹。

第四章　杀人先流泪

皇位的交接，如果不顺利的话，都要用"血流成河"来形容。我本来离皇位很远，和皇位没有太大关系，之后好不容易有了关系，那离皇位更近的人肯定不服哇，这点我心里是明镜似的，现在高帝、武帝的子孙太多，他们都出镇一方，虽然上次开会让典签们严厉管束，但人家毕竟是王，像巴东王萧子响那样顺手杀几个典签也是很容易的事，现在得尽快把高帝、武帝的子孙解决了才行。

（一）斩鄱阳王

杀人可不是一件容易的事情，如果简单粗暴，一杀了之，那就会引起负面舆论，有违民意。如果所杀之人罪大恶极，或者在杀人前先大哭一场，那效果就完全不一样了。

我正在谋划禅位时，朝堂上或明或暗的反对势力不小，其中势力最大的当数鄱阳王萧锵，他是高帝的第七子，也是高帝在世的最年长的儿子，前六子都已过世，第五子萧晔去世后，高帝、武帝的子孙们都以萧锵马首是瞻，郁林王即位后，萧锵出任骠骑大将军，后进位司徒。鄱阳王萧锵最初并不知道我有废掉皇上的意思,后来,郁林王被废,我的权势日益增大,朝廷内外都知道我有觊觎皇位之意。但是,萧锵每次去拜见我时,我常常匆忙得连鞋都来不及穿好就到车子后面去迎接他,说到国家大事,我无不声泪俱下,以表忠贞,因此萧锵很信任我。因血缘关系,朝中各方都倾向于萧锵,有人劝他入宫发兵取代我,辅佐朝政。制局监谢粲游说萧锵和随王萧子隆,对二人说:"二位王爷只需乘着油壁车进入宫中,把皇帝带出来,挟持到朝堂之上,左右辅佐,发布号令,我和其他人关闭城门,带卫士前来声援,谁敢不听令呢?只怕东府里的人会乖乖地把西昌侯缚送过来。"萧子隆想认真谋划一番,但是萧锵却因朝中兵力全控制在我手中,考虑到事情不一定能成功,心中犹豫万分。马队头目刘巨是武帝时的旧人,他来见萧锵,要求和萧锵单独说话,给萧锵跪下磕头,力劝萧锵采取行动。萧锵下令准备车马,将要进宫时,又回到内室,与母亲陆太妃告别,结果天黑了还没有出发。萧锵身边的典签知道了这一计划,就十万火急地跑来向我告发了萧锵。那个典签前不久才参了会,席上我还隆重地给他敬了酒。我立即派遣两千士兵围住萧锵的住处,之后在将士面前大哭一场,泪流满面,再将他就地斩首,接着又杀了萧子隆、谢粲等人。当时,武帝的儿子中数萧子隆强壮高大,且颇有才能,这样的人一定要早日除掉。

(二)斩晋安王

江州刺史晋安王萧子懋听闻鄱阳王萧锵和随王萧子隆已被我杀死,准备起兵讨伐,他对吴郡人陆超之说:"事情如果能成功,则朝廷获得安宁,如果失败,我们虽死犹荣。"丹阳人董僧慧说:"江州虽然地域狭小,

但是宋孝武帝就曾从这里起兵讨伐杀死宋文帝而自立的刘劭。现在，我们如果发兵进宫，讨伐萧鸾杀害郁林王之罪，谁能够抵抗呢？"萧子懋的母亲阮氏住在建康，萧子懋怕母亲受牵连，派人秘密传信给她，想把她接来，阮氏把情况告诉了自己同母异父的哥哥于瑶之，与他计议，谁知于瑶之立即派快马将情况报告给了我。

九月初四，我让萧昭文下旨内外严守，派遣中护军王玄邈讨伐萧子懋，另派裴叔业与于瑶之先去袭击寻阳，声称是奉命行郢府司马之事。萧子懋知道情况之后，派遣三百人守卫湓城。裴叔业溯江而上，到了夜间，又回过头来奔袭湓城，城局参军乐贲打开城门，迎接裴叔业进入城中。萧子懋知此情况后，率领府州的兵力据城自守。萧子懋的部曲大多是雍州人，都自告奋勇，跃跃欲试。裴叔业害怕了，派遣于瑶之去说服萧子懋，瑶之对子懋讲："你现在如果能够主动放弃，回到京城去，就没有什么好担心的，正好可以做一个闲散之官，仍然不失富贵荣华。"萧子懋一想也对，就失去了斗志，部下也情绪低落。

中兵参军于琳之是于瑶之的哥哥，他劝萧子懋，说以重金贿赂裴叔业可以免除灾祸。萧子懋就派于琳之前去行贿，但是于琳之却建议裴叔业捉拿萧子懋。裴叔业派将领带领四百兵士随于琳之进入江州城，萧子懋手下的官员们纷纷奔散逃命。于琳之手执刀剑进入萧子懋的住处，萧子懋见此情形，大骂于琳之："无耻小人！你怎么能干出这样的事呢？"于琳之尴尬地用衣袖遮住自己的脸，让人杀死了自己的侄子萧子懋。

（三）斩杀众王

一不做，二不休，我列的名单还长着呢，得把排在最前边的人抓紧处理掉才能安心。再次哭泣之后，我便派遣平西将军王广之去袭击南兖州刺史安陆王萧子敬。王广之到欧阳后，派出先锋前去袭击，城内一看建康的大军到了，自然不敢阻拦，只见城门大开，空无一兵，建康兵士率先而入，毫不费力地斩了萧子敬。

我又派遣徐玄庆去西边杀害诸位藩王。临海王萧昭秀为荆州刺史，西中郎长史何昌主持州中事务，徐玄庆到了江陵之后，想不经奏报直接下令杀了临海王，何昌义正词严地说道："我受朝廷之委托，辅助临海王。殿下并没有什么过失，你只不过是别人派来的一个使臣，如何就能让我把殿下交给你呢？如果圣上一定索要殿下，我自己会启奏陈述，等待圣上的答复。"徐玄庆的目的没有实现。于是，萧昭秀才得以回到建康。当然，等待他的还是死亡。

我派吴兴太守孔琇之主管郢州事务，想让他杀害晋熙王萧銶。孔琇之坚决辞而不干，但是我不答应，于是孔琇之就绝食而亡。

裴叔业从寻阳出发，来到了湘州，想要杀掉湘州刺史南平王萧锐，南平王属下周伯玉对众人大声说道："这并不是天子的命令。现在，我要斩掉裴叔业，举众发兵，匡扶社稷江山，哪个敢不听从呢？"萧锐的典签喝退周围的人，斩了周伯玉。九月十四日，典签斩杀了南平王萧锐、郢州刺史晋熙王萧銶、南豫州刺史宜都王萧铿亦同时被典签杀害。

在一个月内，桂阳王萧铄、衡阳王萧钧、江夏王萧锋、建安王萧子真、巴陵王萧子伦均被斩杀。

每当我斩杀藩王时，总是于夜间派兵包围其住所，翻墙破门，喝喊而入，把他们的家产全部查封没收。江夏王萧锋，德才兼备，我曾经对他说："始安王萧遥光极有才干，可以委以重任。"萧锋回答道："萧遥

光之于殿下您，正如殿下之于高皇帝一样。卫护宗庙，安定社稷，他确实可以寄予厚望。"我听萧锋如此一说，被人点破了心事，不禁大惊失色。等到我大杀藩王之时，萧锋派人给我送来一封信，在信中嘲讽、斥责我。我因而非常忌惮萧锋，不敢到萧锋的住所去抓他，于是就让萧锋在太庙中兼任祠官之职，然后在夜里派兵去庙中抓捕他。萧锋从太庙中出来，进到自己车中，那些前来杀他的兵士也想跳上车去，但是萧锋不让他们上来，他力气非常大，能徒手与这些人搏杀，好几人都被他打倒了，在数十位士兵的包围下，好不容易才解决了萧锋。

我派遣典签去杀建安王萧子真，萧子真吓得钻进床底躲藏，被典签拉了出来，他给典签下跪磕头，乞求免于一死，情愿为奴，但典签没有答应，将他杀死了。

我又派中书舍人茹法亮去杀巴陵王萧子伦。萧子伦其人，性情英勇果敢，当时任南兰陵太守，镇守琅玡。琅玡城中有守兵，我担心萧子伦不肯轻易屈服、任人宰杀，就问典签如何办，典签说："大人您如果派兵去收拾他，恐怕不能很快达到目的。如果把这事委托与我办理，只以一人之力就可以办妥。"于是，典签就亲自手执配有毒药的酒，声称为御赐，逼使萧子伦喝下去，萧子伦理正自己的衣服、帽子，出来接受诏书，并且对茹法亮说："先前，太祖灭宋而自立。今天的情况，也是天数所定，在劫难逃。你是曾侍奉过武帝的老人了，现在受指使而来，当是身不由己，奉命行事而已。这酒绝非平常饮宴的酒。"说完接过酒杯，一仰而尽饮之，受毒而死。死时才十六岁，茹法亮及周围的人无不动容落泪。

当然，还有一个重要人物没被斩杀，我的左右心腹也知道我的意思。我继位后，下诏依照东汉东海王刘彊的旧例，赐给萧昭文各种精美器物，朝堂上的王公大臣都纷纷称赞我的仁慈。十一月，不断有奏章报告萧昭文的各种疾病，于是我又三番五次派遣御医前去探望他，送上仙丹、汤药、各种"救命药"，但天不留人，没过几天萧昭文就去世了，时年十五岁。我下令将萧昭文的葬礼依照东海王刘彊的旧例办理，赐谥号为恭王。

现在诛杀诸藩王非常方便，给典签说一声就可以了，竟然没有一个人反对。当然凡事都有两面性，有多大的好处就有可能暗藏着多大的坏处，以后各州刺史都是我的人了，当然就不能再让典签胡作非为，是时候让他们退出历史舞台了，于是我又下旨："从今开始，各州有紧急事情，应当秘密地奏告朝廷，不再派遣典签进都。"从此，典签这一职务的作用就渐渐变小了。

同期声　萧衍：担当重任

最近，齐明帝特别喜欢哭，每逢诛杀他恩主的子孙时，他都要痛哭流涕，朝中一些大臣和史官便认为他本性并不是不善良，只是为了保护自己的子孙，才不得不杀人。我认为不一定非杀人不可，想在比赛中夺得第一，有两种对策：一是排除所有竞赛者和可能参与者，二是锻炼自己的技能。狗熊采取第一种，英雄采取第二种。想我们南朝，当然是"狗熊"人物居多，从刘裕、刘骏，到刘彧、萧道成，一个接一个，在那里照葫芦画瓢。不过，都不像萧鸾这样，动手前还要哭上一场！

（一）首讲忠诚

这段时间我也是经常哭泣。作为"竟陵八友"之一，我终于从竟陵王谋逆中全身而退。树倒猢狲散，其他竟陵成员都回家避风头了。我和大哥也回到家中丁忧，将悲伤与眼泪都送与老爹。

古代大儒们创造的丁忧制度确实好，辛苦一生的老爹突然含恨而去，一棵为我们遮天蔽日的大树就没有了，回想他对我们的教导和付出，所有的相聚和离别，又想到那些委屈和仇恨，眼前的凶险与诡异。我们几兄弟在老爹的坟墓前，暂时忘掉朝堂上的刀山火海，忘掉江湖中的恩怨情仇，和老爹讲恩情、喝酒，我把我的记录念给老爹听。我有随时记事的习惯，听到老爹去世时，就记下了当时的情景，后来写进了《孝思赋序》（并序）。

先君体有不安，昼则辍食，夜则废寝，方寸烦乱，容身无所。便投刺解职，以遵归路。于时齐随郡王子隆镇抚陕西，频烦信命，令停一夕，明当早出，江津送别。心虑迫切，不获承命，止得小船，望星就路。夜冒风浪，不遑宁处。途次定陵，船又损坏。于时门宾周仲连为鹊头戍主，借得一舸，奔波兼行，屡经危险，仅而获济。及至庚止，已无逮及。五内屠裂，肝心破碎，便欲归身山下，毕志坟陵，长兄哀愍，未许独行。

平静地过了几个月，丁忧的时间差不多了，朝堂上暂时风平浪静，如果我们还隐居山中，那就真的成了局外人了，大哥和我商量，还是各投其主，各奔前程，为萧家的发展而努力奋斗。

我要去的当然是朝堂，如今萧昭业可是皇帝，以前我是他的"南郡王府文学"，加上我之前立下的大功，辉煌的前程应该指日可待。果然，那天去给皇上报到，他惊喜万分，急不可耐地封我为给事黄门侍郎，入直殿省，侍从皇帝左右，传达诏命，进行参谋，一时皇上也引我为心腹。

平心而论，当今皇上是一个不可多得的人君。他做事很符合礼制，不管是穿衣吃饭，还是上朝议事，或是拜祭神灵，礼遇番邦，都要让宦官翻出古书对照，一一照做。虽然他已成年，但对女色也很克制，没有遴选过天下彩女，和何皇后相亲相爱，相敬如宾。他还是一个工作狂，对听乐看戏、唱诗饮酒没有兴趣，整天想的是如何搭建团队、组建人马，为萧家江山的稳固添砖加瓦。

人们常说，好领导可遇而不可求，所以世界上才有那么多人感叹怀才不遇。我遇到了这么好的领导，应该感谢上苍眷恋才对。并且，神州大地上排在前面的美好品行就有"忠"，我前期十多年的苦苦寻觅，正是为了寻找这样的明主，我那么好的才华，要抓紧"售与帝王家"！

且慢，忠诚是有代价的！

（二）还讲忠诚

现在大齐的王公大臣都有一本《忠经》，上面解释说："忠者，中也，至公无私。""忠也者，一其心之谓矣。"《忠经》为历代儒家推崇，也是大齐名士的做官标准，大家为了正义的事业，无条件地付出自己的一切，全方位精准打击敌对势力，不遗余力地匡扶正义，竭尽全力，肝脑涂地，使命必达。

那天我在宫里正翻看着《忠经》，西昌侯让人给我传话，叫我去他府上喝茶。这年头水喝得酒喝得，唯茶喝不得！我们大齐的同僚找你办事，一般都是请你去喝茶，依山傍水，琴声悠扬，温润柔绵的茶香一入喉，海阔天空的话语就飘过来了，先是《山海经》，再是《诗经》《春秋》，等到你频频点头之际，他要求你办的事就天衣无缝地插入其中了，你总不能马上从点头变成摇头吧！于是皮球在不经意间踢到了你的脚下，他的事从此就变成了你的事。下级和同僚还好点，如果他们的事确实有难度，或者以前没有交情，那你当然也可以摇头，直接拒绝，反正他们也拿你没办法。最要命的上级请你喝茶，那真的麻烦事就来了，上级一般权力更大，资源更多，地盘更广，处理复杂事情的能力更强，如果连他都处理不了，那对你来说肯定比登天更难，而且你还不能推，还要装出一副乐意效劳的嘴脸。我就这样忐忑不安地进了西昌侯府，他先从外部环境谈起，之后说到了江陵的随郡王，我大致就知道他想干什么了。

我可以出卖随郡王，虽然我给他当了一年的官佐，事人一时，忠人一世，但他确实对不起我。当时我是他的镇西谘议参军，官品为九班，其班次要高于谢朓所任之随郡王文学（五班）以及张欣泰所任之镇西中兵参军（六班）。但是，随郡王有事却只找谢、张二人商量，我是受冷落和排挤的。按时下的规矩，大齐多以王府佐吏兼任某郡太守，随郡王的长史就兼任南郡太守，张欣泰也兼任河东内史，而我却未有兼职。更可恶的是，许多属于我职责范围内的事，萧子隆也"多使欣泰关领"。看得出来，他们是对我父亲斩杀萧子响记忆犹新，对我这个新"典签"也是杯弓蛇影。

我在荆州确实不如意，不但有职无权，而且穷困交加。

……为荆府谘议，时之遴父虬隐在百里洲，早相知闻。我偶匮乏，遣就虬换谷百斛。之遴时在父侧，曰："萧谘议踬士，云何能得舂，愿与其米。"虬从之。

想到那时混得连口吃的都没有了，还要靠刘之遴接济，心中就更加悲愤。现在西昌侯不耻下问，于是我就将江陵的人和事详细说与西昌侯，并提出了中肯的建议。临别时，西昌侯问我："后当效忠于我否？"

回到我的私宅，我才请大哥过来一起喝酒，一同讨论西昌侯的话。

大哥："西昌侯对江陵情况早已了然于胸，和你聊天的重点，当不在荆州！"

我："我为皇上尽忠，他也为皇上尽忠，我们的目标一致！"

大哥："西昌侯所图者大，他其实是在提醒你，'忠'的目标应该

有异。"

我:"皇上对我比较信任,如果忠心辅佐,当成大业!"

大哥:"那你的时日就不多了,你身边的杨珉、徐龙驹、周奉叔就是明证。"

我:"忠君一途,可是艰难险阻哇!"

大哥:"你应该立即弃暗投明,去辅佐西昌侯。"

我:"明哲保身,道理如此。"

大哥:"鸾与高帝刚出五服,我们和高帝只隔六代,如可为,均可为!"

我和大哥相视一笑,将杯中的酒一饮而尽。

(三)再讲忠诚

第二天,我就进到皇宫,向皇上辞行。

皇上很诧异地看着我:"朕委你重任,何故离朕而去?"

我:"启奏皇上,您周围已有这么些能人,倒是外边的心腹较少,如果皇上将我外放,可能更利于江山社稷的稳固!"

皇上一想也对:"你想去何处?"

我:"启奏皇上,我也不想离您太远,石头城是护卫建康的军事要地,我去驻守,陛下当可放心!"

从皇宫出来后,我马上又去了西昌侯府,说了些海阔天空的话,之后,向西昌侯表达了效忠的意愿。

西昌侯先是顾左右而言他:"王敬则是几朝元老,为开国元勋,又为顾命大臣,似有不稳之势也!"

我:"敬则虽为老臣,武功最显,却欠文略,不足为虑。"

西昌侯:"如之奈何?"

我:"此公年老,贪图享乐,喜好美色。"

西昌侯:"人有弱点,就容易进攻!君愿何往?"

我:"愿代君守石头!"

西昌侯开怀大笑:"与君意气相投尔!"

西昌侯进宫后,与皇上不谋而合,我依依不舍地离开了皇宫,意气风发地去石头城上任了。之后我被封为建阳县男,邑三百户。看着排列整齐、盔甲明亮的一万精兵,看着台上坐着的表情木讷的西昌侯的儿子——十一岁的萧宝卷,我威风凛凛地检阅着队伍,设想着无限可能的未来。

其实我六月底刚从皇帝萧昭业身边离开,七月皇上就被废了,看看那血染的宫廷,以前我站立的地方,一时还很是后怕。听说那王敬则大将军也比较稳定,萧鸾先是送去了各色美女,之后把王敬则派出京城任使持节,都督会稽、东阳、临海、永嘉、新安五郡军事,会稽太守,原职不变,王大将军也乐得在会稽安享晚年了。

其实王大将军也是看清了时局,这血腥的场景确实太吓人了。西昌侯萧鸾自幼父母早逝,由三叔萧道成抚育,萧道成对萧鸾视如己出,待他甚至超过自己的儿子。但权力面前,没有忠诚,没有亲情,更没有恩情。自前皇上萧昭业被斩杀算起,自494年七月开始,高帝、武帝子孙四十六人中,正常死亡八人,早夭八人,七月诛一王,九月诛七王,十月诛六王,十一月斩杀禅让帝位的萧昭文,今年五月再诛杀三王,剩下的十二位战战兢兢地活着。

西昌侯——现在应该叫齐明帝,是一个小动作特别多的不义之人,

在杀他恩人的子孙前,会流眼泪。这不是因为受到良心的责备,他显然没有什么良心,只是在表演,希望别人对他产生"天良未泯""迫不得已"的印象。在陆续杀了十八个亲王(最小的只有七岁)之后,才命有关部门告发那些亲王谋反,奇妙之处不在于死后告发,而在于齐明帝竟然一再驳回这些告发,必须等相关部门反复坚持,如此多日后,他才像是不得已勉强批准!

齐明帝玩的这些小把戏,给我一些启示,史官写记录时,不能因为一件事的出处是正式文件——譬如皇帝的诏书或者大齐的律令,就认为它真实可靠、绝对正确。如果史官根据齐明帝驳回的诏书,推断他没那么凶狠,或认为当时那些亲王都还活着,那就犯了大错。相信文史馆里那浩如烟海的史官记录中,这样的曲笔不在少数。还有就是齐明帝的这些把戏,毕竟能看懂的人是少数,站在他的那个位置,表演是必不可少的,有时表演甚至成了他生活中的常态,作为雄才大略的指点江山的人,就应该是一位出色的表演者,我的演技,还需要精进。

站在风暴之外,指挥着精锐之师,我也开始表演,我挥毫泼墨,写下一首明志诗,将诗以及我的忠诚一齐献与齐明帝。

直石头诗

率土皆王士,安知全高尚。东垄弃黍稷,西游入卿相。

属逢利建始,投分参末将。尺寸功未施,河山赏已谅。

摄官因时暇,曳裾聊起望。郁盘地势远,参差百雉壮。

翠壁绛霄际,丹楼青霞上。夕池出濠渚,朝云生叠嶂。

笼鸟易为恩,屠羊无饰让。泰阶端且平,海水本无浪。

小臣何日归,顿辔从闲放。

第五卷

曹都督反了

　　495年，萧鸾刚坐上龙椅没几天，就感觉太累了！权力过大，是他感到累的根本原因。皇帝是天下最自由的人，因为他的权力不受任何限制；皇帝又是天下最不自由的人，同样因为他的权力没有边界。萧鸾十分清楚他现在的一切都是来源于自己的权力，为了保持自己的至高尊荣，他必须时刻警惕，一丝一毫也不敢放松。普天之下有多少精英人物垂涎皇位，日夜谋划着夺取皇位，为了让天下人成为自己的奴隶，皇上自己成了权力的奴隶，他必须爱护自己的权力，一分一秒也不能松懈。对被剥夺权力的恐惧使皇帝常年神经高度紧张，甚至风声鹤唳、草木皆兵。这不，宦官惊恐万状地呈上紧急情报，曹都督反了！

大齐干部履历表

姓名：曹虎，字士威，小字虎头

出生年份：436年

任职经历：宋明帝时，担任直厢将军，参与平定桂阳王刘休范反叛，以作战勇猛著称，累迁宁朔将军、东莞太守。齐武帝时，率军攻打桓天生，攻取平氏城，讨伐雍州刺史王奂，迁梁、南秦二州刺史。郁林王即位后，迁前将军、雍州刺史，据守襄阳。

齐明帝并没有看这份履历表，对雍州前线的反叛也没有任何表示，一副胸有成竹的样子。倒是尚书令王晏很着急，上前一步说话："启奏皇上，曹蛮似有投北迹象，我们应该立即派兵进逼襄阳，同时捉拿京城中的曹蛮家室！"

齐明帝不紧不慢地品了口酒："着镇南将军王广之、右卫将军萧坦之、尚书右仆射沈文季各率三万军马，进抵荆州、襄阳、义阳等地埋伏待命，勿与曹都督做任何接触，等候下一步命令。"

三位将军也很惊讶，齐明帝还没坐上龙椅前，那个曹虎还回过一次建康，西昌侯萧鸾还有说有笑地召见他，怎么这么快就反了？既是前去平叛，怎么也不直捣黄龙？也不知道皇上葫芦里卖的什么药，只能稀里糊涂地领命而去。

齐明帝下令："着尚书令调集兵力，保护曹都督的家室，不得让任何人前去惊扰，并确保他家各类生活物资的充足供应，不得有半点懈怠！"

王晏当然也不知道皇上葫芦里卖的什么药，只好糊里糊涂地领命而去。

第一章　讨伐谋逆

对于我大魏皇帝元宏来说，天下最大的罪恶是什么？当然是谋逆！

对于天下芸芸众生来说，皇位太诱人了，一是权力无边，一瞬间就可以使人成为皇天上帝，可以满足人的各种欲望和梦想；二是流动性强，可以用刀枪去夺。由此造成皇位争夺频繁、惨烈，上位代价巨大。看看那边的南朝，社会精英的焦虑都集中在两点——如何保住皇位和如何争夺皇位。由于竞争门槛很低，江南大地无数次烽烟四起，血流漂杵，白骨成堆，那些顶级男人们，提着头颅，以全族人的身家性命为赌注，进行一次又一次声势浩大的赌博，边缘人萧鸾就是最新的成功例子。

（一）天下正义

作为皇帝，维护权威、建立秩序非常重要，我们拓跋氏出自鲜卑，是神的化身，本身就肩负着匡扶正义的神圣使命。传说先祖拓跋野幼时父母双亡，流浪大荒，十四岁时遇见垂危的神农氏，接受遗命成为神帝使者，前往蜃楼城，平息水族引发的干戈，成长为叱咤风云的少年英雄——龙神太子，又和挚友蚩尤一起立志恢复和平，建立自由、平等的大荒新世界，后来在昆仑瑶池重开蟠桃会，会上被黑帝、白帝、青帝、炎帝与四海各国供奉为大荒天子。想那先祖拓跋力微，其父拓跋诘汾在一次打猎时和天帝的女儿相遇，一年后天女带来了他俩的孩子——北魏始祖拓跋力微。拓跋诘汾率部南移，"山谷高深，九难八阻，于是欲止。有神兽，其形似马，其声类牛，先行导引，历年乃出，始居匈奴之故地"。338年，首领拓跋什翼犍终于建立代国，386年，拓跋珪重建代国，改国号为魏，距今已有一百多年了。

我们拓跋氏就是来统一旧世界、建立新世界的，通过这些年的南征北战，我们已经占据了大半个神州，那南方的东晋、刘宋及萧齐等割据抗命的小朝廷，在那里苟延残喘，待我的马鞭一挥，江南的广阔天地就是我的了。哪知我还没有发威，南边却不断地搞些小动作出来，本来那块巴掌大的地方只是让姓刘的在那里代管着，他们好歹姓刘，和我们鲜卑十分尊重的大汉朝还能搭上边，在我当皇帝的第八个年头，那边居然杀声震天了，名不见经传的萧姓小子人模狗样地坐上了龙椅，是可忍，孰不可忍！我当时就想挥军过去把那地方收缴过来，将目无王法的萧家灭族，只可惜那时我还做不了主，朝堂上还是冯太后说了算，我也只好忍气吞声地认了，那块地方从此算是由姓萧的代管了。可是萧家的人都不是省油的灯，从来就没有消停过，前不久那边又搞出了大阵仗，那个名不见经传的萧鸾居然篡位了！

萧道成那么多子孙，皇位怎么能轮得到萧鸾头上，这明目张胆的篡位，能不把天下搞乱吗？看看南边那群皇族王公，大臣将军，都是一群窝囊废，只知道跪在皇上的脚边上表劝进、唱赞诗，也没见哪个不服气的跳出来，只有雍州刺史曹虎，好不容易举起了替天行道的旗帜。要保

护这正义的火种，要扩散这不平的声音。当然，我很早就想荡平南贼一统天下了，时机终于来了！

（二）御驾亲征

世界上最难坐的是什么——当然是龙椅，不在于椅子生硬没温度，不在于座位高冷在云端，而是那上面满是任务、责任、权谋、利益、算计、鲜血、生杀予夺、刀光剑影。我两岁当太子，五岁就坐上龙椅，看着众权臣的表演，看着冯太后的操控，欣赏着一出出阴谋，看透了一幕幕闹剧，真想逃离朝堂，逃离是非，哪怕是跨上战马，驰骋沙场也好。没有机会创造机会很重要，何况眼下有这么好的机会！

496年十二月初一，我隆重地敬过各位先祖，决定亲自挂帅入征南齐。初三宣布内外严守，初八诏令由平城迁到洛阳的百姓免除三年赋税。

调兵遣将也很重要，我派遣征南将军薛真度统领四个将领向襄阳进发，大将军刘昶、平南将军王肃向义阳进发，徐州刺史拓跋衍向钟离进发，平南将军刘藻向南郑进发。又任命尚书仆射卢渊为安南将军，督帅襄阳前锋诸军。大家看到没有，安排这些将领也是很有讲究的，那个刘昶，是和南齐死磕的将军，是刘宋皇室至亲，已和南边打了大小十多次仗，只因他的任务是复国——为被推翻的刘宋王朝报仇。那个王肃，出身于琅琊王氏，前几年他的父亲王奂和兄弟都被齐武帝冤杀，他好不容易从南边投奔过来。我当时巡视邺城，听闻王肃来投，引见他询问事情原委。王肃言辞机敏而且切中重点，又非常有礼节。我很怜悯他，谈到治国之道，王肃陈说治国的方法，声音典雅流畅，很符合我的意向。我决定采纳他的意见，促席听了好久，忘记了疲倦。王肃论及南齐灭亡的预兆，劝我乘此机会大举伐齐，我伐齐的意志越来越坚定了，对王肃的器重礼遇也日益增加。有时候我屏退左右侍从，单独与王肃论事，一直到半夜都不停，王肃也尽忠献策，无所避忌，称他和我的关系就犹如刘玄德和诸葛孔明。不久我拜王肃为辅国将军、大将军长史，赐爵开阳伯。此次让王肃率军，就是要用他在南边的号召力，我让他着重招降南边将兵，若是他以前的部曲，六品以下的可由他先行任命，然后再表奏朝廷，若是有来投降的其他南将，五品以下的可由他先行任命。

（三）统一思想

这边排兵布将搞好了，那边朝堂上却是一片乱象，那些身居高位的大臣不愿意出兵，也不能把他们都杀了吧！思想工作同样重要，于是我就开始和他们苦口婆心地纵论天下大势。其实他们只看到了芝麻这一小点：接到曹虎降表，怎么就没有下文了？是不是上当受骗了？有的认为不宜行动，有的则认为可以行动。

卢渊说："只怕曹虎是像周鲂一样诈降。"

相州刺史高闾："刚刚迁都洛阳，尚处草创阶段，既然曹虎没派遣人质，足见其没有诚心，不应该轻举妄动。"

我："众说纷纭，莫衷一是，朕不知所以。如果想把行动与否的利弊得失讨论明白，应该分立宾主，互相引发，共同探讨。以任城王和镇军将军为主张留下的一方，朕为主张行动一方，诸位听取各方意见之长短得失，哪方所见高明就听从哪方的。"

虚心听取意见的态度当然值得肯定，众臣："很好。"

镇军将军李冲："我们认为目前正是迁都伊始，诸事草创之际，大家

都想有一段安定的时期。再加上我们对作为内应的曹虎并没有细加审查，情况多有不明，所以不宜于轻率行动。"

我紧接着反驳道："曹虎投降一事虚实如何，确实还难以判定。如果曹虎投降是虚假的，朕也可以借此行巡视、抚慰淮水一带，访查探问一下民间疾苦，使那里的百姓知道朕的仁政善德之所在，以便让他们产生归顺本朝的心思。如果曹虎之降属实，而我们若不及时予以接应，就会坐失事机，有负于他一片弃暗投明之诚心，这无疑将破坏朕的宏大计略。"

任城王拓跋澄："曹虎没有派人质，也没有再遣使者来联系，其中之诡诈是显而易知的。如今从代京新搬迁到这里来的民众，皆有留恋本土的心思。他们扶老携幼，长途跋涉，刚刚到达洛阳，居住房屋尚没有一间，食物储备没有一石，而目前冬季将尽，春耕生产即将开始，正值《诗经》中所说的'兴建屋室''耕作南亩'之时。在这种情况之下，反而要驱使他们披坚执锐，出征打仗，让他们对抗敌人，这样的出征恐怕并非是当年武王伐纣的正义之师。况且，各路军马已经进发，他们之间能够互相接应，如果曹虎投降属实，就等平定了樊、沔之后，陛下您再顺时而动，到那时銮舆前往，也为时不晚啊！如今若是轻举妄动，只能使军中上下疲劳。如果徒劳而返，恐怕会有损于我朝的天威，反而使贼军的气势更为嚣张，所以万万不妥。"

司空穆亮："宜于行动。"

其他臣僚："臣等附议。"

拓跋澄质问穆亮："前不久各位看见诸路军马出征，都流露出担忧之色，私下里议论时，都不同意南征，为什么面对皇上时就变了一种态度，言不由衷呢？当面背后看法不一，这已经关涉欺君罔上之罪，难道这就是大臣的忠义、国士的品格吗？万一这次南征不利，完全是诸位所造成的。"

李冲："任城王可以说是忠心耿耿于国家啊！"

我："任城王认为赞同朕都是罔上，可是与朕所见不同的人难道一定都忠诚吗？常言说，小忠是大忠的敌人，这不正和眼前的情形十分相似吗？"

拓跋澄："我愚昧无知，虽然属于'小忠'之列，归根到底是出于一片竭诚之心，为国家而计虑。不知道所谓'大忠'者，是出于什么目的？"

我哈哈大笑："大家都是为国为民，都是大忠。"于是向南出征的决策算是统一了，当即任命北海王拓跋详为尚书仆射，留下来统管朝中之事；使李冲兼仆射，固守洛阳。

第二章　南北再战

其实去年我就率领百万雄师，进行过南征——当然是虚晃一枪，有名无实，主要是为了迁都。听说东晋南迁后，南北已经发生了六次大战，总体上是南方不断退缩，边境从黄河退到了江淮，我这次的目标是要饮马长江，我的百万大军，至少要将边境推进到长江边，只等下次开展灭国之战了。为了确保第七次南北大战取得理想效果，由西向东我部署了汉中之战、南阳之战、义阳之战和钟离之战。

（一）寿阳口水战

这次南伐是为了什么来着？想起来了，是为了维护天下正义，惩罚篡位的萧鸾。南阳、义阳、钟离三路大军开战之后，一月十一日，我率三十万大军从洛阳出发，二十八日到达悬瓠，在方丈竹堂举行宴会，和群臣们一起联诗和句，鲜卑武将吟不了诗的照例喝酒。当然，第一首还是由我来作。

悬瓠方丈竹堂飨侍臣联句诗

白日光天兮无不曜，江左一隅独未照。

愿从圣明兮登衡会，万国驰诚混内外。

云雷大振兮天门辟，率土来宾一正历。

舜舞干戚兮天下归，文德远被莫不思。

皇风一鼓兮九地匝，戴日依天清六合。

遵彼汝坟兮昔化贞，未若今日道风明。

文王政教兮晖江沼，宁如大化光四表。

文武百官的纷纷和诗。我诏令寿阳、钟离、马头三地的军队把掠夺的居民都放归江南去，以传播美名。之后颁发诏令："以后不得再抢劫掠夺淮河以北的居民，违犯者处以死刑。"一月二十九日，我率大军轻松渡过淮河；二月初抵达寿阳，三十万大军浩浩荡荡，铁甲骑兵一眼望不到头。初五，我兴致勃勃地登上八公山，学当年谢灵运登山作诗，途中突遇倾盆大雨，我便下令去掉自己的伞扒，与兵士一起淋雨，看到军队中有生病的士兵，便亲自去安抚慰问。

紧接着，三月初五，我约见南齐寿阳城刺史，严肃地指出他们的逆天之道、篡位之恶。在城外开阔处，我们双方委派信使，开启了南北对话。

一般都是无理者更逞口舌，南齐丰城公萧遥昌派崔庆远抢先开口："锦绣江南，百姓安居乐业，何故挑起战端，置万民于水火？"

我严肃地批评道："你想让我直接数落你们的罪过呢？还是顾及情面含含糊糊地说呢？"

崔庆远："我实在不明白你们的来意，所以还是直截了当地说吧！"

我质问："你们君主为什么要连续废黜两个皇帝而自立为君呢？这不是明目张胆地篡位吗？"

崔庆远："废黜昏君，另立明主，这种事情古今常见，并非只有我朝最近发生的这么一桩，对此您又有何不理解之处呢？"

我再反问："高帝和武帝的子孙们，现在都在哪儿？"

崔庆远："七位藩王乱国同罪，已经和周朝的管叔鲜和蔡叔度一样被杀掉了，其余的二十多位藩王，有的在朝廷中担任清要职位，有的在外面担任州郡长官。"

我："你们现在的君主萧鸾如果没有忘掉忠义之德，为什么不从前帝近亲中选择一人立为新帝，如当年周公辅佐成王那样，而要自取皇位呢？"

崔庆远："周成王有亚圣的品德，所以周公立他为君而自己辅佐之。可是，如今本朝前帝近亲中没有能比得上周成王这样的人物，所以不能嗣立。况且，汉代霍光也曾经舍弃汉武帝的近亲而策立汉宣帝刘询，只是因为他贤德。"

我再逼问："那么，霍光为什么不自己登上皇位呢？"

崔庆远："因为霍光是外姓，不是皇族。本朝当今皇上正可比作汉宣帝刘询，怎么能拿他与霍光比呢？如果按照您说的那样，那么当年武王伐纣，没有立纣王庶兄微子为君而自己辅佐之，也就是贪求天下了吧？"

我大笑："南人逞口舌之利，果然如此。"

崔庆远："'见可而进，知难而退'，这是圣人之师。"

我："您是否希望与我和睦友好呢？"

崔庆远："相睦友好则两国互相庆贺，民众承蒙好处。否则的话，两

185

国关系恶化，互相交战，致使生灵涂炭，流离失所。能否和睦友好，完全取决于您。"

我确实说不过他，原先应该让王肃来对话，对一些典故，我确实掌握得还不够，虽然我知道他们肯定有违大义，但他们却说得冠冕堂皇，一时还挑不出漏洞。这样的文士也很辛苦，于是赐赏崔庆远酒菜和衣服，送他安全返回寿阳城。

二月初九，我放弃攻打寿阳城，钟离那边才是我们的进攻重点，在这里只是借道，当然面上的理由是那个崔庆远文采很好，说得有道理。于是我率军沿着淮河东下，所到之处，百姓安居，无有扰犯，前来纳供粮草的民众络绎不绝，挤满道路。二月十七日，到了热火朝天的战场——钟离。

后来听说，南朝其实早有准备，当时他们就派遣尚书左仆射沈文季率军在寿阳附近游击，原本是想伏击或者合围我们的，一看我们有三十万精锐，沈文季只好躲避风头，待我们离开之后才进入寿阳城，禁止游兵随便出城，紧闭城门，严加守备。

（二）钟离攻防战

此次我的战略目的，是要饮马长江，南朝边境上离长江最近的就是钟离，钟离就成了我们进攻的重点，其他地方都是策应。此前我先派了拓跋衍率十万大军进攻钟离，南齐徐州刺史萧惠休据城抗守，并且不时地派兵出城袭击，那拓跋衍居然吃了轻敌的败仗。

当然，南齐在钟离的阵容也是庞大的，除了守城的刺史萧惠休外，主帅萧坦之、左卫将军崔慧景、宁朔将军裴叔业率重兵赶了过来。同时，

南齐举国上下戒备森严，严阵以待，又派遣太尉陈显达为使持节、都督西北诸军事，来往巡视于新亭、白下一带，以壮大声势，听说他目前也率十万大军向钟离赶来。

我的军队攻钟离一个月不能取胜，军中兵卒伤亡较多。三月初九，我到达邵阳，在淮河中的洲岛上修筑城堡，又在南北两岸修筑了城堡，并且在河水中竖起栅栏，以断绝南齐援兵之路。萧坦之派遣军主裴叔业攻打我们新筑建的这两座城堡，并取得成功。我又想在淮河南边修筑城堡，置兵戍守，以便安抚新近归顺我大魏的该地百姓。在僵持的战局中，我给相州刺史高闾去了一封征求意见的信，高闾很快回信说："大魏东西战线拉得很长，难以取得成功。寿阳、盱眙、淮阴三个地方，是淮河之南的重镇要地，如果不攻克其中之一处，而要留守别的孤城，这很明显是不可能保全的事情。现在天气才开始转暖，雨季正要到来，盼望大魏军调转车辆，班师回朝，先经营好都城洛阳，蓄积力量，静观机会，广布仁德，施行教化。"这时尚书令陆睿也上表："长江奔腾浩荡，天险要堑，江南暑气郁盛，蒸热如笼，我们的军队在此过夏，士兵一定会生病。希望能早日撤兵返回洛阳，先把基础打好，做到本强根固。"于是我就采纳了他们两人的建议。

撤退前还是要达到饮马长江的目标。三月二十二日，我率铁骑从钟离出发，司徒冯诞因重病在身，不能随驾前往，我特意去看他，含泪与他诀别，出发后走了约五十里，传来冯诞的死讯，这时崔慧景等路兵马离我的营地不过百里，在大家的一再劝说下，我轻装率领数千人马连夜赶回钟离，与冯诞告别。冯诞是冯太后的亲侄子，与我同年出生，小时候我们在一起读书，后来他娶我的妹妹乐安长公主为妻，他品性忠厚质朴，特别受我宠爱。二十三日，我派遣使节及轻骑兵到达长江边，叫来广陵太守萧颖胄，当面述说明帝废帝自立、杀戮诸王的罪恶，总算是达到了目的。萧颖胄是齐高帝的侄子，他当然认为大魏说的是对的，但也不敢明确表示意见。

这时南齐的崔慧景顺坡下驴，派遣使者到邵阳城下与我们交涉谈判，建议双方休兵。我大骂萧鸾一通，答应了退兵的要求。撤退途中渡淮河之时，还有五个将领没有渡过河，南齐军队突然占据了河中之洲，断绝了水路，使得余下的大魏兵将无法渡河。我发令，谁能击败河洲上的南齐兵，就封谁为直阁将军，担任军主的奚康生应募而出，他缚扎一些木筏子，上面堆满柴草，顺风纵火，驶向南齐的船舰，后面紧跟的兵士们借烟火掩护，挥刀乱砍，拼命杀敌，河洲上的南齐兵抵抗不住，遂纷纷溃逃。看看，重赏之下，必有勇夫。

我又命令前将军杨播率领步兵三千、骑兵五百殿后。当时正是涨水之际，增援的南齐军队大批赶来，战船密布，挤塞河中。杨播在淮河南岸布下阵势抵抗南齐军队，终于使没有渡河的大魏军队全部脱险，但南齐军队也从四面八方把杨播团团围住，杨播布出圆阵与之展开搏斗，他自己亲自搏战，所杀敌兵众多。一直抵抗到第三天，军中的食物已经吃光，而南齐围兵攻打得更厉害了。我站在淮河北岸观望，由于河水太急而不能派兵去相救。过了一会儿，水势稍稍减弱，杨播带领精骑三百登上南齐停在河中的战船，对南齐围兵大声呼喊道："我现在要渡河，有敢斗能战者请上来。"那群南将竟无一人敢上前应战，杨播终于率兵渡过了淮河，我在岸边亲自迎接他，将早已温好的一大碗酒递了过去。

我们撤退之后，在邵阳洲上还留有一万兵马，于是我们要求南齐崔

慧景履行协议，给五百匹马并且借道。崔慧景本想断我们的归路并攻打我们，但他的谋士说："不要阻挡往回撤的军队。"崔慧景听从了谋士的建议。听说后来萧坦之回朝以后马上向皇帝告状："邵阳洲被困之敌，崔慧景听任他们逃走而不去追击。"因此崔慧景没有得到朝廷的赏赐。

原先，萧鸾听说我要饮马长江，非常害怕，特命令主管南兖州事务的广陵太守萧颖胄把居民都移入城内，坚壁清野，做好防守，居民们因此惊恐万分，纷纷打算收拾家产渡江南逃。萧颖胄一看我们的军队离得还很远，前不久也只来了一千轻骑兵，就没有立即执行指令，后来我们的大军也没有到达那里。

（三）南阳围困战

南北第七次大战首先在南阳打响。南阳是萧齐边境的一个郡，和我大魏的鲁阳相对，一来这里离洛阳最近，大军五日便可到；二来襄阳就是南阳的纵深，要接纳曹虎的投降，就得攻破南阳，铺好一条康庄大道。

在南阳我们分两路扫荡，由薛真度率军五万越过边境，驻扎在南阳附近的沙堨，牵制南齐的南阳太守房伯玉、新野太守刘思忌，让其不能动弹。主力由卢渊统领，领兵十万，与征南大将军咸阳王拓跋鸾、安南将军李佐、荆州刺史韦珍等一起，重点进攻南阳附近的赭阳，南齐的粮仓就在这里，南齐的北襄城太守成公期闭城拒守。

拓跋鸾等人进攻赭阳，各位将领之间不能统一行动，已经围攻了一百多日，但是还不能攻下，诸将领就准备不再攻城，采取久围长困的办法，使城内因无法坚持下去而屈服。只有李佐独自率部昼夜攻城，将士死伤惨重。这时钟离之战已见分晓，南齐萧鸾派遣太子右卫率垣历生援救南阳，李佐独自率领二千骑兵迎战垣历生，李佐大败，卢渊等人逃遁，垣历生乘胜追击，大获全胜。

南阳太守房伯玉也打败了薛真度。其实他俩开始都没打，都采取观望策略，待旁边的战争分出胜负，他们的胜负也就不言自明了。

灰头土脸的拓跋鸾等人在瑕丘来见我，我非常生气："你们畏敌败逃，辱我军威，罪该处死。但是朕因新迁都洛阳之故，特宽恕你们不死。"五月初一，我降封拓跋鸾为定襄县王，削夺禄户五百户，卢渊、李佐、韦珍等人皆被削去官职，贬黜为民，并且迁李佐到瀛州。又因薛真度与他的堂兄薛安都有献彭城而投降大魏之功，保留他的爵位和荆州刺史之职，其余官职皆罢免。我就此而特作说明："如此处理，进则足以表明他的功劳，退则足以彰示他的过罪。"

（四）义阳拉锯战

我们的另一路大军由刘昶、王肃率领，大军进攻义阳，遇到司州刺史萧诞的抵抗。王肃多次击败萧诞的军队，招纳降兵几千人，但一直攻不破义阳。刘昶性格暴躁，刚愎自用，对待下属官兵非常严酷残暴，部下都敢怒不敢言。他的法曹行参军阳固多次恳切规劝他，刘昶大怒，想杀掉阳固，便命令阳固做攻城先锋。阳固这个人平时性格优雅，风度悠闲，谁知临阵遇敌却表现得十分勇猛果敢，那些胜仗基本上都是在阳固的带领下取得的，这使刘昶感到非常惊奇。

经过几日的试探，刘昶、王肃判定义阳守兵不多，二人率领二十万大军，安营驻扎，在营盘周围挖掘三层堑沟竖立栅栏，合力攻打义阳城，箭石齐发，使守城的南齐兵士不得不以盾牌来蔽身。此前派出的王广之

引兵来援救义阳，因畏惧我方兵力强盛，不敢再向前开进了。城中频频告急，有个名不见经传叫萧衍的人请求前去增援，王广之把自己麾下的精兵分给他一部分，萧衍抄小道连夜出发，与萧诔等人径直登上紧傍义阳的贤首山，来到距我方军队仅数里的地方。我方不知道萧衍共有多少兵力，就不敢逼近。黎明时分，义阳城中的守军望见山上援兵到了，士气大增。萧诞率领军队出城攻击，借大风放火焚烧了我方大营周围的栅栏，而萧衍等率领的士兵则从外围合击之，我军不能抵抗，只好撤退。

早先，因为义阳情况危急，那个萧鸾特诏令都督青、冀两州诸军事张冲越过淮河，出兵攻打我大魏边境。张冲先后攻下了我们的建陵、驿马、厚丘、虎勔、冯时、即丘六座戍城，青州和冀州刺史王洪范也攻占了我们的戍城纪城。当然，这都是他们的小把戏，后来我们进攻大军一到，他们就忙不迭地逃跑了。

（五）汉中奔袭战

我到钟离后，得知襄阳战局不理想，感觉在西边的用力不够，于是派遣梁州刺史拓跋英率兵五万，会同刘藻一起去袭击汉中。

在犬牙交错的边境地带，往往南人和我们大魏都设置有相同的州郡，如今蜀地大部分是大魏疆域，只汉中等地还暂时在南人手中。当时南齐梁州刺史萧懿率领两万兵马，占据险要之处，构筑了五座营栅，来抵抗我大魏军队的进攻。拓跋英对部下说："他们的主帅出身低贱，不能统一协调作战，我如果挑选精兵集中力量攻打他们的一个营垒，其他的一定不会来援救。如果攻克一个营垒，其余四个就都会不战而退。"于是，他率领强悍之兵对一个营垒发起了急攻，一举而攻克，其他四营见状，纷纷溃逃，北魏军队生擒了副将梁季群，斩敌三千余名，俘虏七百余人，乘胜追击，长驱直入，逼近南郑。

萧懿又派遣部将姜修去抗击拓跋英，拓跋英以伏兵攻其不意，结果把姜修及其部属全部擒获。拓跋英率部返回之时，萧懿手下的其他军队相继赶到，由于拓跋英部下的将士已经十分疲惫，根本没有料到萧懿的人马会追逼上来，于是准备逃跑。但是，拓跋英却不为所惧，他神色不惊，镇定自若，故意骑马缓行，登上高处瞭望敌情，东指指，西划划，做出一副指挥部署的样子，然后整理好部队，列队前行。萧懿的军队见此情形，怀疑拓跋英设有伏兵，犹豫不决，最后掉头回撤，拓跋英见敌方中计，马上下令追击，破敌获胜后围困了南郑。

拓跋英禁令部下将士不得侵犯当地百姓、掠夺财物，所以当地的老百姓纷纷投附，争着纳供粮草。萧懿据城固守，这时，萧懿属下的军主率领三千多兵马赶回来援救南郑，被拓跋英以伏兵截击，全军被擒俘。南郑城被围困数十日，城中一片惶恐。录事参军把已经空了的数十个粮仓贴上封条，并且指给将士们看，对他们说："这些仓中都装满了粮食，足够支用两年，只管努力固守。"这样，军心才稍得安定。

这时，我已经返回洛阳，战略支援的任务已经完成，就命令拓跋英撤兵返回。拓跋英安排军中老弱病伤先头而行，自己率领精壮兵力殿后，以便抵挡南齐追兵，并且派使者去向萧懿告别。萧懿以为拓跋英在使诡诈之计，拓跋英撤兵一天后，他还不敢打开城门。到了第三天，萧懿才派遣部将去追击，拓跋英与将士们一起下马交战，吓得萧懿的追兵掉头就跑，就这样追兵尾随了拓跋英四天四夜，最后不得不无功而返。拓跋英率领部队进入斜谷，恰遇天降大雨，将士们斩截竹子，把米装在竹筒

之中，骑在马上手拿着火把烧烤竹筒，做成米饭。这之前，萧懿派人去诱说仇池的各支氐族部落，让他们起兵截断拓跋英运送粮草的道路和后撤时所经之道。由于归路被氐人所堵，拓跋英统率部下奋力反击，边战边进，氐人发箭射中了拓跋英的面颊，但是他带伤指挥，终于率领全军回到仇池，并且讨伐平定了反叛的氐族部落。

拓跋英攻打南郑之时，最开始我是想长期占领并统治汉中的，准备诏令雍、泾、岐三州发兵六千人去戍守南郑，等拓跋英攻下南郑之后就派他们出发前去。但是，侍中兼左仆射李冲上表说："秦川一带地理形势险恶，并且和羌、夷部族接境，自从拓跋英所率西征之军出发之后，连接不断地给其部运送军饷，十分不易，再加上氐、胡部落反叛，左右受敌，疲于奔命，形势非常严峻。如今我们大魏所占的疆域，天下九州已超过了八个，又何必性急，现在就要占取南郑呢？"我觉得有道理，就采纳了李冲的建议。

第三章　文明太后

轰轰隆隆的第七次南北大战为何戛然而止？那当然是有原因的，并不是曹虎有诈，投降是假，我不是因要接纳曹蛮而兴师动众的；也不是我方军力不足，将士不勇，在许多战场我们都取得了胜利，主战场钟离也可以打开缺口，从整体上对南齐作灭国之战应该不成问题。只是关键时候我的都城洛阳出了大问题——太子逃跑了！未来的皇帝都逃跑了，那还打什么仗？这匪夷所思的大变故，起因则是文明太后开启拉开改革大幕，当然我是衷心拥护改革的，这猛烈的脱胎换骨的改革，不但鲜卑人不习惯，连太子也不适应，于是出现猛烈的反抗，太子的逃跑，就是一个反抗案例。

（一）丑鸭变天鹅

我大魏辉煌的一百五十年，如果要评最有影响力的人物，那当然不是我，而是——文明太后；如果要评最有权势的人物，那当然也不是我，而是——文明太后。目前我们蒸蒸日上的国力，如花似锦的江山，全拜文明太后所赐，只可惜，她于五年前过世了。她所开创的改革大业，她

所设计的宏伟蓝图，我必须继续发扬光大。

其实文明太后最开始是个奴仆，她的成长是一个经典的励志故事，是一个丑小鸭逆袭为白天鹅的故事，也算是前无古人、后无来者了。

文明太后姓冯，叫冯淑仪，本来是一位北燕公主，奈何436年，在我大魏对北燕的灭国之战中，北燕冯氏灭国了。小公主就被没于大魏皇宫，充作奴仆，从此就在皇宫被使唤跑腿、端茶递水，整天做着最低贱的活，吃着最差劲的食，受着最窝囊的气，挨着最狠毒的打，在暗无天日的角落里等死！

人生除了生死，其余都是擦伤。天可怜见，正在受苦受难的小女孩却遇到了救星。原来北燕灭国前，北燕昭成帝冯弘对强敌大魏采取了许多策略，其中包括和亲，他将自己美貌的女儿送到了太武帝拓跋焘的宫中，后来女儿被封为左昭仪，她就是小女孩的姑姑。地球之所以是圆的，就是因为上天想让那些迷路的人重新相遇。有了主子的庇护，这奴仆的命运就有了天壤之别。在小女孩十二岁时，恰逢刚登基不久的文成帝拓跋濬遴选美女，近水楼台先得月，有姑姑的大力推荐，有过硬的公主身份，有动人的美貌身段，有痛苦的底层历练及懂得人情世故，冯氏不久就被文成帝封为贵人。

冯贵人想要的可远不止这些，短期的小目标当然是后宫之主——皇后。在我大魏要当上皇后那可不容易，并不是你美貌倾国，不是你才艺夺冠，也不是你的门楣后台，条件可是很奇葩——铸金人，凡是先铸得金人者才能被封为皇后，想来这是我大魏拓跋氏的传统，也有一些佛教的教义在里边。后宫里才选的和资深的美女很多，有势力有姿色有才艺的也很多，但要让这些美女去搞炼金术，当真是比登天还难。但办法总比困难多，这是冯贵人的格言之一，于是她先学习道教，学习怎么炼丹，怎么用药；之后学习矿物，学习怎么选料，怎么制金。终于在455年底，在皇帝和众人的见证下，在火光熊熊的炼炉中，一座橙黄满身的金人就铸成了。456年，十五岁的冯氏被立为中宫皇后，后来她还成了皇太后、太皇太后，史官记录为文明太后，这三十年来大魏的权力稳稳地掌控在她的手中。

后来细想，其实冯太后父亲的宫廷政变经历，应该对她有很大的影响，冯太后虽未亲身经历，但应该听其父母或周围人讲过，一方面这使她感觉权力的残酷，另一方面又使她明白失去权力就等于失去一切。过去的惨痛经历一定教会了她"成则王侯败则寇"的道理，其后她因父罪入宫，这段发生在她自己身上的屈辱经历也是她幼小心灵中一段抹不去的伤痛。而入宫后她被迅速立为贵人及皇后的经历，更使聪慧的她窥见权力之妙，这一切都使她迅速成长为一个喜欢权力并善于抓住权力、利用权力的人，可以说为她以后三十年的掌权生涯奠定了坚实的基础。她懂得伪装，能够以退为进，善于韬光养晦，并最终攫取大权，这都和她耳闻目睹过宫廷事件分不开。

（二）弱者坐龙椅

456年二月是冯氏被册封为皇后的第二个月，不足两岁的拓跋弘被立为皇太子。北魏开国皇帝道武帝拓跋珪学习汉武帝赐死钩弋夫人的旧例，确立了"子贵母死"之策，即凡北魏的皇子册立为储君，其生母必须被赐死。拓跋弘之母李贵人被赐死后，冯后便担当起了养育之责，将拓跋弘视若己出，竭尽慈爱，文成帝也深感快慰。

幸福美满的日子总是过得太快，465年五月十一日，年仅二十五岁的、有七个皇子的、被誉为"有君人之度"的文成帝英年早逝。丧夫之哀令冯后痛不欲生，她一连几日以泪洗面，呜咽不止。三日后，文成帝生前的御衣器物等被焚烧——谓之"烧三"，朝中百官和后宫嫔妃一起亲临现场哭泣哀悼。火光燃起，悲哀不已的冯后突然身不由己地高声悲号，扑向熊熊燃烧的大火。周围的人都被她的举动惊呆了，待回过神来，急忙冲上去从烈火中救出冯后。幸亏及时，冯后才未被烧死。待她幽幽地苏醒过来，突然间似乎对生死之事顿悟了。自己生来如此坎坷多艰，或许正是冥冥之中神灵的安排，既然如此，何不咬咬牙挺过去？日出东海落西山，愁也一天，喜也一天；遇事不钻牛角尖，人也舒坦，心也舒坦。想通后，她悲伤的双眼透出了一股坚毅的光芒。

　　文成帝死后第二天，一手由冯后养育的年仅十二岁的皇太子拓跋弘即位，是为献文帝。孤儿寡母总是会受到欺负，这时，贪权狂傲的太原王、车骑大将军乙浑阴谋篡位。其实，文成帝留下的辅政大臣名单有一长串，包括高允、乙浑、陆丽、穆多侯、刘尼、和其奴等，但排在第一的高允已经八十高龄了，只能天天躺在病床上等死。一看龙椅上坐着个小孩子，在战场上杀人如麻的乙浑，将战场的杀伐搬上了朝堂，当月就与宦官合谋在宫禁中矫诏杀害了尚书杨保年、平阳公贾爱仁、南阳公张天度等官员，隔绝内外。百官震恐，计无所出，在一年期间，乙浑悖傲不法，数次矫诏，杀害司徒、平原王陆丽等众多大臣，一大批王公大臣见风使舵地投入他的名下。在他进京的四十日内，就给自己连升了三个要职：太尉、录尚书事、丞相，文武大权集于一身。

　　其实文成帝死时，并没有在朝堂上安排有冯太后的位子，她也只想安享晚年，早在二月，胸有成竹的冯太后已进行秘密布置，定下大计，下令拓跋丕等人率兵收捕乙浑，镇压叛乱。很快，令朝野上下怨声一片的乙浑便被捕杀，夷灭三族。为稳定局势，应众大臣的奏请，冯太后宣布由自己临朝称制，开始掌控朝政大权，此次临朝十八个月，直到她得了怪病。

冯太后临朝称制期间，和献文帝之间各树党羽，钩心斗角。与年轻气盛的儿子为敌也不是办法，于是冯太后决定以退为进，韬光养晦。她知道，我大魏的两位乳母——拓跋焘乳母窦氏和拓跋濬乳母常氏，是炙手可热的人物，这也给了冯太后以极大的启示，为何只看眼下，而不抓住将来的王牌？养了几个月病的冯太后，欣喜于我的出生，开始专心哺育我。

477年，十四岁的献文帝亲政了。一朝权在手，便把令来行，献文帝的第一道圣旨就是把李弈兄弟打入死牢，之后家族多人一同被杀。皇帝对这个李弈为何有如此大的仇恨？原来李弈让皇帝大失脸面。不难想象，守寡的冯太后青春年少，貌美如花，又权力无边，资源无限，没有奇奇怪怪的节烈观、夫为妻纲的紧箍咒，一些美貌男子经常被太后选来做伴，这个名单很长，连那个出使大魏的南齐国刘缵，也在其中。最持久的温情是属于李弈的，他是官宦子弟，长得仪表堂堂，风流倜傥，又多才多艺，善解人意，兼之有朝政之望，深得冯太后宠爱。哪知小皇帝说杀就杀，美男子就这么没了。

这个世界，皇帝对谁都可以踩上几脚，但对冯太后例外。失去宠臣，冯太后心中极难平静。加上另外几起政事处理不太稳当，于是冯太后逼迫献文帝交出皇位。献文帝也不是省油的灯，他答应退位，但和心腹一

阵密谋，打算将皇位传给素有时誉的叔父——拓跋子推（位侍中，征南大将军，长安镇都大将，性沉雅，善于绥接，秦雍之人，服其威惠）。献文帝是这么想的，他太年轻，自然抵抗不了冯太后；自己的太子才五岁，还在冯太后的怀中抱着，当然更不行；那拓跋子推已经三十而立，身经百战，素有威望，辈分也和冯太后相当，在气势上也可以压过太后。

禅位对献文帝来说，是一件相当痛苦的选择，他不仅遍访了群臣意见，而且还询问了周围阉官的意见。后来我看到史官写的一段话。

显祖将传位京兆王子推，访诸群臣，百官唯唯，莫敢先言者，唯源贺等词义正直，不肯奉沼。显祖怒，变色，复以问黑。黑曰："臣愚无识信情率意。伏惟陛下春秋始富，如日方中，天下说其盛明，万物怀其光景，元元之心，愿终万岁。若圣性渊远，欲颐神味道者，臣黑以死奉戴皇太子，不知其他。"

但太后有威望，她联合宗室大臣及宦官反对禅位给拓跋子推。献文帝只好禅位给不满五岁的太子我，十八岁的他则做了太上皇。

太上皇当然不想失去龙椅，虽然他的权力也没有受到任何限制，该出征出征，该封官封官。但他更想有名有实，于是经过一系列谋划，准备将冯太后和我全部废掉，但冯太后早有准备，太上皇所凭的就是军队，在朝堂上男人受欺负，在战场上女人无身影，这几年他开心地在冯太后无法涉猎的战场驰骋征战，颇有所获，同时也和军队将领有和谐的关系，心腹一大堆。山雨欲来风满楼，476年六月，耳聪目明的冯太后让我下旨宣布戒严，将在京师驻扎的十万精兵分为三批，一天内全部调出京师，没有军队，宫廷禁军都听冯太后的了。之后太上皇应召前来晋谒冯太后，被伏兵一拥而上擒拿，强行软禁起来，随后和他的男宠安城王万安国死于平城永安殿。这年头，逝去的都是配角，留下的才是人生，没有了太上皇的指手画脚，这几年坐在龙椅上的我无所适从，这下好了，只需要听一家之言，事情就好办多了。

（三）开启改革路

随后我大魏开启了改革时代。如果失去了顽强的意志，困难就会给你戴上枷锁，冯太后显然不是一个愿意戴着镣铐的舞者，她祖上一直是汉人，推翻了北燕慕容皇室而自代，在众国林立中，在强敌环伺下，在北燕这一小片土地上进行儒家统治，尊孔复礼，长幼有序，冯太后从小受到了浓厚的文化熏陶。在大魏后宫这些年，她的精力并不在于争宠吃醋，而是时刻盯着天下，看着拓跋政权治理的短处，思考着破解政局的关键，终于在清除了最后的掣肘后，她就开始进行大刀阔斧的新政改革。

俸禄制度。自拓跋珪开国以来，我大魏政权各级官吏皆无俸禄，平日都要依赖贪污、掠夺和皇帝随意性的奖赏来获取财富。在大魏初建之时，作为游牧民族建立的政权，采取这种方式是不足为奇的。但是，当我们逐渐在中原地区确立统治地位，这种以掠夺为主的财富分配方式日益给大魏政治带来严重的问题。特别是随着战事的减少，战时掠夺的机会有限，各级官吏为了满足私欲，便毫无顾忌地盘剥、搜刮民脂民膏，从而导致北魏社会矛盾激化和政治统治危机。面对这一严峻的现实，从文成帝时就曾数次下诏禁贪，献文帝时也对此作了严格规定，但王公大臣也不想饿死，他们要养活一大家人，他们还想生活得更好！484年六月，冯太后下达了"班俸禄"诏书，规定在原来的户调之外，每户增调三匹、谷二斛九斗，作为发放百官俸禄的来源；内外百

官,皆以品秩高下确定其俸禄的等次;俸禄确定之后,贪赃满一匹者,处死。此法的实施,对普通百姓虽有"一时之烦",但终能得到"永逸之益"。为切实贯彻俸禄制,冯太后还派使者分巡各地,纠举食禄之外犯赃者。我的亲舅爷,也就是父皇的舅舅,时任秦益二州刺史的李洪之,因贪暴无度,被令在家自裁,地方官员坐赃处死者有四十余人。经此整饬,大魏吏治大有改观,贪赃受贿者也大有收敛。后来了解到,他这个"舅舅"的身份也是冒充的。李氏姐妹是永昌王拓跋仁南征时得到的,李洪之一看这里面暗藏着机遇,在狄道当护军时便与李氏姐妹结为兄妹,后来拓跋仁因事被杀,李氏姐妹作为罪人的家属被送进宫,被我爷爷拓跋濬选中宠幸,之后李洪之便宣称自己是我的亲舅爷。

均田制度。485年十月,冯太后颁布了"均田令",把土地重新划分,平均分给百姓。均田制实行之后,望绝一廛的农民,便成了土地的主人,失去了土地的农民重新回到土地上,流亡无居者和荫附于豪强名下的佃客也摆脱了束缚,成为政府的编户齐民,从而增加了国家控制的劳动人口和征税对象,提高了农民的生产积极性。这一制度,使大魏落后的社会经济结构迅速向先进的封建化的经济结构过渡,同时为经济结构的灵活运转补充了新鲜血液。均田令的颁布实施,也标志着我大魏开始转而接受汉族的统治方式。

三长制度。486年,由冯太后主持对宗主督护制进行改革,实施"三长制"。自西晋灭亡后,居于北方的豪强世家多聚族而居,设坞壁自保,自给自足。大魏建立后,任命坞主为宗主,代行地方行政权力,这就是所谓的宗主督护制,在这一制度之下,户口隐匿现象十分严重。政府征收户调时,只能依据户籍上登记的户口,但实际上往往三五十家为一户，千人百口共为一籍，而之前实行的九品混通法，是把一家一户的自耕农民同这种实际上有众多荫附人口的宗主户混为一谈的。这样一来，势必造成国家赋役征发在数额、轻重方面的不均。"三长制"即按照汉族的什伍里甲组织的形式，规定五家为一邻，五邻为一里，五里为一党，邻、里、党各设一长，合谓三长，由本乡能办事且守法又有德望者充任，负责检查户口，催征赋役，管理生产，维护治安。冯太后说："立三长，则课有常准，赋有恒分，庇荫之户可出，侥幸之人可止。"有三长制和均田制的配套，我大魏的户口，比西晋全盛时期的太康年间增加了一倍，超过五百万户，这还不包括南边。

冯太后采取的这些重大改革措施，对于促进生产方式由鲜卑族式向汉族式的过渡起到了推动作用。此外，为了使鲜卑族逐渐适应汉族的生活方式和礼仪制度，冯太后还大兴教育，尊崇儒法，禁断卜筮、谶纬之学，从而开始了鲜卑族的汉化过程。

（四）狸猫换太子

冯太后最聪明之处，就是不生子女，专养太子。那时后宫中的女人最怕的就是先生了儿子，之后被立为太子，自己就要因"儿贵母死"的制度而处死，有时还要将母亲的家族全部问斩，那时后宫里其他美女都从心底里感激你的愚昧和普济众生，有你垫底，她们终于可以松一口气了。保命是第一位的，冯太后当然不会想生儿子。有些女人"把持不住"，"不小心"生下了儿子，就成了为冯太后作嫁衣裳，冯太后顺理成章地抚养她们的小孩，都是从小孩子两岁养起，她先后抚养了献文帝拓跋弘、我以及我的儿子拓跋询，虽然辈分不一，但小孩子都把她看作自己的母亲，

这世上还有比妈更亲近、更具权威的人吗？

但人算不如天算，也有传闻说冯太后的"不生"是假的，似乎她也认同，不生孩子的女人是不完美的。在她丈夫文成帝拓跋濬去世两年、她兴趣盎然临朝称制时，冯太后生怪病了，看出病因的御医都被当场斩首,后来冯太后就匆忙还政于儿子献文帝,自己则躲到京郊一隅专心养病。九个月后，皇宫里献文帝的妃子李氏生下了我，不久冯太后也病愈还朝了，之后献文帝去世，冯太后再次临朝称制。我懂事后曾听到宦官悄悄议论：冯太后生病是假，怀孕是真，孩子可能是李弈的。寡居的太后怀孕，即使鲜卑再不讲儒家那些贞节观念，但皇家的纯正血统还是要讲的，朝堂的面子还是要的，否则当时就会被口水淹死，千百年后史家的口水更会泛滥成大海。聪明的冯太后心生一计，找来后宫里皇帝拓跋弘的妃子李氏喝茶。

冯太后："小李子近来可好？"

李妃："太后万福，臣妾丰衣足食，身宽体胖。"

冯太后："该胖的地方没胖呢！你娘家又无势力，如果不早生贵子为凭，如何在宫中立足？"

李妃："儿贵母死，还是自己活着要紧。"

冯太后："如果你能产下儿子，我保证让你当皇后，让你儿子当太子，并且废掉那个'儿贵母死'的制度。"

长期受压迫、长期在底层的李妃眼中瞬间放出异光，皇后谁不想当？那是天下女人的梦想！谁不想生儿子？那是女人后半生的依靠！何况儿子还能当太子，之后当皇帝！一件事别人之所以不愿意去做，那是你给的价码不到位，如果许以十倍百倍的利润，那思想政治工作就可以省省了。

李妃想到了一个实际问题:"皇上早把臣妾忘了,已经半年没到臣妾那里去过。"

冯太后:"我明天让我儿子到你那里住一宿。之后你就宣称你怀孕了,我许你九个月后如愿以偿地得到孩子!"

李妃不太懂,但冯太后在大魏说一不二,她的话就是圣旨,李妃也不敢多问,只好回答:"谨遵太后懿旨!"

冯太后:"宫中到处都有耳目,一定要保密,我让阿碧单线和你联系。"

之后冯太后就去京郊养病了,皇帝也去李妃处住了一两宿,之后李妃就宣称怀孕了,阿碧在宫内宫外忙碌穿梭,穿针引线,九个月后我顺利地来到了五彩斑斓的世界,据说雏鸟刚从蛋壳中孵出来时,第一眼看到谁就会一辈子认谁作妈,我也不是神童,第一眼看到的是谁当然就记不得了。其间我父亲献文帝拓跋弘似乎听到了什么,就把李弈杀了;后来两岁的我被立为太子,李妃也按照"儿贵母死"的传统被威严的冯太后斩杀,当初的允诺早就作废了,堵嘴的最佳方式当然是灭口,我也顺利地进入了冯太后的怀抱。在我父亲太上皇拓跋弘被除掉后,冯太后感觉我过于聪慧,担心日后对自己不利,便想要废掉我,就在寒冬腊月北风呼号之时,把只穿单衣的我关到一间小屋里,三天没给饭吃,看来"亲生"的传言多半也是假的!多亏了朝廷一众重臣的劝阻,她才改变了主意。后来,有宦官对冯太后搬弄是非,潜说我的坏话,冯太后盛怒之下,又把我痛打了一顿,我只能默然接受,并没有自明申辩。

对冯太后来说,这世界最大的遗憾,就是没有人研究出女人继承皇位的理论。那些历代大儒都是大男子主义,对于皇权如何在男人之间

有序传递，给出的规定天衣无缝，完美无缺。冯太后实际掌权这么多年，传位给我是将权位归还于拓跋家，几十年的苦心孤诣白费了；若是传给姓冯的她的侄儿，一来朝堂的阻力无穷，二来侄儿又不是她亲生。只怪那些理论家，缺少有目的的研究，终究牛头不对马嘴，没有人皓首穷经，谱写太后需要的女权传承的路线。你看那个王莽，离龙椅还有十万八千里，就有一帮理论家在论证，天意属王不属刘，后来满朝文士都在讲述这个调调，众口铄金，让王莽不上台都不好意思，还是男权社会在作祟啊！万般无奈，随着我渐渐长大，年纪大了的冯太后开始给自己找退路，将她的四个侄女先后送进了我的怀抱，在我当皇帝的同时，至少不能让"冯皇后进而冯太后的路线"中断。

冯太后是一个既有权术，又有杰出政治才能的人。她不顾一切地想攫取权力，一方面是自身曲折的经历使她对权力充满恐惧与崇拜，而这直接导致她对权力极度的渴望；另一方面是她自身的聪明才智使她在攫取权力的过程中游刃有余，我大魏的"子贵母死"制度也给了她夺取权力的可能性。由于她自身良好的汉文化素养，使她懂得正确运用权力而不是滥用权力，在她当政时，她重用汉族士人，利用先进的汉族文明为大魏朝廷服务，先后实行了禁止同姓婚姻制、均田制、三长制等有利于提高大魏人口素质、增强经济实力的各项汉化措施。

第四章　全面汉化

我对祖母兼"养母"太皇太后，没有丝毫的怨言与不满。睡前原谅一切，醒来不谈过往，我是一个选择性遗忘的人，对不愉快的事会马上忘掉。在我的印象里，她以一个慈祥的祖母、严厉的母亲的身份培养、训导我。我经常手不释卷，刻苦读书，日复一日，孜孜以求，不仅对儒家经典的精奥谙熟于心，而且史传百家，也无不涉猎，诗赋文章皆即兴而作，立笔而就，即使有时因事情紧急，骑在马上口授章草，勒定成稿也不改一字，有大手笔之风度。我更为她临朝时那钢铁般的性格和无所畏惧的气度所威慑，对她产生了深深的敬佩与仰赖。490年九月，四十九岁的冯太后仙逝于平城皇宫的太和殿，谥号文明太皇太后。十月，冯太后被安葬在自己生前选定的墓地——方山永固陵，此前的皇后都葬于云中金陵，但她不愿与高宗皇帝同葬，方山此前曾葬有曾在大魏摄事多年的祈氏，她也曾在大魏历史上翻云覆雨。之前我在旁边还修建了万年堂，预示以后我将在此下葬。我按照礼部无以复加的最高的礼节，为她行哀、礼葬、加谥、守孝。当然，她生前最期望的，应该是有人继承她的改革

事业，我心底也明白、也认同，改弦更张的路不能走，更旗易帜的路行不通，我只有在唯一正确——全面汉化的康庄大道上前进。

强汉之后，北方游牧民族内迁，匈奴、鲜卑、羯、羌、氐相继主政北方，但推行原来的统治却不是件容易的事情，经过长久的思考，我认为必须实行全面汉化。实行汉化改革，往大了说，这是大魏政权的生存问题，鲜卑族人数很少，而汉人很多，如果不向汉文化靠拢，就可能走向覆灭。往小了说，也是自身发展的问题。如果我仅局限于北方，说到底不过是割据一方的豪强而已，迟早都会被其他强权所取代，我可不想只做偏安一隅的霸主，而是要成为天下霸主。为了避免同族强烈反对，我深思熟虑地踏出了改革第一步，迁都——从平城迁到洛阳。洛阳是东汉帝国的首都，汉文化的核心地带，在这里改变风气就容易得多了。埋葬好冯太后，我擦干眼泪义无反顾地上路了，迁都洛阳后，我便集中精力开始推行全面改革，其实没什么新鲜的，老老实实学习汉文化就可以了，这些年我就采取"拿来主义"，下诏书让天下人遵从新制。总结这些年我的改革，除了迁都洛阳外，不外乎就是"穿汉服、用汉字、说汉话、改汉姓、通汉婚"。

（一）礼义天下

495年四月初三，在洛阳为我舅舅冯熙举行哀悼仪式。部分不愿意迁都的大臣趁机一起上表，请求我返回平城参加葬礼。我坚决不同意，并发出诏令，迎接冯熙以及博陵长公主的灵柩南下，安葬于洛阳。不久广川刚王拓跋谐去世，我说："古时候，大臣去世，君主有亲临三次之礼，魏、晋以来，王公去世，国君哭于东堂。从今以后，凡诸王去世，凡按礼朕应服丧一年的亲属，朕均要三次亲临；应服九个月丧的亲临两次；应服五个月或三个月丧的亲临一次。广川王去世，朕应服九个月丧的大功之礼。"

有关官吏上奏："广川王的妃子埋葬在平城，而广川王今已去世，不知道是广川王随他的妻子葬于平城还是他的妻子随他移葬于洛阳？"我下旨："凡是代京人迁移来洛阳的，死后应该全部埋葬在邙山。"同时诏令："迁移到洛阳的人死后，葬于河南，不得送回北边安葬。"

高闾上书说："邺城供奉密皇后神位的庙已经倒塌，请求重新加以修缮。"我认为她已经享祭于太庙了，不必再单供神位，于是诏令毁掉其庙。

五月二十四，我在河阴掘筑夏至日祭地的方泽，二十五日在方泽祭地。同时诏令禁止在汉、魏、晋各代帝陵百步之内打柴割草。

九月初四，在平城的后妃、夫人、嫔御等以及内外文武百官全部迁于洛阳。

495年十一月初五，我到达委粟山，测定祭天的圜丘。十一月十四日，我召集群儒商议祭天之礼，秘书令李彪建议说："古代鲁国人如果有事要祈告上帝，必定先在学宫中祈祷，所以请提前一日祭告于太庙。"我采纳了他的建议。十一月十九日，我祭天于圜丘，大赦天下。

496年二月初九，我诏令："群臣中如果不是武将，要实行守丧三年的制度。"

二月十三日，我诏令："国都附近七十岁以上者，于暮春之时到京师举行养老之礼。"三月初三，我在华林园宴请群臣以及贵族中退休的老年人和士中的老者，诏令："贵族退休的老年人，黄发高寿以上者，给予

中散大夫、郡守的名誉职位；年龄在六十岁以上者，给予给事中、县令的名誉职位。士中的老者，直接给予郡、县的虚职，分别赏赐以鸠鸟为饰的玉杖和衣裳。"

二月十四日，我诏令："各州的中正各自举荐本乡之有德行而为乡人所尊重者，年龄在五十岁以上且家境贫寒的，授以令、长之职。"

（二）以文化人

四月二十二日，我到达鲁城，亲自去孔子庙祭祀，封孔子后代四人、颜渊后代两人官职，并且选择孔子的嫡系后代长子一人封为崇圣侯，奉掌祭祀孔子之务，又命令兖州修缮孔子的墓，重建碑铭。

二十六日，新的皇太子在太庙举行加冠之礼。我想要做一重大决定，改变北方风俗，为此特意召见文武群臣。

我："各位爱臣希望朕远追商、周呢？还是想让朕连汉、晋都比不上呢？"

咸阳王拓跋禧："群臣们都盼愿陛下能超过前王。"

我："那么应当改变风俗习惯呢？还是因循守旧呢？"

拔跋禧："愿意移风易俗，圣政日新。"

我："只是愿意自身实行呢？还是希望传之于子孙后代呢？"

拔跋禧："愿意传之于百世万年。"

我："那么，朕一定下令推行，你们一定不得有违。"

拓跋禧："上令而下从，有谁敢违抗呢？"

我："'名不正，言不顺，则礼乐不能兴。'现今朕想要禁止使用鲜卑语，全部改用汉语。年龄在三十岁以上的人，由于习性已久，可以宽容他们不能一下子就改换过来。但是，年龄在三十岁以下的人，凡在朝廷中任职者，只准讲汉语，如果有谁故意不改，就一定要降免其官职。所以，各位应当严加自戒。对此，各位王公卿士同意不同意呢？"

拓跋禧："无不遵从圣旨。"

我："朕曾经与李冲谈过这件事，李冲说：'四方之人，言语不同，故不知应该以谁的为是；做皇帝的人说的，就是标准。'李冲此话，其罪行应当处死。"

因此我看着李冲说道："你有负于社稷，应当命令御史把你牵下去。"

李冲摘下帽子磕头谢罪。我又指责出巡时留守洛阳的官员们："昨天，朕望见妇女们还穿着夹领小袖衣服，你们为什么不遵行朕前头的诏令呢？"

这些官员们都磕头谢罪不已。我继续讲道："如果朕讲得不对，你们可以当庭争辩，为什么上朝则顺从朕旨，退朝后就不听从呢？"

六月初二，我下令："在朝廷中不得讲鲜卑语，违背者免去所任官职。"十六日，我发布诏令，搜求民间藏书，凡是朝廷秘阁中所无而又有益于时用的书，献者加以赏赐。之后我在洛阳设立国子、太学、四门小学。

（三）移风易俗

496年正月初三，我发布诏令："北方人称'土'为'拓'，称'后'为'跋'。大魏的祖先是黄帝的后代，以土德而称帝，所以姓拓跋。土，乃黄中之色，万物之元，所以应该改姓为'元'。诸位功臣旧族中凡从代京迁来的，其姓氏有的重复，要一律改变。"于是，开始改拔拔氏为长孙

氏、达奚氏为奚氏、乙旃氏为叔孙氏、丘穆陵氏为穆氏、步六孤氏为陆氏、贺赖氏为贺氏、独孤氏为刘氏、贺楼氏为楼氏、勿忸于氏为于氏、尉迟氏为尉氏，其余所改姓氏，不可胜数。从此我的大名就由拓跋宏改为元宏了！

我认为南方的门阀制度很好，在与群臣们议论选拔调派官员之事时，李冲、韩显宗等对门第制度很不以为意。我说："如果遇有才识高明、卓然不凡，出类而拔萃者，朕也不拘泥于这一制度。现在八族以上的士人，品第分为九个级别。九品之外，出身低贱而做官者又分为七等。如果世有贤才，可以升为三公。"其实我也不是只看门第，比如，李冲、李彪、高闾、王肃、郭祚、宋弁、刘芳、崔光、邢峦等人，都因资质文雅而得到我的亲近，并且担任了重要职位，因此而显贵。

因为久旱无雨，我自七月二十二日至二十四日未进食。豫州刺史王肃说："现在郊外四周已经大雨连绵了，唯独京城之内下得很小。为此，平民百姓们都没有少吃一餐，而陛下却绝食三天了，臣下们对此惶惶不安，无可自处。"当天晚上，洛阳天降大雨。

494年十二月初二，我发布诏令，禁止士大夫与民众穿胡服，一律改穿汉服。十二月三十日，我在光极堂召见群臣百官，给他们颁赐冠服，以易去胡服。

早先北魏人不使用钱币，从我开始才命令铸造太和五铢钱。到本年，已经铸造得大体齐备，因此我诏令公私方面一律开始使用钱币。

（四）典章制度

495年二十一日，我下旨改用长尺、大斗，其度量法度完全依照《汉书》中的记载制定。

一天我游赏华林园，观览过去曹魏明帝所筑的景阳山，黄门侍郎郭祚说道："山水是仁者、智者所喜爱的，应该重新加以修复。"我回答说："魏明帝以奢侈失之于前，朕怎么可以步其后尘呢？"

御史薛聪弹劾人不畏避强权，我有时想要宽容被弹劾者，薛聪就总是争辩，以致我经常说："朕见了薛聪，也不能不害怕，何况其他人呢？"因此，那些贵戚们不得不有所收敛。薛聪升至直阁将军，并兼给事黄门侍郎、散骑常侍，我对外表明是重用他的德行才气，而在内心则把他视为心腹，皇宫中的卫士禁兵，全部交给他来统管。

二十七日，我诏令："各州认真考察官员们的政绩，根据得失，分为三等，上报朝廷。"又诏令："徐、兖、光、南青、荆、洛六州，应当加强战备，随时待命，一旦令下，应立即赴召。"

十二月初一，我在光极堂接见群臣，宣布在官员中实行九品之制，即将开始大选群臣。

因为流放到边远地方的罪犯多有逃亡，我就制定法令，规定凡一人逃亡，全家充当劳役。光州刺史博陵人崔挺上书，劝谏说："天底下善良之人少，恶人多。如果一人有罪而株连全家，那么司马牛就要因其兄桓魋而受到惩处，柳下惠也因其弟盗跖而牵连被杀。如此，岂不悲哀吗！"我同意他的意见，于是废除了这一株连制度。

（五）太子逃跑

太子元恂确实不是省油的灯。他在我十五岁时出生，和我性格爱好完全不同，不喜欢学习，长得身肥体胖，受不了洛阳夏天的炎热，经常

想回平城。我赐予元恂衣服帽子，他却常常私下里穿着胡服。中庶子高道悦多次恳切地劝谏元恂，元恂非常厌恶他。在我还在钟离前线指挥战役时，元恂与心腹密谋策划，骑上马匹直奔平城，亲手把阻拦他的高道悦杀死在宫殿之中。中领军元俨严守门禁，以防遏事态扩大，到了夜间才平定下来。第三天，洛阳派出的快马赶到了钟离，我听闻此事大吃一惊，下令与南朝的战役从进攻转为防御，准备快速撤退。

太子元恂生于482年，母为林氏，按我大魏"子贵母死"制度而被赐死。当然这也是冯太后执意而为，我本是要废除这一制度的，但冯家几个姑娘在皇宫，她们都想争着养育太子呢！元恂也由曾祖母文明太后抚养照顾，后来交由皇后冯清哺养，493年七月初五日被立为皇太子。我迁都洛阳后，曾命元恂代表我前往旧都平城为太师冯熙举哀，言谈举止等方面的礼仪，我都为他一一作了规定。但他在逃往平城后就没有回来的意思了，经过我的再三催促，才慢吞吞地回到洛阳。

我回洛阳后，召见元恂，述说了他的罪过，并且亲自与咸阳王元禧轮番打了元恂一百多杖，然后命人把他扶着拽出去，囚禁在城西。几日后我在清徽堂召见群臣百官，商议废黜太子元恂之事。太子太傅穆亮、少保李冲摘去帽子，伏地磕头谢罪，请求宽宥太子，我说："你们谢罪，请求宽宥，是出于私情，而我在这里所要商议的却是国家大事。'大义灭亲'，为古人所看重。如今，元恂想要违抗父命而私自逃叛，跨据恒、朔两州，天底下还有比这更大的罪恶吗？改革是大魏的长期国策，太子理应带头遵从，如今他却处处反对，如果不把他废掉，就会成为社稷的一大忧患。"于是废太子元恂为庶人，安置于河阳无鼻城，派兵看守，为其提供衣食，仅仅让他免于饥寒罢了。

以前文明太后曾想废掉我，穆泰苦苦劝谏才得以中止，于是穆泰得到我的宠信。南迁洛阳后，我亲近信任的大多是些中州的儒士，所以皇族内部以及代京人往往对此感到不高兴。穆泰从尚书右仆射出任定州刺史，但是他不愿去上任，自陈长期有病，在气候暖湿的地方则病症更加严重，因此请求到恒州去，于是我调恒州刺史陆睿为定州刺史，另任穆泰为恒州刺史。穆泰到达恒州之后，陆睿还没有前去定州，二人一起密谋反叛作乱，并且秘密勾结镇北大将军乐东陵王元思誉、安乐侯元隆、抚冥守将元业、骁骑将军元超等人，共同推举朔州刺史阳平王元颐为主。陆睿认为我是仁德之君，劝说穆泰迟缓进行，因此穆泰暂时没有叛乱。

元颐假装同意穆泰等人意见，以便稳住他们，同时秘密地把情况写成奏状上报朝廷。我于凝闲堂召见他，与群臣计议。

我对元澄说："穆泰图谋不轨，煽动诱惑宗室，策动叛乱。如今迁都伊始，北方人恋旧，易引发骚动，南北事务纷扰，朕在洛阳便不能成功。这是国家大事，非你不能办理。所以，你虽然有病在身，但是还得勉强为我北行一次，解决此事。你去后审视形势，假若穆泰的势力还不太强的话，就直接把他擒拿了；如果他的势力已经强盛，你就秉承我的旨意肆两州之兵讨伐他们。"

元澄："穆泰等人愚蠢至极，正是由于恋旧使然，他们叛乱完全是为了这个，并非有什么深谋远虑。我虽然无能胆怯，但还是可以对付他们的，希望陛下不要忧虑。我虽然患病，但怎么敢推辞呢？"

我："任城王愿意北行，朕还有什么忧愁的呢？"于是，授予元澄符节、铜虎、竹制令箭，派自己身边的卫兵给他当侍卫，让他代理恒州事务。

元澄到达雁门时，雁门太守夜间来报告说："穆泰已经带兵往西边投靠阳平王去了。"元澄立即下令出发，右丞孟斌对他说："事情还难以估量，应该奉圣旨召集并州、肆州的兵力，然后再慢慢进发。"元澄说："穆泰既然策谋叛乱，理应据守坚城，然而却去投靠阳平王，思量他的行为，好像是势力不强。穆泰既然不与我们抗拒，那么无故发兵就不太合适了。所以，应当迅速前去镇压，民心自然就能安定。"于是，他加快速度，日夜兼行，前往阳平。元澄首先派遣治书侍御史李焕单人匹马进入平城，这使穆泰感到非常意外。李焕告谕穆泰的同伙，对他们讲明利害得失，结果这些人都不接受穆泰的指挥。穆泰无计可施，只得带领部下几百人攻打李焕，不能取胜，就从城西逃跑，被李焕追上并擒获。很快元澄也到了，接着肃清了参与叛乱的同党，拘捕了陆睿等一百多人，将他们全部投入监狱，民间安定无事。

元澄一项一项地列出穆泰等人的罪行，上表奏告，我非常高兴，召集公卿大夫们到一起，把元澄的上表出示给他们，并且说道："任城王可以说是社稷功臣啊！看他写的这些判词，除了古时候的皋陶氏，谁能超过他呢？"我又看着咸阳王元禧等人继续说道："如果让你们担当此事，一定办不到这样的。"

497年正月，我立皇子元恪为太子，大赦天下。不久中尉李彪密报，告发元恂仍与左右密谋反叛，于是我赐死元恂。

废除太子和穆泰谋反貌似两件事，其实这之间有千丝万缕的联系。太子元恂从平城迁到洛阳的时候，穆泰那帮不愿意改革的重臣，一直视太子为知己，他们密谋留住元恂立他为帝，于是起兵截断雁门东陉、西陉二关，阴谋占据关北恒、朔二州。后来他们的阴谋没有得逞，在我派出的近侍的一再催促下，太子极不情愿地回到了洛阳。这次我出征前脚刚走，穆泰派出的使者就悄悄去了洛阳，和太子秘密策划，最后太子叛逃！我到达平城后，提审了穆泰、陆睿之党，他们将这场惊天动地的阴谋原原本本地讲了出来。穆泰及其亲信党徒伏法，陆睿被赐死狱中。

（六）冯氏谢幕

没几天，我又废掉了冯皇后。

冯皇后也深深地卷入了太子叛逃一事，她也想学习冯太后，废掉老子，扶持儿子，她好临朝称制，可是此一时彼一时也，我不再是那个牵线木偶。

大家千万不要搞混淆，这个被废的冯皇后是指冯家老三冯清。雄才大略的冯太后的亲哥哥冯熙有五个女儿，大女儿嫁给了南平王拓跋纂，第二女冯润和我年龄相仿，我们青梅竹马一起长大，十二岁时就跟我在一起了，后来出落得天姿国色，几年前突然得病，声称害怕传染他人，只得回家休养，待后来我的妃子林氏生下太子元恂，林氏被冯太后赐死后，她的病才痊愈。林氏产下元恂后，冯太后就安排哥哥的第三个女儿冯清来到我身边，之后又将老四老五一起送进宫中，为的是不让外人得宠，后宫得是冯家的天下。冯太后去世前，还专门封冯清为皇后，让其继承遗志，振冯氏声威。

我对这个冯皇后是不太感冒的，不仅是因为她姿色平平，在皇宫中"鸡立鹤群"；不仅是因为她才艺粗浅，在子曰诗云方面就是盲人摸象；不仅是因为她蛮横无理，毫不温柔体贴。重要的是，她一心只想成为第二个冯太后，她对男女之情似乎也不感兴趣，她在乎的只有权力，她和

平城那帮守旧的大臣裹挟得太紧，和太子元恂走得太近（太子就是她抚养长大的，冯太后只是"挂个名"），上次她带着太子去平城奔丧，就和一帮守旧的大臣定下了扶立太子平城为帝的大计，后来穆泰的交代就是明证。还在她刚封为皇后时，我就接回来了冯润（她抚养我的二儿子元恪），面对冯皇后，冯润是先来者，也是姐姐，于是她俩各有所凭，在后宫斗得你死我活，不可开交，随着冯家老四老五加入战团，天天上演热闹的宫斗剧。让她们去斗吧，冯太后的权势只有通过无休止的斗争才能消解，只有清醒的猎人才能发现战斗中的狼群的破绽。收拾完太子和穆泰，我就取下冯清的皇后桂冠，将她押送寺庙，让她天天诵读佛经，清静修为。同时将桂冠戴到冯润头上，她的养子也被立为太子，这一次她算是完胜。但那冯润也有样学样，听说此前就因为怀孕而躲回老家，我播下了龙种，连跳蚤都未收获！之后趁我连年外出征战时，她学冯太后，淫乱后宫，私通于宦官高菩萨等人，让女巫祈祷鬼神降灾于我。于是我在病重时，下旨让她自裁了断。从此，冯家的大幕就此落下。

此次南北大战，引子好像是雍州刺史曹虎的假投降。弄虚作假的人一般都没有好下场，虽然在战场上都没看到他，解不了心头之恨，但有人替我报仇。曹虎善于吸引、招纳人，每天给好几百个从蛮地或域外来的人供食。但是他贪赃纳贿，结束雍州任时，敛集有钱财五千万，其他财物合计也有五千万。499年，南齐皇帝萧宝卷因曹虎是前朝老将而对他有疑心，并且看上了曹虎的财富，于是斩杀了他并对他抄家。

同期声　萧衍：征战沙场

这年头最难的就是当皇帝的心腹。首先你得和他爱好相同，观点一致；之后你得想皇帝所想，急皇帝所急；再者你得有歪点子，有馊主意。通过一段时间的磨合考验，明帝已经引我为心腹了，许多大事都与我相商，但伴君如伴虎，我不是一个服侍人的人，是一个没有耐心的人，是一个不太注重细节的人，在这处处是陷阱的朝堂，我的处境十分危险。我知道，那些诗赋我虽然可以写几句，但我的兴趣并不在此，我的心在江湖，我的志趣在主政一方。在石头城待了没多久，离开京城上阵杀敌的机会终于来了！

（一）战义阳

明帝刚坐上龙椅，北房的百万大军就倾巢出动来犯边了，还是御驾亲征！三年前就听说他要来，那时京城震动，我还去竟陵王府当了一阵军主，可是只打雷不下雨，我大齐老百姓又过了几年安稳日子；去年又听说他要来，朝廷内外好一阵准备，结果还是不见踪迹，难道，他是在玩"狼来了"的把戏？这次明帝就主动多了，各路斥候络绎不绝，把洛

阳的消息源源不断地传过来，得知北虏那个拓跋宏有南征的坚强意志后，明帝也不愿被动挨打，于是将襄阳的老将曹虎悄悄召回建康面授机宜，之后再派出三路大军在边境埋伏游击。这一招果然奏效，北虏的四路大军基本上都没占到便宜。

但是敌军还是太强大，人数也太多，前线的救急文书如雪片般地飞到明帝手中，尤其是义阳，那里由非常熟悉南边形势的刘昶、王肃率领二十万大军围攻，明帝在派出各路援军的同时，也让我率领我在石头城亲自训练的一万步骑兵，前往义阳进行支援。我本来是想去更远的汉中，我哥哥在那里正经受十万精锐北虏的围困，他正需要援军，危险的时候我更应该和他在一起战斗，但义阳的战略位置更重要，何况圣命难违！

和主帅王广之汇合之后，我才知道情况万分危急，义阳城萧诞已经坚守了半个月，每天面对如蚁的敌兵爬城进攻，他天天盼星星，盼月亮，盼着救兵来，而主帅王广之屯驻在十里远的下梁城，见贼兵势大不敢动。于是我向主帅力谏，可以先派先锋攻占义阳城一箭之遥的贤首山，只要城中士兵望见我方的旗帜，信心就会倍增，同时也对北虏重兵有威慑作用，我们再见机行事。主帅觉得在这里整天喝酒也不是办法，万一义阳有失，二十万北虏转身攻杀过来，那可小命不保，并且也无法向那个多愁善感的齐明帝交代。于是派裨将徐玄庆率两千精锐死士，夜晚悄悄出发，向贤首山主峰进攻。当然刘昶和王肃正在轮番攻城，对无关紧要的山峰似乎不太关心，防守的力量就比较薄弱，只三番拼杀，天亮前我方夺得了山峰，并在各险要处部署了防守。

那北虏也是相当顽强的，第二天他们就派重兵包围了贤首山，并且断了山上的粮道。我们的兵士都是轻装上山，在山上要不了几日就会饿死。一看主帅帐下的众将都面露难色，我就主动请缨，自率五千精兵，连夜打通了我方阵地和贤首山的通道，看到萧姓大旗在山巅飘扬，义阳城欢声雷动。多年后沈约还为此战作诗一首。

贤首山

贤首山，险而峻。乘砚凭，临胡阵。

骋奇谋，奋卒徒。断白马，塞飞狐。

殪日逐，歼骨都。刃谷蠡，馘林胡。

草既润，原亦涂。轮无反，幕有乌。

扫残孽，震戎逋。扬凯奏，展欢酺。

味杕杜，旋京吴。

（二）反间计

但打来打去，我方只有五万兵马，加上义阳城的一万人（听说已经损失了大半），对付如狼似虎的鲜卑精锐二十万，硬拼只有死路一条。其实堡垒最容易从内部攻破，北虏的两个主帅刘昶和王肃互不隶属，他俩都是南朝重臣，王肃的父亲王奂以前还是刘宋朝的大臣，在高帝萧道成起事时还帮助高帝斩杀了若干刘姓皇族，虽说那时人人得刘姓而诛之，刘姓皇族的头颅就是最好的投名状，或为报仇，或为抢劫，或纯粹是为了好玩，是个角色的都诛杀过刘姓皇族的人。但此一时彼一时，如今刘姓皇族遗珠与琅琊王姓在一起，那当然就有故事好讲。

于是我给主帅简单说了一下意图，如今他是什么意见都会采纳，就像一个木偶一样，只知道点头。有些人就是奇怪，平时人五人六，貌似

一个大人物，也占据朝堂，声名显赫，风平浪静时他文韬武略，头头是道，舞文弄墨，满腹经纶，可面对狂风骤雨就六神无主，大脑一片空白，停止思考，彻底"躺平"，他还美其名曰"顺势而为，见机行事"。当然，我们可以主动挑选下级，只能被动接受上级，如果哪天你碰到一个还算过得去的上级，那你赶紧烧香磕头吧，要知道，许多本领超群的"大伽"，一生中遇到的都是些混账上级，这才有了那么多感叹怀才不遇的名篇，这才有了卧龙先生藏于深山，需要明主三顾。

还好，战场上的主帅只是暂时的上级，姑且忍他一忍。在大营帐内，我展纸磨墨，挥毫述情，代表王广之给尊敬的刘昶和王肃各写一信。在给刘昶的信中，我把琅玡王家对刘宋皇室所做过的缺德事一一道出，所斩杀的刘姓皇族成员一一呈现，许多事他是不知道的，最后开出空头支票，刘宋早已远去，萧齐给他留下了宰相的位置，叶落归根，欢迎回家。给王肃的信大致是说：当初斩杀你老爹及全家的齐武帝已远去，齐明帝也算是给你报了仇。想当初刘宋皇室是何等不堪？我们一起推翻了他们的万恶统治。那鲜卑北房，也不是琅玡王家安身立命的地方，王与马，共天下，这只能在南方实现，南齐的宰相位置一直给你留着，代尚书令王晏向你问好。之后将两封信通过地下渠道送达北房的两位主帅。

第三天两军对阵，这天该王肃领军首攻，我方萧诞破天荒地到城下列队迎战，第一通战鼓还未响完，王肃的五万人马就齐刷刷地撤退回营了，弄得萧诞丈二和尚摸不着头脑，那主帅刘昶更是一脸戒心。三月二十日，互有打算的两位敌帅，各率大军仓皇撤退了，我们一路追击，很有收获。

（三）诛功臣

打了个大胜仗，王广之率军凯旋了，我则留了下来，明帝还给了我手谕，还有重要的事情需要办理——诛萧诞和萧诔兄弟。

萧诞和萧诔在义阳之战中可是立了大功的，带领不到两万人坚守城池，面对二十万鲜卑精锐的轮番进攻，一点也不落下风，半个多月后王广之的援军紧赶慢赶，才来到附近驻扎，可是他也只是来看风景的，对如蚁的强敌根本不敢主动出击，守城还是萧诞一个人的事，如果这次南北战争要记功的话，萧诞一定是排在第一。

这样的功臣马上就要被诛杀，天理何在？但这世上从来就没有道理好讲，杀他的原因不在自身，而在其兄弟萧谌。在明帝行废立之事时，萧谌是立下大功劳的，齐明帝废除郁林王时，曾许诺封萧谌为扬州刺史，但是事后却任命他为领军将军、南徐州刺史。萧谌心怀不满，曾说："饭做熟了，却推给别人吃了。"这年头，饭可以乱吃，话不能乱讲，你以为给知心朋友说了句牢骚话，转眼间就成了别人向上级邀功的好材料。一阵风吹过，明帝就知道了被添油加醋的萧谌的话，立即心生强烈的杀意！是啊，这年头，我升了你三兄弟的官，你们应该感恩戴德才对，结果你心里全是不满，这样忘恩负义之人，留他在世上干吗？因其兄萧诞和其弟萧诔正在义阳率兵抵抗北魏，所以明帝暂时把杀意隐藏在心里。在派我向义阳进军后，一天明帝游赏华林园，与萧谌以及尚书令王晏等几个人一起宴饮，喝得非常尽兴。宴席结束之时，明帝留下萧谌，没让他离开，当他到达华林阁时，被皇帝身边的武装卫士拘捕，押至官署。明帝派手下人数说萧谌的罪行："你们兄弟三人都被封上爵位，有两人担任了州刺

史，朝廷答谢你，已经是到了极点。可是你还是不满足，总是心怀怨恨，现在朝廷特赐你一死。"于是斩杀了萧谌。

萧谌爱好术数，多次请人算命。神算吴兴人沈文猷经常对他说："您的命相不亚于高帝。"因此萧谌志向远大，一直盼着快速升官在一个位置上都没有耐心干满一年。当然这样的命相早就传到了明帝耳朵里，有当皇帝命的人怎么还能活在世上？更何况他现在已经是州刺史了，位高而权重，手下众多，还有统军之权！萧谌死后，沈文猷也被诛死。是的，谣言惑众，有时算命人掀起的浪足够大，历史上那些成功的开国帝王，都有"神算"在一旁为其树立"大目标"。这些在江湖上贴上"神算"标签的人，就不应该留在世上。当天，为了让刑场热闹一点，明帝还杀害了西阳王萧子明、南海王萧子罕、邵陵王萧子贞。

我到义阳后，萧诞为我举办了盛大的欢迎宴会，酒过三巡，我拿出诏书说，皇帝要大大行赏有功之臣，大家跪下听旨！兴高采烈的萧诞、萧诔及他们的一帮心腹赶紧跪下，我高声宣读："领军将军、南徐州刺史萧谌狂傲无礼，意欲谋逆，以萧衍为司州别驾，立即捉拿共犯萧诞与萧诔！"早已埋伏在后面的刀斧手一拥而上，随后按照明帝的口谕将他们当场斩首，首级被连夜送往建康。

之后的两年，我就以将军、司州别驾之职，在义阳主政一方，认真操练我的为政本领，为以后更大的场面做准备。

第六卷

大司马反了

奄奄一息的齐明帝萧鸾躺在病榻上,盘算着自己屈指可数的时日。如今是498年四月,建康刚刚进入夏季,乍暖还寒,正是可以享受的日子,但明帝已经感受不到快乐,今年以来,明帝已经数度病危,他也索性改年号为永泰,虽然是祈祷自己永远康泰,但他心里也清楚,老天未必吃这一套,该交代的后事要交代,该处置的藩王要抓紧处置,北方的战事更需要努力,牵涉江山社稷的大事可谓千头万绪,一堆乱麻,最关键的是又杀出了一个可恨的重量级的反贼,明帝看着刚刚突审的、还散发着浓浓血腥味的正员将军徐岳的状纸,再看看徐州行事谢朓的密告,随手拿起一份文史馆的档案,看得咬牙切齿,这个寒门出身的王敬则,前不久才封他为大司马,位列三公之上,为第一品,他怎么就不知足呢?

大齐干部履历表

姓名：王敬则，本名王恒，字敬则

出生年份：425年

任职经历：凭借武艺，选入刘宋帝宫中，选为细铠主。宋明帝时，授直阁将军。后废帝时期，成为齐高帝萧道成心腹，参与弑杀宋后废帝。大齐建立后，拜侍中，册封寻阳郡公。齐武帝即位，迁司空、太尉。齐明帝即位，拜大司马。

第一章　大义灭亲

我谢朓有当世最显赫的门楣，有天下最动人的文采，有大齐最聪明的头脑，有世间最远大的抱负，虽然我还一直在基层摸爬滚打。作为忠孝俱全的儒家一员，我觉得我们古代大儒们有时也很矛盾，彼此针锋相对，就拿该"隐"不该"隐"来说。孔圣人就推崇亲亲相隐，支持"父为子隐，子为父隐"。对于父母血亲，即使他们有了过失，做儿女的也不忍苛责追究，兴师问罪，而是有包庇之心，这样才是正常的。但解读《春秋》的大儒左丘明则提倡"大义灭亲"，他对春秋卫国石碏杀子的评价是"为大义而灭亲，真纯臣也！"对于该"隐"不该"隐"，是否应大义灭亲，连圣贤之间都意见相左，那我们该怎么办呢？

我枯坐在徐州行事的私宅书房里，眼前正墙上是前几年我任宣城太守时作的诗，听说大齐的很多文学士子，都对这首诗崇拜有加，我就找到当时的太子萧长懋，请他龙飞凤舞地写了一遍，本来还指望把这首诗挂在以后的宰相府的最显要处。

游敬亭山

兹山亘百里，合沓与云齐。隐沦既已托，灵异俱然栖。

上干蔽白日，下属带回溪。交藤荒且蔓，樛枝耸复低。

独鹤方朝唳，饥鼯此夜啼。渫云已漫漫，多雨亦凄凄。

我行虽纡组，兼得寻幽蹊。缘源殊未极，归径窅如迷。

要欲追奇趣，即此陵丹梯。皇恩既已矣，兹理庶无睽。

我眼望着山水诗墨，思索着暗潮涌动的朝堂政局，翻动着古代圣贤的名言佳句，理论着眼前大事的是非曲直。一个人是要讲原则的，尤其是我们读书人，尤其是我们门楣高贵的贵族，为人处世要唯书，要唯古，要唯贤，不能徇私，不能违法，不能讲情。眼看天快亮了，我终于理出了头绪，下定了决心。

（一）我要告岳父

昨天天刚黑，我的府上来了一位神秘的不速之客——我岳父大司马王敬则的偏将、正员将军徐岳。风尘仆仆的他当然不是来讨酒喝的，但谈事情还是得从喝酒开始，温柔体贴的妻子王氏在一旁添茶斟酒。

我："将军来自建康，还是会稽？"

徐岳："自会稽到建康，之后赶紧来拜问大人。"

我："一路春光无限，倒可诗意翩飞。"

徐岳："大人见笑了，小的整天打打杀杀，哪像大人吟诗作画！谢大人的诗品那是天下美名呢，王大司马脸上有光呢！"

我马上吟诵一首我于495年在宣城当太守时写的诗，这年头大家为利而奔忙，有耐心听你吟诗的人已经不多了，好不容易有了听众。

宣城郡内登望诗

借问下车日，匪直望舒圆。寒城一以眺，平楚正苍然。
山积陵阳阻，溪流春谷泉。威纡距遥甸，巉嵒带远天。
切切阴风暮，桑柘起寒烟。怅望心已极，惝怳魂屡迁。
结发倦为旅，平生早事边。谁规鼎食盛，宁要狐白鲜。
方弃汝南诺，言税辽东田。

见妻子满脸关切，她不懂诗，我打断诗路，开始替她打听："敬则老大人可好？"

徐岳："大司马身体安康，只是心病厉害！"

我却不愿谈论他的心病，年龄那么大了，这年头活好已是不易，整天还东想西想干什么。我说："来，喝酒喝酒。"

徐岳又一大杯酒下肚，还是忍不住正言相告："幼隆让我来转告你，让你做好准备，大司马在会稽马上就要举事了，大家都要为家族尽一份力。"

王幼隆是我四舅子，在建康任太子洗马，想来是我岳父大司马王敬则要举事，就派心腹徐岳先去建康通知他的五个儿子，回程中再转告我。我听到这话犹如五雷轰顶，大惊失色，六神无主。这不像买个东西，写首诗，或者升不升官、娶不娶妻，容易下结论，可能自己愿意，可能将就父母，来什么就是什么了。而举事——也就是"造反"，那可是灭族的大罪呢！我只好再举起酒杯："来，喝酒喝酒！"

于是我们不再谈政事，徐将军喝得大醉，反正他转告了我，任务已经完成，也认定我已经上了"贼船"。我将他送进东厢房中休息，之后才将自己独自一人关进书房，开始认真思索。

那萧鸾的皇位，早该推翻了。要说世界上最大的谋逆者，那排在第一的就是萧鸾了，他和高帝之间血缘疏远，高帝和武帝那么多子孙，皇位怎么也轮不到他头上，但在他的阴谋阳谋下，在他的巧取豪夺下，他竟然冒天下之大不韪，心安理得地坐上了龙椅，天下士子，当然热烈颂扬他，只见赞美唱和的诗篇；天下武将，居然出奇地安静，未见除暴安良的抗争；数十王子，更是假装睡去，等待屠刀落下的瞬间。还好，一再隐忍的六十多岁的大司马，终于要振臂一呼了！

岳父的举事，肯定不成功。历来造反者只有两种结果，成功和失败，如萧鸾般成功的概率凤毛麟角，当然他除了手段高明外，还有许多硬件是岳父不具备的。一是他姓萧，和高帝还有点血缘关系，这皇位的继承就多少也还说得过去。二是他处于中枢，掌控皇帝和朝堂，天下资源都为他所用，一切都可以向着他的目标前行。而岳父的举事，只是凭着他的勇武，早些年他确实天下无敌；凭着他的号召力，他四朝元老手下众多。但竖起义旗，谋逆的大罪一定下，天下人都会站在他的反面，他无异于以卵击石。

那不忠的骂名，千万别背上。在历史的十字路口，面对必然的失败，选择就更加重要，稍有不慎，就会万劫不复。所谓"殉国之感无因，保家之念宜切，市朝亟革，宠贵方求，陵阙虽殊，顾眄如一"。我不会忘记两位伯父被诛、父亲遭贬广州的血泪家史，也不敢忘怀自己维系败落的家门的重任。两位无后人的伯父被诛后，从爷爷谢述到父亲谢纬再到我谢朓一直是单传，如今我又仅有独子谢谟。面对岳父毫无胜算的谋反、必定招致灭族的异举，我无力谏止，同谋又会自取灭亡，于是

只能选择告发。危机危机，最好的机遇就藏在最大的危险之中。这些年来，我的仕途都非常不顺，当初的"竟陵八友"，都成了一方大员，沈约都是朝廷二品官员了！我还在低三下四地当五品的佐官，可是我的门楣是高贵的，我的才华是耀眼的，唯一缺少的就是机遇。此前好不容易前进了几步，都是拜萧鸾所赐，都是他慧眼识珠，不紧跟他的步伐，这世界还能依靠谁呢？再说，我们士子，最在乎的是一个"忠"字，对皇上不忠诚，会留下千载骂名的。是的，也只有表示忠诚，才能保住身家性命和我谢家的千年声誉，是时候大义灭亲了！

（二）她要杀相公

想清楚你要"干什么"，首先就要想清楚你想"要什么"。眼看夜已深，我当即奋笔疾书，给明帝写了一封书信，然后封好，交给一个忠实仆人，让其快马加鞭，送到皇宫里的张公公处，只有他才能帮我将信呈报给皇上。

书信重要，人证更重要，我当即叫来我的五六个家丁，悄无声息地摸进东厢房，将还在睡梦中的徐岳将军五花大绑，封住口，绑上马背，让两个家丁快马将他送到京城，交与张公公。

第三天，妻子王氏坐到桌子旁边陪我吃饭，她一脸严肃，没有了往日惯常的温柔的表情，双眼紧盯着我，开始我还没注意，一直享用点心，吃到第四个时，看到她一动不动的红肿的眼睛，连忙心虚地问了句："你怎么了？是不是病了？"

"你才有病！"她破口大骂："你这个忘恩负义的杂种，没有我们王家，你还不知道在哪里讨饭呢！"

话音未落，她居然解开外衣，里面露出一把明晃晃的尖刀。只见她手握尖刀，呼地向我砍了过来。我一介书生，平时都是舞文弄墨，最见不得的就是刀枪，一见到利器，我就双腿发软，四肢无力，头脑停止了转动，本能地缩到了桌子下面，妻子王氏再向桌子下面砍了一刀，我用手一挡，平生第一次有了钻心的痛，鲜血从我的五指上汩汩流出。我一边大呼救命，一边顺势逃跑，几个下人赶紧过来拉住王氏，我一时胆战心惊，一时顾影自怜，一时怒火万丈，一时羞愧难当，忙让管家把她给绑了，关进东厢房，听候发落。

　　我的妻子那是有真功夫的，她家是武功世家，她自小刀枪棍棒都练过几手，并且力气很大，以前和她单独出行，那都是她保护我。后来管家给我说，王氏之所以性情大变，我先前抓捕徐将军是"表"，早上建康来的信使是"里"。信使通报说，她的四个兄弟都已被齐明帝抓捕，目前生死不明，让她抓紧想办法。原来齐明帝废除典签制度后，但是越想越不放心，总不可能把废除的制度马上再启用，于是就想出"质子"制度，规定凡是到地方任刺史或将军的，主政一方的，都必须把儿子全部留在建康，表面上是让他们为朝廷服务，在中央做官，实际上是将他们作为人质，并规定这些"质子们"不许私自离开建康。这次大司马派徐将军出来，就是通知儿子、女婿哪天一起撤退的。可是万想不到，我并不愿意和他们做一根绳上的蚂蚱，而是第一时间大义凛然地将他们的谋逆勾当上报了皇帝，由于约定的时日未到，在睡梦中的四个舅子来不及逃跑就被抓了。

　　既然你无情，就别怪我不义，敢砍杀亲夫，那当然就要一刀两断。我让两个家丁，将绑着的王氏送进一顶轿子，抬到京城交与张公公，这

年头好事做到底，那王家本来出身低贱，怎么配得上我们这王谢大家？想我母亲，都是大齐的公主，何等的高贵？要不是当年齐高帝为了笼络功臣武将王敬则，做媒将王大将军女儿说与他外甥，我怎么会走到谋逆的悬崖边？哎！悬崖勒马，安知祸福。美女有的是，位置更重要。既然王大司马已是谋逆之家，罪犯的女儿我怎么可以留下？还是送与朝堂秉公处置吧。

（三）快去抓舅子

正要打发家丁上路，我突然想起管家的话，怎么是四个？我一直都是五个舅子，怎么只抓了四个？想起来了，目前在建康的是老二员外郎王世雄、老三记室参军王季哲、老四太子洗马王幼隆、老五太子舍人王少安，他们都被皇上抓住了，而老大黄门郎王元迁，一个月前被委派到了前线，正在与北魏大军混战呢！于是，我当即又写下一张字条："需集五月瑰，少却一迁梅。"将字条封好，交与家丁，让他们交给张公公。是啊，漏网之鱼可是会惹大麻烦的，何况他还率领着铁血大军。

没过几天，家丁返回告知，当天有五颗人头落地。过几天张公公派宦官来告，王元迁正在前线杀敌，斩杀密令已经下达，同时朝廷征调我回京城任职。

我整理我的家当，那些钱财都是身外之物，我也不太在乎，我最看重的是我的文稿，安身之处大半是书籍，除了古籍之外，我的文稿居多。这时一篇篇拿出来再读读，就像抚摸自己的宝贝一样，珍爱之情就更加浓烈了。当然也有一些不合时宜的篇章，比如这两篇。

奉和竟陵王同沈右率过刘先生墓诗

嘉树因枝条，琢玉良可宝。若人陵曲台，垂帷茂渊道。

善诱宗学原，鸣钟霁幽抱。仁焉徂宛洛，清徽夜何早。

岁晚结松阴，平原乱秋草。不有至言扬，终滞西山老。

世祖武皇帝

浚哲维祖，长发其武。帝出自震，重光御宇。

七德攸宣，九畴咸叙。静难荆衡，凝威蠡浦。

昧旦丕承，夕惕刑政。化一车书，德馨粢盛。

昭星夜景，非云晓庆。衢室成阴，璧水如镜。

礼充玉帛，乐被匏弦。于铄在咏，陟配于天。

自宫徂兆，靡爱牲牷。我将我享，永祚丰年。

那竟陵王，那世祖武皇帝，都是过眼云烟，眼下连谈论他们都是忌讳。记得以前关于他们的文集到处都是，他们的雕像漫山遍野，他们的言辞响彻云霄，他们的旨意贯彻全国。但此一时彼一时，风水轮流转，天下没有不变的雕像，世上没有万年的圣旨，一些言辞已经成了罪证，一些雕像正在被销毁，我的这些诗显然也属"反动"，也在清理之列，记得以前也按照要求烧毁了一些，有几篇粗心大意被遗漏，要是带进京城那还得了！我当即叫来家仆，将这些不合适的文稿全部扔进了火海。对了，书房中的《游敬亭山》也取下来烧了，虽然萧太子的字确实绝佳。是应该重新写一些与时俱进的新诗了，来宣旨的宦官悄悄给我说，明帝将升我到尚书省任职，我喜出望外，昨晚就写诗以明志。虽然明帝的字确实拿不出手，但权高艺胆大，如今他是到处题字，听说连建康的米粉店都

有了他题字的店招，研究他墨宝的书生自然也不少，还美其名曰"胖鸢体"，看来是应该让明帝为我的新诗题字了。

始出尚书省诗

惟昔逢休明，十载朝云陛。既通金闺籍，复酌琼筵醴。

宸景厌昭临，昏风沦继体。纷虹乱朝日，浊河秽清济。

防口犹宽政，餐荼更如荠。英衮畅人谋，文明固天启。

青精翼紫轸，黄旗映朱邸。还睹司隶章，复见东都礼。

中区咸已泰，轻生谅昭洒。趋事辞宫阙，载笔陪旌棨。

邑里向疏芜，寒流自清泚。衰柳尚沉沉，凝露方泥泥。

零落悲友朋，欢娱燕兄弟。既秉丹石心，宁流素丝涕。

因此得萧散，垂竿深涧底。

我回到京城，将新诗呈与明帝。明帝在朝堂上隆重地召见我，当即让宦官宣读圣旨，升任我为尚书吏部郎，由五品直接到二品。我连升了三级，成为朝廷最有含金量的二品大员，喜出望外的我一开始坚决不答应，三次上表进行辞让，但是明帝坚决不准许。张公公还怀疑是给我的官没到位，想问皇上是不是再往上升点？很懂人情世故的国子祭酒沈约说："近世以来二品官员不辞让，这已经成为一种常例。但是，如今越级给谢吏部授官，他辞让是为了避免别人说他告发岳父而得官，他的辞让是出于人情世故方面的考虑，岂与官职大小有关？"

第二章　南北三战

春秋无义战,我们南北朝也是如此。那拓跋宏将名字改为元宏,似去掉了虏的身份,可以成为天下共主了,就马不停蹄地向南边征伐。他推广的那些迁都、改制、行忠孝、兴汉俗、禁绝胡礼、广尊儒学的政策,很少有蛮主能够做到。这证明他有雄才大略,但要成为正朔,要得到大儒的认同,他还稚嫩得很,要不先和我谢吏部吟首诗?但秀才遇到兵,有理说不清,元宏他又派出百万大军,拉开了第八次南北战争的序幕,也是我大齐开国以来的第三次。当然,我岳父也是看准这样的时机,才来趁火打劫的。

(一) 斩王晏

"与其扬汤止沸,不如釜底抽薪",历史上,君主为了消除来自功臣宿将对皇位的威胁,往往是放开手脚,大肆屠戮功臣,且不管对方是否真的有叛逆谋反之心,反正"挑到篮里便是菜",不管三七二十一,有枣没枣先打一竿子,先抓起来杀了再说。这正是"玉石俱焚""靡有孑遗"的釜底抽薪之法。于是,许多原先并没有谋逆反叛之心的功臣到一

定的时候也会铤而走险,成为朝廷的"乱臣贼子"。萧鸾坐上龙椅才四年,人人自危的恐怖氛围很快形成,对功臣宿将的主动或被动叛逆,起着"为渊逐鱼,为丛驱雀"的作用。总而言之,齐明帝的百般猜忌,害得众多功臣宿将犹如惊弓之鸟,整日里处于自疑不安、朝不保夕的状态之中,一有蛛丝马迹,风吹草动,就狗急跳墙,狠下心扯旗造反,以求反败为胜,绝处逢生。

去年正月,齐明帝在斩杀了一大串王爷之后,对众多高帝和武帝朝的重臣进行了清洗,其中最有名的就是尚书令王晏。早先,尚书令王晏深得武帝的宠信,到了明帝谋划废黜郁林王之时,王晏不得已只好表示赞同,当然他还是担任尚书令。但他处理事情比较有原则,朝廷内外的重要职位,都沿袭以前的憨直旧臣,但一朝天子一朝臣,萧鸾当然要任用他的人啦!于是尚书令经常与明帝在用人方面发生争执。明帝虽然因举事,不得不依赖、重用王晏,但是内心却十分厌恶他。

那次明帝去文书室整理与检查武帝的诏书文告等材料,得到武帝写给王晏的手敕三百多张,都是谈论国家的事情,其中有几篇让明帝眼睛一亮,内容就是谈论西昌侯萧鸾的,那是有人推举萧鸾主管铨选之事,武帝征求王晏意见,王晏坚决不答应,并启奏了萧鸾不适合的若干理由。人们都说"妻不如妾,妾不如偷",明明家里到处都是香果满园的果树,人们却还是想去偷别人树上的干瘪酸裂的果实,为的是那份意外与惊喜,那份过程与刺激。明帝也像一个"小偷",藏在武帝的门外,偷听武帝与王晏的谈话,并且谈话的对象就是他。终于逮住你了,明帝有了刺激和意外收获后,就越发猜忌和冷淡王晏了。

善于察言观色的始安王萧遥光劝明帝杀掉王晏,明帝说:"王晏于我有功劳,况且没有罪过,所以不能杀他。"萧遥光又说:"王晏对武帝都不能忠心耿耿,怎么能忠于陛下呢?"明帝听了默默无言。明帝于是派遣心腹到街头小巷去打听关于王晏的传言异闻,王晏当了那么多年的尚书令,那当然是各种传闻都有,说好说坏的都有,明帝的心腹添油加醋地只拣坏的说,明帝一听勃然大怒,怀疑王晏想谋反,于是产生了杀掉王晏的念头。

拍马屁的人永远也不缺,一个奉朝请小官密探到了明帝的心思,连夜洋洋洒洒写下三千字状告王晏有异图;另一马屁精又启奏明帝:"王晏密谋借建武四年南郊祭天之机,与武帝过去的主帅在道中起事。"第二天正好遇上老虎闯入南郊祭坛,明帝愈加怀疑王晏。郊祭前一日,明帝敕令不去南郊祭祀,派人先告诉了王晏和徐孝嗣。徐孝嗣沉默是金奉旨不言,而坚持原则的王晏则不同意明帝不去,陈述了自己的理由:"郊祀事关重大,圣上一定要亲自前去。"这样一来,明帝更加相信告状所说的"道中起事"了。二十八日,怒气冲冲的明帝在华林省召见王晏,也不让王晏申辩,就当场斩杀了他,一同被杀的还有北中郎司马萧毅、台队主刘明达,以及王晏的儿子王德元、王德和。王晏的弟弟王诩担任广州刺史,明帝派遣使者去杀掉了他。

(二)诛元迁

朝堂上的反贼好除,战场上的叛徒难办。我最担心的大舅子王元迁在徐州钟离,率领一万人协助主帅裴叔业的十万大军坚守。想来北魏的战力真是强悍,三年前孝文帝元宏才和我们罢兵息武,还没来得及喘息,

496年底，他又开始蠢蠢欲动，不断扰边，去年就进入了大混战相持阶段，元宏亲率大军一百万，分三路南侵，一路由傅永率领，自豫州悬瓠攻义阳；一路由李崇率领，自秦州过仇池攻汉中；一路由元宏亲自率领，直攻南阳、新野。一时之间，我大齐纷纷丢城失地，损兵折将，救急的军报如雪片般飞来，好消息当然也有，那就是我大舅子王元迁的主动出击。

原来钟离是上次南北大战的主战场，这次我大齐也集结重兵在此，但是元宏却虚晃一枪，只派少许兵将在钟离外围骚扰，重点在南阳，但主将裴叔业不管这些，他的任务是确保钟离不失，他整天在城楼上喝酒看风景。于是王元迁天天进谏，说应渡过淮河主动出击北虏的青州等地，自然就会牵制北虏的兵力，减轻大齐各战场的压力。一来裴叔业也是懂军事的，知道元迁说得有道理，二来王敬则有军事威名，全国的将领无不敬仰。于是就做个顺水人情，让王元迁带着自己的一万人，去淮河北岸打打秋风，等到朝廷的秘密使者到来，元迁已渡过淮河多日了。

那王元迁是得了父亲真传的，一过淮河，就与北魏南青州黄郭城戍守将联系，说是要投降北魏。北魏守将崔僧渊大喜，大司马的儿子来投，自然是大功一件，于是在城下摆下酒席，招待贵客，双方三杯酒下肚，王将军埋伏在山林中的队伍杀出，元迁也一剑斩下崔将军头颅，那小小的城戍就插上了我大齐的旗帜，同行的很有文采的副将吴均当即吟诗一首。

战城南

躞蹀青骊马，往战城南畿。

> 五历鱼丽阵，三入九重围。
>
> 名慴武安将，血污秦王衣。
>
> 为君意气重，无功终不归。

下一站是北魏的楚王戍。得知我大齐来犯，元宏马上派出北魏名将傅永疾奔楚王戍，命令他带人填平戍所的外壕，夜里又在城外埋伏战士两千人。天亮之后，元迁率部到了城东边，安排部署兵力，准备围城攻打。傅永的伏兵对元迁的后军展开了袭击，元迁早有防备，让得力偏将率领精兵两千援救后军。这时，傅永登上城门楼，望见部分大齐军往南走，就命令打开城门，派大将元魔出击，结果元迁在城下岿然不动，埋伏在山后的援军也适时杀出，双方杀了一会儿就偃旗息鼓了，因为有更精彩的节目可看，这时人们围成里三层外三层的大圈，看两位主帅精彩的缠斗。那元魔是北魏著名的大力士，早年在大草原打遍天下无敌手，我大齐也有若干名将成了他的手下败将。他一直使用一对丈长百十斤的黑铁混天锤，在马上挥舞得虎虎生风，所及之处，非死即伤；相比起来，王元迁一点不落下风，王将军行事一贯学习关云长，使用的刀也叫青龙偃月刀，胯下也是赤兔马，他满脸赤红，青袍长须，只见一炷香的工夫，向前奔驰的王将军一个漂亮的拖刀计，那元魔的人头就落地了。王将军在马上大喝一声："还有谁来战？"

话音未落，王将军身后的大齐徐州刺史徐玄庆一刀就将王元迁劈落马下。原来明帝的密令十万火急，裴叔业让刺史徐玄庆负责执行任务，徐玄庆紧赶慢赶，在北魏的城下才看到战得正欢的王元迁将军。当然，徐玄庆非常高兴，终于赶到了！王将军也十分高兴，终于又来了得力助手！大齐军非常震惊，明明我们王将军打胜了，怎么就被刺史斩杀了？

北魏军则大喜过望，顺势围攻过来，大齐一万多人死伤大半，由徐刺史带领不到两千伤兵逃过淮河。反正徐刺史不管这些，他的任务完成了。听到消息后，我心里的石头也落了地。听说后来，吴均又作了一首诗，以感怀他心中敬佩的元迁将军。

从军行

男儿亦可怜，立功在北边。

陈头横却月，马腹带连钱。

怀戈发陇坻，乘冻至辽川。

微诚君不爱，终自直如弦。

（三）失城池

上次南北大战，北魏被曹虎哄骗，在南阳吃了败仗，这次就立志要捉住曹虎，灭掉南阳，于是率兵向襄阳进发，彭城王元勰等三十六路军马首尾相继，百万大军，浩浩荡荡，气势震动大地。宛城东南角的河沟上有一座桥，北魏孝文帝率兵从桥上经过，我大齐刺史房伯玉预先指使几个勇士，身穿斑纹衣服，头戴虎头帽，埋伏在桥底，这时突然袭击，使得孝文帝的人马大吃一惊，由于北魏的神箭手箭无虚发，那元宏方才免于一难。

北魏统军李佐攻打新野，498年正月初五，终于攻破新野城，活捉了刘思忌，李佐问他："如今你想不想投降？"刘思忌回答："宁可做南方的鬼，不愿当北方的臣子！"于是，刘思忌被当场斩杀了。沔水之北的大齐守军大为震惊，初六，湖阳守军首领蔡道福；初八，赭阳守军首领成公期；初九，舞阳守军首领黄瑶起、南乡太守席谦等相继南逃而去。黄瑶起被北魏军队抓获，孝文帝得知黄瑶起以前谋害过王肃父亲王奂，于是就将黄瑶起赏赐给王肃，王肃把黄将军凌辱十多天后，将其杀掉煮熟吃了。

孝文帝派李崇去汉中征讨杨灵珍，李崇在山上砍伐树木，开道而行，里外夹击，打了杨灵珍个措手不及，使得那些氐人纷纷丢下杨灵珍而溃散逃命，杨灵珍的人马一下子减去了大半，于是李崇进而占领了赤土。杨灵珍派遣堂弟驻守龙门，自己则率领一万精锐驻守鹫硖。杨灵建命部下砍伐大树，将大树堵在路上，把龙门往北数十里之内的路全堵了，使得李崇的人马无法行动。杨灵珍则在鹫硖口两边高崖上堆积了许多滚石，以防拒北魏军队通过。李崇命令统军慕容拒带领五千人马从另外一条路进去，夜袭龙门，破敌成功。李崇自己率众攻打鹫硖，杨灵珍连战而败，逃走活命，李崇俘获了他的妻儿，攻克了武兴。南齐梁州刺史率兵援救杨灵珍，李崇迎而击之，大获全胜，于是北魏包围汉中。

二月初一，北魏军队攻破宛北城，房伯玉自缚出降。房伯玉的堂弟房恩安是北魏的中统军，房思安数次哭泣着向孝文帝请求不要杀死房伯玉，于是孝文帝就赦免了房伯玉。还记得雍州刺史曹虎吗？上次就是他假投降，害得元宏无功而返，这次元宏说什么也要拿他报仇，就将襄阳作为主攻之地，外围的房伯玉投降了，那曹虎素与房伯玉不和，所以迟迟不去援救，当然他也可能是看到北房势大，不敢救援，就驻扎在樊城按兵不动，以求自保。于是元宏帝亲率十万主力军，仪仗队盛大华丽，包围樊城，日夜进攻，誓要抓住曹虎。

和第三次南北战争一样，北房取得明显胜利，夺取了沔北五郡，即

南阳、新野、北襄城、西汝南、北义阳，小城戍就更多了。之后竟然一夜之间就全线撤退了，令我大齐诸将莫名其妙。原来还是北虏的京城出了大问题，当初出征时，元宏令度支尚书李彪、左仆射李冲及任城王元澄共同掌管留守事务，但三人到了水火不容的地步，均不断写状纸向元宏告状，整个洛阳的政务人员也无所适从。怒发冲冠的元宏认识到问题的严重性，于是下令休整，各州郡之兵会集于悬瓠，时间定于八月中旬，准备再行南伐。

第三章　王大司马

百万如狼似虎的北魏士兵潮水般退去，令病榻上的齐明帝喜出望外，大齐的所有精兵在会稽一带瞬间没有了敌人！有仗打就好一些，当兵的最怕没事做，如今会稽太守王敬则反了，这几十万精兵正好可以用上！真是人算不如天算，王大司马本来以为是天时、地利、人和都占齐了，哪知千里外洛阳的形势稍有变化，江南的形势就逆了天。

（一）再杀众王

498年正月，前线的战事正酣，明帝却患疾不起，由于他自己的亲属人少力弱，所以特别防忌高帝和武帝的子孙。当时，高帝、武帝共有子孙四十六人，目前仅余十个藩主，他们每月初一和十五都要入朝拜见明帝，而明帝随时可能斩杀他们。明帝见过他们之后，常常叹息着说："我和弟弟司徒的几个儿子都年龄尚小，而高帝和武帝的子孙却一天天地长大了。"明帝想把高帝和武帝的后代全部除掉，他以此试探性地询问大将军陈显达，陈显达回答说："这些人何足以令圣上忧虑呢？"明帝又问扬州刺史始安王萧遥光，萧遥光认为应当将他们逐一除

掉。萧遥光有脚病，明帝经常让他乘车舆从望贤门进入华林园，每次进园后明帝就和他在无人处长久商谈。谈话毕，明帝要是焚烧香火，呜咽流涕，第二天必定有所诛杀。明帝病情突然加重，气绝而后又复苏过来，萧遥光就开始执行预先合谋好的计策，二十四日，杀害了河东王萧铉、临贺王萧子岳、西阳王萧子文、永阳王萧子峻、南康王萧子琳、衡阳王萧子珉、湘东王萧子建、南郡王萧子夏、桂阳王萧昭粲、巴陵王萧昭秀，于是齐高帝、武帝以及文惠太子的子孙们全被杀害。萧铉等人死后，明帝又让公卿们奏告他们的罪状，并强烈请求诛杀他们，齐明帝假意下诏令不允许；公卿再次奏请，如是者三，然后批准。

前吴郡太守南康王萧子恪是萧嶷的二儿子，他们本不在被诛杀之列，这次王敬则就以拥立萧子恪为名义而起兵"造反"，拉大旗的事大司马也知道。但是萧子恪吓得逃跑了，不知逃到了什么地方，王敬则只好斩杀了不尽责的看守。始安王萧遥光以此劝说明帝把高帝、武帝的宗室子孙全部杀掉，那名单就有上百，于是明帝把诸位王侯全部召入宫中，当天召集到的有七十五人。晋安王萧宝义、江陵公萧宝览等人在中书省，高帝、武帝的宗室子孙们在门下省，明帝命令他们每人只可以带随从两人，超过了以军法从事。诸位王侯中还有幼小的孩子，齐明帝下令由他们的乳母把他们抱进宫来。这天夜里，明帝命令宫中的太医煮了两斛毒花椒水，又命令都水官备署办棺材上百具，下旨到三更之时，就把诸王侯全部毒死。

萧子恪东躲西藏了许多天后，这天他刚好一个人赤脚步行赶到京城，二更时分到达建阳门，他忠心耿耿，是来向明帝告状的，他把自己的姓名和所要启陈的关于王敬则"造反"的事写于纸上，让宦官呈报于齐明帝。三更时分已到，但明帝还未起，中书舍人就与明帝所信任的心腹一起商议，决定先不采取行动，等皇上起来之后再执行诛杀令。一会儿齐明帝醒来，反正那帮王爷都在那里又跑不了，宦官就按轻重缓急先汇报急事，告诉他萧子恪千里迢迢地赶来了。明帝一听，这不正好吗？那萧子恪已成年，听说能力还比较强，还有一定的号召力，他就是最大的隐患，真是踏破铁鞋无觅处，得来全不费工夫！于是他又吃惊又生气地问："没看到尸体。还没有动手吗？怎么还不动手？"众宦官一手提毒水，一边把萧子恪的奏折先读了一遍，念完后就准备开始让众王喝毒水了。明帝用手拍床边大叫一声："且慢！萧遥光差点坏了大事，让我滥杀无辜。"于是，明帝改变主意，天亮后马上设宴招待诸王侯，一片亲情弥漫，一阵欢歌笑语，明帝隆重地向众王敬酒，尤其是向萧子恪连敬三杯，勉励众王安心工作，为国效力，有信心，有决心，当然那些幼王也不知道自己其实去鬼门关走了一趟。第二天，明帝让他们回到各自的府中，并任命萧子恪为太子中庶子。

（二）倾力平叛

是年王敬则已是七十三岁高龄，他曾为南齐朝廷东征西讨，所向无敌，屡立战功。他不但军事才能出众，而且对朝廷也忠心耿耿，别无二心。可是在萧鸾眼中，王敬则再低调、再乖顺，也是一个潜在的巨大威胁，故而需对他处处提防，时时警惕。还记得武帝萧赜的遗诏："军旅之略，委王敬则……"顾命军事大臣王敬则居首，这样的人怎么还能留存世上？为了窥知王敬则的动态，齐明帝经常派人探听他的饮食起居情况，得知他年老力衰才稍稍安心，暂时未下杀手。但是在临死前，在他消灭

了一众亲王后，还是决定对王敬则实行"肉体消灭"。

功臣宿将身处嫌疑之地，耳闻目睹前人或身边同僚兔死狗烹的悲剧，也会深受刺激，导致精神失常，歇斯底里，格外敏感惊恐，常常杯弓蛇影、自疑不安。一有风吹草动，感到有斧钺加身的危险，就难免使出鱼死网破的招法，抱着"与其束手待毙，不如先下手为强"的侥幸心态，铤而走险，以求一逞，希望能绝处逢生，峰回路转，所谓"山重水复疑无路，柳暗花明又一村"。皇帝一方百般猜忌，功臣一方如惊弓之鸟，两下一凑，不反也反了。

明帝和大司马王敬则就是这样，在他俩天衣无缝的配合下，一件地动山摇的"造反"事件就成功了。前两年，明帝派遣领军将军萧坦之率领斋阁侍卫武士五百人去武进武帝等皇上陵园，当时王敬则的儿子们都在京城，王敬则担心事情有变，儿子受连累，所以心中忧恐万分，束手无措。明帝知道这一情况之后，立即派遣王敬则的大儿子王仲雄从建康去会稽安慰。王仲雄擅长弹琴，临别时明帝把著名的蔡邕制作的焦尾琴借他一用。于是，忧心忡忡的王仲雄就当着齐明帝的面弹琴唱了一首。

懊侬歌

常叹负情侬，郎今果行许。

君行不净心，那得恶人题。

明帝听出了里边的埋怨与责怪，但引而不发。这些天他屡次病危，于是就任命光禄大夫张瑰当平东将军、吴郡太守，并且秘密布置兵力，以便提防王敬则。朝廷内外传说纷纷，说明帝一定又有异常的举动了。王敬则听了传言之后说："平东将军，东边现在还有谁？只不过是要除掉我罢了。但是，我又何尝可以那么容易地除掉呢？我终究不会接受他的金鸩酒！"

鉴于姑爷我的"忠君告状"，岳父王敬则只能箭在弦上，不得不发。当天夜里，王敬则把手下的文武僚属召集在一起研讨，先分析了天下大乱的形势，之后对大伙说："你们大家说我该如何打算呢？"

众人谁也不敢先说。沉默了好一阵子，防阁将军："长官您应该举事谋反，除此别无选择。"

王敬则："如果要发兵可以来多少人？库中还有多少钱物？"

长史："县里的壮丁一下子不能召集起来，该入库的货物大多还没有输入库中"。

王敬则一听勃然大怒，令人把库管二人推出斩首。侄子王公林劝谏："所有的事情都可以反悔，唯独这种事不可以反悔，您为什么不再考虑一下呢？"

王敬则非常生气，唾了王公林一脸口水，恶狠狠地说："我做事情，与你小子有什么关系？"于是，王敬则决定举兵"造反"，开始召集兵力，配备袍甲兵器，两三天之内便出发了。本来王敬则是要拉大旗的，但没有远大理想的萧子恪却逃跑了。一打听，先前的中书令何胤，弃官后隐居在若邪山之中，王敬则想挟持他让他出任自己的尚书令，哪知那个何胤跑得更快，这世界也是奇怪，即使是大官，也找不到人做。

王敬则率领一万甲兵渡过了钱塘江，平东将军张瓌调遣三千兵力在松江岸上迎战，但是这些士兵们一听到王敬则部队的军鼓声，马上四处逃散，张瓌只好弃郡署于不顾，自己逃走了。王敬则以老将的身份起兵谋反，老百姓们纷纷扛着竹竿，拿着锄头，前来投奔，追随的人有十万多。

他们到晋陵时，民众杀了县令起来响应。经过武进高帝陵园所在地陵口之时，王敬则想起了高帝对自己的恩宠，不禁放声恸哭。

五月，明帝诏令附近和北虏作战的所有大齐军队，一齐向叛军进攻。前军司马左兴盛、后军将军崔恭祖、辅国将军刘山阳、龙骧将军胡松等带领十多万大军在曲阿长冈修筑战垒工事。又委任右仆射沈文季为持节都督，屯驻湖头统一指挥，并守备京口大路，护卫建康。王敬则对左兴盛、刘山阳两处发起了猛烈攻击，朝廷军队不能抵挡，纷纷撤退，但是王敬则的包围圈太紧，又没有缺口，朝廷军队不能突围，只好死战。这时胡松发现了王敬则的软肋，悄悄带领骑兵从背后发起攻击，走在后边的都是一群赤脚空拳的才归附的钱塘江沿线的民众，他们平时受惯了欺负，有一大肚子气需要向官府发泄，一看王大司马领头"造反"了，根本不用号召，就赶紧过来归附。但是他们只有满腔热血，只有一双拳头，手中还没有武器，也还不知道怎么打仗，一看到穷凶极恶的骑兵杀过来，只能纷纷惊慌而逃。军队都是从众的，最怕的是自乱阵脚，王敬则的十万军队霎时崩溃，他自己的战马也受伤倒地，他还想找一匹马骑上再战，可是找不到，结果被崔恭祖斜刺里一枪刺倒在地，众武士立即上前将其斩首。初五，王敬则的脑袋被送到了建康。

当时，明帝的病情已经非常沉重，而王敬则猝然在东边起兵举事，因此朝廷内部一片震惊，人人恐慌不已。太子萧宝卷让人上屋顶，望见征虏亭失火，一片火光，以为是王敬则率领军队打过来了，就急忙穿上戎装，准备逃走。王敬则知道此事之后，高兴地说："檀公三十六策，走为上策，我想他们父子也只有逃走这么一条路了。"结果没想到，王敬则起兵来头凶猛，声势甚大，但是仅在一个月内就以失败而告终。

朝廷军队讨伐王敬则及其同伙，晋陵的百姓因投附王敬则而犯死罪者特别多，晋陵太守上奏说："百姓愚蠢，易被煽动，所以没有必要严加追究。"明帝准许了这一建议，使数万人得以活命。

（三）第一功臣

要为大齐开国评功臣的话，如果名额只有一个，那谁也不会跟我岳父王敬则争的。

他最大的功绩，是斩下了刘宋末代皇帝苍梧王的头颅，埋葬了一个旧时代。宋后废帝刘昱狂暴残酷，近侍都无法保全自己，萧道成也岌岌可危，随时有被斩杀的风险。王敬则每天下班以后就回府，晚上穿上青衣，匍匐路旁，为萧道成探听刘昱的动静（刘昱天天夜里外出游玩）。萧道成让王敬则在殿内待机，没有决定行事的日期。近水楼台先得月，后来宦官杨玉夫等人杀了刘昱，就将皇帝的首级交给王敬则，兴奋异常又忐忑不安的王敬则带着首级去找萧道成，萧道成开始害怕是刘昱骗他，不敢开门。王敬则在门外大喊："是我，王敬则。"萧道成还是不开门，王敬则于是将带血的头颅扔进萧道成府内，萧道成用水洗干净，确认是刘昱的首级，于是穿戎装而出。王敬则跟随萧道成进宫，到了承明门，守门卫士怀疑不是刘昱归来，王敬则怕被人看见，用刀环塞住眼孔，大喊开门。卫尉看到萧道成骑着马在门外，偷偷告诉亲信说："现在若不开门，天下怕会大乱啊！"于是打开宫门，王敬则跟随萧道成进入殿内。当时，我还给他写了一首诗。

从戎曲

选旅辞辇辕,得节赴河源。

日起霜戈照,风回连骑翻。

红尘朝夜合,黄沙万里昏。

寥庆清笳转,萧条边马烦。

自勉辄耕愿,征役去何言。

  他的第二大功绩,是拥立之功。杀掉皇帝的第二天一早,宦官四贵悄悄商议拥立哪一个刘姓众王当皇帝比较合适,此前国家的大小事务都是他们四人说了算。王敬则带领一帮心腹,全副武装,他拿着刀在御床上跳起来大声说:"一切听从萧道成安排,谁敢有异议?老子的刀不认人。"他命人将瑟瑟发抖的四贵押下,整个皇宫才鸦雀无声,局势开始由萧道成掌控。后来,沈攸之作乱,袁粲起兵,当晚领军刘韫、直合将军卜伯兴等人在宫内内应,戒严令将要发出时,王敬则冲开宫门掩杀进去,将叛党一扫而光。萧道成将即位时,傀儡宋顺帝当然不想交权,不肯出宫来行禅位仪式,于是王敬则亲自驾车进宫,一边开导顺帝,一边用力拖着顺帝上车,顺帝当然没有带刀勇士的力量大,只得在黑压压的众大臣面前,乖乖地把玉玺交给齐高帝,从此天运转换,江南姓萧不姓刘。

  当然,王敬则的武功更是一流的,在平内乱、扫刘宋、战北虏方面都是频立战功,以至高帝对他封无可封了,于是封其夫人为寻阳国夫人,将他的外甥女配给了王家的女儿,当然也是为了抬高其门楣。

  王敬则出身贫寒,起步低,后来为政一方,也做了许多好事。前几年萧鸾为了稳住王敬则,加封王敬则为大司马,还增封上千户给他。可是就在上任那天，下了一场罕见的大雨，风猛雨狂，王敬则和众文武官员吓得脸面失色。王敬则向来迷信，见了这一情景便认定大祸就要临头了，可见皇室对他的惊吓之深。这时有一个门客说道："从前您出任吴兴郡的时候也是这样的情形，将军还记吗？"王敬则才转忧为喜说："我命中应有大雨。"

王敬则虽然官居显位，平时却也并不傲慢，待人接物很有礼貌，说一口吴地方言，有一种比较质朴的个性。有一回世祖萧赜与群臣谈笑之际忽然来了情绪，使人拿来笔墨，即兴赋诗。写罢一首，王敬则近前双手执纸感叹说："我几乎被它误了前程啊！"萧赜觉得这话说得很怪，就问他是什么意思，王敬则解释说："我如果是读书的人，再努力也不过能做到尚书、都令史这些官职，哪能有我今天的荣耀？"萧赜听了龙心大悦，认为此人性直，很不错。

王敬则虽然读书没有几本，字也识得不多，在做地方官的时候，判断是非，处理案情，却也井井有条。在他出任吴兴太守的时候，当地原先有一些铤而走险的人，抢了地方上的富户逃走了。由于逃跑匆忙，掉了不少东西在路上。有个年轻人就沿路拾取财物。王敬则派役差把这个年轻人捉住杀掉了。从此以后，街上遗落的东西再多，也没有人敢去捡取，那些以抢劫为生的人听说了这事，也不敢到吴兴郡来活动了。可是抢劫的问题解决了，却还有不少小偷干扰着百姓的正常生活，王敬则也想出了好办法，他派人抓住了一个惯偷，命令小偷所有的亲属都上前用鞭子抽打他，然后发配这个小偷到大街上扫地。过了一些日子，他让这个惯偷揭发别的小偷来替代他。其他小偷生怕因被这个惯偷认出来而受到责罚，就都逃到别的地方去了，吴兴郡从此就安宁下来了。

如此功高而接地气的开国元勋，也落得谋逆而死，究其原因，就是他出身贫寒，穷怕了，现在有了如山的权力，似海的财富，那当然就舍不得放手，何况这些都是自己在刀山火海中拼来的！哪像那个山中隐居的中书令何胤，他世代高门，家族财富无边，他当然可以带着上百的美女，成千的财富，在风景如画的山水之边，一边清谈着人生，一边享受着快乐，一边积累着名声。看来，不管穷人富人，山巅只可短暂停留，稍有留恋都会致命。人生的巅峰也是这样，巅峰只是偶然，回归平常才是正道。

同期声 萧衍：再战沙场

和北房不同，我们江南历来以忠孝治天下，每个坐在龙椅上的皇帝，隔三岔五都会手拿《孝经》，在朝堂上宣讲："用天之道，分地之利，谨身节用，以养父母。故自天子至于庶人，孝无终始，而患不及者，未之有也。"现在，大江南北骂一个人最难听的话，就是"不孝之子"。

（一）惊世骇俗

我看着墙上的那幅诗作，就像吃下了好多只苍蝇，想吐。那是前几年"竟陵八友"之一的大文豪谢朓为我作的诗，王融配的字。

冬绪羁怀示萧谘议虞田曹刘江二常侍诗

去国怀丘园。入远滞城阙。寒灯耿宵梦。清镜悲晓发。

风草不留霜。冰池共如月。寂寞此闲帷。琴尊任所对。

客念坐婵媛。年华稍庵蔓。凤慕云泽游。共奉荆台绩。

一听春莺喧。再视秋虹没。疲骖良易返。恩波不可越。

谁慕临淄鼎。常希茂陵渴。依隐幸自从。求心果芜昧。

> 方轸归与愿。故山芝未歇。

诗是好诗，字是好字，但就是整天散发出恶臭，让人不能自安，还是拿下来烧了吧，连同我和他的友谊。是的，密告亲人，就像含血喷人，先污染了自己的嘴巴。其实我对王融是敬佩的，他敢于为了竟陵王的事业慷慨就死，我们不能以成败论英雄。但对于最近连升三品成为大齐红人、掌管国家人事大权的谢朓，我们都是嗤之以鼻、正眼也不瞧一眼的，把学问过于用作装饰是虚假，完全依学问上的规则而断事是书生的怪僻。

对于一个拿岳父身家性命作为投名状的人来说，还有什么不可以拿来做交易？那充满铜臭的诗作，还好意思说"恩波不可越"，居然还有脸说"求心果芜昧"！想想我也是瞎了眼，以前我俩还同病相怜结为亲家！他儿子谢谟怎能配得上我的二女儿？还是得找个机会解除婚约！从此，我算是看清了他的嘴脸，我和他算是划清了界限。是的，那些以前说着永不分离的人，其实早已经散落在天涯了。

其实谢朓本是门楣最显赫的，他爷爷谢述泽被后代，长子谢综为东宫"清官"太子中舍人，次子谢约娶彭城王刘义康女，三子谢纬尚文帝五女长城公主，真是满门贵胄。481年，十八岁的谢朓与寻阳郡公王敬则之女结婚，从门第论，王敬则出身寒微，母为女巫，谢朓为甲族子弟，母为宋文帝女长城公主，两家显然不配；然而王敬则功勋卓著、开国显贵，谢朓家道衰微、门单户薄，所以两家取长补短，又颇相配。在后来的发展中，作为郡公的女婿，谢朓的仕途升迁，当然有岳父荫庇的因素在焉；而有了"人地之美"的女婿，武将家庭也会添些雅致味道，如"诸子与王敬则诸儿并精车牛，丽服饰"。对谢朓来说，对他恩重如山的岳父是可以出卖的。

493年，谢朓在京赋闲约百日，这刚好是朝堂频生变故的时间，"执笔便成，文无点易"的谢朓先写下《拜中军记室辞随王笺》，算是在政治层面告别随王、开始为萧鸾效劳，在短期内为萧鸾作了《为齐明帝让封宣城公表》《为明帝拜录尚书表》《为宣城公拜章》《为录公拜扬州恩教》《为百官劝进齐明帝表》等多篇重要的政治文章，创作出《始出尚书省诗》等"阿附齐明"的歌功颂德的诗；另一方面，当旧友竟陵王萧子良"以忧卒"、旧主随王萧子隆为萧鸾杀害时，谢朓"僚吏畏避，莫有至者"，并没有举办什么像样的悼念活动或是写下真诚的追忆诗文。对谢朓来说，对他恩重如山的旧主子是可以抛弃的。

（二）华林阁勋

我不认可你的观点，但我坚决捍卫你说出观点的权利。同样，我憎恨谢朓出卖岳父的不耻行为，并不代表我认可王大司马，相反，我对王敬则从内心会送上两个字："可耻！"他的功绩一升再升，但他并不像张敬儿将军——他确实是一个能征惯战的勇将，而王敬则却是一个心狠手辣的老手。相对而言，指挥军队外出征战，并非大司马的长项，他所指挥的唯一一次对北魏的战斗，为480年北魏入侵淮、泗一役，且这场战役以不战而逃告终。文史馆白纸黑字记载着：

敬则恐，委镇还都百姓皆惊散奔走。

对于此次大司马的造反，明帝大为惊恐，其实完全没有必要，主要是明帝对大司马的军事生涯不太了解。后来，事实胜于雄辩，是骡子是马，拉出来遛遛就知道了，浩浩荡荡的十万大军，只一仗就烟消云散了，冒充的本领终究会害了自家卿卿性命的。

其实一直以来，我们议论王大司马的功绩，都以"华林阁勋"来概括。华林园在两晋南北朝时期，已经成为宫廷政变的渊薮，从西晋的赵王伦于华林园杀张林开始，南北朝特别是宋齐时期的几次废昏弑君政变，毫无例外地都发生在华林园中。近年发生于华林园中的政变、诛杀等重大政治处分，明文记载的就有：宋少帝刘义符被废黜时，正是在华林园中；前废帝刘子业被杀于华林园中；张敬儿也是在华林园中被杀；齐明帝杀众多宗室萧谌，在华林园中；前不久齐明帝诛杀王晏诸人，也在华林园中。

王敬则的一生，虽与政治也有着不解之缘，也是靠自己的努力获得功名富贵，但主要是靠参与、策划宫廷政变，靠出卖旧主、投靠新贵来获得政治上的成功，即靠所谓"膂力之用"获得。第一次重大活动，就是参加杀害前废帝刘子业的政变，而前废帝被杀的地点，正是华林园。此次政变后，王敬则立即得到了升迁，因此可以说王敬则在仕途上的崛起，正是始于这次华林园中的弑君行动。后来诛杀皇帝刘昱，也与华林园有关系。于是，"华林阁勋"成为政变的代名词，王敬则的"华林阁勋"在时人心中是个带有贬义的字眼。

如果一个人一味靠弑旧主投新贵来取得功名，那他就不仅仅是一个小人，而且是一个祸乱国家、人人得而诛之的叛臣贼子。

（三）再战北虏

顺风顺水的日子总是过得很快，到了497年下半年，那北虏兵就铺天盖地杀过来了。十月二十日，明帝派遣我援救雍州。之后又诏令度支尚书崔慧景去援救雍州，并且授予他符节，雍州诸军全部受他指挥调度。于是崔慧景率领两万兵众、一千骑兵，直向襄阳奔去。

498年三月初一，崔慧景和我在邓城与北魏接战，当时南阳、新野等五郡已经陷落，我军刚到邓城，北魏数万骑兵很快就追赶了上来，崔慧景等只好部署兵力，登城防守。其时，南方的将士们由于早晨匆忙吃饭，再加上轻装快走，人人面呈饥饿、恐惧的神色。我要出战，崔慧景不同意，说："北魏军队从来不在夜间围城攻打，所以等天黑之后他们自然就会撤走的。"一会儿，北魏的十万大军全部到了，一齐到城下猛攻，主帅崔慧景竟然在城南门带着自己的队伍逃走了，我的三千将士还正在城墙上与北房力拼呢！北房从北门涌入，我率领数百人断后，死战北房，且战且退。崔慧景带领队伍过闹沟，军士们拥挤踩踏，把桥都压断了。北魏军队乘势在路两旁射箭，大批将领中箭身亡，士卒们相继赴沟而死，尸体相枕，不计其数。北魏孝文帝率领大军乘胜追击，午后申时追至沔水，我又依据樊城拼力苦战，到天黑之时，北魏军队才撤走。我大齐各路队伍士气低落，当天晚上全部坐船返回襄阳。初七，北魏孝文帝率领十万大军，羽仪华盖，浩浩荡荡地开来围攻樊城，我和樊城守将曹虎闭门坚守，一阵一阵的箭雨只管向城下倾泻。面对坚城，其实北房也没什么好战法，他们的强项是野战，是来去如风的快马奔杀，面对坚固的城墙和如铁的意志，元宏那厮也无可奈何，虽然他的仇人近在咫尺。三月三十日，孝文帝竟撤退了！

战事完全结束后，498年七月，我因功受封，仍授持节、都督雍梁南北秦四州郢州之竟陵司州之随郡诸军事、辅国将军、雍州刺史。过了五天，明帝就崩于正福殿，年四十七。遗诏曰："徐令可重申八命，中书监本官悉如故；沈文季可左仆射，常侍护军如故；江柘可右仆射，江祀

可侍中，刘暄可卫尉。军政大事委陈太尉，内外众事无大小委徐孝嗣、遥光、坦之、江祏，其大事与沈文季、江祀、刘暄参怀。心替之任可委刘俊、萧惠休、崔慧景。"

我为齐明帝鞍前马后，立下无数战功，献出无数妙计，明帝在遗诏中却只字未提我，那败军之将却还受重用！况且顾命十多人，这政出多门，不乱才怪！

于乱局中开新局，于危机中育新机，我萧家的崭新前程，只有靠自己去创造了！

第七卷

始安王反了

499年八月初一，血色的夕阳沿着宽阔的长江一路铺陈，将沉闷的燥热洒向建康的各个角落。一些穿着短衣街头叫卖的市民们争相躲避，如今躲避已经成了他们早已习惯的动作，那大齐皇帝萧宝卷随时可能声势浩大地出城，有时是黄昏，有时是傍晚，更多是半夜。今天他又带领一大帮亲信宦官、左右御刀和应敕侍从两百多人，耀武扬威地急驰而去，为的是去郊区的江边观鱼。

萧宝卷坐上龙椅已经一个年头了，他在做东宫太子时就不喜读书，只爱玩耍，嬉戏无度，并且性格沉闷寡言。即位之后，他不爱与朝臣们接触，专门亲信宦官以及身边侍从。前些天，他又发明了一个很好玩的游戏，长江中最近出现大群龙鱼，身长丈许，味美汤鲜，每到黄昏后，萧宝卷就坐到江中的龙船上，周围数十船囚犯，只见皇上一声令下，囚犯纷纷跃入波涛汹涌的江中，争相捕鱼。凡有捕获，那晚船上的囚犯均可释放，首功者还重重有赏；凡无收获，那晚船上的囚犯就全部被处死，未被处死的也会被累死或淹死。萧宝卷看着奋不顾身的捕鱼者，听歌喝酒，兴趣盎然。这时，近侍梅虫儿就在皇上耳朵边悄悄奏报，并呈送过来一份档案。

大齐干部履历表

姓名：萧遥光，字元晖

出生年份：468 年

出身：始安靖王萧凤的儿子，齐明帝萧鸾的侄子

任职经历：初为员外郎，转给事郎，太孙洗马，转中书郎，豫章内史，不拜。高宗辅政，遥光好天文候道，密怀规赞。494 年，除骁骑将军、冠军将军、南东海太守，行南徐州事；仍除南彭城太守，将军如故；又除辅国将军、吴兴太守。高宗废郁林，又除冠军将军、南蛮校尉、西平中郎长史、南郡太守。一岁之内频五除，并不拜。是时高宗欲即位，诛赏诸事唯遥光共谋议。

萧宝卷觉得很是好笑，天下人都可以"造反"，唯始安王萧遥光不会。一来萧遥光是排在第一的顾命大臣，是父皇一手栽培起来的；二来从血缘关系讲，萧遥光和萧宝卷是最近的；三来他俩的私交真不错，要说皇上还有知心朋友的话，那就只有萧遥光一人了。现在皇上的亲兄弟都还小，力量单薄，萧道成、萧赜的子孙杀了一批又一批，可还是如"雨后春笋"一般，而萧遥光年富力强，正是依靠的对象，五月才加封他开府仪同三司。是的，最近老有大臣谋逆的传闻，前不久那吏部尚书谢朓还上奏说江祏、江祀兄弟俩要"造反"，结果诬告者谢朓现在还被关在天牢里等死呢！就不要去思考那些谋逆的大事了，杞人忧天也不是办法，还是先左右长江中那群囚徒的命运吧。

第一章　顾命六大臣

现在国内最失落的人，就是我萧遥光了！英明果断的齐明帝萧鸾，在龙椅上只待了短短四年就撒手人寰了，以前我几乎都是天天进入皇宫，和齐明帝私下商量国家的大事，尤其是最近两年，明帝疑心更重了，只愿意相信与他血缘上最亲近的我了。那时，偶尔还要埋怨，觉得千斤重担系于一身，白天黑夜都在思考国家的大事，担心江山的安危，自己也没多拿一分钱，日子是不是过得太辛苦了？现在，突然没有了大事相商，心里反倒空落落的，对什么都提不起精神。

（一）轮流坐镇

当然这并不是说皇上不重视我，故意冷落我，他也觉得我是他最亲近的人。但他就是一个缺乏心智的人，是一个脱离了高级趣味的人，他父皇死了他也无动于衷，我劝他跪下哭灵，他推说喉咙疼不能哭。他看见有的大臣哭得连帽子也掉落地上，露出了秃头，他就狂笑不止，还边笑边说："秃鹫来哭丧了！"如今他脑中就没有什么大事，当然就无法和我相商。要怪就怪萧鸾，播下了龙种，收获的是"跳蚤"，这十七岁的新皇帝上岗一年了，就没干过什么正事，一个月也难得上一次朝，每月有二十多天都在皇宫外游乐嬉戏，碰到这样的主子，那你还怎么尽忠报国？

上级是上天派来的，我们只能认命。大齐还有那么多天下大事，既然皇上没有这份心思，我们做臣子的，就显得更重要。我拿出明帝驾崩时颁布的顾命名单认真研究，我当然是排在第一，我和皇上萧宝卷是同一个爷爷，我们的血缘与高帝隔得有点远，明帝的儿子还小，在朝堂中只有我起着保卫明帝子孙的作用。之后有尚书令徐孝嗣，他是明帝的亲家，他女儿嫁给了江夏王萧宝玄，他忠心于明帝，在明帝起事的关键时期，发挥了无可替代的作用。以前尚书令是王晏，王晏被斩后就是他了。右将军萧坦之和高帝的血缘同样相隔遥远，有他在，"远房称帝"就有了赞同者，他同样为明帝称帝立下了汗马功劳。右仆射江祐与侍中江祀是亲兄弟，明帝萧鸾的母亲是江祐的姑妈，萧鸾和江姓兄弟俩从小一起长大，算是铁杆兄弟了。卫尉刘暄是皇上的亲舅舅，要说当今皇上怕谁，那当然是怕自己的母亲了，她是有懿旨在手的，当初萧鸾就是用太后的懿旨夺过了皇位，做舅舅的有发言权。常言说，三个和尚没水吃，何况是六个聪明的和尚？明帝在时还好办，我们把意见各自陈述，到底怎么办由皇上做主；况且皇上明察秋毫，他对天下大事自有主见。现在我们连见到皇上都很难，他有更重要的事——各色娱乐活动要参加，更何况他压根儿就没有自己的意见，对于天下大事，他听都不听，听了他也不觉得那是大事。

虽然我们六人都是聪明人，都位高权重，但对每一件事，都有不同的看法，有不同的利益。凡是能汇报到朝堂上的事都不是好事，好事基层悄悄办了就行，好处悄悄占了就可以了，哪里还会汇报给上级？凡是

汇报上来的那都是最难办的事，是矛盾最尖锐的事，是牵涉利益最广泛或者涉及高层的事，我们当然会意见不一致，那该怎么决策？以前为这事，也闹了许多矛盾，现在可能他们心里还有坎坷在。于是我邀请其他五位，到我府上做客。

我："五位阁老，这是西湖才贡上的香茗，请品茶。"

徐孝嗣："今天始安王难得清闲啊！"

刘暄："我有十天没见到皇上的面了，他私下有召见你们吗？"

萧坦之："你是他亲舅舅，你都见不到他，我们更是靠边了。"

江祐："以前我和兄弟天天为明帝奔忙，现在终于轻松了，反而无所适从。"

我："现在皇上潇洒飘逸，神龙见首不见尾，这朝堂上的大事，到底该如何决断？"

徐孝嗣："按惯例，当尚书令决之！"

萧坦之："王者为大，我听始安王的。"

刘暄："但是太后的意思……"

我："朝堂还是应该讲究民主的。"

江祀："要不抓阄吧？"

江祐："要不轮流坐镇吧？"

我一想也可以，于是说："我们六人，轮流在朝中内省当值，每人一天，轮到谁当值，谁就在当天的敕令后面签署执行意见。"

虽然江家兄弟可以当值两天，但这个办法看起来是公平的，于是神奇的大齐朝堂，就开始不断变换着口味。我的理念是宽严相济，有松有紧，对大齐百姓自然要有威严，他们才知道有朝廷律令在；皇上是天道的代表，对他自然可以放宽，尽量满足他的要求。那徐孝嗣的观点仍然是溜须拍马，皇上英明，对他有利的就抓紧签署，对于皇帝的要求全部执行。萧坦之长期在皇宫值勤，也学乖了，当然是唯皇上马首是瞻。那刘暄不一样，端着长辈的架子下不来，一切都把明帝拉出来摆谱，对天下管得很严，对皇帝有时也要管管。最有主见的是江氏兄弟，起初，齐明帝虽然在临终遗诏中把朝政委托于朝中诸大臣，但是最信任的是江家兄弟，把更多的遗命嘱托于他俩。萧宝卷即位之后，江氏兄弟轮流在殿内当值，皇帝的一举一动都逃不过他们的眼睛。萧宝卷渐渐想要自行其是，江氏兄弟恨铁不成钢，坚决抵制，不许其自作主张，皇上对此非常愤恨。梅虫儿等人受主上委任办理一些事情，江氏兄弟常常对他们施以控制、阻拦他们，以致梅虫儿等人对江氏兄弟恨得咬牙切齿。

（二）轮流喝茶

我大齐的马车跌跌撞撞地驶了一年，大家都积累了若干心得需要交流，有太多的苦水需要倾诉，还有深层的矛盾需要化解，最主要的是都已经不能容忍小皇帝的胡闹，于是这天我们六个顾命大臣齐聚江氏兄弟府上喝茶。

徐孝嗣："江氏兄弟，皇上有些自己的主张，这也是正常的，怎么可以一概加以反对呢？"

江祐不以为意："只要把事情交给我，完全没有什么可以忧虑的。"

江祀："萧宝卷失德作恶的情况越来越严重，我们作为顾命大臣，有责任挽明帝江山于既倒。是不是可以让他去一边专心嬉戏，而另立他兄弟江夏王萧宝玄为帝？"

徐孝嗣："我赞成！"

刘暄曾经做过萧宝玄的郢州行一事，处理事情过于死板、苛刻。有人向萧宝玄献了一匹马，萧宝玄想去观看一下，刘暄不准许："一匹马，有什么值得看的呢？"萧宝玄的妃子要吃煮鸡肫，手下的人向刘暄请示，他却说："早上已经吃了煮鹅，中午怎么又要吃鸡？"气得萧宝玄当场骂道："你刘暄根本没有一点做舅舅的情义。"由此，刘暄非常怨恨萧宝玄，这时他马上反对："萧宝玄也不是做帝王的料，我看建安王萧宝夤还可以。"

这一话题实在太敏感，说的都是掉脑袋的事，六个人一起商量动静太大了，于是我们又喝了几口清茶，纷纷告退。接下来就进入更私密的两三个人小聚的环节。先是江祏江祀来到我的府上，继续"换皇帝"的议题。

江祏："我们兄弟俩意见一致，支持萧宝玄。"

江祀："而且尚书令也支持他，萧宝玄可是他的女婿！"

我："舅家势大，无刘暄同意，恐怕不成。"

江祏："萧宝玄年龄小，那萧宝夤更小，今年才十一岁，怎么能够做主？"

我："诚如右仆射所说，如今朝堂混乱，原因就是皇上年龄太小，能力不足，以致天下动荡。我们应该找一个与明帝血缘相近的、稳重可靠的人选，这才上不负明帝，下不负苍生，还能保住自身的富贵。"

江祏还在苦苦思索，不知哪里有这样的人选。江祀很聪明，他说："我赞同立始安王！"

江祏大张着嘴，兄弟这九十度的大转弯确实让他很吃惊，我拿出王府里最好的两箱珍珠，连同柔然、百越等进贡的奇珍异宝，一齐给了江家兄弟，之后，我又送了相似的礼物到尚书令府上和刘暄府上，那萧坦之历来与我不太对路，就先让江家兄弟去当一次说客。如今一些人对一个提议不动心，那是因为给他们开出的价码没有达到让他们动心的程度。只有舍弃一切，才可能拥有世界。

第二天晚上，江家兄弟又去萧坦之府上了。萧坦之当时正为其母守丧，仍在担任领军将军，喝酒、奏乐这些是不能在守丧时进行的，但喝茶似乎正合适。

江祐："阿弥陀佛，叔母已登仙界，节哀顺变！"

萧坦之："江家兄弟为国为民，有失远迎。"

江祐："诚如领军将军所想，如今朝堂混乱，原因就是皇上年龄太小，能力不足，以致天下动荡。我们应该找一个与明帝血缘关系近的、稳重可靠的人，这才上不负明帝，下不负苍生，还能保住自身的富贵。"

萧坦之冥思苦想了好一会儿，豁然开朗，双目发光，大喜过望："江家兄弟有如此好意，我一定不负众望！"说完一杯茶干了："管家，快准备重礼！"

江祀知他会错了意，赶紧提示："还有血缘更近的。"

萧坦之猛然醒悟，十分不悦："当初明帝自立为帝，已经打乱了嗣立次序，至今天下还不服气。如果现在再这么来一次的话，恐怕天下要大乱，我是不敢对此表达意见的。"

（三）轮流吟诗

六大顾命大臣，能说动的都进入了拥护我的名单，一想朝堂上还有些重要人物，到时他们不要反对才好，排在第一的就是让人头脑发麻的

吏部郎谢朓。你想想，连岳父都要告的人，当然就只在乎原则，在乎名声，不在乎亲情，不在乎财富。于是，我们又紧锣密鼓地围绕着谢吏部展开了"喝茶活动"，和诗人喝茶，最好是能从吟诗开始，这次还是江家兄弟打头阵。

江祐："最近又拜读了谢宣城的《游敬亭山》，该诗对仗严整，用字精到，内蕴深厚。写景奇特，层次清晰，首尾圆合。从全篇看，谢宣城将山河胜景与归隐之思熔于一炉，诗境雄浑壮阔而富意蕴，是千年来难得的好诗啊！"

江祐："前不久我路过宣城，还特意登上了谢公楼，在那里吟诗一首，还请谢宣城指点。"

秋登宣城谢朓北楼

江城如画里，山晚望晴空。

两水夹明镜，双桥落彩虹。

人烟寒橘柚，秋色老梧桐。

谁念北楼上，临风怀谢公？

谢朓："大人过奖了！两位大人一起来到寒舍，加上始安王最倚重的刘沨、刘晏，可谓带二江之双流！"

诗是没法再谈下去了，江祐："诚如吏部郎所想，如今朝堂混乱，原因就是皇上年龄太小，能力不足，以致天下动荡。我们应该找一个与明帝血缘相近的、稳重可靠的人选，这才上不负明帝，下不负苍生，还能保住自身的富贵。"

谢朓："有江氏鼎力辅佐，朝堂上下同心，我大齐一定光耀盛世。"

不得已江祀只好把话挑明："始安王萧遥光年长，如果由他继承大统，一定不会违背众望。我们并不是要以此来获得富贵，只是为了让国家获得安定。"

谢朓："酒能醉人，茶亦能醉人，来，喝茶喝茶！"

得知谢朓未明确表态后，我决定亲自出马，先派遣自己的亲信去谢府，带着比上次更丰厚的大礼。这是什么样的年头，居然上级还要给下级送礼？看着几颗鹅蛋大的夜明珠，看着几箱黄澄澄的金元宝，我的心真的在滴血！想想下级也不能给自己带来皇冠，之所以极力讨好他，在于他的门楣，在于他的声望，在于他所在的吏部，在于他所带来的舆论。我到了府上，也不见他出来迎接，只在远处拱拱手，这也就忍了，如今是上级有求于下级，就让他蹬鼻子上脸好了。宾主坐下开始喝茶，我开始卖弄前两天恶补的诗歌知识。

我："谢宣城真是性情中人呢，那首《秋夜诗》中的'思君隔九重，夜夜空伫立'，深刻描写了那种难以驱遣愁思的思妇，不知道谢宣城指的是哪位佳人？"

谢朓："战乱不断，我大齐老百姓生活困苦。当时，宣城就有很多新婚男子被远征离家，诸多留守妇人愁漫空房，思满织机。"

我："谢宣城真是忧国忧民啊！诚如曹操所言，'设使国家无有孤，不知当有几人称帝，几人称王！'我们当有曹操的志向，方能救百姓于水火！"

谢朓："那曹操欺天害民，挟天子以令诸侯，终为忠孝士子所不齿。"

还敢大言不惭地谈忠孝？岳父都被你出卖了！这话要有多厚脸皮的人才能说出口？话不投机，我强忍不悦，言归正传："诚如谢宣城所想，

如今朝堂混乱，原因就是皇上年龄太小，能力不足，以致天下动荡。我们应该找一个与明帝血缘相近的、稳重可靠的人选，这才上不负明帝，下不负苍生，还能保住自身的富贵。"

谢朓："塘边草杂红，树际花犹白。"

诗吟不过他，于是告辞。反正谢朓礼物也收了，这就表明了他的态度。为了肯定他的态度，没过几天，我就给他加官，任命他兼管卫尉事务。

不承想那谢朓竟是个"两面人"，他是礼照收、官照做、事不办。没过几天他就把"遥光欲立"的消息报告了太子右卫率左兴盛，左兴盛认为事态严重，不敢向皇上告发。是啊，作为普通人，当你无意中得知一个惊天阴谋，尤其是关于你上级的阴谋，比如听闻他受贿几箱金哇，知道他抢占几顷田哇，看到他搂着小妹妹哇，目送他进入思春楼哇，你一定不要以为机遇来了，一定不要告诉任何人，正确的处理方式就是——当作没看见，什么也不知道。左兴盛就是这样的人，谢朓就是那个喋喋不休的人。一看朝堂上没有动静，谢朓又去刘暄府上喝茶。

谢朓："始安王萧遥光一旦南面称帝，则刘沨、刘晏就会居于你如今的地位，而你既失皇舅之尊位，天下士子也将你当作变心之人。"

刘沨、刘晏是我手下的城局参军，是我的第一心腹，我称帝了当然会重用他俩，那谢朓还真会换位思考。刘暄听谢朓这么一说，假装十分惊讶："怎么，始安王会有这种想法？"

第二天六位顾命大臣又齐聚我的府上喝茶了，这次讨论的中心内容则是跳梁小丑谢朓。

我："谢朓连岳父都要告，这样的人怎么还能立于朝堂？我看让他去东阳郡做太守得了。"

江祐:"那个狂妄的谢朓,前些天居然吟诗讥讽我,说什么'带二江之双流',可见在他心里,早就对我们不满了,应该坚决除掉这样的人。"

我一看大家都无异议,第二天就让谏臣上书,说谢朓"扇动内外,处处奸说,妄贬乘舆,窃论宫禁,间谤亲贤,轻议朝宰"云云。当然皇上在忙着娱乐,哪有空管谢朓的事?我们六人决策就可以了,于是将谢朓押入天牢。八月初我亲自去天牢,看看即将被砍头的大诗人有什么新诗问世。

我重重一拍惊堂木:"台下跪着何人?"

谢朓:"罪臣谢朓!"

我:"这里有人作了一首诗,题目叫《谢公亭·盖谢朓之所游》,'谢亭离别处,风景每生愁。客散青天月,山空碧水流。池花春映日,窗竹夜鸣秋。今古一相接,长歌怀旧游。'你有何感想?"

谢朓:"诗是好诗,人无完人。"

我:"你沽名钓誉,以公化私,我大齐已三令五申强调不准搞个人崇拜,你却修什么谢公楼、谢公亭这些标志性建筑,为什么楼堂馆所姓谢不姓萧?你的诗到处传抄,上报谁审定和批准的?将皇室的威严置于何处?"

谢朓:"小人知罪了!"

我:"有人告你巨额受贿,价值连城的夜明珠、黄澄澄的金元宝你都敢收,而且抄家时人赃俱获。我们都是为百姓服务的,讲究一身正气,两袖清风,不拿百姓一针一线,而你读着儒家的书,做着百姓的官,拿着皇家的薪,却亵渎圣贤,贪赃枉法,你可知罪?"

由于事实确凿、证据齐全,谢朓无可辩驳:"小人知罪了!"

我:"想那王大司马被满门问斩,作为其女婿,你泄密告状,谋取富

贵，致其灭族，你竟问心无愧？"

谢朓："天道其不可昧乎！我虽不杀王公，王公因我而死"。

我不再跟他多说，让狱卒们把他押赴刑场问斩。至于他的独子谢谟，就暂时留着他吧，看在谢家最高贵门楣的份上，看在他萧衍与他交好的份上。

第二章　可怜三兄弟

世界上什么最可怜？那就是一家子一直受苦受难，苦海无边，突然有一天峰回路转，家里有人竟然一步登天了，大家正准备享受荣华富贵，但好吃好喝还没开始，家人却一一离世！这一悲惨的命运就恰好落在我们家三兄弟身上。

（一）兄弟病亡

我们家族和萧懿、萧衍的家族一样，与齐高帝萧道成血缘关系有点远，以前我们家也不大受待见，家里人在朝堂上当着低三下四的官，干着脏且累的活。天可怜见，一直忍辱负重、卧薪尝胆的叔叔萧鸾受到了重视，在我们兄弟的谋略与助阵下，他竟然神奇地坐上了龙椅，从此我们三兄弟土鸡变凤凰，很快就出人头地。各自成为一方大员。这也很好理解，明帝自己的儿子都还小，既不愿学习，也无法冲锋上阵，他唯一可以放心依靠的，就是我们三兄弟。

我二弟萧遥昌，明帝登基后就封他为持节、督郢司二州军事、宁朔将军、郢州刺史，后进号冠军将军，封丰城县公，徙督豫州郢州之西阳

司州之汝南二郡军事、征虏将军、豫州刺史，持节如故。之后北虏元宏入寇寿春，遣使呼城内人。我弟弟萧遥昌遣参军崔庆远去见元宏，于是有了寿阳城的著名对话。可北虏退去不久，我不到三十岁的弟弟就病死了，他当刺史前后不过三年。明帝爱遥昌如子，甚痛惜之，追赠车骑将军、仪同三司，谥号宪公。我的心事还没来得及和他相商，他就急匆匆地离去了，我只好在梦中与他描绘美丽新世界。

于是我的大事只能与二弟萧遥欣相商了。小时候的遥欣有一颗善良的心，遥欣七岁时，见一侍从小童善用弹弓打飞鸟，一举弓，飞鸟无不应弦而落。遥欣对他说："游戏有很多种，何必急着用这玩意呢？鸟自在空中飞翔，与人事何关，无须急着杀此生灵，也不必太过分。"左右小童都被他的话所感动，之后遥欣所在之处再也无人打鸟了。遥欣十五六岁时，便博览经史，二十岁任秘书郎，萧鸾入朝辅政时，萧遥欣和我参与政事。494年，以遥欣为持节，都督兖州沿淮河诸军事，宁朔将军，兖州刺史；又为都督豫州及郢州的西阳，司州的汝南二郡诸军事，辅国将军，豫州刺史，持节照旧。齐明帝萧鸾让我出镇扬州，居中；遥欣出镇陕西，在外，一时之间，威权都在其门。于是我经常和遥欣商量大事的细节，他离京城远，可以避人耳目，主要负责筹钱筹人筹物。当然这些筹备也都准备好了，499年八月，正在我举事前夕，三十岁的二弟却突然得急病去世了，皇上追赠司空，谥康公，用王礼安葬。不得已，我派心腹到两个弟弟生前掌管的荆、豫之地，把心腹人马聚集起来，只待我振臂一呼。

（二）刺杀刘暄

时间是一剂后悔药，拖得越久就越会后悔。一个人到老，有许多后悔的事，如果让他重新活一遍，大约都不会选择相同的路，哪怕有很多人曾羡慕他以前的活法，他选的活法也可能是令其他人感到后悔的活法。这就像旅行一样，人们都是从自己待厌烦了的地方去别人待厌烦了的地方。

本来是六个位高权重的人确定了的事情，可是过了不多时，那收过礼物的刘暄就反悔了，他认为，如果立我为帝，自己就要失去皇舅之尊，这自然是听了谢朓的挑拨，所以不肯赞同江家兄弟的意见；江家兄弟也觉得自己有所失，因此迟疑而不能决定。

我的那些珍宝自然不能打水漂，作为顾命大臣当然做事要有分量，文的不行那就来武的，反正也是你们逼的。我在荆豫队伍中，招来三百武功高强的死士，给他们的家属丰厚的慰问品，派出一批人去执行秘密任务。那天一批心腹死士埋伏在青溪桥下，等着刘暄从桥上通过，拉车的马察觉到危险，竟然纹丝不动，不愿过桥，而刘暄也不是吃素的，警惕性特别高，每次出门卫士特别多，这时散落在他后边的卫士注意到了，一检查，结果双方开战，刘暄没杀成，我的死士还被捉到两个。他们说辞一致，都说自己是"江家帮"的，刘暄气急败坏，决定鱼死网破，向皇上告发了江家兄弟的阴谋。

（三）江家族灭

皇帝是天道的代表，有最高决策权，他最厌烦的是什么？当然就是有人比自己的权力还大。萧宝卷就是这样，现在他最恨的就是顾命大臣了，本来是自己的六个臣子，现在这六人居然代替棺材里的老皇帝来管束自己。皇上一听刘暄的报告大怒，平时就江家兄弟俩管他管得最严，这也不许那也不行，原来他俩早有异心，立即命令拘捕江家兄弟俩。当时，江祀正在内殿值守，怀疑情况有异常，派人报信说："刘暄似乎有别的阴谋，现在该作何计议呢？"江祐说："以静制动。"过了一会儿，就有诏令传江祐入内，江祐进朝之后停在中书省等待。当初，皇帝的御刀袁文旷斩杀王敬则有功，应当封官，但是江祐内心是同情大司马的，并且又没得到好处，就执意不许，皇上现在就让袁文旷去杀江祐。快意恩仇的袁文旷用刀环连击江祐的心口，说道："看你还能夺去我受封之官否？"直到他气绝，最后连他弟弟江祀也一并杀掉。

刘暄得知江祐兄弟已死，在床上大惊而起，奔出门外，问左右说："抓捕的人来了没有？"过了许久才定下心来，重新回到屋中坐下，十分悲哀地说："我并非怀念江氏弟兄，而是自知祸将及身，故而痛心啊！"

从此以后，皇上无所忌惮，越发恣意，日夜与亲近之人吹拉弹唱、驰马作乐，常常闹至五更时分才就寝，睡到傍晚才起床。朝中群臣们按例应于每月初一和一些固定的日子入朝参见皇上，到傍晚前去入朝参见，有时等到天黑皇上也不出来，最后被遣退而出。尚书们的文案奏告，一个月或者更长时间才上报一次，而报上去后有的竟然不知去向，原来是宦官们用来包裹鱼肉，拿回家去了。皇上以骑马为乐事，常常是一骑必求极意尽兴，忘乎所以。他还看着随从之人说："江祏经常禁止我骑马，这小子如果还在的话，我哪能像现在这样痛快呢？"因此又问道："江家的亲属还剩下谁呢？"随从者回答说："其弟弟江祥现在还在东冶。"皇上在马背上立刻发出诏令，赐江祥自杀。看来，不光是我三兄弟可怜，江家三兄弟更可怜！

第三章　巅峰五昼夜

箭在弦上,不得不发。我的这个事情也是这样,皇上已经动手了,我就没有了所谓的退路。但一思考,"造反"的条件似乎并不具备,兵力不足,物资不全,人心不齐,大环境不好。其实历来"造反"者,比如陈胜吴广,比如项羽刘邦,都是置之死地而后生,哪里讲那些客观条件?于是,我不再犹豫,决定立即举事。

（一）装疯卖傻

正部署间,宦官前来,宣旨皇上召见。这可把我吓坏了,左右权衡,瞻前顾后,觉得只有硬着头皮进宫。就这样一拐一拐地踱到皇帝跟前跪下行礼,只听皇上说道:"江家兄弟谋逆,证据确凿,已被灭族,始安王有何见解?"

我:"皇上英明,那江家兄弟罪该万死。"

皇上看我久久无话,就宣我退下。

我就像捡了一条小命似的,满头大汗地回到中书省,心想这不是办法,长此以往吓都被吓死了。我从司马懿身上得到灵感,决定假装发疯,于是就当着中书省一众属下的面号哭狂闹，满地打滚，口吐白沫，胡言乱语，那些臣子都吓得六神无主，只好架着我回到东府，从此我不再入朝了，当然时不时地得演上一回，这年头皇上的眼线可是到处都有。

可是皇上似乎不管这些，那天又派宦官来宣我进宫，我只好满脸污渍一步一颠地到皇上面前行礼。原来，皇上听说我得了疯病后，还是可怜我，毕竟我们是血缘亲近，就想安抚我，升我为司徒。我只好把这疯病在朝堂上又尽情表演一番，之后才被卫士护送着回到了东府。这样来回折腾，我这条小命迟早会玩完，我的精神早晚会崩溃，于是我加快了前进步伐，八月十二日傍晚，我召集从荆州和豫州来的四千部将做最后的部署，又叫来刘渢、刘晏等人一起谋划如何举事，最后找到一个很可笑的理由——清君侧，以讨伐刘暄为名义，虽然我是"君侧"里的第一个。

（二）排兵布阵

真刀真枪地干活不是我的强项，找一个领军统帅很重要，我平时还是很注重培养和笼络人才的，于是我十万火急地叫来骁骑将军垣历生。这个垣历生之前曾为随王萧子隆效力，明帝要收拾萧子隆时，萧衍说过垣历生可以用高官厚禄收买。能收买一次，当然就可以有第二次，垣历生也不出意料地成为我的军事统帅。

当务之急的是配备武装。我的人都是赤手空拳来到建康的，没有武器只能是去送死。八月十二日夜间，行动正式开始，我派遣几百人打进东冶，放出狱中的囚徒作为我的得力助手，之后从附近的尚方那里取出兵械，进行全副武装。

第二是攻击萧坦之。他是最早反对我的人，他的宅第就在东府城东面，他经常派探子在他楼顶打探我府上的一举一动。垣历生派三十人敢死队，乘其不备攻入府中，目标就是抓获他，但那萧坦之历来在宫中担任警卫头目，警惕性很高，一听不对劲，来不及戴头巾，光着膀子，越墙而逃，去朝廷报信，路上遇上了他以前的下属——巡逻头目颜端，见他这副样子，还以为他有罪逃窜，就抓住了他。萧坦之连忙把我反叛之事对颜端讲了，但是颜端并不相信，他亲自前来刺探，看到情况属实，于是就把身边人的马给了萧坦之，与他一同去朝廷中报告。

垣历生又派出敢死队，出其不意地去附近尚书左仆射沈文季的府上抓他，想让他归顺我，做都督，有他的振臂一呼，建康的军队就可以搞定了，但恰巧沈文季不在家中，这年头，乌衣巷的青楼可是热闹非凡，想来沈仆射又去吃花酒了，可是却坏了我的大事。

垣历生于是开始下一个目标——攻打朝廷宫禁，并且准备用车拉来芦苇焚烧城门。他对我说："大人您只管乘车随后而行，攻下禁城易如反掌，转眼之间即可成功。"

我："攻打皇宫，退无可退了！"

垣历生："大王早无退路，唯前进一途。"

我："天将亮，我先对勇士进行封赏！"

于是在我东府举行隆重仪式，我给我招募的勇士们讲了很多，从三皇五帝讲到齐明帝，从上天示警讲到各种祥瑞，从萧宝卷的各种不耻讲到我的各种大义，从皇室血统传承讲到天下苍生，勇士们热血沸腾，高呼效命之词，之后我将那些沉甸甸的金银一一分发。

垣历生："大王抓紧，天亮了，时机稍纵即逝。"

我："攻打皇宫的事最好不要发生，希望朝廷自身发生变故。"

到了日出之时，朝廷的军队逐渐到来。朝中刚听到我叛乱的消息时，大伙情绪惶惑，不知所措。天快亮之时，皇帝有旨，召徐孝嗣，直到徐孝嗣进去后，人心才安定下来。左将军沈约听到事变消息之后，骑马奔入西掖门，有人劝他穿上战服，他却说："朝廷正成一窝蜂，要是看见我穿着战服进来，或者会把我当作始安王的同伙呢！"于是，沈约就穿着红色公服进朝。

（三）稍纵即逝

八月十三日一大早，皇帝诏令，因特殊情况，赦免建康的囚徒充作兵源，朝廷内外严守。从徐孝嗣以下都驻扎在宫城外卫护，萧坦之率朝廷兵众讨伐东府，萧坦之率三千禁卫驻扎在湘宫寺，左兴盛率一千护卫驻扎在东篱门，镇军司马曹虎率一千人驻扎在青溪大桥。三路军队把我东府围住，用火烧东府之侧的司徒府。我派遣垣历生从西门出战，朝廷军队屡战屡败，一军主被垣历生所杀，禁军被斩杀五百多人，眼看又充满了胜利的希望。

我起兵之前，曾经问过谘议参军萧畅，请他一起行动，但萧畅义正词严地拒绝了我，坚决不从。十五日，萧畅与抚军长史带领一百多人，偷偷地从南门逃跑，投降朝廷，由此东府内众人的情绪一落千丈。十六日，垣历生又从南门出战，却借此机会带领三百人弃槊投降了曹虎，但是曹虎却将他当场斩首了，大概是皇上有令。我知道垣历生投降的消息之后，气得七窍生烟，从坐榻上跳起来，让人把垣历生的儿子杀掉。这天晚上，朝廷军队越来越多，攻势更猛，发射火箭烧了城东北的角

楼。到了夜间，东府城被攻破，我回到自己的小斋帐中，穿好衣服，戴好便帽，坐了下来，手里拿着点燃的蜡烛照明，命令勇士继续抵抗，还把斋中的门全部关严，不久手下的人都跑出屋子逃散了。我知道一切都完了，我的起事也只有短短的五昼夜。不一会儿朝廷军队纷纷涌入，我听到有士兵过来了，心里怕得要命，于是熄灭蜡烛，无可奈何地爬进床底躲了起来。听到破门而入的声音，黑暗中有人把我从床下拉了出来……

同期声　萧衍：蓄势待发

我愉快地前往雍州出任刺史，一刻也不想停留。虽然建康的确繁华，谢朓前不久写了一首诗，把金陵的风貌和雄阔的气势表现得淋漓尽致，让人拍手叫绝。

入朝曲

江南佳丽地，金陵帝王州。

逶迤带绿水，迢递起朱楼。

飞甍夹驰道，垂杨荫御沟。

凝笳翼高盖，叠鼓送华辀。

献纳云台表，功名良可收。

《左传·僖公五年》云："一国三公，吾谁适从？"何况如今"六贵"同朝，他们之间势必要互相图谋，朝廷必定会发生动乱。要说避祸图福，哪里也比不上这个雍州，这里远离建康，为谋局思远之佳境，这里控扼南北，为汉水上游之重镇。于是，我换上我的刺史官服，开启了一段不一样的人生。

（一）谋逆余波

是非之地是非多，那天我在襄阳的城楼上悠然品茶，左右心腹来报，"竟陵八友"之一的沈约来信了，我展开信一看，竟然是一首诗。

怀旧诗伤谢朓

吏部信才杰，文锋振奇响，

调与金石谐，思逐风云上。

岂言陵霜质，忽随人事往，

尺璧尔何冤，一旦同丘壤。

我忙让人去京城打听，原来是一件惊天动地的谋逆之事正在上演，谢朓不幸身陷其中而不能自拔，大约他还想学上次，在绝境中找胜境，于危局中开新局，以为自己找到了自二品到一品的天梯，但物是人非，情境还是相似的情境，皇上已不是原来的皇上，小皇帝对这样的事根本不感兴趣，见都懒得见他，顺手就将他丢在天牢里不管了，于是，六个顾命大臣一合计，大齐最耀眼的诗星从此陨落。不久我的四弟萧畅也惊魂未定地跑来了襄阳，他绘声绘色地讲了经过，那时始安王劝萧畅也参与其中谋取富贵，萧畅还说："王爷您一年前得过疯病，现在怕不是复发了吧？"

这萧遥光我还是认可的。他先天跛脚，为此差点失去继承祖上封号的资格，多亏了当时还是太子的齐武帝；而作为回报，萧遥光在大杀高武诸子时出力甚多。虽然萧遥光很介意自己的跛脚，连别人送他鞋子他都要多想，但事实上他能不能当上皇帝，和他腿脚好不好并没有太大的关系。早先明帝篡位前，曾对后来被他所害的高帝之子萧锋谈论起这位大侄子，却被萧锋说："遥光之于殿下，犹殿下之于高皇；卫宗庙，安社稷，实有攸寄。"明帝深以为意，也就是这天，明帝叫来太子萧宝卷说："做事不可在人后，要果于诛杀，以免重蹈郁林王萧昭业的覆辙。"萧宝卷对此牢记在心，后来果然将诛杀"发扬光大"。

那萧遥光也不失为一个人才，虽然争夺皇位这事不适合他。他是一个明察秋毫、知人善任的长官，在他有限的时间里，就大力选拔明山宾、裴邃、庾于陵、崔慰祖等人才，还曾为大儒吴苞立馆。他还是一个得人死力的主公。府佐、掌书记司马端，被曹虎所获，曹虎呵斥他离开，他却自认为受始安王厚恩，仍坚称自己是义师，甘愿被杀。扬州治中别驾陆闲，已因精神病不参与州务，别人劝他离开，他说自己是属吏，最终与其次子陆绛一同被擒。东府被攻破前一天，崔慰祖还在城内，刘沨考虑到他还有老母，命守门者放他出城，崔慰祖却去宫门自首，被囚禁于尚方，病死。刘沨逃回家中静坐，遇到其弟度支郎刘潇，刘潇没有独自逃之，而是用自己的衣带和哥哥的衣带打结，最终一同被杀。谘议参军柳叔夜左右扶柳叔夜上马逃亡，柳叔夜却答："吾已许始安以死，岂可负之？"于是从容自杀。

后来皇上下诏殓葬了始安王尸首，赦免了他的诸子。始安王萧遥光被诛后，二十六日，朝廷任命徐孝嗣为司空，加任沈文季为镇军将军，萧坦之为尚书右仆射、丹阳尹，刘暄为领军将军，曹虎为散骑常侍、右卫将军。上述封官，都是为了奖赏他们在平定始安王叛乱中的功劳。萧遥光才死没几天，皇上就登上旧宫土山看向东府，哭着喊出"光兄"二字，其悲伤之状，连梅虫儿等近侍都不忍直视。要知道，皇上是连亲爹明帝

死了都懒得哭的人，他对萧遥光是有真感情的。逆臣固然必须死，但杀死"光兄"的人，也别想好过！

萧遥光被诛后，皇上身边拿刀和应敕的一帮子人全都恣意妄为，想怎么办就怎么办，无所忌惮，当时人们称他们为"刀敕"。萧坦之刚愎自用，凶狠残忍，专横独断，皇上周围的宠信之徒因害怕而特别憎恨他，在萧遥光死后二十多天，皇上派遣延明殿主帅率兵包围了萧坦之的住宅，将其杀掉，他的儿子秘书郎萧赏也一起被杀。萧坦之的堂兄萧翼宗做海陵太守，还没有去赴任，萧坦之死前对主帅说："我的堂兄在海陵的府中应该不会有什么事吧？"主帅问道："他的住宅在什么地方？"萧坦之如实以告。主帅报告皇上，皇上立即派兵去抓捕萧翼宗，发现他穷得可怜，只有典当东西的质票数百张，就回去报告皇上，于是皇上免他不死。

梅虫儿等人又诬陷刘暄有谋逆的意图，皇上说："刘暄是我的舅舅，哪里可能如此呢？"梅虫儿说："明帝与武帝乃是堂兄弟，他受到武帝那样的恩待，但是还杀尽了武帝的后代，舅舅哪里值得信任呢？"皇上一想也对，于是下令杀掉了刘暄。

曹虎是开国老将，前些天又立有大功，但这样的武将留在京城，终究是个隐患，况且听说他是家财万贯，那也还是杀了吧。至此，不出一个月，那几位平乱功臣还没戴好崭新的乌纱帽上任，就被皇上送上了西天，顾命大臣六人组仅存尚书令了。

（二）招兵买马

生于乱世，就像丛林野兽，唯体壮牙尖者存。一到襄阳，我当然也和其他新官刚上任一样，立即马不停蹄，开展基层调研工作，一时停襄阳、走南阳、去新野、过顺阳、看邓城、查扶风、跑襄乡，真是越看越失望，越走越心伤，想我大齐的百姓，都是怎么活下来的？看看十年前发生在这一带的十多万人的农民起义，就能略知一二。

"不在沉默中爆发，就在沉默中死亡。"起义的农民正是这句话的典型代表，他们是备受上层人士压迫的一类人，当他们连饭都吃不上时，生死便置之度外了，起义自然水到渠成。但在前些年，却出现了一支由地主阶层领导的起义军，他们为何放着好日子不过，非要在刀口上讨生活？

原来我大齐政权特别重视人的三六九等，把各层人士都分得特别细，就连地主都要分为两个级别：一类是由做官的士族组成，另一类是普通的地主，被称为庶族，祖上既无做官之人，在朝廷也没有任何话语权。大齐对于这两类人的态度也截然不同，对于士族地主，他们不需要向朝廷缴纳任何赋税，对于庶族地主而言，需要负担巨额的赋税，很多庶族为了不缴纳赋税，会用钱财买通当地官员，然后冒充士族地主。于是大齐开始严查黄籍户口，上面清楚地记载着家族的历史和阶层，只要翻阅一遍，连本家的家底都能查出来，凡是有弄虚作假者，一律斩首。风水先生唐寓之因查户籍而被迫起义。唐寓之是个有城府的人，他先命能工巧匠给自己偷偷打造了一个金印，又让人到处散播自己有帝王之相，等知道的人差不多了，就在新城揭竿而起，瞬间就有四百多地主响应，起义队伍迅速壮大到十万人，历经三年时间才被镇压。

调查完成后，我让长史制定一系列改革的措施，要包罗万象，涉及社会的各个方面，并且要立即推行。这些长史都很是惊讶，新来的长官们一般都要调查，一路上通常是吃吃喝喝，吟诗赏景，调查完了就完了，

后面就是"按既定方法办",刺史在府上一般不需要做什么实际工作。但显然我的目标远大,有大事要办,那些下属们只好满脸幽怨地去施行各种新政了。

新政下达后,社会发展,百姓富强,于是我让心腹张弘策加强武备,这里是边境地带,北虏随时可以打过来,没有充分的战斗准备怎么行?我们召集骁勇之夫上万人,进行军事化训练,怎么出操,怎么行军,怎么杀敌,那都要一丝不苟;大量砍伐树木、竹子,将建造大型船只所需的材料,沉于檀溪之中,以备不时之需;收集粮食、草料等军需用品,将它们堆积得如山冈一般。中兵参军吕僧珍是个聪明人,他准备了船橹数百张。

(三)呼兄喊弟

长兄当父,这是孝道的应有之义,我们家自从父亲离世后,就一直唯大哥马首是瞻。这时候,我的哥哥萧懿被免去益州刺史之职,但仍然掌管郢州事务,于是我派张弘策去拜见大哥。

张弘策:"大哥在益州为国为民,劳苦功高,老百姓的口碑太好了,听说他们还为你建了懿王塔呢!"

萧懿:"沽名钓誉的事就免了。我弟可好?"

张弘策:"他正在深思呢。如今朝中六位权贵当朝,各自发号施令,互相争权夺利,反目成仇,理当会相互图灭。"

萧懿:"以前顾命的人也比较多。"

张弘策:"当今皇上从做太子起就没有好声誉,他轻慢身边的人,凶悍残忍,怎么肯把朝政委托于他们六人,而自己只有虚位,凡事但作允诺而已呢？时间一长，皇上猜忌之心必生，而猜忌积久，必定要大行诛戮。"

萧懿："我二弟考虑得很深呢！"

张弘策："始安王萧遥光想充当晋代赵王司马伦的角色，其形迹已经可以看得出来，然而其性格多疑、气量狭小，只能白白地成为祸害之由。"

萧懿："目前朝堂上也只有依靠始安王了。"

张弘策："那萧坦之嫉贤妒能，处处想凌驾于别人之上。"

萧懿："他觉得自己也姓萧！"

张弘策："而徐孝嗣受人牵使，江祐江祀则优柔寡断，刘暄则更是个糊涂软弱之人。有朝一日，祸乱爆发，朝廷内外必将土崩瓦解，支离破碎。"

萧懿："张将军的分析有道理。"

张弘策："你们兄弟驻守外藩，应该为自身有所计谋。趁现在他们互相之间的猜忌、提防还没有开始，你们应当把几个弟弟全都叫到身边来，不然的话，恐怕到那时候就会走投无路了。"

萧懿："可以考虑考虑。"

张弘策："郢州在地理上可以辖控荆、湘，雍州则兵马精干强壮，如果天下太平，我们就竭诚为朝廷效力；如果天下大乱，凭我们的力量足以匡济天下；审时度势，该进则进，该退则退，这是确保万无一失的计策。"

萧懿："这话有点过了！"

张弘策："如不及早打算，到时候后悔就来不及了。"

萧懿："忠孝乃我家立身之本！"

张弘策："以你们兄弟二人的英武，天下没有人能够匹敌，如果依

据有郢、雍二州，为老百姓请命，废去昏庸之主，另立圣明之主，确实易如反掌，不愁不能成功。这件事一旦成功，可以比得上历史上齐桓公、晋文公所创立的业绩。所以，你们应该立意创此大业，不要被竖子鼠辈所欺，以致在身后被人所取笑。"

萧懿："张将军言过了！"

张弘策："雍州这边条件已经成熟，正在准备，希望您也好好地思谋一番。"

萧懿很惊异，沉默不语。

一个人的转变是需要时间的，尤其是思想深处的大转变。于是，我又派张弘策去建康，将我弟弟骠骑外兵参军萧伟、西中郎外兵参军萧憺接到襄阳，加上此前的萧畅，我们四兄弟开始谋划安邦定国的大计策。

第八卷

鄱阳公反了

　　敢为人先的萧宝卷在抓紧时间玩乐的同时，也让梅虫儿等近侍时刻盯牢了朝堂，看看谁有谋逆的行为或是有谋逆的想法，又有谁可能会有谋逆的想法。是啊，人心隔肚皮，有些人表面上看是你的心腹，是你的朋友，是你的"粉丝"，背地里却给你猛出一拳，暗放一箭，还是萧鸾说得好，做事不可在人后，要果于诛杀。事实上，萧鸾任命的那几个顾命大臣已经去见萧鸾了，下一位会是谁？一天，梅虫儿给萧宝卷递来一个案卷。

大齐干部履历表

姓名：陈显达

出生年份：427 年

任职经历：初仕刘宋，为前军幢主，随中领军沈攸之北伐，拜濮阳太守。后追随齐高帝萧道成，平刘休范、沈攸之叛乱。南齐建立后，拜护军将军，先后担任南兖州、益州、雍州、江州刺史。平定益州叛乱，平定桓天生之乱。参与废黜萧昭业，拥立齐明帝即位，拜太尉兼侍中，封鄱阳郡公。

萧宝卷认真想了想，这与他的预期不谋而合，这个独眼将军，我都让他当太尉了，他年龄也一大把了，不在江州好生待着，偏偏要往我的屠刀上撞，那我也就不客气了！

第一章　独眼一将军

我陈显达活得太长了！我躺在江州的府邸里，感觉身强体壮，现在是499年十月，已经七十二岁的我，前些天得了急病，我哈哈大笑，真是老天有眼，终于可以去会会王敬则了，听听他的想法。左右为我请来了一个又一个医生，我一律谢绝，绝不看病，绝不吃药，这是上天恩赐给我的让我离开的好机会，这正是我求之不得的。可是在病榻上躺了半个月，我竟然神奇地自愈了！这瞎了眼的老天！

在病榻上我认真思索，在我们南朝的历史上，什么最难当？那无疑是将军了。你要经受战场的洗礼，如今连年征战，一会儿和北方的鲜卑军作战，快马如风，飞箭如雨，万一有支箭飞进眼睛里，你就成了独眼了；一会儿和谋逆军作战，你来我往，知己知彼，万一有支军队攻下建康，你的帽子又要换了；一会儿和起义军作战，杀人如麻，横尸遍野，如果你的心底柔软，饥荒的种子就会随处发芽。你还要经受朝堂的挤兑，那里陷阱遍地，阴云密布，阴谋阳谋，笑里藏刀，其惊险程度胜过战场，只要稍一松懈就可能人头落地。关键是你要迎接皇上审视的目光，你今天攻敌城，明天斩贼首，为国冲锋，为主挡箭，好不容易让皇上觉得你精忠报国，可英勇威猛的开国主子也驾崩了。对于陌生的新主子，你又开始今天表忠心，明天喊万岁，带头鼓掌，热烈拥护。好不容易让新皇上觉得你看起来顺眼了，你刚放心喝口水，那龙椅上又换了一位新主子，就这么万岁来万岁去，今天的主子觉得你的口气非常诚恳，明天的主子却可能觉得你的口气过于虚伪。

罢罢罢，白发苍苍的王大司马被迫跨上战马，背上谋逆的名声，七十三岁时被斩于马下。其实他对战场还不太熟悉，我大齐要论打仗最多，那肯定非我莫属了。虽然年初我好不容易跑到战场，主动向北虏挑起了战争，最后也"如愿"打了败仗，目的似乎实现了一半，辞官未成，外迁江州。就这样在江州似乎过上了安静的日子，但建康的朝堂似乎更凶险了，随着始安王的人头落地，一大批顾命大臣、开国功臣被灭族，这杀伐之气弥漫建康，充斥着整个大齐，我刚刚稍安的心又明显跳动加快了。还是得想个办法，再次回到我熟悉的战场，那样死了心里也踏实。于是我闭上眼睛，躺在太阳下，回首我尘封的战场岁月。

（一）焦墟之战

467年，我从小兵混到四十岁，终于因功成了前军幢主，当然之前已经打过无数次仗，和我一起当兵的已经所剩无几了。我奉中领军沈攸之之命率千人驻守焦墟，八月领兵北出，魏将孔伯恭率步骑一万迎战，并将前战所败受伤者送还以沮其气。我引兵前去迎接，并在睢清口设伏，但主帅沈攸之在下邳被孔伯恭击败。我一边阻击孔伯恭，一边救援沈攸之，之后退驻淮阴，挡住了北虏的攻势。

（二）建康之战

474年，桂阳王刘休范举兵起事。五月十六日，率众二万自寻阳出发，昼夜兼程，直扑建康。右卫将军萧道成率军迎战，我与其他将领率舟师与刘休范军接战，颇有收获，刘休范当场被斩。萧道成派我自查浦渡淮，缘石头城北道入承明门，屯东堂，大破残敌于杜姥宅。作战中，飞矢贯穿我左眼，拔箭而镞不出，但我仍带伤作战。从此我就成了独眼将军，也因功被封为丰城县侯，邑千户。

（三）巴丘之战

477年，车骑大将军沈攸之以萧道成杀君另立为由，举兵反萧。我派军增援萧道成。两长史劝我说："沈攸之拥众百万，胜负之势未可知，不如保境蓄众，分遣信驿，密通彼此"。我当即斩杀二人，并写信给萧道成，表示归附。萧道成以我为使持节、左将军。我进至巴丘，扫荡了沈攸之残部，因功升为散骑常侍、左卫将军，又转前将军。

（四）益州平乱

时益州大度僚，恃险起事，历任益州刺史均无可奈何。高帝于是派我出任益州刺史，484年，遣使责令大度僚以租粮财物赎罪。大度僚首领拒绝："两眼刺史尚不敢调我，况一眼乎！"并杀其来使。我分遣将吏，声言出猎，于夜间偷袭大度僚，将男女老幼一律斩杀。此后，益州山夷被镇服，无人再敢作乱。我因功被征为侍中、护军将军。

（五）南阳之战

487年，桓天生自称是桓玄的宗人，与雍、司二州蛮族联合起事，占据南阳故城，请魏发兵南攻。武帝命我率军征讨，雍、司诸军均受我节度。桓天生引魏兵万余人至泌阳，我与其战于深桥，大破魏军，杀获以万计。不久，桓天生又引魏兵攻我舞阴，我派军反击，杀其副手张麒麟，桓天生受伤退走。

（六）隔城之战

488年，桓天生又引魏军出兵隔城，我率军将其击破，进围隔城。桓天生引魏步骑万余人来战，被我军击败，损失两千人。接着，我军攻拔隔城，斩其襄城太守，俘杀大半，桓天生逃走。魏军筑城于醴阳，不久被我攻拔，之后桓天生起事终被剪灭，我进号征北将军。

在熟悉的战场上，我所向无敌，胜多败少。看看如今风险丛生的朝堂，那血淋淋的屠刀早已举起，我还是应该跨上战马，哪怕是死在战场，也是魂归其所。

第二章　正反两皇帝

历史上富有学识、品德高尚的人很多，孔子是儒家的"大咖"，屈原是忧国的榜样，孔融是谦让的模范，关羽是忠义的化身。当然，就像硬币的两面，历史上反面的典型也很多，有大字不识的皇帝，有里通外国的奸臣，有抢夺一切的恶霸，有不忠不孝的逆子。南边我大齐的皇帝是不理朝政娱乐至死的典型，北边北魏的皇帝却是连年征战劳苦功高的模范，这一对冤家相遇，鹿死谁手理论上早已确定。

（一）娱乐高手

我大齐皇帝萧宝卷上岗一年了，上朝议政只有屈指可数的几回，他每天心心念念的只有他的各种爱好。

建市从商。在皇上萧宝卷的众多爱好中，做生意绝对是排在第一位的。他在皇宫中清理出一大片地方，然后建造了一条"商业街"。里面饭店、旅馆、茶馆、布店应有尽有。设置了这么多铺子他觉得不过瘾，还立了一些规矩。买卖东西的太监宫女必须要讨价还价；还让每个店铺都弄一些假冒伪劣产品，刻意制造市场矛盾，等纠纷发生自己再从中调停。除此之外，他还弄了一队人马做城管，管理"商业街"。最后，萧宝卷觉得这样没意思，又带领妃子自己开店，卖酒卖肉。

偷东盗西。虽然天下都是皇帝的，但萧宝卷还是想去享受偷的过程，萧宝卷每个月有二十多天不在宫中，带人挨家挨户地偷东西，经过富裕人家时，萧宝卷往往要进去洗劫一空，对穷人家也下得了手。萧宝卷偷东西还有一个讲究，就是不能让老百姓看见，如果恰好被看见，只能杀人灭口。因此每次皇上偷东西时，当地官员就会驱散老百姓，为皇上偷盗行个方便。

扮猫捉鼠。一次偶然的机会，萧宝卷发现皇宫里有老鼠，于是灵光乍现，自己带领了一票人马满皇宫抓老鼠，秉着"只要发现绝不放过"的原则，闹得皇宫人仰马翻。

杂技表演。萧宝卷从小酷爱杂技，即位后更加迷恋。他对一些旧的杂技节目进行搜集、改进、总结，还创作了许多新节目。他仗着自己力大如牛，能挽三斛五斗的重弓，又能在牙齿上驾驭白虎幢。将七丈五尺长的木制道具扛在肩上，任凭演员在上面翻腾，他能纹丝不动。就是这样，他还是不满意，改用牙齿叼撞木，弄得牙齿松动，满口是血，却从不认输。萧宝卷为了演杂技，还亲自为自己设计制作了一套戏装，尖顶黄色小帽、紧身及膝短衣、红腰带，浑身上下缀满金花玉镜。他常身穿这套戏装，在后宫打打闹闹，嬉笑怒骂。为了制作道具和服饰，他下令民间交纳雄雉毛、白鹭毛，等等，名目多达百余种。

纵马狂飙。皇上养有众多的宝马，不是用于战场，而是用来飙车，并且他更爱晚上飙车，每每到了深夜就会驾车出宫找刺激。皇上飙车只爱上直道，万一前面有东西挡着那就要拆掉。他又不想让别人看见自己

强拆的事，所以看见的人都要被杀。这可是给值夜的官员带来了麻烦。只要到了深夜，发现皇帝有动静，值夜官员就会提前疏散附近的人。有一回，一个和尚因为腿脚不便没来得及躲避，萧宝卷直接让人把他射成了刺猬。他还喜欢在夜里三四更出宫，搞得鼓声四起，火光烛天，幡戟横路，士民喧走，百姓无不震惊，啼号遍道，萧宝卷而自鸣得意。

三寸金莲。近侍茹法珍、梅虫儿等为萧宝卷选了美女数十名，充入后宫。有一个叫潘玉奴，本是歌妓，深受大司马王敬则喜爱，大司马被斩后，他的好东西被七七八八瓜分了，潘玉奴也由梅虫儿呈送了皇上。她妖艳绝伦，如雨后云雾冉冉，腰肢柔媚，似风前柳带纤纤；一双眼秋水低横，两道眉春山长画，肌肤映雪，乌发如缎，最让人销魂的地方，便是裙下一双小脚，不盈一握。萧宝卷对她极其宠爱。之后潘玉儿所有的服御，极选珍宝，千万亿亦在所不惜。相传潘玉儿的一个琥珀钏，就价值一百七十万。潘玉儿宫中的器皿，皆由纯金、纯银打造。内库所贮的金银不够取用，就从民间收购。一时间金银宝物，价昂数倍。萧宝卷令京邑的酒租，折钱为金。潘玉儿也任情挥霍，不知节省，今天要这，明天要那，驿道上的使者络绎不绝。每当萧宝卷与潘玉儿出游，萧宝卷令她乘舆先驱，自己骑马，当她的侍卫。尤其是她那双玉足，号称"三寸金莲"，听说建康上下女眷，开始群起裹脚效仿了，是的，上有所好，下必甚焉，楚王好细腰，宫中多饿死。

（二）仓皇将军

自从去年大司马王敬则被诛后，全国的军事老将都纷纷坐不住了。以前明帝大肆杀害众王爷，那是皇室龙椅之争，众大臣看热闹就可以了，但此次杀王敬则，就是开始杀开国功臣的风向标，众多开国将领一齐恐慌，下一位轮到谁了？

我认为肯定轮到我了！王敬则被诛时已经七十三岁了，而我只比大司马被诛时小一岁，我在明帝当朝时常常心怀不安，深自谦退，乘坐腐朽的旧车，出行使用的仪仗队不过数十人。一次侍宴，酒后我启奏明帝说："臣年已老，富贵已足，唯少枕枕死，特就陛下乞之。"明帝当即失色："公醉矣。"前年我又以年老告退，明帝不许。这次趁明帝刚刚咽气，惊弓之鸟的我立即逃出建康，带兵再讨北魏。

其实第三次南北战争已经告一段落，北虏在占领我大齐五郡后就偃旗息鼓了，由于我大齐刚刚明帝驾崩，新皇帝也不太理事，至于寸土必争国仇必报等观念那时还没有建立，而我却天天在皇帝面前软磨硬泡，说什么为明帝报仇雪恨，什么一统江山。萧宝卷看着满头白发的太尉兼侍中，也不知道我到底说的是什么，挥挥手就答应了。兴高采烈的我骑着高头大马，离开了肃杀之气浓重的建康，向自由奔放的战场义无反顾地杀了过去。

时隔半年，我大齐建立后的第四次南北大战正式打响！其实前几次南北大战无一例外都是北虏挑起的，我们大齐一直是被动防御，只这次例外，还破天荒是个满头花白的老头儿当主帅。498年底，我任使持节，率领四万大军向襄阳进军，企图收复先前被北魏攻占的雍州五郡。次年正月，我率平北将军崔慧景等部率先发动进攻，在襄阳外围打了几场胜仗，清除了一些北虏建立的城戍，之后包围了马圈城。

马圈城的守将是元英，字虎儿，自小聪敏好学，博闻强识，是北魏宗室名将，上次南北大战时，在汉中率军击败我大齐号称"百胜将军"

的萧懿，之后加号安南将军，封广武伯，迁大宗正，又转尚书，仍本将军，镇守荆州。元英觉得那南边的汉人从来就不敢主动挑战，于是放马南山，解甲归田。可是太阳偏偏从西边出来了，南边的军士不声不响地就打了过来，元英一时没有准备，兵少将寡，只能节节败退，最后退到马圈固守。

其实我也不着急，在战场上我是最安心的，何况战场的主动权在我手里。于是我在城下扎营，每天只围不攻，搓搓背，洗洗澡，舒服一秒是一秒，只想这样的安稳踏实的日子过得久一点，但愿那元英能坚持得长一些。可是事与愿违，那马圈城很小，那北房准备的粮食等物资储备太少，我都悄悄地向城中送过几回粮食了，但总不能给朝廷留下口实吧！到了第四十天，城中粮食终于吃尽，人们只好吃死人肉和树皮。二月二十七日，元英带领人马突围逃走，被我大齐军队斩获上千人。我收复了马圈城，又派军攻克了附近的南乡，之后就在这里安心驻扎，多过几天安心舒适的日子总是好的。

（三）累死皇帝

499年四月初一，我十六岁的大齐皇帝萧宝卷怀抱着他的潘玉奴，正在和梅虫儿等一帮近侍游戏玩乐，而北房三十二岁的年富力强的孝文帝却在前线的谷塘原累死了。都是皇帝，两人的命运为何大相径庭呢？

早在二月初五，北魏就任命咸阳王元禧为太尉，之后孝文帝和元澄就第四次南北战争进行讨论。

孝文帝："那陈显达率兵来侵扰，朕如果不亲自出征，就无法抵制住他。"

元澄:"自古兵来将挡,讲究对等。区区一个老将,看情形他也不是来拼命的,让元英杀个回马枪,也就够了。"

元禧:"这些年皇上天天操劳,我们做臣子的惴惴不安,这次由我们代劳就可以了。"

元勰:"皇上劳累成疾,吃了许久的药了,身体欠安,宜静不宜动,还望皇上以大局为重。"

但元宏显然是坐不住的主,他的兴趣就是骑马打天下,以前总害怕没有机会,于是没有机会创造机会也要出征,何况这次机会是自己送上门来的。三月初四,孝文帝率兵从洛阳出发,任命元勰为使持节、都督中外诸军事;命令于烈留守洛阳,右卫将军宋弁兼任祠部尚书,代理尚书七兵曹事,协助于烈。

初七,北魏孝文帝到达梁城。我派助手崔慧景进攻北魏顺阳,顺阳太守张烈顽强固守,孝文帝派遣振威将军慕容平城率领骑兵五千去援救张烈。二十一日,北魏孝文帝到达马圈,并命令荆州刺史广阳王元嘉截断均口,以阻拦我军的退路。

舒心的日子总是短暂的,我赶紧留五千兵坚守马圈城,亲自领兵渡过均水,到达西岸,占据了制高点鹰子山,并在山上修筑城堡。虽然我有四万将士,之前也一直打胜仗,但是元宏却率领了浩如沙海的二十万将士,那些鲜卑铁骑,一直是我大齐步卒的噩梦。由于士气不振,人人情绪低落,心存恐惧,与北魏军队交战数次,都是屡战屡败。这时北魏武卫将军元嵩除去甲胄,带头冲锋陷阵,其他将士们紧随而上,打得我们溃不成军。二十二日,我的军主崔恭祖、胡松不由分说,用乌布幔把誓与阵地共存亡的我装进去,由几名军卒抬着,抄小道从分碛山出均水

口向南逃去。二十三日，北魏收缴了我们丢弃的不计其数的军用物资，全部分赐给自己的将士们，又追击我军至汉水，然后才返回。我的左军将军张千战死，士卒阵亡的有三万多人。我素有威名，但是这次却一败涂地。御史中丞上奏朝廷请求罢免我的官职，我也自动上表请求解除职务，但那时始安王还在，他们商议后答复说："昔卫青、霍去病出塞，往往无功，冯异、邓禹入关，有时亏丧。况公规谟肃举，期寄兼深、见可知难，无损威略。方振远图，廓清朔土。虽执宪有常，非所得议。"朝廷没有罢免我，只改任我为江州刺史，孤军奋战的崔慧景也丢弃顺阳逃跑回来。

我是打了败仗，但北魏孝文帝也病危了，二十四日，北房大军北还，到达谷塘原时，孝文帝给太子写下诏令，任侍中、护军将军北海王元详为司空，镇南将军王肃为尚书令，镇南大将军广阳王元嘉为左仆射，尚书宋弁为吏部尚书，令他们与侍中、太尉元禧以及尚书右仆射元澄等六人共同辅佐朝政。

四月初一，孝文帝因病崩于谷塘原。当时彭城王元勰与任城王元澄一起商谋，考虑到我逃离得还不太远，恐怕我知道孝文帝的死讯后要回过头来攻击，所以决定秘不发丧。数日之后，到达宛城，太子到达鲁阳，遇上了孝文帝的灵柩，这才正式为孝文帝发丧。四月十二日，太子元恪即位，大赦天下。二十一日，北魏安葬孝文帝于长陵，庙号高祖。

第三章　沙场三十天

　　世上杀人最多的地方在哪里？一个是战争前线，想那秦将白起，一次就坑杀赵卒四十万，那场面是何等的壮观！心情是何等的亢奋！这些年，我们和北房年年都要打上一仗，我大齐的男儿，绝大部分都死在了淮河长江沿岸。一个是朝堂，最近在华林苑被斩杀的人，到底有多少，十个指头反复数都数不过来。我总觉得，皇帝现在的主要工作，似乎就是不断杀人。作为耀世名将，你愿意被诛于朝堂，还是就义于沙场？答案早就不言自明了。

（一）喝酒表演

　　499年九月二十日，皇上因为频繁地诛杀大臣，为了稳定人心，诏令大赦天下。可是刚过了两天，他就憋不住又开始杀人了！

　　枝江文忠公徐孝嗣，是六位顾命大臣中活着的最后一人，他现在当然不敢去朝堂辅政，每天战战兢兢，想着如何为自己保命，听说皇上下了大赦天下的圣旨，终于长舒了一口气。虎贲中郎将许准是徐孝嗣的心腹，这段时间天天到徐府，给他讲述时事要害，劝他废了昏君，另立新

帝。徐孝嗣难以决断，以为欲行此事一定不能动用干戈，必须是等待皇帝出游的机会，关闭城门，召集群臣百官一起商议后，再把皇帝废掉。他虽然有此想法，但是终究不能依决策而行。皇上身边的那帮宠信之徒也对徐孝嗣心生厌憎。

西丰忠宪侯沈文季虽然才立了平叛的大功，但想那带头平叛的萧坦之还不是被诛杀了？于是他以年纪大且有病在身为由，不参与朝政，天天在府上喝茶。侍中沈昭略对他说："叔父你年纪才六十，身为仆射而不管事，你想以此而免祸自保，岂能办得到呢？不如有所作为，先下手为强。"沈文季笑了笑，没吭声。

十月二十三日，皇上把徐孝嗣、沈文季、沈昭略三人召入华林省议事。沈文季上了车子，回过头来说："此行恐怕有去无回了。"当然预感是准确的，皇上其实没什么大事要议，只是请他们来喝酒——要命的毒酒。在最后的时刻，大家当然要讲讲心里话。

沈昭略愤怒不已，骂徐孝嗣说："废掉昏君，另立明主，这是从古到今的章法，全因你这做宰相的无能，以致我们才有今日。"

其实徐孝嗣已经活得很通透了，他早已看透了人生。他的父亲徐聿之在前朝宫廷政变中被杀，孝嗣遗腹，故不死；母亲为了改嫁，千方百计想堕胎，可是始终未果，诞生后取小字遗奴。徐孝嗣回答说："冤有头债有主，之前一直想跟你的仆射叔父沈文季联手废帝，但令叔却婉转拒绝。"

沈昭略当然不知道谁是"头"谁是"主"。是啊，我们都是权力的奴仆，书本上一直教导我们，天命难违，君为臣纲，以大局为重，舍小家顾大家，结果我们的头颅越埋越深，膝盖越跪越软，明明知道权力巅峰的主谋杀人无数，却还要为之避讳，为之开脱，转而找一个惹得起的对手，将所有账目都记在他的头上。沈昭略听了徐孝嗣的话更加愤怒，把酒瓯砸到徐孝嗣脸上说："我让你死了也做一个破面鬼！"

徐孝嗣酒量大，害怕喝不死就受苦更多，索性一气喝了一斗多毒酒。徐孝嗣的儿子徐演娶了武康公主为妻，另一个儿子徐况娶了山阴公主为妻，按大齐律例当在被赦之列，但现在皇上周边的亲信，也没有任何人熟悉和在意律例了，皇上的金口就是最大的律例，于是两兄弟均被杀。他还有一个女儿，嫁与雍州刺史萧衍的第七子萧绎为妻。

听说抓捕的人来了，家中人劝沈昭略的弟弟沈昭光逃走，但是他不忍心丢下自己的母亲，就进入屋中依依辞行，拉着母亲的手低声哭泣，抓捕者进来从后背一刀把他刺杀，刀锋直进他母亲的胸中。沈昭光的侄儿沈昙亮逃走了，得以幸免，但听说沈昭光死了，叹息道："家门遭受如此屠灭，我还活着干什么？"于是举刀自杀。

（二）魂归战场

498年四月，王敬则反叛，当时我正率兵抵抗北魏。与王敬则相比，始安王萧遥光更加怀疑我，一天，他在明帝病榻前与明帝相商。

明帝："北虏百万雄兵，似有灭国之态，而王贼却趁势而反，奈何？"

萧遥光："兵来将挡，水来土掩，北虏虚张声势，倒不必虑。"

明帝："天运在我，这倒也是，那王敬则能坚持几日？"

萧遥光："王敬则沽名钓誉，战场不是他的强项，您只需振臂一呼，贼头自会送来。倒是另有祸端，不可不防。"

明帝："没听到其他异动吧？"

萧遥光："我大齐最能征善战者，非显达莫属！目前他手里有兵！"

于是明帝就想把我的军队召回，恰好王敬则叛乱短时间内就被平定，回朝的金牌就没有传递。北虏休战后我回朝休整了几个月，那时龙椅的主人变换，之后是朝堂的混乱，听到此前关于自己的传闻，于是我找准机会，就又带兵上前线去收复失地了。

我本来是想在江州体面等死的，可是上天不给我这样的机会，现在连无罪的尚书令都被诛了，哪里还有我生存的缝隙？前些天，又风闻朝廷准备派兵来袭击江州，那就不必再忍了，让我这奄奄一息的身躯和大齐一起埋葬吧！

499年十一月十五日，我在寻阳起兵。起兵是天大的事，按理应该充分准备，但我从没有反意，当然"准备"二字就无从谈起，现在朝廷已经要动手了，人们都会做出反应，那我也只好反应一下，顺应朝堂的意愿，配合他们把最后的一幕"造反"大戏演好吧！造反历来应该有个原因吧，什么"大楚兴、陈胜王"，什么"汝可取而代之"，在紧要关头，至少"檄文"应该有一封吧，平时我也不太喜欢文人，对吟诗唱和之类丝毫不感兴趣，现在临时抱佛脚，要写个花里胡哨的"檄文"真还不容易，只能死马当作活马医，让平时文采就不咋样的长史动笔了。

赶鸭子上架，那长史庾弘远好不容易写了一份，我也懒得看了，于是再抄若干份，给京城的王公贵族送去。

诸君足下，我太祖高皇帝睿哲自天，超人作圣，属彼宋季，纲纪自顿，应禅从民，构此基业。世祖武皇帝昭略通远，克纂洪嗣，四关罢险，三河静尘。郁林、海陵，顿孤负荷。明帝英圣，绍建中兴。至乎后主，行悖三才，琴横由席，绣积麻筵，淫犯先宫，秽兴闱闼，皇陛为市廛之所，雕房起征战之门。任非华尚，宠必寒厮……

信很长，列举了皇上的罪恶行径，还写了"准备拥立建安王萧宝寅为帝，待京中诸害一除，就西迎建安王登基"。后来在战场上，有个归隐的老朋友到我营帐，点明了我"檄文"中的两个要害：一是打击面太宽，什么"除尽京城诸害"，建康一众王公大臣，谁没有干过坏事？谁知道我心中的诸害包不包括他？况且我是寒族，身登太尉高位，那些高门豪族早看我不顺眼了，还是先"同仇敌忾"把我灭了稳当些。二是统一面太窄，造反只需一个主要敌人，其他人都是团结拉拢的对象，都应该结成统一战线，而我的檄文中，以及在此后的行动中，并没有广泛联络，争取各方同情，而是准备孤军奋战，那各州刺史、各位军主，谁会和我并肩作战呢？

我一听，不就是一篇文章吗？原来还有那么多讲究？看来没文化，没有过硬的军师，没有"卧龙先生"，那天下是真的难打。反正我也志不在天下，志不在胜利，只是咽不下"横死"的这口气罢了。木已成舟，再写一篇檄文也是枉然，那就听天由命、义无反顾地勇往直前吧！

十一月二十四日，萧宝卷任命护军将军崔慧景为平南将军，督率诸路军队攻击我，后军将军胡松、骁骑将军李叔献统领水军占据梁山，左卫将军左兴盛督率前锋军队驻扎在杜姥宅。

我从寻阳发兵，于月底到达采石，这是进攻建康的门户，是京城的军事重镇，胡松率军五千驻扎在这里。那胡松是我的老部下，以前他是个小兵，一路跟着我南征北战，算是挺能打的，他手下的那些兵，也是我以前招募的，一看老元帅过来了，哪里还有动刀动枪的道理？那胡松像模像样地在阵前杀了几个回合，就率领队伍逃跑了，也算是给我一个

面子，但丢了建康最重要的屏障采石。消息传到建康，朝中一片震惊，皇宫更是惶恐不安。

十二月十三日，我乘胜前进，率部一万多人到达新林。前边守将是左兴盛，去年的王敬则起事，他也是平叛骨干，我又率队做几个冲锋，新林也就攻下了。于是我在长江岸边设置了许多火堆，准备夜间率军偷渡过江，去袭击宫城。

（三）廉颇老矣

十二月十四日，我带领一万人马登上落星冈，昔有大星落于此，因以名之，在这里就能够看到远处金碧辉煌的皇宫了。驻守在附近新亭的诸路军队看到我的大旗，都拔腿往回跑，宫城之内大为恐惧，只好闭门设守。

我骑马执槊，带领几百名步兵，与朝廷军队开战，先后冲锋两次，我方大胜，我还亲手斩杀了好几人，但不幸的是手中的槊折断了。这时，朝廷增援的军队开过来了，我的几百前锋抵抗不住，只好往回撤退。

撤到西州之后，遇到骑官赵潭，他找准机会将手中之槊向我投射过来，我左右无护卫，力战后尚未恢复力气，加上年老不支，无力躲闪，不幸被击中……

同期声　萧衍：研究案例

我悠闲地坐在雍州的府邸里，气闲若定地看着建康朝堂发生的一切，上半年是始安王起事，之后是诛杀各路朝臣，令人意外的是掌管天下之兵的陈太尉也起事了，但他也同之前的起事者一样，只坚持了三十天！

（一）一个好人

太尉陈显达显然只想安静地度过晚年，结果却只能"横死"，还被扣了一顶谋逆的帽子，他的几个儿子也都被问斩。长史庾弘远在朱雀航被斩。将要行刑之时，庾弘远要来帽子戴上，说道："当年子路把冠缨系好而死。我也不可以不戴帽子死去。"他又对观看的人说："我不是反贼，而是起义军，为的是替诸军请命。陈太尉太轻率了，如果他采纳了我的意见，天下就可以免于陷入水火之中了。"庾弘远的儿子庾子曜，抱着他的父亲乞求代父一死，但是与其父一同遭到杀害。陈显达死后建康连下大雪，听说居然没有一粒雪降在他的首级上。其实陈太尉真的是一个好人，他的那些经典故事一直在大齐流传。

禁术治伤。陈显达在攻打杜姥宅的作战中，被飞矢贯穿左眼，拔出

了箭身但未拔出箭头。相传当时地黄村有一个姓潘的老妪善于禁术,她在柱子上钉上一枚钉子,然后在周围徐徐走动,钉子便被拔了出来,陈显达闻知,便请她把自己左眼中的箭头拔了出来。

谦恭静退。陈显达为人谦厚有智谋,自知出身低微而位居高位,每次升迁都有愧惧之色,陈显达告诫他的十余个儿子:"我本来的志向并没有到如今这个地步,你们不要凭借自己富贵就欺凌别人"!陈显达对儿子郢府主簿陈休尚说:"麈尾蝇拂是王、谢家物,汝不须捉此!"当即在儿子跟前烧掉了这些东西。

劝帝止杀。498年正月,齐明帝患病,认为近亲寡弱,忌惮高帝、武帝的子孙。时高帝、武帝的子孙犹有十王,每次退朝,明帝都发出一声叹息:"我及司徒诸子皆不长,高、武子孙日益长大。"所以明帝想除掉十王,并问计于陈显达,陈显达说:"这些人无才无能,与草民且不如,用不着忧虑。"明帝便放弃此念,在始安王萧遥光的坚持下,明帝最终诛杀十王。

(二)一个教训

我现在最感兴趣的事,就是研究案例。这些难得的大事件,像一幅画卷般徐徐展现在我的眼前,怎么举事,如何动员,行什么险棋,走什么路线,都有现成的"师傅"在煞有介事地演给你看。陈太尉以及此前的王敬则、萧遥光,声势浩大的举事转瞬就被平息,局外人惊讶,看不懂,但坐在观众席第一排的我,认真思考后认为,失败的主要原因是准备不周。

要将造反这件天大的事张罗好,陈太尉还缺少一些东西。

一个口号。常言说得好,言不正则名不顺。什么"大楚兴陈胜王",什么"清君侧",反正要打出漂亮的标语,喊出动人的口号,百姓才会热烈拥护,才会真心赞成,才会踊跃参与。如果你不抢占话语权,那谋逆、造反的帽子一压过来,你就是天下最坏的人,人人诛之。王大司马还知道"清君侧",拥护他的人有很多。

一支部曲。陈太尉有一支万人的军队,可惜那些军士姓萧不姓陈,他们名义上是大齐的子弟兵,吃的是皇粮,只是由陈太尉代管罢了,这陈太尉要起事,那可是掉脑袋的活,最开始大家要服管,并不敢公开站出来反对,但上了战场就不一样了,他们当然没必要硬拼,有空就会抓紧时间逃跑。于是万人的部队最后是越打越少,到建康时太尉身边就只有几百人了。

一堆朋友。造反是个复杂的工程,是推翻旧世界,建设新世界,哪里有那么容易?一个人的能力是有限的,需要各方面人才的辅佐,看那刘邦,能力有限,可他最大的能力就是容人和用人。反观陈显达,他既没召集参谋军师同甘苦,也没联络左右的刺史共进退,视举事如儿戏,将战争当作平常之事,即使是掌管天下之兵的太尉,又焉能不败?

(三)一件大事

认真一想,其实这也是好事,凡是有一次起事,我大齐就要伤筋动骨。算起来,大齐已经有好多次谋逆事件了,前些年频次还少一些,都是一些没有实权的藩王作乱,最近却是掌控实权的将军起事了,为了国家的振兴繁荣,我得抓紧做准备了。

还是不太放心,我决定再去虎头山观景。襄阳群山环抱,风景秀

美，有琵琶山、虎头山、尖山等，层峦叠嶂，山与山之间是大片的平地草甸。张弘策陪我骑着汗血宝马急促而行，如今我雍州最不缺马，年前在边境我们和北魏进行互市，他们需要丝绸、茶叶等上好物品，我们则购买了五千匹上好的宝马，都养在群山之中，张弘策还挑了几匹汗血宝马作为我的坐骑，我看一点也不亚于关公的赤兔马。

山重水复疑无路，转过一个急弯，前边就人声鼎沸，杀声震天，上万名年轻力壮的士兵在这里搏杀演练。这些士兵姓萧又不姓萧，这话有点拗口，我是说这些士兵是我雍州萧刺史的私人部曲，并不是萧齐帝国的军队，一年前，我就在州内广泛招兵，对于保家卫国，男儿当然都很踊跃，我规定，凡是当兵的，全家的租役全部免除，军属还会受到各种优待，于是我在大山里，藏好几处营帐，专门用来演兵布阵，我还时不时地到各处视察，发表动人的演讲，开展动情的座谈，发放刺史的礼物，施舍萧衍的恩惠，培养他们的忠心。我还抽选各营武艺高强者，组成若干先锋敢死队，以备突击之用。最精锐的是五千骑兵，如今我们大齐军队最怕的就是骑兵，他们来去如风，长矛箭矢，步兵根本不是对手，我聘请了北魏的鲜卑高手当教练，于是幽静的深山中到处都是"嘚嘚"的马蹄声。

这些年雍州也不太平，交战的前线，一会儿北虏打过来，一会儿陈显达等军队打过去，有朝堂的军令在，各州的物资就源源不断地运到了雍州，附近我大哥所在的郢州也给了我很多物资，养活我深山中的那些人马应该不成问题。

天高宝卷远，让朝堂继续折腾吧。这大把的时间，一刻也不能浪费，为保家卫国，得继续抓紧做准备，以备不时之需。

第九卷

江夏王反了

时间过得真快,现在已是500年正月初一,皇上接见群臣的日子到了。但是皇上萧宝卷要和潘玉奴嬉戏,直到吃过中午饭之后他才露面,朝贺之礼刚一完毕,就立即回殿内西厢屋继续上午的活动。从巳时到申时,群臣百僚们站着等待皇帝,都站得腰腿僵直,因无法坚持而倒地,肚子也饿得咕咕地叫,等到起来朝见时,只好敷衍一通,匆匆收场,那些敬神、祭天、颁历书等传统仪式,一个也没有举行。

现在皇上很得意,越来越觉得自己厉害了,那两个反贼萧遥光、陈显达,来势汹汹,虚张声势,可是还没等皇帝怎么出手,三下五除二就被扫荡干净。本来听说北方那个鲜卑头目还有两下子,带着百万大军气势汹汹而来,可是似乎前线的战报还没来得及看,元宏那厮就死了。放眼世界,还有什么能阻挡皇上前进的步伐?大年初一的三更,他决定外出游走,尉司敲着鼓沿途走一大圈,一时鼓声四出,火光照天,幡仪兵戟横路。这时,建康市民们都在家过年了,民众听到鼓声就四处奔走,前后相随,老人小孩惊慌失措,哭喊声连成一片,路上拥挤不堪,处处禁止通行,人们被兵士斩杀。这时皇上骑着高头大马,穿着编织的胡衣胡裤，头戴薄金制的帽子，手执七宝槊，戎装束裤，冒着雪，遇上陷坑，也不避开，总是一跃而过。他纵马驰骋得渴了乏了，就从马上下来，解下腰侧挂的马勺，盛水喝一通，又上马狂奔而去。那些善于长跑的无赖痞子有五百个，称为"逐马左右"，这时一齐随马而跑，时而大呼口号，好不威风！

一时跑累了，皇上终于躺倒在一堆宦官、宫女的身体上休息，王宝孙赶忙递上银耳粥。这时皇上终于来了"理政事"的兴趣，让拿出些案卷看看。这个阉人王宝孙十几岁，眉目清扬，萧宝卷很宠爱他。他小巧玲珑，常坐潘妃膝上与之同饮；他还乱改诏书，控制大臣，连执掌机要的梅虫儿都怕他；他有时骑马入殿骂天子，萧宝卷也一笑了之。皇上一看居然有三份案卷，第一份是裴叔业的，第二份是崔慧景的，这都在意料之中，目前国内军功最显赫、资历最高的就是他俩了，第三份居然是他弟弟的！于是认真地看了看第三份。

大齐干部履历表

姓名：萧宝玄，字智深

出生年份：484 年

出身：齐明帝第三子，母亲为明敬皇后刘惠端

任职经历：494 年封江夏王，出任征虏将军，领石头戍事。495 年改任持节，都督郢、司二州军事，任西中郎将，郢州刺史。498 年还任征虏将军，领石头戍事，后进号镇军将军。499 年进号车骑将军，改任使持节，都督南徐、兖二州军事，任南徐州、兖州二州刺史。

第一章　反贼裴叔业

人生就像一道多项选择题，困扰你的，往往是众多的选择，而不是题目本身。我萧宝玄贵为皇弟，在普天同庆的春节，我江夏王府应该做些什么呢？

建康是我大齐的都城，人口百万，繁华昌盛，大家最盼望的就是过年。通常建康市民一到腊月就开始准备过年的物资，舂米、缝纫新衣；腊月二十三，做糖瓜和面条供给灶王爷，然后焚香烧掉灶王爷的旧画像，送灶王爷上天；二十四，打扫房间卫生，男人剃头，女人洗头洗澡，家家户户都要打扫环境，清洗各种器具，拆洗被褥窗帘，洒扫六间庭院，掸拂尘垢蛛网，疏浚明渠暗沟；二十五，将所有房间窗户纸都换上新的；二十六，杀猪宰羊、制作猪血豆腐、灌肠；二十七，宰鹅、鸡、鸭，炖好后冻在院子里，正月初五之前不能动刀的时候吃；二十八，发面；二十九，蒸馒头，及各种面点；除夕，贴春联门神，烧香拜神、祭先祖，到家族祠堂集体拜祖宗；吃年夜饭，贴新的灶王爷画像，迎灶君回家，熬年夜；大年初一，互相拜年；大年初四的五更前，迎财神；大年初五，

俗称破五，包素馅饺子，表示一年都会素素静静，没有麻烦；正月十五，过元宵节，观灯、社火表演。总之，不管是市民百姓还是王公大臣，过年都是大家最期盼的日子。

（一）悲哀的岳父

但今年的春节，我的王府却是愁云笼罩，山雨欲来，虽然该做的准备工作一点没少，但没有一丝快乐可言。其实南徐州是我大齐最重要的治所，我萧齐皇室籍贯就是南兰陵，我下属有徐、兖、幽、冀、青、并、扬七州郡邑，治所京口风景秀丽，特产丰富。本来皇兄让我来这里镇守，也是为了让大齐国更加坚不可摧。年前，一骑快马从建康飞奔而来，告诉我一个惊天动地的噩耗，我岳父徐孝嗣被诛了！

我岳父是大齐的宰相，在南朝一直是家世显赫，他爷爷就是刘宋朝的司空，他八岁袭封枝江县公，迎娶康乐公主，历任著作郎、南彭城太守、太尉谘议参军。我高帝萧道成即位后，历任吴兴太守、五兵参军、太子詹事、吏部尚书、右军将军，领太子左卫率，处理台阁事务，迁尚书右仆射、丹阳尹。前些年更是迁尚书令、开府仪同三司，拜中书监，选为顾命大臣。他的那首高洁的诗还挂在我王府的大厅里。

白雪歌

风闺晚翻霭，月殿夜凝明。

愿君早留眄，无令春草生。

其实我岳父早晚都会被斩杀的，看看建康朝堂上不断掉落的人头就知道了，位高而权重者，我那位疯哥哥当然不会容忍，他的那点浅浅的肚量，别说海纳百川，下场小雨都会满嘴横溢。我只好送走使者，好好安慰我的正妻徐妃，她紧紧地抱着我们两岁的孩子，更加提心吊胆地数着日子。离除夕还有两天，一位威风凛凛的宦官从建康来了，是梅大人梅虫儿派来的，我赶紧让管家送上奇珍异宝，之后瑟瑟发抖地站立一旁陪使者说话。

宦官："王爷请站好了，不要发抖，梅大人派我来转告皇上的旨意。"

我："皇……恩浩荡，没……齿不忘！"

宦官："我们奉旨来清理大恶人徐孝嗣的遗毒，刚才王爷主动呈上了一些，不知还有没有残留的遗毒？"

我："管家，还有一些遗毒，赶快一并拿出来！"看着管家拿出我压箱底的玉器翡翠珍珠和黄金，我的心在滴血。

宦官眼睛往上一翻："这幅字有点眼熟。"

我吓得魂飞魄散，赶紧下令："把那首《白雪歌》拿下来烧了！再把整个王府仔细清理一次，把那大恶人徐孝嗣的一切行迹清除干净！"

宦官满意地一笑："皇上还有赏赐。带上来！"

我很是意外，只见府外几名下人带着五名花枝招展的美女进来跪在我的脚下，宦官满脸堆笑地说："皇上专门在后宫挑选了绝色女子，过来服侍王爷，要用她们向王爷交换一样东西。"

我很是不解，忙问："江夏王府都是皇帝的赏赐，想要什么随时可以拿去，哪里用得着交换？"

宦官皮笑肉不笑地说："说得很好！拿下！"

我万分惊讶地回头一看，只见宦官带来的几个禁卫军士押着我的徐王妃过来跪在了地下，我赶紧战战兢兢地说："王妃无罪，望大人宽宥！"

宦官："皇上要用五位美女，交换这位罪犯之女，王爷您赚了！"

我虽然也喜欢美女，但我首先是讲感情的，徐妃和我情投意合，我们的嫡子都两岁了。再说我作为王爷，只要开口，就有各色美女投怀送抱，哪里会缺少美女？我当即恳求道："望大人手下留情，孩子才两岁，离不开母亲。"

宦官不耐烦地一挥手："才说了，遗毒要清理干净。我们走！"于是一队车马，带着我的无数珍宝，押着我的妻子，扬长而去。

（二）惶恐的将军

我悲愤万分，彻底失望。是的，江山是我家的，我们都有奋力保卫江山永不变色的职责。但是，并不是说江山就是那萧宝卷的。

本来萧宝卷就不是老大，我大哥是萧宝义，比萧宝卷大两岁，按理这龙椅应该是大哥来坐，但是一来大哥又聋又哑，天生残疾，为了脸面上过得去，我们家也拿不出手。二来他不是嫡出，不合规矩，于是萧宝卷就上位了，看看他在龙椅上恶劣的表现，如果让朝堂的王公大臣选择，或者让天下百姓选择，他们绝对会选老实巴交的聋哑人萧宝义的。

其实朝堂上曾经悄悄地选过几回，我当然是他们的热门人选。我排行第三，既然老大和老二都不合适，我这个江夏王当得还可以，口碑也不错，排位也排到我了。听说当初那六位顾命大臣商量着要为龙椅换人，大家一致认可我，还私下派人来告知我，让我做好准备。可是准备来准备去，等到花儿都谢了，等到六位顾命大臣脑袋都先后落了地，迎驾的轿子还没有来。后来听说是那遭天杀的舅舅刘暄从中作梗，这事就没办成。

看来机会是等不来的，还得靠自己争取，何况救大齐于水火，挽江山于既倒，都是我的责任。于是派出心腹左右，到处去探访，在王敬则之后，谁还有一颗火热的心？不久探子回报，陈显达反了。我还没来得及行动，就偃旗息鼓了，一来陈太尉看中了我六弟萧宝夤，他今年十二岁，好掌控，二来他的起事就像一阵狂风，来得快去得也快，还没到过年的环节，陈太尉就身首异处了。不久探子又报，裴叔业反了！

我一边让探子继续打探消息，一边让心腹写了一封信，意在肯定裴叔业忠心为国的大义行为，希望他在我的领导下努力开创前所未有的事业。信还未写好，第二批探子回报，说裴叔业是要投降北魏！大是大非的立场是最重要的，"清君侧"是应该的，投敌叛国的人则是我大齐的千古罪人，我赶紧烧掉那封信，继续寻找下一个目标，同时也做一些力所能及的准备。

看看我大齐朝堂上的将领，目前最能打的就数裴叔业了，他今年已经六十二岁，出自河东裴氏大族名门，擅长骑射，颇有气干，常以将帅自许。起家羽林监，大齐建立后，出任屯骑校尉，迁宁朔将军，平定雍州牧王奂之乱，支持齐明帝萧鸾夺位，拜给事黄门侍郎，受封武昌县伯，参加淮汉之战有功，出任冠军将军、徐州刺史，防御北魏。

裴叔业得知皇上数番诛杀大臣，心里不安，他登上寿阳城，朝北望着肥水，对部下们说："你们想富贵吗？我能替你们办到。"后来朝廷调他任南兖州刺史，他心里十分不乐意内调。陈显达反叛之后，裴叔业也派遣司马率兵去解救建康，而实则骑墙观望。朝廷怀疑裴叔业有异谋，裴叔业也派遣使者去建康观察消息动静，众人对他更加怀疑了。裴叔业哥哥的儿子裴植、裴扬、裴粲都在朝廷殿内任职，因惧怕被抓，就相约

跑到了寿阳，告诉裴叔业，朝廷必定会趁其不备前来袭剿，劝他宜早做准备。皇上近侍梅虫儿等人认为裴叔业身处边境地带，情况紧急时他就会请北魏来帮助自己，以朝廷之力恐怕不能制服他。所以，他们就告诉皇上，派遣裴叔业的同宗之人中书舍人裴长穆去宣读圣旨，准许裴叔业继续留任豫州刺史。但是，裴叔业还是感到忧虑害怕，而裴植等人则仍旧对他劝说个不停。

其实裴叔业还是很有头脑的，他当然不需要人劝，他只是切切实实感受到了危险。于是就遣送自己的儿子裴芬之到建康作为人质，为的是赢得时间，同时又派人送信给北魏豫州刺史薛真度，密谋投奔北魏之事。薛真度回信劝裴叔业及早投降，说："如果事情紧迫才来投降，那么功劳就小了，赏封也就不会多。"他们数次派人传送密信，往来商议。建康的人纷纷说裴叔业要反叛，裴芬之惧怕被杀，又悄悄跑回了寿阳。于是，裴叔业就派裴芬之带着降书去投降北魏。

正月初七，兴高采烈的裴芬之带回了魏宣武帝元恪的诏书以及皇帝的亲笔玺书。

诏书："叔业明敏秀发，英款早悟，驰表送诚，忠高振古，宜加褒授，以彰先觉。可使持节、散骑常侍、都督豫雍兖徐司五州诸军事、征南将军、豫州刺史，封兰陵郡开国公，食邑三千户。"

玺书："前后使返有敕，想卿具一二。宝卷昏狂，日月滋甚，虐遍宰辅，暴加戚属，淫刑既逞，殆无孑遗。国有瓦解之形，家无自安之计。卿兼兹智勇，深惧祸萌，翻然高举，去彼危乱。朕兴居在念，深嘉乃勋。前即敕豫州缘边诸镇兵马，行往赴援。杨大眼、奚康生铁骑五千，星言即路；彭城王勰、尚书令肃精卒十万，络绎继发。将以长驱淮海，电击衡巫。

卿其并心勠力，同斯大举。殊勋茂绩，职尔之由，崇名厚秩，非卿孰赏？并有敕与州佐吏及彼土人士，其有微片功效，必加襃异。"

裴叔业当然也是有顾虑的，当初就是他平定的王奂之叛，王奂被灭族，唯一逃脱的儿子如今成了北魏的尚书令，真是风水轮流转，如果同在一个朝堂，灭族杀父之仇岂可不报？但关难过关难过，眼前一关最难过，权衡再三，顾虑重重的裴叔业遂举寿阳投降北魏。北魏也于正月初七派彭城王元勰、尚书令兼车骑将军王肃等率步骑十万赴寿阳接应裴叔业。

（三）要命的酒宴

一看这架势，就知道北魏是下了真功夫的。这些年的南北大战，北魏总体上占优势，但也只是在汉水一带侵占南阳等五郡之地，而裴叔业所据的寿阳，是淮河边上的战略要地，如果寿阳有失，南北边境就越过了淮河，只剩下长江最后一道防线了，难怪北魏的十万铁骑匆匆而来。二月二十八日，北魏任命彭城王元勰为司徒，并且兼任扬州刺史，坐镇寿阳。在十万大军之后，北魏派遣能征善战的大将军李丑、杨大眼率骑兵入寿阳，又派遣奚康生率领羽林兵急驰赶赴寿阳，第五次南北大战箭在弦上。

相对而言，我大齐的反应就慢多了，皇上的主要精力在游戏享乐，对军国大事视同儿戏。正月三十日，皇上才下诏令讨伐裴叔业，又到了二月十六日，才任命卫尉萧懿为豫州刺史，代替裴叔业，虽然官帽有了，地盘还得去跟裴叔业抢。于是萧懿统领步兵三万屯驻小岘，交州刺史李叔献屯驻合肥，裨将胡松、李居士率领一万多兵马驻守死虎，骠骑司马

陈伯之统率水军溯淮河而上,以便逼近寿阳,驻扎在硖石。

二月二十八日,寿阳城周边是严峻的南北军事对峙局面,寿阳城里则是欢快的南北友情畅谈。裴叔业才被北朝封为兰陵郡开国公,食邑三千户,又迎来了北魏的重臣,那当然要隆重接待啊。这年头,政务不是请客,就是吃饭。于是寿阳刺史府隆重地装扮一番,匾额上的大齐改为大魏,改一个字就可以了。其他那些标语口号,那些塑像和画像、文稿等就麻烦些,只能通通换下,换成北魏的时兴口号,将北魏皇帝的塑像和画像广为安置,甚至还张贴了王肃、元勰的画像。之后刺史府里摆下宴席,邀请北魏的几位长官赴宴。

一开始裴叔业还忐忑不安,不知那王肃是何态度,在官位排列上,如今王肃是上级,一切只能看他的脸色行事,哪知王肃不愧是琅玡王氏名门的后代,一言一笑都透出贵族气质,情深酒浓之际,还当场吟了他前不久才写的诗。

悲平城

悲平城,驱马入云中

阴山常晦雪,荒松无罢风。

裴叔业带头鼓掌叫好,他俩单独喝了许多杯酒,说了许多体己话,后来裴叔业大醉,王肃还亲自将他扶进府邸休息。二十九日,裴叔业竟然死了!裴叔业的儿子们从父亲发黑的脸色,隐约猜到父亲是中了剧毒,但看破不说破,形势比人强,如今十万北魏大军在侧,寿阳也已经在王肃手里,难道他们有能力翻盘吗?

第二天王肃派遣特使奚康生领军入城,裴植把城内仓库的钥匙全部交给奚康生。奚康生召集城内德高望重的老人,宣读了圣旨,任命裴植为兖州刺史,李元护为齐州刺史,席法友为豫州刺史,王世弼为南徐州刺史。

四月二十七日,彭城王元勰、尚书令王肃出击胡松、陈伯之等部,给他们以致命的打击,并且进攻合肥,活捉了李叔献。北魏统军宇文福对元勰说:"建安是淮南的军事重镇,是双方的要冲之地,如果能夺得此地,那么义阳就可以到手。"王肃就派宇文福去攻打建安,南齐驻守建安的戍主胡景略自缚出城投降。由此,我大齐在淮河一线的大片江山,包括寿阳、义阳、合肥等战略要地,就都被北虏占领了!

第二章　功臣崔慧景

在人生的旅途中，有些意外的风雨是自然的，只要你寻觅的眼睛没有被遮蔽，继续认真地去寻找，相信你一定会找到通向成功的道路。功夫不负有心人，过段时间，探子再报，第三颗火热的心找到了，那就是崔慧景。

（一）北征南征

500 年，崔慧景六十三岁了，他出身清河崔氏，初选为国子生，起家员外郎，迁长水校尉，追随高帝萧道成征战四方，平定李乌奴叛乱，防御北魏军队进攻，颇有功绩，迁护军将军、侍中、度支尚书，并参与平定陈显达叛乱。他几乎是我大齐硕果仅存的老将军了。

三月十五日，懒洋洋的萧宝卷决定应该做点什么了，听说边境有反叛，兵来将挡，水来土掩，想来王敬则、萧遥光、陈显达都没掀起三尺浪，裴叔业应该也坚持不了多久。当然活儿得有人干，论资排辈也轮到崔慧景出场了，于是决定派遣平西将军崔慧景统率水军讨伐寿阳，皇上在建康的琅玡城召见崔慧景，为其出征送行。

这边是皇上声势浩大的送行队伍，那边崔慧景却心惊胆战，不停地发抖！原来这两年来皇上随意斩杀大臣，不问理由，只凭心情，只在一念间。凡是要杀人的时候，他都叫心腹左右在他所经过之处的两旁悬挂重重高幔，挡住外边的视线，里边是手拿利剑的皇上的心腹左右，以及他的五百"逐马左右"，任何一个大臣走进重重高幔里，都是战战兢兢，如上刑场，如果侥幸还从里面走了出来，那当真是前世修来的福分。现在皇上身着武服，坐在楼上，张幔以待，心如死灰的崔慧景一人骑马进入屏障长围之内，没有一人相随。皇上说没说话，说了什么，崔慧景也不知道，他的头脑中早已是一片空白。好不容易等皇上示意他退下，崔慧景才大汗淋漓快马加鞭地逃出来，心里异常得意，想想又有些后怕。

不知所措的崔慧景带领着五万人马，一时还没缓过气来，就收到了我的密信。密信正说到了他的心坎上，我们最怕的是不能确定，无法掌控，如果凯旋班师，或者失败归朝，肯定都要进入皇上的重重高幔对于六十多岁的人来说不死也会吓死。再看看排在前边的几位将军，他们是在缜密思索后做出选择的，是唯一正确的历史答案，站在这一考题下，崔将军也没有其他选项了。于是他和我一拍即合，当给我回了一封热情洋溢的信。

过了十多天，慢吞吞的崔慧景率北征军才到达广陵，离建康还很近，离寿阳尚远。他在建康任直阁将军的儿子崔觉，也根据事先的约定，悄悄跑到广陵追随父亲。崔慧景在过了广陵几十里之后，停止北进，就地扎营，之后召集各位军主开会，对他们说："我承蒙前面三代皇帝的厚恩，担负着明帝死前所托付的重任。但是，现在的皇帝昏庸狂妄，搞得朝纲败坏，一片混乱。国家危难而不加匡扶，是时候负起责任了。所以，

我要同诸君共同建立大功伟业，以便安定社稷江山，不知诸位意下如何呢？"公道自有人心，众位军主确实也被皇上伤透了心，在武士林立的会场当然也不敢公开唱反调，于是会场先是鸦雀无声，之后是鼓掌声，一致响应。于是，崔慧景立即调转马头，变北征军为南征军，挥师返回广陵，广陵城守将也大开城门，放崔慧景进城。

皇上闻知事变，还是不当回事，又过了几天，才于百忙之中，于四月十二日，临时授予右卫将军左兴盛符节，让他督率建康水陆诸军讨伐崔慧景。崔慧景在广陵停驻了两天之后，就集合军队渡过长江，进逼建康。

（二）欲迎还拒

关键时刻，皇上倒是想起我来了。我所在的京口，就在崔慧景占据的广陵和建康之间，起着拱卫首都的重要任务，一时就显得非常重要。前些天，皇上也派遣军主戚严、外监黄林夫等一帮新贵，率领一万兵马，杀气腾腾地来到京口，协助我防守反贼崔慧景。

关键时刻，崔慧景派遣使者来见我，使者在大庭广众之下，开始朗读信件，什么"立我为帝""共进退"啊，"约定日期"啊，我一再给他使眼色，奈何缺根筋的使者根本不懂，一口气读完了，那皇上的心腹戚严、黄林夫都目瞪口呆地听着，用满怀疑虑的眼神望着我。没有办法，我大喝一声"拉出去斩了！"只得用一颗无辜的人头，昭示我忠于皇上的决心。

又过了几天，我举行隆重的迎宾会，京城来了人，当然要欢迎，就在酣畅淋漓的推杯换盏中，我预先埋伏的一众武士将京城来客，以及与我早有异心的司马、典签等一齐斩首，之后又是一个盛大的场面（上一次是欢迎京城王师）：长长的红色绸布铺地，从城门一直铺陈到王府；长长的欢庆队伍从东城一直欢腾到西城，之后我下令打开城门，用最高的礼节迎接骑着高头大马的崔慧景将军。接着举办欢迎宴会。来了大救星，当然要欢迎。

胜利之师在我京口休整了几天，吃饱喝足，我就乘坐八抬大轿，手执绛红色指挥旗，随着崔慧景向建康进发，如今闪闪发亮的龙椅，才是我的目标。

（三）连战连胜

第一场硬仗是竹里之战。惊慌失措的皇上派遣骁骑将军张佛护、直将军徐元称等六个将帅依据竹里，筑建了好几个城堡以抵抗崔慧景。这些人跟我都有交情，尤其是那个统帅张佛护，以前还在我府上当过卫士头目，后来我要外迁，他就去了皇宫当值，想来头脑灵活，机缘凑巧，如今皇上既要忠心的人，又要会打仗的人，那些长年征战的将军所剩无几，即使有也让人不敢信任，那就只有那些禁宫卫士头目还算放心了，于是就让他一步登天，临时当起了统帅。我派心腹送信给张佛护说："江夏王回朝廷，你为何要如此费力地阻拦呢？"张佛护立即回信说："小人承蒙国家重恩，在此地略加设防，殿下回朝，只管径直通过，我岂敢加以阻拦呢？"

我当然不敢径直通过，他们的神射手都等着立功呢。第三天，战争开始。张佛护首先万箭齐发，搏斗不是他们的强项，但箭矢等军需很是充足，等他们的箭射了有一个时辰，崔慧景的军队才开始冲锋，于

是双方开始混战，第一天不分胜负。于是我们改变战法，崔觉、崔恭祖等将领各自率领前锋部队，士兵们都是江北人，英勇善战，他们轻装上阵，不带军粮，因为煮饭很费时间。我让京口庞大的后援队，开着几十只大船，沿着长江载送酒食作为军粮，就在船上做饭，供士兵们食用。我们的队伍分为几个梯队，一队在前边拼死砍杀，一队在船上喝酒吃肉，一队在营帐睡觉休息，还有一队护卫，一队机动。我们的人一看见朝廷军队所在的城堡升起烟火，就立即全力攻击，使得朝廷士兵连顿饭也吃不成，因此都饿得饥肠辘辘，无力作战。我们可以白天黑夜连续作战，因为我们的队伍轮班睡觉，于是京城军队的意志很快崩溃。徐元称等人商议要投降，张佛护不允许。崔恭祖等人猛力攻城，一举成功，斩了张佛护，徐元称投降，其余四个军主都战死。

三月十五日，皇上派遣中领军王莹统领众路军马，依据湖头修筑堡垒，同时上连蒋山西岩一带，布置甲兵数万人，将去路封锁得严严实实，一只苍蝇也飞不过去。崔慧景到了查硎，找来当地的各路好汉，采药人、跑路人等，其中一个竹塘人对崔慧景说："将军，如今平坦大路全被朝廷军队阻断，进兵之路还有一条，但是……"

见他欲言又止，崔将军连忙端过来一盘金灿灿的马蹄金。那人马上眉开眼笑："此地有迷道盘旋上蒋山，从蒋山向下可直达对方城堡，以攻其不备。"崔慧景让他带路，分派一千多人，一个紧随一个，鱼贯而行，夜间从西岩下山，击鼓呐喊，降临城中。朝廷军队大为吃惊，惶恐万分，士兵纷纷逃奔，如鸟兽散，京城外围的军事据点遂全部清除。三月二十日，我的正义之师抵达了建康近郊，我离心心念念的龙椅又近了一点。

第三章　废立萧宝卷

我们这次进军建康的目的是什么？那当然是推翻旧世界，建设新世界，那萧宝卷已经天怒人怨，早该下台了，而新的人选已经在路上，看来，历史的重任已经落在了我的肩上。

（一）形势大好

惊慌失措的皇上又派遣右卫将军左兴盛统率台城内兵士三万人在北篱门抵挡崔慧景。如今能拿得出手的就只有他了，这左兴盛也是战场名将，近年来的大小战争，都有他的身影，战争后期他作为统帅频频领兵平叛，在与王敬则、陈显达的作战中都发挥了重要作用，这次也只有依靠他了，一次就交给了他三万军队，希望他与义军殊死一搏。

将军很行，士兵不行，那也只能是空谈。皇上派来的士兵都是临时拼凑起来的，平时主要就是在大街上耀武扬威，欺负老实巴交的市民，还没见过真正的战场，他们好不容易在近郊歪歪扭扭摆好队形，崔大将军还没开始冲锋，皇上的士兵就望风而逃了。接下来就是进一步打击敌军，我们攻入了乐游苑，崔恭祖率领轻骑兵突进北掖门，然后又退了出

来。由于宫门都关闭了，崔慧景带领部下围住台城。这时，东府、石头、白下、新亭等拱卫建康的几城人马都已溃散。左兴盛大将军败逃，由于城门关得急，也进不了宫城，后来台城军士认出了他，但是也不敢开门，于是他只好跳进秦淮河边芦苇丛中的船里藏匿起来，这么重要的人物，后边当然有无数的眼线和追兵，一会儿小船就被围困，左大将军也被就地斩杀。可惜了，当初没说抓活的，那些小兵只知道用头颅来领赏。

500年三月二十四，外城被我们全部占领，而风雨飘摇的小小内城，只待我们轻松拿下。皇上也试着派遣兵力出城冲杀，反复几次都被我们打败。我们放火烧了御史台府署，辟为战场。朝廷守御尉萧畅驻守南掖门，指挥布置城内兵力，根据战情，调兵遣将，应对抵抗，这样人心才稍微安定了一些。

（二）废旧立新

永元二年四月初一，崔慧景在外城举行盛大仪式，开始废旧立新。

第一个节日是废旧，崔慧景也找了个宦官，以宣德太后名义发令，废皇帝为吴王。只是可怜了宣德太后王宝明，当初我老爹明帝举行废立之事时，就是带兵进入后宫，让她先后下了两道懿旨，于是我老爹坐上了龙椅。一直让心灰意冷的王宝明住在后宫也不是办法，在斩杀了鄱阳王萧锵后，她被安排住进了高弟第七子的故宅，改称宣德宫。这次崔大将军依葫芦画瓢，派人去向旧太后请旨，说是要废除萧宝卷，宣德太后一看有士兵进门先是脸色苍白，一听来意马上转怒为喜，这次懿旨就是她真实意思的表达！

第二个节目应该是立新，天下不能一日无主，今天是我登上龙椅的大喜日子。我喜滋滋地等待宦官宣布，可是今天居然只有一个节目，然后就没有然后了！

我气愤之余，冷静下来后一打听，原来是半路杀出个假天子。去年年底陈显达反叛平息后，我皇兄萧宝卷认真思考了一下，觉得国家不稳定的因素，还是在高帝武商的子孙之中，虽说直系的四十六位均已不在人世，但旁系的子孙还很多，那些"造反"的将军，都愿意拉大旗作虎皮，于是皇上再次召集诸王进宫，进行一番诛杀。萧子良的儿子、巴陵王萧昭胄有鉴于永泰元年王敬则谋反，在明帝召诸王入宫而欲行杀戮之事时，与弟弟永新侯萧昭颖拒绝进宫，装扮成和尚逃往江西。到崔慧景起兵之时，兄弟二人前来参加义军。见异思迁的崔慧景，内心更倾向于高帝武帝，当然就想立萧昭胄为帝，但此前已经和我约定，我又下了那么大血本，为义军做了那么大贡献，所以崔大将军一直犹豫不决，不知到底立谁为好。看来，我还得想想其他办法才行。

此时义军内部也出了点问题，竹里一战告捷，崔觉与崔恭祖互相争功，都认为自己功劳最大。当然表面是争功，实际上是争副统帅一职，如今崔大将军那么大的年龄了，眼看建康就要拿下，谁当了副帅，谁就能左右未来！那崔觉是崔慧景的儿子，早已把自己当成了接班人，老爹不在时，处处发号施令，目空一切；而崔恭祖是崔慧景的侄子，年龄比崔觉大，资历比崔觉老，当兵作战的经验丰富，对指手画脚的毛头小子自然不放在眼里。连立谁当皇帝这样的事崔慧景都不能决断，谁的功劳最大就更不能判断了，于是二崔之间也产生了嫌隙。

崔恭祖又劝崔慧景用火箭射烧北掖楼，那里连着后宫，一旦皇宫起大火，内城肯定就会混乱，再攻城就容易得多了。但是崔慧景却以为大

功即将告成，以后若要重新修建皇宫，得花费很大的力气，所以不予听从。

这两个月来，一些高门大儒也纷纷投奔到崔大将军的门下。这当然可以理解，眼见那萧宝卷就要完蛋了，另寻高枝那才是正道，何况那萧宝卷的行为，确实令天下文士所不齿。崔慧景生性好谈论义理，兼通佛理，他将军事总指挥部设在法轮寺中，每天和投奔过来的何点等大儒高谈阔论。崔大将军也还在等待，那么多名士都聚在了他的身边，他最仰慕的在家种地的江淹为何没来？

当时大家都说江淹"江郎才尽"了，他写五彩文章的笔在梦中已经还给了郭璞。但御史中丞的名气很大，威信很高，由于他的刚直不阿，在萧宝卷那里官是越做越小，由御史中丞到黄门侍郎，到领步兵校尉，再到秘书监，之后索性在家赋闲了。既然才高之人不主动，崔大将军就派人上门去请，相约共建不世之功业，使者回来说，江淹病了，只带回了一幅他的成名作《别赋》，此赋表达了他的离愁别绪。

别赋

黯然销魂者，唯别而已矣！况秦吴兮绝国，复燕宋兮千里。或春苔兮始生，乍秋风兮暂起。是以行子肠断，百感凄恻。风萧萧而异响，云漫漫而奇色。舟凝滞于水滨，车逶迟于山侧。棹容与而讵前，马寒鸣而不息。掩金觞而谁御，横玉柱而沾轼。居人愁卧，怳若有亡。日下壁而沉彩，月上轩而飞光。见红兰之受露，望青楸之离霜。巡层楹而空掩，抚锦幕而虚凉。知离梦之踯躅，意别魂之飞扬。

故别虽一绪，事乃万族。至若龙马银鞍，朱轩绣轴，帐饮东都，送客金谷。琴羽张兮箫鼓陈，燕、赵歌兮伤美人，珠与玉兮艳暮秋，罗与绮兮娇上春。惊驷马之仰秣，耸渊鱼之赤鳞。造分手而衔涕，感寂寞而伤神。

……………

是以别方不定，别理千名，有别必怨，有怨必盈。使人意夺神骇，心折骨惊，虽渊、云之墨妙，严、乐之笔精，金闺之诸彦，兰台之群英，赋有凌云之称，辨有雕龙之声，谁能摹暂离之状，写永诀之情者乎？

（三）时不我待

千载难逢的良机就在无限的等待中流失了，当然我也是懒心无肠，既然我没坐上龙椅，还要选一个人来坐，那还不如让自家哥哥当皇帝？于是就不再热心于"造反"，但也不急着回京口，给崔大将军送去的大礼——各类奇珍异宝、数名绝色美女，他也一一接受，那就似乎还有希望，还可以等待，就在建康外城逍遥散心，寻花问柳好了。

当时，那个很有本事的豫州刺史萧懿率兵屯驻小岘，原本是防止寿阳的裴叔业，以及北房大军南下的。被围得水泄不通的皇上，当然得到处搬救兵，一看那萧懿忠厚老实，还挺能打仗，就赶紧派出密使，让他十万火急前来保驾。当时萧懿正在吃饭，他扔下筷子站起来，立即率领军主胡松、李居士等几千人马，从采石渡过长江，驻扎在越城，燃起熊熊大火，台城中人见到火光，知道援兵到了，高兴得打鼓欢叫，额手称庆。

在这之前，崔恭祖劝说崔慧景派遣两千人马抵挡西岸之兵，让他们不能渡江。然而，崔慧景却以为宫城早晚要投降，外来的救援之兵自然会散去，所以不予采纳。这时，崔恭祖又请求攻击萧懿的军队，而

崔慧景还是不同意，只派遣崔觉率领精锐兵力几千人渡过秦淮河，到达南岸。萧懿的军队在天快亮时发起进攻，交战了几个回合，士兵们都英勇死战，崔觉一败涂地，跳进秦淮河里淹死的有两千多人。崔觉只身骑马逃走，他斩断朱雀桥上的浮桥，以秦淮河阻挡萧懿军队。此前崔恭祖抢掠的数十名东宫婢女，被崔觉抢夺。崔恭祖积愤已久，越想越气，加上对形势的判断，于当天夜里，同崔慧景的骁将刘灵运来到城内投降，由此城外之军众心离散，战斗力锐减。

外有救兵，内有坚城，加上军心动摇，经过仔细的盘算，崔大将军觉得没有胜算的可能了。四月初四，他带领心腹数人偷偷离去，想北渡长江逃跑，城北的各路兵马尚不知情，还在苦苦拒战。城中兵力出来冲杀，杀死了数千人。萧懿的军队渡过秦淮河到达北岸，崔慧景余下的人马都逃走了。崔慧景围攻宫城十二天，最后失败而逃，跟随他的人在道上逐渐逃散，他想学此前的裴叔业，投奔北魏，心想说不定还能捞个一官半职，于是逃至蟹浦。一个渔人刚刚看到通缉令，赏金很多，他在崔大将军前来问路的一瞬间，将其斩首，把他的首级放在盛鱼的篮子中，送到建康，献给朝廷。那崔觉慌忙中逃进一道观，本想隐名埋姓当个道士，不久追捕的官兵搜查道观，他被捕获；崔恭祖投降之后，被拘囚在尚方省，皇上在得到崔慧景的头颅后，降旨将崔觉、崔恭祖一起拖出去斩首示众。

我初到建康之时，驻扎在东府城，士人和民众以为我是新皇帝了，纷纷前来投靠，聚集在东府城中。崔慧景失败之后，朝廷列出朝野上下投靠我以及崔慧景的人的名单，然后一一追查。我也逃亡了好几天，京口当然也回不去了，最后在一个破庙里被捉住，皇上把我召入后堂，用重重高幔把我围起来，命令左右好几十人擂鼓吹号，刀光剑影，环绕着我跑动，在我肝胆欲裂时，皇上对我说："你近来的围攻，让我也如同你现在这个样子。"之后就将我关进大牢，这里还有奄奄一息的徐王妃，我们终于团聚了。

五月初十，大齐宦官来到大牢，说是要大赦天下，之后让我和徐王妃饮酒庆贺，我和她相拥作别，相约奈何桥相见。三杯酒下肚，我就什么也不知道了。

同期声　萧衍：冷眼乱局

我在雍州两年了，这时间不是太长，而是太短，各项事业才开始起步，要准备的事项还多着呢。兵荒马乱的世界，正是英雄辈出的时候。前不久，驻守边境重镇的裴叔业派遣亲信马文范到襄阳喝茶。

马文范："天下大势明显可知，我们恐怕再也不会有保得住自己的道理了，所以还不如回头投靠北魏，这样还不失能封官赏爵，可以做河南公。"

我："忠孝之念深入人心，北魏毕竟是异族！"

马文范："皇上早已天怒人怨，愚忠当然不可取。"

我："朝廷中这帮小人专权得势，岂能长远得了？翻来覆去地考虑，也实在想不出什么好招数，只是应当送家属回京城去，以便让他们对你感到安心些。如果他们意外地对你相逼，你就应率领步、骑兵两万直出横江，断掉他们的后路，如此，则天下之事一举而可定。如果去投降北魏，他们一定会派别人代替你，而只将黄河北边的一个州给你，你哪还能再做河南公呢？这样一来，重新归回南方的希望就绝灭了。"

当然，裴大将军更深层的希望，是让我与他一道共进退，我当然不会上当，萧齐毕竟姓萧，怎么可以姓裴？但是也可以在精神层面鼓励他，让局势乱起来，把建康的力量——耗尽，在乱局中才能开新局。

和此前的"造反"者相比，那裴叔业总算前进了一步，算是举事成功了，他本人虽然身亡，他的家族总算得以保存，在北魏开始开枝散叶了。裴叔业举事对我的最大襄助，就是皇上让我大哥萧懿率重兵在外驻扎，让我弟弟萧畅在京城掌兵。

多事之秋就是这样，一波未平一波又起，前往平叛的崔慧景挟重兵而返，征北变成了征南，皇上于是又让我大哥贺军平叛。我认真算着天时地利人和的时刻，时机差不多成熟了，又赶紧派出我的心腹张弘策前往小岘。

张弘策："如今天下大乱，皇上荒淫，天运当不在建康。"

萧懿："哦，诸葛军师开始隆中之对了？"

张弘策："经过数次反复，建康之军已耗尽，衍在雍州，畅在建康，均掌控军事，'地利'当在大哥手里！"

萧懿："哦，是的，荡平反贼，当不在话下。"

张弘策："高帝武帝子孙，被诛杀大半，余者羸弱躲避，当不堪大用；明帝儿子都还小，远无智谋，胸无大志，明帝的近亲中也没有能依靠的人。还是大哥一家，亲近团结，智能双全，又掌控关键，这'人和'也是得天独厚哇！"

萧懿："想我兄弟同心，共为朝堂分忧。"

张弘策："想当年明帝以高帝远支的身份上位，天下臣服。兄父顺之和高帝血脉很近，况且众望所归，为天下苍生计，当学明帝振臂一呼，

良机勿失！"

萧懿："回去好好辅佐我衍弟，为国尽忠！"

张弘策见萧懿要端茶送客，赶紧把话说完："兄可以学习崔慧景，先入建康平叛，待荡平反贼后，再控制内城，以太后懿旨行废立之事，雍州已兵强马壮，粮草充足，为兄坚强后援。"

可是大哥不听我的，他和张弘策说完话，很不耐烦地跨上战马就率军平叛去了。当然大哥一出手，崔慧景立马被消灭了，大哥又一次立下了大功，皇上只好再次给他升官。要知道，在如今的朝堂，一再升官并不是好事，我失去了一次良机，只好提心吊胆地等待下一次机会了。

第十卷

萧刺史反了

五百年，弹指一挥间。

我大汉民族最讲礼仪，逢五逢十都要大庆，以示人间的繁荣幸福。到了百年，那更是要举全国之力，祭天祭地祭祖宗，帝乐官乐百姓乐。可是时间满怀期待地来到了500年，却并没有听到安静祥和的祈福钟声，只看到了尸骨遍野，战火满天。是啊，有人的地方就有江湖，有人类的地方就有战争，和平只是"画饼"，争斗才是常态，毕竟，帝王将相及乱臣贼子每个人的私欲都是千差万别的。

500年五月，萧宝卷下令特赦建康、南徐州、兖州三处追随崔慧景起兵之众。这些年天下大乱，起事的人太多，如果一一追究，就会杀尽天下臣民，从而激起更多的反叛。反正皇上既没有这个意愿，也没有这份闲心来追究。

起先，崔慧景之乱被平定之后，皇上诏令赦免崔的同党。然而，皇上身边的宠幸们专权，他们是要发财的，于是不依皇帝诏书办事，一些本无罪而家中富足的人，全被诬陷为崔慧景的党徒，统统被杀掉，没收财产，而实际上投靠了崔慧景、但家中贫穷者却都不予问罪。有人对中书舍人王之说:"朝廷的赦令没有信用,人们大有意见。"王之回答说:"正应当有再次赦免。"因此,在王之的多次请求下,又发了特赦令。然而,特赦令发出之后,那伙宠幸之徒们照旧滥杀无辜。

这时,皇上所宠幸的左右侍从共有三十一人,其中宦官十人。直、骁骑将军徐世向来为皇上所信任,凡有杀戮之事,都由他去执行。到陈显达举事之时,萧宝卷又加任他为辅国将军,虽然任用护军崔慧景为都督,然而朝廷兵权实际上掌握在徐世手中。徐世也知道皇上昏庸狂纵,所以暗中对茹法珍、梅虫儿二人说:"哪一朝代的天子身边没有要人?但是我这是在出售主上的恶行呀。"梅虫儿等人与徐世争夺权力,因此就不断地把徐世的坏话报告给皇上。于是,皇上就逐渐厌恶徐世的凶猛强悍,派遣宫中卫兵去杀他,徐世还是有几下子的,与卫兵们搏战,亲手斩杀了五名卫兵,但他最终被杀。从此之后,梅虫儿等专权,一并担任外监,口头宣布皇帝的诏令,而王之则专掌文书,与茹、梅二人紧密勾结。

皇上称呼潘玉奴的父亲潘宝庆以及茹法珍为阿丈,称梅虫儿为阿兄。皇上同梅虫儿等人一起去潘宝庆家中,亲自去打水,帮助厨子做饭。潘宝庆仗势欺人,作奸犯科,对于富有之人,他都以罪名诬陷,对于这些人的田产宅院以及财物,他都要启告皇上索取。一家被陷害,还会祸及亲戚邻里,又害怕留有后患,因此把邻家所有的男子全部杀掉。

皇上数次去在他身边执刀和传达圣旨的人家中游玩吃喝,每逢这些人家中有红白喜事,他都前去庆贺或吊唁。阉人王宝孙,年龄才十三岁,外号叫"伥子",深受皇上宠幸。他干预朝廷政事,就是王之、梅虫儿之辈也对他恭顺有加。他可以控制大臣,篡改圣旨,甚至于骑着马进入殿内,还敢当面诋斥皇上。公卿大臣们见了他,都吓得连大气也不敢喘。

梅虫儿与王宝孙商量，觉得现在尚书令萧懿越来越威风凛凛，大气凛然，"用精神威逼人"，已经妨碍了他们专权与发财，于是就在皇上在潘玉奴家烧火做饭时，给他递上了下一个反叛的线索。

大齐干部履历表

姓名：萧衍，字叔达，小字练儿

出身：兰陵萧氏，南齐丹阳尹萧顺之之子

出生年份：464年

任职经历：南齐时以门荫入仕，齐明帝时担任雍州刺史，参与抵御北魏入侵。

特点：才思敏捷，博通文史，为"竟陵八友"之一。

皇上只看了个名字，这与他的心理预期不谋而合。看来，如何对付尚书令一家，得开始谋划了。

第一章　为家族伸张

我萧衍的小字"练儿"出自佛经，是梵语音译，全称"阿练若"，意思是"树林、寂静处、无诤地"，指能远离喧噪，安心修习的禅定之所。这两年我安静地躺在雍州的刺史府禅定之所，闭着眼睛揣摩那五彩缤纷眼花缭乱的世界，从心底里发现，这世界只有你想不到的事，没有办不到的事，生活永远比故事更精彩。当然，这也说明我年龄大了，到了回忆的时刻，而回忆就像腐烂的树叶，那些清新、那些嫩绿早已埋藏在时间刻度的前段，唯有铺天盖地的腐烂气味留在鼻端。年轻时只是一味地幻想，一味地憧憬，目标越远大越好，架构越复杂越好，到了雍州，我就开始回味，开始"躺平"，不管北房千军万马越过淮河杀得人仰马翻，也不管旧友前仆后继越过长江搅得朝堂混乱，我只顾练我的兵，养我的马，安静地躲在角落，虽然雍州五郡还在北房手里，我的目光也不再向北，只紧盯南边。是的，世界的模样，取决于你凝视它的目光。可是，如果有人碰到我的痛处，比如将屠刀再伸向我的家庭，那我将彻底抛弃儒家那套僵硬的"忠孝观"，以眼还眼，以牙还牙，彻底砸烂一个旧世界，建立一个新世界。

（一）救兄长于水火

我最担心的是我的大哥，此前他忠心耿耿立下了一连串的不世之功，此次崔慧景进军建康他更是平叛的中坚力量。他为何就看不明白呢？他这种行为是遇到明主时才该有的，如果是个昏君，当有相反的处世之道。我万分着急，在大哥还在小岘时就派心腹去劝说过他一回了，他还是一门心思地勇往直前。前些天探子说，我大哥在长江边将叛军连续打败，我就又赶忙派亲信虞安福去游说，那张弘策终究是武将，可能在口才和说辞上还有欠缺，这次索性换一个口齿伶俐的文士去晓以利害。

虞安福："如果诛杀了崔慧景，平定叛乱之后，你所立的功劳太大了，不是朝廷的封赏所能慰劳的。"

萧懿："自古建功立业，不在封赏，当在问心无愧。"

虞安福："即使遇上高帝武帝这样圣明贤仁的君主，你尚且难以立得住脚，何况在现今混乱的朝廷之中？"

萧懿："挽江山于既倒，正是我们的职责。"

虞安福："昏君奸臣们哪能容得了你，不知到时你将何以自全？"

萧懿："皇上也是可以改变的。"

虞安福只好转向："如果把反贼歼灭之后，再率兵进宫，如商代的伊尹放逐太甲、汉代的霍光废昌邑王那样，废掉昏君，此乃千载难逢之良机。"

萧懿："如此叛逆之语，请勿再言！"

虞安福："如果你不愿意这样做，便以抵抗北魏为借口，上表请求放还历阳等地，则威震朝廷内外，谁敢不听从？如果一旦放弃了兵权，虽然所享受的官爵很高，必将束手就死，到时后悔也来不及了。"

大哥的长史徐曜甫也在旁，非常认同虞安福的话，和他一起对我大哥苦苦相劝，但大哥不为所动，平叛的步伐没有丝毫的减缓。

（二）弃恩义于朝夕

崔慧景死后，我大哥因功高至伟，被任命为尚书令，算是一人之下，万人之上了。这时，大哥有九个弟弟：除萧敷三年前薨于会稽太守任上外，还有我、萧畅、萧融、萧宏、萧伟、萧秀、萧憺、萧恢。萧懿以朝廷元勋，位列朝班之首；萧畅任卫尉，掌握着宫门的钥匙；我任雍州刺史，有地方军政大权；萧宏任中护军，卫戍京师；萧秀为太子舍人；萧恢任北中郎将外兵参军、前军将军主簿，萧伟和萧憺在雍州做我的得力助手。即使是头脑正常的帝王，也是想到我们一家就如芒在背，何况还是个奸人围绕的昏君？

当时，皇上时常出外游走玩戏，长史徐曜甫就劝大哥乘其出游之际，起兵废之，但是大哥不听。宠臣茹法珍、王之、梅虫儿等人逐渐忌惮萧懿的威望和权力，愤恨他的正直和大义，一再游说皇上："萧懿将要像隆昌年间废郁林王那样把您废掉，陛下命在旦夕。"皇上听了表示同意。徐曜甫知道这一情况之后，秘密准备了船只，停在长江边上，力劝萧懿西奔襄阳。然而大哥却说："自古以来，人谁无一死，岂有尚书令叛逃的呢？"在我的一再督促下，我的弟弟和侄子们都对不测事变做了充分准备。

500年十月十三日，皇上派梅虫儿到尚书省赐送药酒，大哥早知道这一天会到来，于是整整衣冠，从容喝下。临死之前不忘提醒："家弟在雍州，是朝廷的一大忧患。"

大哥死后，我的弟弟和侄子们全都逃亡，藏匿于里巷之中，没有人

加以告发。但五弟萧融作为江夏王萧宝义的主簿，来不及逃跑而被捕获，遭到杀害。

（三）争淮河于南北

在我大哥被赐死前，南北大战一直都在延续，当然皇上已经见怪不怪了，他对前线江山的得失丝毫不放在心上。但是我是特别敏感的，这些军情都会被快马加鞭地送到我的府上。

六月初八，大阳人田育丘等两万八千户投附北魏，北魏设置四个郡十八个县。

七月十五日，我大齐冠军将军、骠骑司马陈伯之再次率兵去攻打寿阳，北魏彭城王元勰率部抵抗，汝阳太守傅永率兵三千援救元勰，把部队驻扎在城外。八月十八日，元勰调遣、部署将士，同傅永协力作战，在肥口对陈伯之发起猛烈攻击，大获全胜，斩杀南齐兵将九千，俘虏一万，陈伯之死里逃生。于是，淮南也被北魏占领。不久，北魏任命王肃为都督淮南诸军事、扬州刺史。

大齐军主吴子阳等人率兵出三关侵扰北魏，九月，同北魏东豫州刺史田益宗交战于长风城，吴子阳等人败逃而归。

十一月初三，北魏东荆州刺史桓晖率兵入侵我大齐，占取了下笮戍，归顺史桓晖的有两千多户。

（四）举义旗于大齐

即使没有我大哥的提醒，皇上早已怀疑我有异谋，但想要硬取我还是有相当的难度。在诛杀我大哥后，皇上就派他哥郑植以探望我为借口，带着皇帝口谕来斩杀我。当时郑绍叔担任我的宁蛮长史，郑绍叔探知了这一阴谋，秘密地报告给了我。我在郑绍叔家中备办了酒席，给郑植隆重地接风洗尘，席间说道："朝廷派遣您来斩杀我，今天我正得闲，与您宴饮，这正是您下手的好机会呀。"郑植看着宴席周围全副武装的卫士、宾主只能开怀大笑。我又让郑植把雍州的城墙壕沟、仓库、兵士、战马、器械、船舰等仔细观察一番，以便弄清我的实力。郑植看过之后，对郑绍叔说："雍州实力强大，是无法轻易解决掉的。"郑绍叔对他说："哥哥回到朝廷之后，请一字不差地对天子说：'如果要攻取雍州的话，四万将士将拼死一战！'"郑植回朝去，郑绍叔把他送到南岘，兄弟二人执手相视，恸哭而别。

摊牌已到这个份上，就没必要再藏着掖着了。当天晚上，我隆重地召开大会，我的一众谋士将佐，包括张弘策、吕僧珍、长史王茂、别驾柳庆远、功曹吉士瞻等数十人参加了会议。会上首先隆重地给我父亲上香，之后到我兄长萧懿和五弟萧融的遗像前磕头作别，是的，我们家族为萧齐江山做出了多大贡献？我父亲为何冤死？我兄弟为何连续冤死？父兄之仇不报，大丈夫岂可立足于天地？我几番哭泣，之后进行动员："昏乱的君主残暴，罪恶超过了纣王。所以，我应当与你们一起把他除掉。"我的部下都深受感动，义愤填膺，表示愿意以死效命。

人生最要紧的不是你站在什么地方，而是你朝着什么方向行动。十一月初九，我竖起"清君侧"的大旗，集结群山里的兵马，共有甲士四万多，战马五千匹，船舰三千艘。我威风凛凛地站立船头，大喝一声："出发！"

第二章 为天地立心

人生要有大目标，既然高举义旗，那我就要为天地立心。是的，以"仁""孝"等道德伦理为核心的精神价值系统早已荡然无存，皇上忙着当昏君，奸臣忙着敛财，士子忙着拍马屁，百姓忙着找饭吃，那些天理，那些公道，那些王法，早已被朝野忘得一干二净，是时候为大齐立规矩了。但在大目标下一定要有小计划，我一口吃不成大胖子，一步也到不了建康，必须在战略上着眼于建康，在战术上着眼于当前的荆州，"邻居"搞不定，那计划也走不远。

（一）计赚荆州

此时，皇上的八弟南康王萧宝融十三岁，任荆州刺史，长史萧颖胄代理州府事务。皇上对郑植带回的真实的汇报，给予了前所未有的重视，立即派遣辅国将军、巴西和梓潼二郡太守刘山阳率领三千兵士赴任，准备会同萧颖胄一起袭击襄阳。

我虽然喊了"出发"，但是还在刺史府中思考，我的主要目标是建康，与荆州的战争是最后的一招，能不兵刃相见那是最好。于是我叫来心腹参军王天虎去江陵，他的任务就是送信，给荆州和西中郎府的官员们每人送去一封书信，信中说："刘山阳率兵西进，要同时袭击荆州和雍州。"我的部下不解，认为萧宝融是皇上的弟弟，我在雍州浪费时间不可取。

我对众位将佐们说："荆州人向来害怕襄阳人，况且雍州和荆州地界相邻，唇亡而齿寒，所以岂能不与我们暗中联络，通力合作呢？我只要能会合荆州和雍州的兵力，大张旗鼓地东进，就是韩信、白起再生，也无法为朝廷想出什么好招来，何况是昏君差使一帮提刀传敕的宠幸之徒呢！"

王天虎又按照我的安排，当着一帮辅佐参谋的面，给萧颖胄和其弟萧颖达另送了两封书信，内容只有一句话："事涉机密，由王天虎口述。"萧颖胄赶忙问王天虎："萧刺史到底说了什么？"王天虎瞠目结舌答不上来。这件事很快就在江陵城传开了，加上王天虎本是萧颖胄的贴身心腹，许多人都开始相信萧颖胄已经和我"勾搭成奸"。萧颖胄夹在刘山阳和萧衍中间进退维谷。

那刘山阳也是个滑头，他的情报收集能力也是一流的，听说萧颖胄和我是一伙的，当然不敢去江陵，生怕萧颖胄吃了他。刘山阳在路上这么一停，反而让萧颖胄担惊受怕，他不停地想，难道刘山阳真的相信自己要与萧衍谋反？难道他也要来攻打荆州？事实上萧颖胄根本就没想过要蹚这个浑水，一时没了主意。夜里，他叫来谋士柳忱一起商议对策，这个柳忱被我收买，我提前让王天虎呈上了厚礼。

柳忱："萧衍在雍州招兵买马，已经不是一天两天的事了。江陵人向来打不过襄阳人，我们又寡不敌众，即使加上刘山阳，要打败雍州必定

办不到，即使能打败他们，最终也不会为朝廷所容忍。尚书令萧懿的头颅还在城楼上挂着呢！"

萧颖胄："诚然。"

柳忱："如今，如果杀了刘山阳，与雍州方面一起起兵举事，立天子以令诸侯，则霸业可成。"

萧颖胄："立天子我们最有条件！"

柳忱："刘山阳迟疑而不进，这是不相信我们，要杀他我也有一策。"

萧颖胄："愿闻其详。"

柳忱："刘山阳是来讨伐雍州的，如果我们斩了萧衍派来的王天虎，把首级送给刘山阳，那么他的疑虑就可以消除。等他来到荆州，再把他收拾掉，一定可以成功。"

萧颖胄："果然好计，只是要与萧衍费一番口舌了。"

柳忱："朝廷的昏狂悖乱一天比一天严重，京城中的大臣们惴惴不安，人人吓得连大气也不敢出，只有垂首听命的份儿，不敢移动。现在，幸好我们远离朝廷，暂时安全。朝廷命令我们袭击雍州，只不过想借此让双方互相残杀罢了。难道您忘记尚书令萧懿了吗？他打败了崔慧景的十万大军，然而竟被那帮邪恶的小人所陷害，很快就灾祸及身。'前事不忘，后事之师'，他的教训实在值得我们记取。"

萧颖胄："道理是这个道理。"

柳忱："再说雍州兵力精锐，粮草充足，萧衍雄姿英发，谋略过人，罕有人能与之匹敌，刘山阳一定不是他的对手。如果他击败了刘山阳，我们荆州也会因为没有执行朝廷之令而受到责难，这真是进也不可，退也不可，所以应该认真加以考虑。"

第二天晚上，萧颖胄举行宴会，推杯换盏间，萧颖胄对王天虎说："您同刘山阳相识，为了雍州荆州的大事，现在不得不借您的人头用一用。"于是，令人斩了王天虎，把他的脑袋送给刘山阳，并且调用民众的车和牛，声称派遣步军去征讨襄阳。刘山阳见状欣喜若狂。十一月十八日，刘山阳到了江津，独自乘坐一辆车，穿着白色便服，只带了几十个随从，去见萧颖胄。萧颖胄指派武士在城内埋伏，刘山阳刚进入城门，就在车中把他斩了，副军主收集余部，投降。

萧颖胄顾虑副手西中郎司马夏侯详不合作，柳忱说："这再容易不过了。前不久，夏侯详曾来求婚，要娶我的女儿做儿媳妇，我没有答应，现在为了成就大业，我就答应与他做亲家好了。"于是，柳忱把女儿嫁给了夏侯详的儿子。

（二）捷足先登

本来是我先打出"清君侧"的旗帜的，现在居然有人跟我抢这面旗帜！十一月十九日，萧颖胄以南康王萧宝融的名义发布戒严令，又大赦囚徒，施布恩惠，颁布奖赏标准。

二十日，萧宝融以新朝廷的名义任命我为使持节都督前锋诸军事，我很好奇，这年头也不讲个先来后到？但一想，有人给你升官总是好事，何况官还不小，于是一笑置之。

二十一日，新朝廷任命萧颖胄为都督行留诸军事，他算是我的上级。萧颖胄和心腹左右纷纷捐献自己的钱粮，并且转借了大量的资金，以便资助军用。长沙寺的僧人向来富有，他们把黄金铸成金龙，约有数千两，埋藏在地下，萧颖胄取出来，用以资助军费开支。

萧颖胄派遣使者把刘山阳的首级送给我，荆州的使者说："萧颖胄都督经过占卜，认为当前年月不吉利，应当等到明年二月再起兵出发。"

张弘策："恐怕是荆州少兵吧，军机可是稍纵即逝的。"

使者："萧宝融即将称帝，雍州应该听从他的统一调度和指挥！"

我："起兵的开头，所凭借的就是一时之骁锐的气势与信心，即使不停息地干下去，还恐怕要出现松劲情绪，如果停兵等待三个来月，必定会产生后悔和顾惜之念。何况聚集了十万大军，时间一长，粮食就会消耗光。如果那毛孩子再提出什么不同意见，那么大事就难以成功。况且现在已经一切安排就绪，怎么能中途停息呢？过去周武王讨灭殷纣王，出发时间正好冲犯太岁星，岂能等待什么吉利的年月呢？"

（三）暂避风头

虽然我决定在军事上不听萧宝融的，打下建康乃是第一要务，但我赞成萧宝融称帝，以前我还没想到用这一招，现在他自己主动走向皇位，那挡箭牌就是他了，枪打出头鸟，他以及荆州就成了萧宝卷的主攻目标，雍州就不是矛盾的主要方面，避其锋芒当是用兵之道。

十一月二十二日，我上表南康王萧宝融，劝他称帝。十二月，萧颖胄同夏侯详向建康朝廷中的百官群臣以及各州郡的长官们，传达了声讨萧宝卷以及梅虫儿、茹法珍罪恶的檄文。萧颖胄派遣冠军将军杨公则去湘州，派遣西中郎参军邓元起向夏口进发。

十二月初十，荆州的将佐们再次劝萧宝融称帝。二十七日，萧颖胄到达江陵，声称接奉宣德皇太后的命令："南康王萧宝融应当继承皇位，但由于要清除宫中的昏君和奸臣，所以暂时不称帝，而封地十郡，为宣城王、相国、荆州牧，并且授予黄钺，可以挑选任命百官，原有的西中郎府和南康国照旧不变。"想来宣德太后又被惊扰了一回，可能她已经习惯了。

这时竟陵太守曹景宗来游说我："你可以学曹操，迎接南康王，以襄阳为都城，先称帝即位，然后再进军建康。"

我笑笑："请神容易送神难！"

张弘策："现在，南康王被掌握在萧颖胄手中，他挟天子以令诸侯，我们前进后退都将受他驱使，这岂能是长久之计？"

我："假若下一步的大事不能成功，那么无论贵贱都将一块遭难而死；如果大事能告捷，那么我将威震四海，又岂能碌碌无为而受他人摆布？"

这时，我的雍州可热闹了，起事的义旗一举，威武之师一亮相，来投奔的重量级人物络绎不绝。地方豪门韦睿率领郡兵两千兼程而行，前来参加；华山太守田康绚也率领郡兵三千名来投附；冯道根当时正在为母亲守丧，也率领乡亲的子弟中可以行军打仗者前来加入；梁州和南秦州两州的柳刺史也起兵响应。

第三章 为进京铺路

现在我们大齐名义上有两个朝廷，大家都像模像样地表演着，以自己为正朔，视对方为敌人。大家都排兵布阵，以期早日消灭对手。萧宝卷也拿出了他所有的力量，在我们进军建康必经的鲁山和郢州驻防，以便灭火于半途。

（一）立新帝

501年正月初十，南康王萧宝融也学历代半途上位的帝王一样，一步一个脚印地往上升，这天他开始自称相国，发令大赦天下，并且任命萧颖胄为左长史，任命我为征东将军，任命杨公则为湘州刺史。萧宝卷当然也不能在气势上输了，他随之在建康南郊举行祀天仪式，大赦天下，以示他才是货真价实的天子。

萧宝融于二月初一开始行使皇帝的职权，任命他弟弟邵陵王萧宝攸为荆州刺史，冠军长史王茂为江州刺史，竟陵太守曹景宗为郢州刺史，西中郎中兵参军刘坦为长沙太守，主政湘州。那刘坦曾经在湘州驻留过，当地有许多得过他好处的老熟人，所以迎接他到来的人挤满了道路。刘坦到任之后，选派能干的吏员分赴十郡，发动民众运送租米三十多万斛，以便资助荆州和雍州的军队，由此粮食物资再也不缺乏了。

经过几个月的全力打造，荆州州府城门和宫殿全部依照建康宫的规模改建而成。三月十一日，萧宝融在江陵正式即位，是为"和帝"，改换年号为中兴，大赦天下，并且建立宗庙、南北郊祭祀天地场所。设置了尚书五省，任命南郡太守为首都江陵尹，萧颖胄为尚书令，我为左仆射，晋安王萧宝义为司空，庐陵王萧宝源为车骑将军、开府仪同三司，建安王萧宝夤为徐州刺史，散骑常侍夏侯详为中领军，我弟弟领军将军萧伟为雍州刺史。

三月十二日，萧宝融发出诏书，废萧宝卷为庶人，后又封他为涪陵王。

三月十五日，萧宝融命令尚书令萧颖胄兼荆州刺史，又加封我为征东大将军、都督征讨诸军事。当时，我正在杨口，新皇帝萧宝融派遣御史中丞来犒劳军队，我的心腹提醒御史中丞说："皇上还没有授予征东大将军黄钺，这样无法统率各路军队。"御史中丞一想也对，军队如果没有统一号令，那就是一盘散沙，于是马上返回江陵启奏和帝，和帝只好无可奈何地答应了。

（二）攻郢州

萧宝卷听说刘山阳死了，就发出诏书，命令讨伐荆州和雍州。十二月十三日，派兵以及运粮一百四十余船，送给郢州刺史张冲，让张冲抵挡西边荆、雍二州的军队；原先的竟陵太守房僧寄将要回建康，到了郢州时，萧宝卷敕令房僧寄留守郢州附近的鲁山，并任命他为骁骑将军。张冲于是与房僧寄结盟，派遣军主孙乐祖率领数千人帮助房僧寄守护鲁山。

502年正月十三日，作为征东将军的我正式起兵，留弟弟萧伟和萧憺守襄阳，自己则率兵东下，开始了人生的一场大赌博。

要起兵，檄文是一定要有的，况且萧宝卷的过失罄竹难书，我周围也不缺少文采绮丽的人，没多久，一篇必将传颂千古的檄文就张贴于建康的大街小巷，广布大齐各州。

夫道不常夷，时无永化，险泰相沿，晦明非一，皆屯困而后亨，资多难以启圣。故昌邑悖德，孝宣聿兴，海西乱政，简文升历，并拓绪开基，绍隆宝命，理验前经，事昭往策。

…………

自大行告渐，喜容前见，梓宫在殡，觍无哀色，欢娱游宴，有过平常，奇服异衣，更极夸丽。至于选采妃嫔，姊妹无别，招侍巾栉，姑侄莫辨，掖庭有裨贩之名，姬姜被干戈之服，至乃形体宣露，裹衣颠倒，斩斫其间，以为欢笑，骋肆淫放，驱屏郊邑，老弱波流，士女涂炭，行产盈路，舆尸竟道，母不及抱，子不遑哭，劫掠剽虏，以日继夜，昼伏宵游，曾无休息，淫酗挻肆，酣歌垆邸，宠恣愚竖，乱惑妖魊，梅虫儿茹法珍臧获厮小，专制威柄，诛翦忠良，屠灭卿宰。

…………

萧右军讦谟上才，兼资文武，英略峻远，执钧匡世，拥荆南之众，督四方之师，宣赞中权，奉卫舆辇，旌麾所指，威棱无外，龙骧兽步，并集建业。黜放愚狡，均礼海昏，廓清神甸，扫定京宇。

雍州和荆州距离较远，我选择的进军路线是先南下竟陵，然后沿汉水东进江夏，占据上流优势，再顺江东下，攻克建康，我们和荆州的会合点只能是江夏。我的雍州兵很快就抵达汉口，参军劝我先围住江夏，围点打援，攻克西阳和武昌，我不同意，转而派军渡江，在九里下营，曹景宗屯兵石桥浦。我这么布兵，主要是担心贸然攻西阳，驻守鲁山的骁骑将军房僧寄有可能在背后偷袭，那麻烦就大了。只要拿下鲁山，郢州唾手可得。

在汉口扎营后的第三天，我派出的五千将士就集结在郢州城下，准备攻城。那张约方才得到朝廷兵力和粮草方面的大力援助，自然也想看看叛军的实力，于是他派遣骁勇将士近万人杀出城门。我训练出的军队的确很勇敢，他们在山野间苦练杀敌本领有一年多了，那些演练过的阵法、横砍斜刺的招数早已烂熟于胸，如今好不容易派上用场，当然要给萧刺史显摆显摆，结果只一盏茶的工夫，郢州军及中央派驻军就落荒而逃。张约见势不妙，从此紧闭城门，龟缩城中死守。

对我威胁最大的并不是张约，而是鲁山的房僧寄，为防止房僧寄和张约联手，我派水军头领率船队在长江上来回游弋，切断郢州和鲁山的一切人员往来和情报物资交换。

我在前线战斗，后方的萧颖胄也没闲着，如今他和我是一根绳上的蚂蚱，我要是败了，他也得跟着完蛋。萧颖胄知道其中的利害关系，派邓元起和杨公则率军沿长江而下和我会合，我的实力进一步壮大。这时郢州城突然发生变故，刺史张约病故，他应该是被"吓死"的，战败的第二天就一病不起，不到一个月就归西了，江夏由张约之子张孜继续死守。我没把他当回事，郢州早晚都是我盘子里的肥肉。

这时萧颖胄的职务是尚书令兼荆州刺史，我是征东大将军。荆州大后方实际上是萧颖胄一个人说了算，我在前线打拼的同时还要密切关注新朝廷萧颖胄，人心隔肚皮，谁知道他肚里有几条蛔虫？围困江夏一直到六

月，江陵朝廷派卫尉席阐文来前线犒军，席阐文同时还捎来了萧颖胄对前线的看法。他对我顿兵郢州城下、围而不攻相当不满，认为我坐失战机，并说要请北魏军协同作战，这样胜算更大。

我勃然大怒："我军人少，分则易为官军所乘，我坐镇汉口，就是要切断各种官军往来通道，等到官军粮食吃光，就是我们反击的时候。且北虏贪婪，请神容易送神难，我们自家的事，岂容北虏置喙？"

这时，鲁山的房僧寄将军也生病了，加上害怕，后来追随张约离世了，军权由军主孙乐祖代理。一看时间差不多了，我派征虏将军王茂和军主曹仲宗率水师进攻加湖，它和鲁山一样起着拱卫郢州的作用，只一天的工夫就歼灭官军吴子阳所部上万人。这让本还有一丝希望的郢城和鲁山的守军全都泄了气，知道这回是真没救了。

面对强悍的训练有素的雍州新军，孙乐祖没粮食吃了，只好让弟兄们在江边捕小鱼充饥。吃不饱的军队是没有战斗力的，孙乐祖想弃军逃到夏口，但我们已经切断了他的后路。七月二十五，走投无路的孙乐祖投降。

鲁山的失陷，直接将江夏暴露在我的兵锋之下，江夏是大郡，城中有十多万百姓，在被围的大半年里，因为缺粮，饿殍遍地，惨不忍睹。守城的将军虽然被萧宝卷封为大州刺史，但不过是画饼充饥，解决不了实际问题。在圣旨下达的当天，郢州就开城投降了。

我留下上庸太守韦叡守郢州，之后就是扫清外围，郢州仍有几个不安分的，尤其是司州刺史王僧景。于是我派一支军队北上进攻，很快就吃掉大半个司州。王僧景知道打不过我，只好投降，并打发儿子到我这里做人质。

（三）乱朝堂

我在长江上游打得风生水起，但目光始终紧盯朝堂。我派心腹去巴陵王萧昭胄府上游说。上次崔慧景"造反"时，就准备立他为帝，事后只是冲在前面的萧宝玄被斩，这萧昭胄后来才被抓到，且事迹不突出，萧宝卷就让他回府了。我的心腹告诉他，如今雍州势大，不日就将拿下建康，到时立他萧昭胄为帝，让他抓紧培植势力，到时里应外合。于是萧昭胄和前巴西太守萧寅、父亲萧子良的老部下桑偃一起密谋，准备到时废萧宝卷自立。他也知道如今抢龙椅的人太多，靠等待是不行的。桑偃打算率几百人突入万春门杀掉昏君，萧昭胄却犹豫不决。时间是秘密的天敌，随后因内部矛盾，萧昭胄被人告发，之后被斩杀。

一个萧昭胄能搞乱朝堂，好几个萧昭胄就能搞乱建康。我又派那心腹去游说张欣时，他是始安王萧遥光的长史，始安王被诛时侥幸逃脱，他一定有很大的冤屈要伸。他的哥哥张欣泰是能征善战的老将，目前为持节、督雍梁南北秦四州郢州之竟陵司州之随郡军事，雍州刺史。虽然张欣泰人在建康，雍州刺史是有名无实，但他名望很高，属于有所作为的军事将领，理论上下一步应该是由他领军征战。在我的允诺下，再加上数箱财宝，张氏兄弟就顺水推舟了。是啊，张欣泰早就瞧萧宝卷不顺眼了，也想干票大买卖，何况现在又有了坚实的外援和后台？朝堂上一个人反叛，胜算的可能性较小，还是要团结一帮人，于是我又分了些空头官帽和才到手的小部分财宝，给太子右卫率胡松和直合将军鸿选、南谯太守王灵秀等十几位部将，准备先干掉萧宝卷身边的茹法珍和梅虫儿那几个小人，再推翻萧宝卷，改立建安王萧宝夤。立萧宝夤而不提荆州

已经称帝的萧宝融,也是我的建议,只有把萧宝玄、萧宝融、萧宝夤等更多的兄弟推向反面,才不致形成一个兄弟的声望最响亮,其他兄弟联手反对的局面。

动手的地点选择在中兴堂,因为张欣泰已接到圣旨,要率军上前线和我作战,茹法珍和梅虫儿等人要来中兴堂给他饯行。欢快的酒宴刚开始,众人刚坐好,张欣泰的人马就出手了,先砍死中书舍人冯元嗣和制局监杨明泰,堂中大乱。梅虫儿中了一刀,虽然负伤,但还是跟着茹法珍侥幸逃了出去。看来张将军只熟悉战场的手法,对于朝堂上的暗算就很生疏。

另一路,王灵秀按计划去外城接建安王萧宝夤入城即位,那萧宝夤也不知道发生了什么,在武士的包围下也不敢反抗,于是只有一个念头"跟着走。"上千百姓也不知发生了什么,只知道有热闹看,赶快跟着萧宝夤入城。梅虫儿抢先入宫告发了张欣泰和萧宝夤,萧宝卷立刻下令关城。城上守军得令,万箭齐发,射倒了不少看热闹的百姓。众人大乱,丢下萧宝夤四处逃窜,萧宝夤还没弄清楚到底咋回事就做了"孤家寡人",之后被带进宫里,向皇帝老老实实讲了这个浑浑噩噩的"跟着走"的故事。萧宝卷哭笑不得,他还是重亲情的,没舍得杀弟弟,只殴打羞辱了一番就放了人,气都出在那帮反贼头上,接着就把张欣泰胡松一伙全部拉出去砍了。

第四章　为生民立命

　　这些年我大齐的老百姓太苦了，江南各地是死亡大半，又逃亡大半，现在是十室九空。该恨谁呢？他们日出而作，一天从早忙到晚，交够给皇帝的，给州府的，给胥吏的，还要还债务、被搜刮，剩下的才是自己的。结果什么也没有剩下，反而还欠下一大笔债务。辛辛苦苦一整年，一夜回到饥荒前。敢恨谁呢？北虏一来，烧杀抢掠，横征暴敛，老百姓敢怒不敢言；州府兵一到，巧取豪夺，坑蒙拐骗，老百姓不敢怒不敢言。其实江南的老百姓是好老百姓，他们不需要什么好皇帝，不需要什么天下正朔，不需要什么真理正气，不需要什么青天大老爷，不需要你争我夺，他们老老实实地下田干活，该交的钱粮一分不少，只求给他们留一条生路，让他们踏踏实实地活下去，就是百年盛世了！

　　一代人有一代人的心，一代人有一代人的命。我的雍州新军将要荡平旧世界，建立新秩序，更应心体万民，让百姓丰衣足食，和谐安详，以延续生命。

（一）扫平外围

在郢州长久使用围攻之计，主要是因为大齐朝堂的精锐基本上都已集中在这里，如果此次避战，将来也是心腹大患。再说，要进攻建康，我也不允许后背有强敌。终于，我用两百多天荡平鲁山和郢州，再从郢州到建康，长江一路奔腾，畅通无阻。虽然心腹回报说近来建康朝堂也起了巨大波澜，但那都是毛毛雨，扫帚不到，灰尘不会自己跑掉。

郢州和建康之间还盘桓着一个江州，走水路东下必须要经过江州地带。我的三千战船在江面鱼贯而行，声势浩大，锣鼓震天。这时的江州刺史是陈伯之，他虽然斗大的字不识一个，却狡猾得很。我特意从俘虏中挑出了陈伯之的心腹苏隆之，派他去浔阳劝降，并承诺让陈伯之继续留在江州做刺史。陈伯之左算右算，觉得两头不得罪最符合自己的利益，就答应了我，但他不希望雍州军过来，他信不过我。我就知道这厮不安分，决定压一压他的锐气，光耍嘴皮子不行，关键时候还要看拳头硬不硬。

冠军将军邓元起、左卫将军杨公则奉我之命，率精锐直袭江州附近的柴桑，我率主力部队随后跟进。人人都有欺软怕硬的毛病，陈伯之看到我如此强硬，果然服软了，立刻开门请罪。

我还要继续东进建康，但不放心陈伯之，决定留下郑绍叔守江州，负责前线军粮运输，陈伯之跟我连兵东下，实际上是为了就近监视。不只是陈伯之，远在江陵的萧颖胄也是我的怀疑对象，毕竟萧颖胄在后方，可以控制萧宝融，万一有什么风吹草动，对我是非常不利的。我在江州的心腹起着中流砥柱的作用。

我东进后，巴西太守鲁休烈突然发兵进攻荆州的上明，那里距江陵不过几十里。荆州的军事底子薄，他们的强项是争位子。尚书令萧颖胄有些坐不住了，于是下令把杨公则的部队拉回去救驾，那萧宝融绝不能落到萧宝卷手里。我当然不同意，假黄钺的意思就是关键时候暂时代行皇帝的职权，我告诉使者："远水救不了近火，杨公则赶回江陵已经来不及了。何况鲁休烈的人马不过是一群乌合之众，江陵有满朝文武，应该做最坚决的斗争。"是的，江州已经拿下，建康近在咫尺，这个时候更不能功亏一篑。对于战略全局，江陵小朝廷的命运不算什么。鲁休烈骚扰江陵还没几日，萧颖胄就忧愤成疾，很快病故，死时四十岁，江陵朝廷决定秘不发表，以稳定人心。等我攻克建康后，江陵才公开给萧颖胄发表，赠侍中、丞相，风风光光地将他下葬，我也流下了悲伤和同情的泪水。

我的行军速度很快，这是我训练的新军的一大优势，一切行动听指挥。江南水网纵横，走水路是最方便的，一阵风的工夫，三千战船便浩浩荡荡地来到了芜湖襄垣，准备和驻守姑孰的辅国将军申胄决战。其实是我太高看申胄了，这厮胆小如鼠，哪敢和我过招？我刚到芜湖，申胄就带着二万兵将作鸟兽散了。

姑孰是建康西边门户重镇，拿下姑孰后，唯一能给建康城挡风遮雨的只有江宁。我把这个光荣而艰巨的任务交给了将军曹景宗，曹景宗是我的著名悍将，打起架来不要命。萧宝卷派出的是太子右卫率李居士，他带着一千多精锐骑兵来到江宁决战，看到我们雍州军穿着破旧，武器老化，就瞧不起曹景宗，傲慢地上来搦架。曹景宗正愁没饭吃呢，带着士兵就杀了过去，没几个回合，官军大败，我军乘胜进逼阜荚桥。

曹景宗首战告捷，我提兵前进，派王茂占据越城，邓元起占据道士墩，陈伯之占据篱门，吕僧珍占据白板桥。我在新林设临时指挥部，准

备和萧宝卷进行决战。

萧宝卷当然不会坐以待毙，他再次派李居士出来捣乱，这回李居士带了一万多悍兵，声势很大。李居士瞅准了吕僧珍人数最少，就决定先拿他开刀。吕僧珍知道双方实力悬殊，不敢力拼，带着三百个我在山野里训练过的骁勇之士抄后路偷袭李居士。白板桥上的雍州军见吕僧珍得手，大叫着出城，里外合击，大败李居士。李居士烧掉了大半个建康外城后逃跑。

（二）进军建康

501年十月十三，萧宝卷痛下血本，派宁朔将军王珍国率十万精锐步兵屯于朱雀航南首，对外号称有士兵二十万，背对着秦淮河下阵。不过萧宝卷也不放心王珍国，这小子和他老爹王广之一样油滑，于是另外派太监王宝孙执白虎幡督战。

我一看阵势，就知道十万大军都是临时拼凑的，只有主将还将就，那就"擒贼先擒王"。于是我派出王茂、曹景宗和吕僧珍，王茂的任务是冲击官军的东翼，曹景宗则跟在王茂后面，吕僧珍负责放火。

主将在拼命，雍州军也都不甘落后，个个奋勇向前。官军虽然人多，但多是临时拼凑起来的乌合之众，哪经得起雍州军这么玩命地打。加上副将直合将军席豪因受不了小太监的辱骂，愤然上阵，结果不幸战死，官军更没心思打了，一哄而逃。他们能逃到哪里？逃到哪里雍州军也不会放过他们。朱雀航的惨败基本上瓦解了官军各部的士气，官军将士纷纷望风而逃，他们都明白，萧宝卷已经没救了。没骨气的都逃了，有骨气的都投降了，李居士也弃暗投明，并献出新亭要塞。

我不给萧宝卷丝毫反击的机会，立刻率兵进击宣阳门，陈伯之围西明门，准备攻城。不过我听说陈伯之和城里的人有所勾结，知道这厮不太安分，就派人吓唬他："昏君恨你入骨，听说将军倒戈，准备活捉将军，生吃将军肉，痛饮将军血，我提醒你了，你自己看着办吧。"陈伯之胆小，果然怕了，他现在已经被我拴在一根绳上了，没有后路，只好跟着我。

十月二十一，我坐镇石头城，督令各部进攻建康城。萧宝卷见外城要守不住了，不再和我纠缠，立刻下令烧掉外城建筑，所有人员全部逃进内城。

萧宝卷想做乌龟那就成全他，我下令四面合围内城，挖战壕工事。面对城外咄咄逼人的攻势，萧宝卷却跟没事人似的，照样在宫里跑马玩耍，甚至叫嚣要和我一对一单挑。萧宝卷轻视我也是有理由的，当初萧遥光、陈显达、崔慧景"造反"时，声势何其大，消弭何其短？在萧宝卷看来，我只不过是他们的翻版。这时城中还有七万多精锐部队，足够守城，但萧宝卷之前觉得我好对付，只准备了够吃一百天的粮食和物资。现在我军围住内城，准备再用一次郢州战法，看样子他们要断粮了，内城一时"众情汹惧"。

（三）攻破内城

俗话说，人为财死，鸟为食亡。只要萧宝卷肯掏银子，重赏之下必有勇夫，不愁没人出来卖命。但他却是只"铁公鸡"，连一根毛都舍不得拔。茹法珍虽然是个小人，但还算活得明白，知道萧宝卷再不掏钱，人心真的要散了，大伙全都得完蛋。茹法珍劝萧宝卷，结果却被喷了一脸唾沫："萧衍攻城，又不是只冲着我来的，凭什么让我掏钱充大头！"

萧宝卷舍不得掏钱的消息传到外面，将士们一听全都泄了气，本来还指望趁机捞一把呢，现在没戏了。摊上这么一只"铁公鸡"，弟兄们

直叫晦气。虽然暂时还没有大规模逃亡事件发生，但人心已经乱了。这样一支士气低落的军队，虽然人数众多，但根本没什么战斗力，几次突围都被雍州军给打了回来。对不起，上司有令，一只鸟都甭想飞过去，何况是你们这些鸟人，老实待着吧！

官军的士气跌到谷底，许多人开始感到绝望，再跟着萧宝卷，吃饭的家伙早晚要充公。宁朔将军王珍国和兖州刺史张稷听说茹法珍、梅虫儿又在萧宝卷耳朵边嚼舌头，再次劝萧宝卷诛杀大臣。为了自保，二人决定投降外城。他们先派心腹秘密出城联系上了我，我巴不得有内线呢，自然好言安慰，许诺让二人升官发财。二人也知道我说的不过是场面话，真要让我正眼看他们，除非他们能做成一桩大买卖，让我掂量出他们的分量。什么买卖？当然是想办法拿到萧宝卷的人头！

501年十二月初六晚，王珍国和张稷胆战心惊地率本部人马悄悄来到云龙门下，由事先买通的后阁舍人钱强打开门，乱兵一拥而入。他们已经打探到，此刻萧宝卷正坐在含德殿上对着月亮吹笙，抒发对美好生活的向往，于是大队人马直扑含德殿。

萧宝卷确实在吹笙，吹了一会儿，萧宝卷觉得累了，就转身上床休息。正在辗转反侧的时候，他隐约听到殿外有动静，还没反应过来，乱兵已经踹开殿门闯了进来。萧宝卷吓得脸都绿了，准备跳过北墙，逃往后宫避难。怎料还没等他跳墙，跟在身边的太监黄泰平突然狞笑不已，抽刀从背后砍了过来。萧宝卷惨叫一声，扑倒在地，这时才看清是黄泰平砍了他，于是破口大骂："狗奴才，你想造反吗？"

这是萧宝卷十九年短暂人生中说的最后一句话，他本想忍痛再说些什么，却被突然赶到的张稷的中兵参军张齐一刀剁下了人头，连个喊疼的机会都没有。我大齐最著名的荒唐皇帝萧宝卷就这么死了。

第五章　为万世开太平

《中庸》曰："君子笃恭而天下平。"自帝降而王，王降而霸，霸降而夷狄，天下治日少而乱日多。秦并六国，二世而亡。晋失其驭，五胡交乱，力其可恃乎？看那萧宝卷，碔砆不可以为玉，螾蜒不可以成龙。人生为一大事来，做一大事去，天将降大任于是人也，舍我其谁？

（一）破旧——废旧帝

运气就是，机会碰巧撞到了你的努力。萧宝卷的倒台，虽是他个人的不幸，却是我整个大齐的幸运。自从萧鸾以来，我大齐在和北魏的较量中颓势明显，先丢北雍州，再丢豫州，淮河一线失去大半，部分边境线推进到长江边。战略主动权完全丧失。我起兵后，北魏朝野纷纷劝皇帝元恪趁齐内乱南伐，统一天下。他们的安南将军元嵩上书《谋举沔南表》。

萧宝卷骨肉相残，忠良先戮，臣下嚣然，莫不离背，君臣携贰，干戈日寻。流闻宝卷雍州刺史萧衍兄鳃于建业阻兵，与宝卷相持，荆郢二州刺史并是宝卷之弟，必有图衍之志。臣若遣书相闻，迎其本谋，冀获

同心，并力除衍。平衍之后，彼必旋师赴救丹阳，当不能复经营疆陲，全固襄沔。臣之军威，已得临据，则沔南之地，可一举而收。缘汉曜兵，示以威德，思归有道者则引而纳之，受疑告危者则援而接之。总兵伫锐，观衅伺隙，若其零落之形已彰，急懈之势已著，便可顺流摧锋，长驱席卷。

听说这进表得到了北魏元恪的支持，诏曰："所陈嘉谋，深是良计。如当机形可进，任将军裁之。"由于我行动迅速，我南边的形势很快稳定了。

萧宝卷一死，我大齐朝野一片欢呼。张稷立刻召集百官，让王公大臣们签字画押，将黄绢抹上油，包了萧宝卷的人头，出城献给我。虽然江陵城还有一个皇帝萧宝融，但谁都知道萧宝融只是个摆设。虽然建康城已经被我划到自己的户头上，但因为城中形势尚不明显，我也没有贸然进城，而是派吕僧珍和张弘策先进城清查府库户籍，做好建立新朝的准备工作。这时，沈约通过写诗来制造舆论。

梁鼓吹曲·道亡

道亡数极归永元，悠悠兆庶尽含冤。

沈河莫极皆无安，赴海谁授矫龙翰。

自樊汉，仙波流水清且澜，救此倒悬拯涂炭。

誓师刘旅赫灵断，率兹八百驱十乱。

登我圣明由多难，长夜杳冥忽云旦。

梁鼓吹曲·昏主恣淫愚

昏主恣淫愚，皆曰自昌盛。

> 上仁矜亿兆，誓师为请命。
>
> 既齐丹浦战，又符甲子辰。
>
> 尧难伐有罪，伐罪吊斯民。
>
> 悠悠亿万姓，于此睹阳春。

现在我最需要做的一件事，就是废除萧宝卷的皇帝称号。我又请来了宣德皇太后王宝明。让她演串场戏，跑跑龙套，还好有她在。那王宝明也早已习惯，如今她的金字招牌价值连城。只要价格合适，就可以再次成交。

501年十二月初十，我以宣德皇太后的名义下令，废萧宝卷为东昏侯，其皇后和皇太子并废为庶人。我被宣德皇太后封为大司马、录尚书事、骠骑大将军、扬州刺史，晋爵建安郡公，食邑万户。建安王萧宝寅因为要避我的讳，改封为鄱阳王，时兼扬州刺史的晋安王萧宝义改封为司徒。

十二月十九日，我以胜利者的姿态威风凛凛地进入建康城，入居阅武堂。随后以大司马的名义下令——废除萧宝卷制定的不合理的制度，并清查冤狱，建康城中一片晏然。

经过一段时间的努力，我终于完全控制了建康城。502年正月十三日，宣德皇太后再次下令，任命我为都督中外诸军事，我可以剑履上殿、入朝不趋、赞拜不名。

（二）破旧——除和帝

其实现在建康朝堂上的王公大臣也很纳闷，为什么封官都是太后懿旨？江陵不是有位皇帝吗？并且还是我扶立的！其实江陵的萧宝融也不

甘寂寞，目前能显示他的权威的就是封官。

正月二十四日，萧宝融下达圣旨，封我为相国、总百揆，从南豫州、南徐州、扬州划出十郡，分封给我做梁公，备九锡礼，置梁国百司。

萧宝融是我大齐和帝，这个是我早就承认了的，目前都城已经修复，需要皇帝归位，于是我派出盛大的队伍前去迎接。皇帝东归前，赶紧再次封官，这次是封我的弟弟。皇上任命萧憺为都督荆、湘等六州诸军事及荆州刺史。

三月二十七日，萧宝融到达姑孰，开始举行胜利欢快的酒宴，当然地位崇高的主桌离其他副桌很远，主桌上只坐着两人，皇上萧宝融和我的心腹张弘策，他俩高兴地喝着交杯酒，一边听音乐、欣赏舞蹈，一边愉快地交流。

张弘策："皇上英明，建康终于复兴！"

萧宝融："那萧衍还是有些能力的。"

张弘策："梁公丰功伟绩，举世无双啊！"

萧宝融："普天之下，莫非王土，他的封赏已无与伦比了，奈何？"

张弘策："皇上当然还可以封赏！"

萧宝融："想来想去，只有一样了，那就赐他免死铁券？"

张弘策："正确，这个梁公可以赐给你。"

萧宝融张大了嘴，久久说不出话来。之后张弘策又在皇帝的寝宫说了许多体己话，听着门外叮叮咣咣的刀剑声和卫士的脚步声，萧宝融久久难眠。二十八日，皇上萧宝融下达圣旨，当然这是他的最后一道圣旨了，诏令将大齐国皇位禅让给梁公萧衍。当然，来而不往非礼也，我作为新皇帝，下达的第一道圣旨就是封萧宝融为巴陵王。

四月初十，巴陵王萧宝融在姑孰去世，时年十五岁。当时，我想以南海郡为巴陵国，迁巴陵王去居住，可是，沈约却对我说："古今不同，当年魏武帝曹操曾经说过'不可以慕虚名而受实祸。'"我点头同意，于是就派遣亲信郑伯禽到姑孰，把生金子给巴陵王，让他吞下去，巴陵王说："我死不须用金子，有醇酒就足够了。"于是就给他酒喝，他喝得烂醉时，郑伯禽上前帮他实现了意愿。

巴陵王萧宝融镇守荆州之时，琅玡人颜见远做他的录事参军，巴陵王去世后，颜见远绝食数日而死。

（三）破旧——斩众王

一个人身边的位子仅有那么多，在这个狭小的圈子里，有些人要进来，就有一些人不得不离开。其实，沈约和我的理念是一样的，"不可沽名学霸王"。明帝在任时就喜欢在朝堂上动刀动枪，几乎杀尽了高帝、武帝的子孙，萧宝卷后来学他老爹，在诛杀功臣将佐的同时，又杀了一大批萧姓皇族。如今明帝一脉成为众矢之的，我也只好以明帝为榜样。

大齐湘东王萧宝晊是安陆昭王萧缅的儿子，颇爱好文学。萧宝卷死后，萧宝晊希望人心都向着自己，坐等即位。二月初三，新朝称萧宝晊谋反，把萧宝晊及其弟弟江陵公萧宝览、汝南公萧宝宏一起斩杀。

三月十三日，大齐邵陵王萧宝攸、晋熙王萧宝嵩、桂阳王萧宝贞被斩杀。

三月二十九日，庐陵王萧宝源去世。

比较有头脑的是萧宝夤，此前他就跳得比较高，我派人对他进行重点监视。但鄱阳王萧宝夤家中的阉人颜文智与左右心腹麻拱等人密谋，

在夜间挖开墙壁，把萧宝夤送出去，又在长江岸边准备了一艘小船。萧宝夤穿着黑布短衣，趿着草鞋，徒步而行。后来遇人追赶，萧宝夤装作是钓鱼人，与追赶者在江中并舟而行了十多里。等到追赶的人离开之后，萧宝夤就在西边靠岸，辗转投奔到北魏，听说元澄非常器重萧宝夤，以后他可能会成为我南边的心腹大患。

我一看明帝的子孙斩杀得差不多了，而建康的萧齐旧人都还战战兢兢，不知杀伐的边界在哪里，不知自己是该等待、逃跑还是反抗。我赶紧安抚他们，我在大殿召见南康侯萧子恪以及其弟祁阳侯萧子范，说："天下的名位、爵禄，不可以力取，假如没有运气，即使有项羽之力，终究还是要失败。宋孝武帝性情猜忌，兄弟中稍有些好名声的，都被他用毒药害死，朝廷中的臣子们因受到猜疑含冤而死的一个接着一个。然而，有的人虽然可疑却不能把他除去，有的人不可疑却成为后患，比如你们的祖父高帝生前因才略而被猜疑，但是却未被除去。湘东王刘彧因平庸愚笨而未遭猜疑，但是孝武帝的子孙却最后都死在他手中。我那时已经出生，刘彧岂知我会有今天呢？由此可知，有天命的人，别人是害不了的。我刚平定建康之时，人们都劝我除掉你们，以便统一人心，我当时如果依照这一建议而行事，谁会说不可以呢？我之所以没有这样做，正是由于考虑我们南朝，每到改朝换代的时候，总是要进行残杀，以致有伤和气，所以国运都不能长久。另外，由齐而梁，虽然说是改换天命，但是事情与前代不同，我与你们兄弟虽然出了五服，但是宗属关系并不太远，而且齐国创业之初，也曾经同甘共苦过，情同于一家，所以岂可以一下子就变成好像是行路之人，互相不相认了呢？你们兄弟果然有天命的话，就不是我所能杀得了的；如果没有天命，我又何必忽然要那样做呢？那样做只能向世人显示我无度量罢了。况且，明帝在建武年间诛杀高帝、武帝的子孙，使你们家门遭殃，所以我起义兵，不但是自雪家耻，也是为你们的兄弟报仇。你们如果能在建武、永元年间归于正道的话，我哪里能不放下干戈、推举拥戴呢？我是自明帝家取来的天下，并非从你们家取来的。过去，刘子舆自称为是汉成帝的儿子，汉光武帝说'就是汉成帝再生，天下也不可能重新到其手，何况刘子舆呢？'曹志是魏武帝的孙子，成为晋朝的忠臣。更何况你们现在仍然是皇家宗室呢？我坦诚地讲了以上这些，希望你们不要再有见外之意。很快，你们就会知道我的心意了。"萧子恪兄弟十六人以及其他萧齐皇室子孙都心悦诚服，他们在新朝为官，我还让颇具文学才华的萧子显开始为前朝写史。

搞定了建康，我还要收拾周边那些不太听话的萧宝卷残部，比如豫州刺史马仙琕。我不想和马仙琕动武，于是先派马仙琕的朋友姚仲宾去做说客，晓明形势，劝其归降。没想到马仙琕大怒，立斩姚仲宾。马仙琕是忠臣吗？难说他不是在演戏，以便日后从我那里捞好处？杀掉姚仲宾之后，他哭号着遣散部下，说弟兄们家有父母，他自己做忠臣，让弟兄们都回家做孝子。随后自投大营，被我的人马捆绑着来见大司马，一同被绑来的还有"宁死不降"的吴兴太守袁昂。我自然不能亏待这两位忠臣，给他们戴高帽："不意今天见二义士。"

马仙琕："小人只是一条没有主人的狗，萧宝卷给我骨头啃，我当然要为主人效命了。"

我大笑。马仙琕的话外音很明白，只要有骨头啃，他照样会做我的忠实的走狗。不久后，马仙琕的母亲去世，我便送给他许多助丧的财物以示慰问。马仙琕大哭着对他的弟弟说："承蒙陛下赦免的大恩，小人无

以报答。现在又承受陛下特殊的恩惠，应当全身心地报效陛下。"

于是我不再杀伐。天空收容每一片云彩，不论其美丑，故宽阔浩瀚；大地拥抱每一寸土地，不论其贫富，故广袤无垠；海洋接纳每一条河流，不论其大小，故辽远无边。为了我的万世基业，包容才是正道。

（四）立新——建大梁

虽然我是从雍州起兵，但在建康的朋友也很多。比如沈约，此前就经常跑到大司马府里煽风点火，劝我建立新朝。我不傻，哪能轻易让人抓住话柄，并不理沈约的那一套。

沈约："士大夫想攀龙附凤，这也是人之常性，现在黄毛小儿都知道齐朝要完蛋了，天下非您莫属。"

我随口敷衍道："事关重大，让我考虑一下。"

沈约："当初大司马龙兴襄阳之时，就应该考虑这事，现在大事已成，您还考虑什么？难道考虑把建安公爵的位子传给小世子吗？现在天子尚在江陵，如果有人把天子迎还京师，君臣名分定了下来，那时大司马再想做大事就来不及了。"

我没有反应。

沈约："天子长大，君明臣贤，到时看还有谁愿意跟着大司马您做鼠窃贼！"

这句话果然刺痛了我，我也知道夜长梦多，这事不能再拖。便让沈约先回去，随后找来范云，他自然也劝我称帝。我让范云通知沈约，次日一早过来议事。

范云把这事告诉沈约，并约好次日在大司马府前会合，一起去见大司马，沈约微笑着答应了。第二天天刚放亮，范云就跑来了，可等了半天也不见沈约的人影。正在纳闷的时候，却看见沈约春风满面地从大司马府里走了出来，范云这才知道被沈约给耍了。

范云不好发作，只得垂头丧气地问："沈公，不知道大司马将来如何安排我？"沈约大笑，举左手晃了晃，范云知道要做左仆射了，脸上笑开了花。沈约已经奉我之命拟好了受禅诏书和人事安排的名单，我对范云明显有好感，所以虽然他来晚了，却没损失什么。

502年二月初七，宣德太后诏令梁国选任各种要职官员，全部依照朝廷之制。于是，任命沈约为吏部尚书兼右仆射，范云为侍中。

二月二十七日，宣德太后诏令给梁公增封十郡，进爵位为梁王。三月初五，我接受了诏命，并且下令赦免建康城内以及各府州死刑以下的犯人。

四月初三，宣德太后发令："齐帝效法前代，把皇位恭敬地禅让给梁帝，明天早晨我要来到殿前，派使者向梁公恭授印玺，之后我将回到别宫去居住。"

四月初四，宣德太后发出策书，派遣太保、尚书令王亮等人奉送皇帝印玺到梁宫。

四月初八，我于南郊即位登基，大赦天下，改年号为"天监"。当天，我追尊自己的父亲为文皇帝，庙号"太祖"；追尊母亲为献皇后。又追谥妃子郗氏为德皇后。追赠兄长萧懿为丞相，封为长沙王，谥号为"宣武"，并且依照晋代安葬安平献王的先例重新安葬了萧懿。

我还封文武功臣车骑将军夏侯详等十五人为公、侯。我又立弟弟中护军萧宏为临川王，南徐州刺史萧秀为安成王，雍州刺史萧伟为建安王，

左卫将军萧恢为鄱阳王，荆州刺史萧憺为始兴王；任命萧宏为扬州刺史。

四月初九，我任命中书监王亮为尚书令，相国左长史王莹为中书监，吏部尚书沈约为尚书仆射，范云为散骑常侍、吏部尚书。同时诏令，凡是后宫、乐府、西解、暴室中的妇女全部放还回家。当然，那个最漂亮的余妃我接纳了，本来更想接纳最迷人的潘玉奴，无奈反对者众多，亡国之祸总需要美女负责，正和苏妲己一样，于是我只能将她和茹法珍、梅虫儿等人一道斩首示众。

后期声　萧子显：为往圣继绝学

我萧子显是一个撰书者，尽管我的名头很多，什么皇室成员，萧齐后裔，吏部尚书……这些都不重要，现在是519年，我呕心沥血十年的巨著——《齐书》，正式完稿了。

我的最大心愿是，为往圣继绝学。孔子著《春秋》，而乱臣贼子惧，太史公作《史记》，而无韵离骚出。写史贵在秉笔直书，不为尧存，不为桀亡，在圣不增，在凡不减。孟子曰："圣人先得我心之所同然者耳。"心之所同然者，何也？曰理也，义也。今当战乱丛生、境分南北、人心晦盲否塞，人欲横流之时，必须研究义理，乃可以自拔于流俗，不致戕贼其天性。

如同司马迁和班固一样，编撰史学是我最酷爱的事业。在我前三十年的生命历程上，我已完成了《后汉书》一百卷，《齐书》六十卷，之后我还计划编撰《晋史》等。我以曾经的宗室身份撰写大齐的历史，这在此前别无二人，里边的许多事都是我亲身经历的。

我在撰写《齐书》的过程中，可以参考的文献资料还是不少的。早在齐明帝时，史学家檀超和江淹奉诏修本朝史，他们制订了齐史的体例，

但没有最后完成的编撰工作。此外,还有熊襄著的《齐典》、沈约著的《齐纪》、吴均著的《齐春秋》和江淹著的《齐史》十志。我的撰述工作,在史书体例上"本(檩)超、(江)淹之旧而小变之";在史书材料上汲取诸家成果,终于著成《齐书》六十卷。《齐书》包含:帝纪八卷;志八篇十一卷,其中有的上承宋,有的起于大齐立国;传四十卷,其中不少是记述少数民族地区史事的,而以《魏虏传》记北魏史事;序录一卷。

我在写事件和人物的时候,都不直接发表议论,而是通过前后史事的对比来揭示人物的品格,司马迁写《史记》最善于运用这种方法。但要秉笔直书也是不容易的,我手中的小姑娘不可随意打扮,而我既是南齐宗室,又是梁武帝萧衍的臣子,《齐书》中既要为萧道成避讳,又要替萧衍掩饰,一些地方只能闪烁其词,微露痕迹,这种用词之苦,冷暖自知。

倘若往事是惊梦一场,那半梦半醒时,才是真实的人生。这些年的南朝,那是连年战争,《齐书》写罢,我就吹起横笛,为齐末的战场赋诗一首,以纪念大齐这个渐行渐远的背影。思念到不了的地方,文字可以;灵魂到不了的地方,音乐可以。

从军行

左角明王侵汉边,轻薄良家恶少年。

纵横向沮泽,凌厉取山田。

黄尘不见景,飞蓬恒满天。

邀功封泥野,窃宠劫祁连。

春风春月将进酒,妖姬舞女乱君前。

参考文献

曹林，2016. 南朝东府研究［D］. 武汉：湖北大学.

陈美丽，2016. 高门与孤寒——南朝谢氏族人的升沉［J］. 铜仁学院学报，18(3)：4-37.

丁传靖，1998. 昏君庸相［D］. 兰州：兰州大学.

高蕊，2013.《南齐书》人物传记研究［D］. 宁夏：宁夏大学.

何良五，2020. "竟陵八友"之萧衍、沈约三考［J］. 古籍整理研究学刊，5：6-12.

胡阿祥，2020. 谢朓之政治"史记"——品行辨析与文人样貌［J］. 南京晓庄学院学报，1：15-25.

黄桢，2018. 中书省与"佞幸传"——南朝正史佞幸书写的制度背景［J］. 中国史研究，4：77-94.

阚可心，2018. 东晋南朝血亲复仇案件中孝与法的冲突及解决方式——以南齐朱谦之案为例［J］. 文化学刊，10：155-159.

李建国，2015. "小鸟依人"的语源与流变［J］. 辞书研究，3：5-89.

李磊，2018.《魏书·岛夷萧衍传》的叙事与魏齐易代之际的南北观［J］. 史学月刊，11：27-36.

李猛，2016. 豫章王嶷与南齐建元政局考论［J］. 学术月刊，48(8)：131-140.

李天石，1988. 萧衍雍荆军事集团的形成及其覆齐建梁的成功［J］. 东南文化，2：119-123.

李天石，1999.萧衍覆齐建梁考论［J］.江苏社会科学，2：109-115.

李文才，2000.张敬儿、王敬则政治生涯之异同及其时代意义［J］.许昌专师学报，19(1)：67-71.

李延寿，2016.南史［M］.北京：中华书局.

刘威韵，2015."竟陵八友"赋研究［D］.桂林：广西师范大学.

刘伟航，2007.梁武帝的心理历程——梁武帝统治心理研究之一［J］.西华师范大学学报（哲学社会科学版），2：1-8.

路旻，2017.从敦煌本《度人经》及南齐严东注本看道教天界观的形成［J］.敦煌学辑刊，1:108-118.

彭金平，2009.从萧嶷和萧子响的人生看齐初宗王政策［J］.江苏工业学院学报，10(3)：45-48.

权家玉，2016.前朝柱石与新朝暗礁——南朝的顾命大臣探析［J］.江西社会科学，12：117-126.

石云涛，2017.谢朓的悲剧及其宣城诗情感特征［J］.中原文化研究，4：109-115.

史卫，2015.后三国时代的反腐战［J］.人民文摘.历史与艺术，76-77.

司马光，2012.资治通鉴［M］.北京：中华书局.

司马光，柏杨，2006.资治通鉴（柏杨白话版）［M］.太原：北岳文艺出版社.

田丹丹，2014.梁武帝萧衍的自我书写［D］.上海：复旦大学.

王波，2004.天子出版家——萧衍［J］.图书与情报，6：108-112.

王永平，2007.兰陵萧氏早期之世系及其门第之兴起考论［J］.南京理工大学学报(社会科学版)，20(2)：1-9.

魏收，2016.魏书［M］.北京：中华书局.

魏雪涛，2019.北魏太和到延昌年间军事史料汇集［D］.长春：东北师范大学.

萧子显，2016.南齐书［M］.北京：中华书局.

熊清元，陈志平，2011.《中国文学编年史·两晋南北朝卷》齐梁部分的若干问题(续)［J］.黄冈师范学院学报，31(4)：1-5.

杨亮，2021.道家思想与萧梁政治［D］.武汉：华中师范大学.

袁庆，2017.论鱼复侯萧子响之死［J］.镇江高专学报，30(4)：109-111.

张国安，1991.道教与南齐皇帝［J］.河南师范大学学报(哲学社会科学版)，18(3)：78-81.

张兢兢，2016.萧衍建梁功臣再探［J］.许昌学院报，35(6)：16-20.

张齐明，2018."梦"与宋齐禅代［J］.文化史知识（5）：48-54.

赵以武，2001.试论梁武帝一生事功的成败得失——兼论梁代在中国文化史上的地位［J］.嘉应大学学报(哲学社会科学)，19(5)：77-82.

钟易翚，2011.奔竞于乱世政治中的江淹与他的文学创作［D］.上海：华东师范大学.